हिन्द पॉकेट बुक्स

मुक्ति-संघर्ष

रामकुमार भ्रमर प्रसिद्ध हिन्दी साहित्यकार थे। मूलतः उपन्यासकार के नाते प्रसिद्ध रहे रामकुमार भ्रमर ने साहित्य की हरेक विधा में जमकर कलम चलाई। कहानियाँ, नाटक, व्यंग्य, रिपोर्ताज, यात्रा-विवरण, निबंध, सत्यकथाएँ, संस्मरण, डायरी, जीवनी-अंश, इंटरव्यूज, फिल्म पटकथाएँ, वार्ताएँ, भाषण, बाल-साहित्य, महत्त्वपूर्ण पत्र-व्यवहार, राजनीतिक-वैचारिक दिशादृष्टि आदि विषयों पर उनका विपुल साहित्य आज भी लोकप्रिय है। उनके कई उपन्यासों पर सफल फिल्मों का निर्माण हुआ। उन्होंने स्वयं भी कई फिल्मों की पटकथाएं लिखी।

श्रीकृष्ण–कथा पर आधारित उपन्यास

मुक्ति–संघर्ष

रामकुमार भ्रमर

हिन्द पॉकेट बुक्स

पेंगुइन रैंडम हाउस इम्प्रिंट

हिन्द पॉकेट बुक्स

यूएसए | कनाडा | यूके | आयरलैंड | ऑस्ट्रेलिया | सिंगापुर
न्यू ज़ीलैंड | भारत | दक्षिण अफ्रीका | चीन

हिन्द पॉकेट बुक्स, पेंगुइन रैंडम हाउस ग्रुप ऑफ़ कम्पनीज़ का हिस्सा है,
जिसका पता global.penguinrandomhouse.com पर मिलेगा

पेंगुइन रैंडम हाउस इंडिया प्रा. लि.,
चौथी मंजिल, कैपिटल टावर -1, एम जी रोड,
गुड़गांव 122 002, हरियाणा, भारत

पेंगुइन
रैंडम हाउस
इंडिया

प्रथम हिन्दी संस्करण हिन्द पॉकेट बुक्स द्वारा 2008 में प्रकाशित
यह हिन्दी संस्करण हिन्द पॉकेट बुक्स में पेंगुइन रैंडम हाउस द्वारा 2022 में प्रकाशित

10 9 8 7 6 5 4 3 2

इस पुस्तक में व्यक्त विचार लेखक के अपने हैं, जिनका यथासंभव तथ्यात्मक
सत्यापन किया गया है, और इस संबंध में प्रकाशक एवं सहयोगी
प्रकाशक किसी भी रूप में उत्तरदायी नहीं हैं।

ISBN 9789353495183

मुद्रकः रेप्रो इंडिया लिमिटेड

www.penguin.co.in

FSC www.fsc.org MIX Paper from responsible sources FSC® C047271

This is a legitimate digitally printed version of the book and therefore might not
have certain extra finishing on the cover.

श्रीकृष्ण–कथा पर आधारित उपन्यास

मुक्ति–संघर्ष

रामकुमार भ्रमर

हिन्द पॉकेट बुक्स
पेंगुइन रैंडम हाउस इम्प्रिंट

हिन्द पॉकेट बुक्स

यूएसए | कनाडा | यूके | आयरलैंड | ऑस्ट्रेलिया | सिंगापुर
न्यू ज़ीलैंड | भारत | दक्षिण अफ्रीका | चीन

हिन्द पॉकेट बुक्स, पेंगुइन रैंडम हाउस ग्रुप ऑफ़ कम्पनीज़ का हिस्सा है,
जिसका पता global.penguinrandomhouse.com पर मिलेगा

पेंगुइन रैंडम हाउस इंडिया प्रा. लि.,
चौथी मंजिल, कैपिटल टावर -1, एम जी रोड,
गुड़गांव 122 002, हरियाणा, भारत

पेंगुइन
रैंडम हाउस
इंडिया

प्रथम हिन्दी संस्करण हिन्द पॉकेट बुक्स द्वारा 2008 में प्रकाशित
यह हिन्दी संस्करण हिन्द पॉकेट बुक्स में पेंगुइन रैंडम हाउस द्वारा 2022 में प्रकाशित

10 9 8 7 6 5 4 3 2

इस पुस्तक में व्यक्त विचार लेखक के अपने हैं, जिनका यथासंभव तथ्यात्मक सत्यापन किया गया है, और इस संबंध में प्रकाशक एवं सहयोगी प्रकाशक किसी भी रूप में उत्तरदायी नहीं हैं।

ISBN 9789353495183

मुद्रकः रेप्रो इंडिया लिमिटेड

www.penguin.co.in

MIX
Paper from
responsible sources
FSC® C047271
FSC www.fsc.org

क्रम

- कालयवन 7
- जनाधार 123

कालयवन

दिन-रात का हर प्रहर एक प्रश्न बन गया है, फिर प्रश्नों की एक शृंखला। एक ही बार में कितने प्रश्न जनम आए हैं। एक घटना और असंख्य प्रश्न!

कंसवध कुछ-कुछ ऐसी ही घटना है। उद्धव ही नहीं, सभी समझे थे कि एक क्रूर कष्टदायी अध्याय का संघीय जीवन से अन्त हुआ, पर लगता है कि भूल हुई। इस अंत ने कितने ही अंतहीन प्रश्नों का एक समुद्र बिछा दिया है समूचे जनपद क्षेत्र में। भोर होती हैं, तो आशंका की उदासियों से भरी हुई, दोपहर का सन्नाटा रहस्य की अजानी भूलभुलैयों का अदृश्य जाल और रात का अंधकार रहस्य की आशंकापूर्ण अंधगुफा!

कृष्ण हों या बलभद्र, वसुदेव हों या देवकी, महाराज उग्रसेन हों या श्वफलक सभी एक साथ यही कुछ झेल रहे हैं। दूर-सुदूर जनपद में असंख्य चर्चाएं बिखरी हुई हैं। आगत भय की नाश कल्पना ने जन-मानस को उन अंकुरों की तरह कर दिया है, जो जनमते हैं, पर रुग्ण! मृत्यु का निश्चित भवितव्य चेहरों पर लिखे हुए।

उद्धव भी यही कुछ अनुभव करते हैं, जैसे-जैसे अनुभव करते हैं, अशांत होते जाते हैं। यह अशांति अनेक बार व्यग्रता में चिढ़ और खीझ बन गई है। कभी-कभी उत्तेजित, असंबद्ध बातें भी कर बैठते हैं।

न सुनने वाला आश्चर्य व्यक्त करता है, न कहने वाला। जब सभी एक ज्वालामुखी के मुख पर बैठे हुए हों, तो भला किसे इस सब पर विचारने का अवसर होगा!...और ज्वालामुखी, मगधराज जरासन्ध! विचारों की क्रूरता और राजशक्ति के घातक दंभ का अनोखा सम्मिश्रण। लगता है कि मृत्यु और नाश के बीच विचित्र-सा समझौता हुआ है। इस समझौते का लक्ष्य मथुरा का यादव गणसंघ।

यादव गणसंघ या बालक श्रीकृष्ण और बलभद्र? उद्धव ने अनेक बार

सोचा है। सूचनाएं भी यही मिली हैं और पिछले निरंतर आक्रमणों से क्षीण होती जाती मथुरा की यादव शक्ति भी समझ गई है। कृष्ण-बलभद्र मगधपति के लिए मथुरा से कहीं अधिक उत्तेजक हैं, बल्कि जरासन्ध को केवल उन्हीं से शत्रुता है। मथुरा की शक्ति-संपन्नता उसका वांछित नहीं।

एक बार राजमार्ग से निकलते हुए दो सैनिकों की वार्ता सुनी थी उद्धव ने। उद्धव की ओर से अनजान वह बातें किए जा रहे थे। एक बोला था, "मगधराज स्पष्टतः भले न कह रहे हों, किंतु वह वासुदेव और बलभद्र का वध ही करना चाहते हैं। हम साधारण व्यक्तियों या मथुरा की जनता से उन्हें तनिक भी रोष नहीं है।"

"हां, किंतु क्या हम मथुरावासी यह होने देंगे?" दूसरे सैनिक का उत्तर था, "श्रीकृष्ण हमारे उद्धारक हैं। क्या हम इतने कायर हो चुके हैं कि उन्मत्त जरासन्ध के घिनौने वांछित को पूरा होने दें? अपने ही मुक्ति-दाता को भला कौन होगा, जो एक हत्यारे को सौंप दें? फिर यह यादव गणसंघ के अस्तित्व का प्रश्न है, भाई! संपूर्ण गरिमा और नैतिकता की कसौटी भी है।"

"सो तो है।" पहले ने गहरा, विवश श्वास लिया था, फिर बात पूरी की, "किंतु मगधराज जिस तरह निरंतर मथुरा पर आक्रमण किए जा रहे हैं, उन्होंने अब इसे इतना शक्तिहीन कर छोड़ा है, जब हम प्रतिरोध भी नहीं कर सकेंगे, उस समय क्या होगा। यही सोचकर चिंतित हूं, भाई!"

"वह सब हमारे लिए चिंतनीय नहीं," दूसरे सैनिक ने साहस संजोकर उत्तर दे दिया था, "वह सब देवकीसुत को ही विचारने दो और यह मत भूलो कि मदांध जरासन्ध अपनी विशाल सैन्य शक्ति के होते हुए भी पिछले अनेक आक्रमणों में मथुरा को जय नहीं कर सका।"

उद्धव ने सुना। सिर उसी तरह झुकाए आगे बढ़ गए, इस तरह कि उन सैनिकों का उनकी ओर ध्यान न जा सके, पर लगता था कि मन में एक ज्वार बटोर लाए हैं, प्रश्नोत्तर के दोहरे किनारों से मानस की लहरों का सिर पीटता ज्वार।

मन हुआ था कि मूर्खतापूर्ण वार्ता के उन शब्दों को माथे से उलीच डालें, किंतु हो नहीं पाया। सोचने लगे थे कि क्या वह पहला सैनिक ठीक कह रहा था? क्या जरासन्ध का अभीष्ट अब केवल वैयक्तिक शत्रु भाव

ही रह गया है? केवल श्रीकृष्ण और बलराम का अंत? या वह समूचे शूरसेन जनपद को ही अपने जामाता वध का सबक देना चाहता है? दण्डित कर देना चाहता है सभी को?

उत्तर नहीं मिला या यों कि उत्तर खोज ही नहीं सके। इतना सहज तो नहीं था उत्तर पा जाना?

इच्छा हुई थी कि श्रीकृष्ण तक पहुंचकर सब कुछ सुना दें। सामान्य-जन क्या सोचते-समझते हैं!...और उनका अपना विचार क्या है? जरासन्ध के क्रूरतापूर्ण रुख की धरती क्या है? श्रीकृष्ण-बलराम से बैरभाव या मथुरा का ही संपूर्ण नाश!

न चाहते हुए भी देवकीसुत के निवास की ओर बढ़ चले। मन अकुलाहट और संकोच में डूबा हुआ था। किस तरह और किन शब्दों में प्रश्न करेंगे उनसे? मित्रभाव की भी सीमाएं होती हैं। उस स्थिति में तो यह भाव अधिक ही सीमित हो जाता है, जब मित्र नीति के आसन पर बैठा हो। मित्रता की सरलता सहसा नीति के जटिल गलियारों में खो जाया करती है।

इन गलियारों को लांघना आसान नहीं।

किंतु एक के बाद एक गलियारे लांघते हुए वे देवकीसुत के कक्ष तक जा पहुंचे। द्वारपाल ने सूचना दी थी, "यशोदापुत्र, उद्यान में हैं श्रीमान्!"

उद्यान में पहुंचे। ठिठककर देखते रह गए। ऐसे जैसे अविश्वसनीय घट रहा हो उनके सामने? श्रीकृष्ण और उतने शांत-गंभीर!

सांझ पीले, सलज्ज सरसों के फूलों जैसी आभा बिखराती धरती पर बरस रही थी। जैसे वायु के झोंको से फसलों में धरती की ओर झुकाव जनमता है, वैसे ही आकाश से धुंधलका उतर रहा था, बहुत धीमे-धीमे और श्रीकृष्ण उसी ओर देखते हुए। ऐसे जैसे धुंधलके को चीरकर आगत का सूर्य देख रहे हों। सब प्रकाशित! सब स्पष्ट! संपूर्ण भविष्य!

इस भविष्य में क्या-क्या होगा, उद्धव नहीं जानते, किंतु कृष्ण से अजाना कुछ नहीं। एक तरह अजाने का नाम ही कृष्ण है। अनायास ही स्मरण हो आया था उद्धव को अब से कई माह पूर्व, अपितु बरस हुए, कंस-वध

के तुरंत बाद हुई जन-प्रसन्नता को श्रीकृष्ण ने दूर-दूरागत भविष्य तक देख-परख लिया था। न देखा होता, तो क्या यह मथुरा ऐसी ही होती? शूरसेन जनपद इतना ही सहज, शांत दीख रहा होता?

नहीं।

उद्धव ने मन से शरीर तक एक अज्ञात कंपन अनुभव किया। इस कंपन के साथ ही वह संपूर्ण स्मरण हो आया, जो कंस-वध के तुरंत बाद घटा था। अब तक किसी-न-किसी रूप में घटता ही चला जा रहा था और कृष्ण ने उसी क्षण आगत में आने वाले समय को देख-समझ लिया था। अंतर्यामी! केवल अंतर्यामी ही नहीं, सर्वव्यापी श्रीकृष्ण!

निस्संदेह सर्वव्यापी। सर्वव्यापी न होते, तो उस उत्साह, हर्षोल्लास के महोत्सव में भविष्य का क्रूर, कष्टदायी रूप कैसे देख पाते? जरासन्ध से लेकर मगध के सामान्य जन तक कंस-वध की क्या प्रतिक्रिया होगी और फिर उस प्रतिक्रिया के क्या परिणाम निकलेंगे? उसी क्षण कैसे वर्णित कर देते? उद्धव के सामने वही क्षण स्मरण हो आया है। उस दिन भी उद्धव ने इसी तरह एकांत में शांत, किंतु गंभीर खड़े विचारमग्न देखा था श्रीकृष्ण को।

कृष्ण की वह मुद्रा, मथुरा का संपूर्ण वातावरण, हर्षोल्लास की वह गुंजन अब भी उद्धव के मन-मस्तिष्क में बसे हुए हैं। दृश्य-चित्र की भांति, स्वर वायु की लहरों जैसे और विचार उस क्षण के हर सत्य से जुड़े हुए। अनजाने ही ठिठके हुए उद्धव के शरीर में एक हलचल हुई और फिर वह संपूर्ण स्मरण आने लगा।

कंस वध!

विचित्र प्रतिक्रिया हुई थी उस घटना की। असंख्य दृष्टियां विस्मित देखतीं रह गई थीं। जिन्होंने सुना था, वे अवाक् हो गए थे। जो बालक कृष्ण-बलराम को लेकर चिंतित और व्यग्र थे, विक्षिप्तों की भांति सहसा हंस पड़े थे।

यह सब होना था, अतः हुआ। कैसे न होता? कंस जैसे महाशक्तिशाली और निरंकुश राजा का वध एक बालक के हाथों होगा, कौन कल्पना कर

सकता था? अतः विस्मय स्वाभाविक था। अवाक् रह गए लोगों की प्रतिक्रिया भी सहज थी। वहां जैसे असंभव, संभव के रूप में सुना गया था। निःशब्द हो जाना स्वाभाविक। कंस और कृष्ण की शक्ति का संतुलन करते हुए व्यग्र स्त्री-पुरुषों का सारा अनुमान गड़बड़ा गया। इस गड़बड़ाहट ने ही विक्षिप्तता से भर दिया मस्तिष्क। विश्वास और अविश्वास के बीच केवल हंसी निकल सकी।

और फिर वर्षा की पहली फुहार जिस तरह दग्ध शरीरों को शांति और उल्लास से भर देती है, वैसे ही कंस वध के समाचार ने नगर, ग्राम, दूर-सुदूर जनांचलों में प्रतिक्रिया की। संपूर्ण गणसंघ हर्षोन्मत्त होकर उल्लासोत्सव मनाने जुट गया।

प्रसन्नता, आनंद और सुख बहुरंगी फुलझड़ियों जैसे समस्त जनांचल पर फैल गए थे, किंतु सर्वाधिक चिंतित और व्यग्र एकमात्र व्यक्ति, श्रीकृष्ण!

उद्धव चकित हो रहे थे, ऐसा क्यों?

किशोरायु वासुदेव की वंदना में वृष्णि, अंधक और यादववंशी आ जुटे थे। यहां तक कि मथुरा गणसंघ में व्यवसाय हेतु आ बसे विदेशी असुर भी। कोई दृष्टि में श्रद्धा और आभार की असंख्य किरणें भरकर आया था, कोई झुके सिर प्रणाम की अंजुलि भरे हुए। किसी असुर व्यापारी ने नई शासन-व्यवस्था और शक्ति की आराधना करते हुए कृपाप्राप्ति के लिए विविध भेटें प्रस्तुत कीं, किसी ने केवल दृष्टि में श्रद्धाश्रु जुटाए हुए वंदन किया।

किंतु कृष्ण प्रतिक्रियाहीन। उद्धव ने स्पष्ट देखा था, गोपाल के मुख पर जो सरल-निश्चल मुसकान उभरी हुई थी, वह कलात्मक। ऐसे जैसे किसी चित्रकार ने सजीव चित्र मढ़ दिया है।

बीच-बीच में वह ऐसे सभी लोगों के लिए आश्वस्ति के स्वर भी उड़ेलते, पर उद्धव को अनुभव होता था, जैसे वे शब्द श्रीकृष्ण किसी पाठ की तरह बोल रहे हैं, ऐसा क्यों? किस कारण? उनके भीतर क्या घट रहा होगा? उद्धव के अंतर में प्रश्नों का एक कुण्ड उभर आया था, फिर इस कुण्ड में प्रश्न पूछने, जानने की जिज्ञासा लहरों की तरह अन्तस् के किनारों से टकराने लगी।

उद्धव वश किए रहे थे स्वयं पर। मूक दर्शक भाव से सब कुछ देखते हुए। वह यह भी देख रहे थे, श्रीकृष्ण जितने विचारमग्न हैं, एक ओर बैठे बलभद्र उतने ही निश्चिंत और सहज। वे अधिकतर भेंटकर्ताओं से बातें कर रहे थे, हंस रहे थे। प्रश्न करते हुए, अनेक का उत्तर भी देते जा रहे थे।

उद्धव को आश्चर्यजनक और असहज नहीं लगा था वह सब। अनुभव हुआ था कि यह कृष्ण-करसंकर्षण के स्वभावों में स्वाभाविक अंतर है। बलभद्र सदा ही ऐसे रहे हैं, रहेंगे भी।

किंतु कृष्णवे, कब, किस क्षण कैसे, क्या होंगे? न कभी समझा जा सकेगा, न पहचाना जाएगा। रहस्य की असंख्य आकाशगंगाओं जैसा अनुभव-भर बने रहे हैं वह, वैसे ही रहेंगे और इस समय भी वही कुछ।

अनायास ही एक ओर खड़े उद्धव चौंक गए थे। देखा, श्रीकृष्ण सबसे बचते-बचाते अपने कक्ष की ओर चले जा रहे हैं। इस विशेष कक्ष में बिखरे कोलाहल और एक-दूसरे में व्यस्त स्त्री-पुरुषों की भीड़। उनका देखा-अनदेखा किए हुए। कहां जाएंगे और क्यों? उद्धव ने विचार किया।

अनजाने ही उद्धव उनके पीछे ही लिए।

श्रीकृष्ण शांत भाव से चलते हुए एक के बाद एक कक्ष पार करके अपने साधारण-से कक्ष में जा पहुंचे। हर कक्ष-द्वार पर प्रहरियों ने प्रणाम किया। श्रीकृष्ण ने उन्हें अनदेखा नहीं किया। स्नेहिल दृष्टि से देखा फिर चुपचाप आगे बढ़ गए।

उद्धव उनके पीछे-पीछे, पर अंतर बनाए रखा था। देखना चाहते थे कि कृष्ण कहां रुकेंगे या क्या करेंगे।

कृष्ण अपने साधारण-से कक्ष में जा पहुंचे।

उद्धव ने द्वार पर ही ठहरकर उन्हें देखा।

कुछ पल खिड़की के बाहर देखते रहे थे वह। उद्धव की ओर अनदेखा किए, पीठ मोड़े, फिर मुड़े और आसन पर लेट रहे।

पलकें मूंद ली थीं उन्होंने, ऐसे जैसे थकान से मुक्ति ले रहे हों, पर क्या कृष्ण थकते हैं? उद्धव ने चकित होकर सोचा। लगा था कि नहीं, थके नहीं हैं, किसी विषय को लेकर सोच-विचार रहे हैं। ठीक उसी तरह जिस तरह घूमते, टहलते या खिड़की के बाहर उद्यान की ओर दृष्टि गड़ाए विचारमग्न थे।

अपनी ओर से उद्धव ने सतर्कता बरती थी। कृष्ण की दृष्टि में नहीं आएंगे। केवल यह देखते रहेंगे कि वह क्या कुछ करते हैं?

पर मुंदी पलकों और शांत, निश्चेष्ट विश्रांति के क्षणों में लेटे कृष्ण को देखकर उद्धव को लगा कि व्यर्थ समय नष्ट कर रहे हैं वह। कृष्ण शांत हैं। उन्हें लेकर उद्धव यूं ही व्यग्र हो रहे थे। ऊबन होने लगी, इस तरह खड़े टुकुर-टुकुर कृष्ण की विश्राम मुद्रा देखते रहना मूर्खता है। मुड़ने को ही थे कि कृष्ण के शरीर में पुनः हरकत हुई।

पलकें खोल ली थीं उन्होंने। दृष्टि विशाल कक्ष की छत पर टिकी हुई। चेहरे पर तनाव नहीं था, किंतु मुद्रा में गांभीर्य।

अवश्य ही कुछ सोच रहे हैं? किंतु इस सुखानंद के अवसर पर क्या सोचा जा सकता है या क्या सोचना चाहिए और क्यों? मथुरा ही नहीं संपूर्ण यादव गणसंघ ने अधिनायकवाद से मुक्ति पा ली। स्वतंत्रता का सूर्योदय हुआ। अब क्या है विचारने के लिए?

सर्वत्र आनंद और हर्ष।

किंतु श्रीकृष्ण पूर्णतः अलिप्त। उद्धव फिर थमे, देखते रह गए। कृष्ण ही जानते होंगे कि वह क्या सोच रहे हैं? इस अलिप्तता में कौन-सी लिप्तता है? या कि उद्धव ही लिप्त और अलिप्त का भेद नहीं कर पाए हैं?

कक्ष में सन्नाटा बिखरा हुआ था। श्रीकृष्ण जान रहे हैं, जानते हैं कि अस्ति और प्राप्ति गिरिव्रज पहुंच चुकी होंगी। यह जानना भी कठिन नहीं कि बेटियों के वैधव्य से कहीं अधिक आहत हुआ होगा जरासन्ध का शक्ति-दंभ और यह दंभ यों ही नहीं हैं। मथुरा से कई गुना शक्तिसंपन्न है मगध। महाराज उग्रसेन पुनः राजा हो चुके हैं। राज्यारोहण का समारोह भी धूमधाम से संपन्न हुआ।

कंस के आतंकवादी साम्राज्य और मगध की अपरोक्ष अधीनता से यादवों को मुक्ति मिली, किंतु...

कृष्ण आगत को देख रहे थे। वीभत्स और भयावना आगत, जिसमें कंस नहीं, कंसवत् अनेक दुर्दांत शक्तियों का कोप सहना होगा मथुरा को। वह क्षण कृष्ण। उस क्षण की कल्पना नहीं कर रहे हैंसाक्षात् देख रहे हैं।

अस्ति और प्राप्ति की प्रतिशोधग्रस्त आंखों से झरते लहू जैसे आंसू और इन आंसुओं को बटोरता हुआ दुर्जय मगधराज जरासन्ध! अगले ही पल ये बटोरन युद्धास्त्रों का सिहरा देने वाला समूह बन जाती है। यह समूह आकाश मार्ग से मथुरा की ओर बढ़ रहा है। आंधी की तरह गतिशील, तूफान की तरह सब कुछ झकझोरता, बिखराता और नष्ट-भ्रष्ट करता हुआ।

एक रोमांच से भर उठे हैं यशोदासुत। व्यग्र भाव से कक्ष में चहल-कदमी करने लगे। बाहर से उल्लास के कोलाहल की कमी धीमी और कभी तीव्र होती जाती ध्वनियां सुनाई पड़ रही हैं, किसी क्षण आनंदवश नगरवासियों का कोई समूह वाद्ययंत्र बजाता, उनके जय-जयकारों से भरा हुआ है।

पर इस ओर कृष्ण नहीं। न दृष्टि है, न विचार, न अनुभूति और न श्रवणसुख। जिस ओर कृष्ण हैं, वह है मगध। गिरिव्रज में उत्तेजित जनाक्रोश। उससे भी कहीं अधिक मदोन्मत्त गज की तरह सब कुछ रौंद डालने में व्यस्त जरासन्ध।

सहसा वह मुड़े। पुकार उठे, उद्धव! उद्धव चकित! क्या जानते थे कृष्ण उद्धव पास के ही कक्ष में हैं? सुखानंद से भरे-भरे मित्र की पुकार सुनकर दौड़े-दौड़े आए। कुछ कहें इसके पूर्व ही श्रीकृष्ण बोल पड़े थे, "महाराज उग्रसेन को सूचित करो, देवकी सुत कृष्ण भेंट चाहते हैं।"

उद्धव बिना कुछ कहे, उसी गति से लौट गए। कृष्ण के मुख पर बिखरे तेज में चिंता है या निश्चिंतता? स्वर में व्यग्रता है या सहजता, यह समझ नहीं पाए थे। कभी समझे भी नहीं हैं। बाल्यावस्था से इसी तरह कृष्ण को देखते-देखते अब सहज भाव से उनकी हर क्रिया-प्रतिक्रिया को लेने की आदत पड़ गई है। किस मुद्रा का किस क्षण क्या परिणाम होगा, कभी नहीं जाना या कि जान ही नहीं सके। उद्धव ही क्यों, कोई कभी नहीं जान सका है।

शुरू-शुरू में जानने-समझने के फेर में पड़ते थे, किंतु अब लगा था कि व्यर्थ है यह फेर। सर्वव्यापी को इस तरह जानने की चेष्टा ही व्यर्थ है। इसमें माथा पचाना अकारण होगा।

वृद्ध मथुराधिपति को समाचार दिया था। तुरंत स्वीकृति मिली। आकर श्रीकृष्ण से कह दिया, "वह प्रतीक्षारत हैं, कृष्ण!"

कृष्ण तुरंत ही चल पड़े। कुछ समय बाद वृद्ध गणसंघपति के सामने थे। सम्मानपूर्वक प्रणाम करके कहा था, "मेरी प्रार्थना है पूज्य! समारोहों और उल्लास में भूले जन-मानस को सतर्क करें। उनसे कहें कि कंस-वध हो जाने का अर्थ मुक्ति नहीं है, अपितु मुक्ति से कहीं अधिक व्यग्रता का कारण है। दुष्टबुद्धि जरासन्ध की उन्मत्तता किसी से छिपी नहीं है। उचित तो यह होगा कि आगत के उन भयानक क्षणों का सामना करने के लिए हम सब सावधान हो जाएं, जो निश्चय ही आनेवाले हैं!"

वृद्ध राजा के माथे पर चिंता की कई सिकुड़नें सिमट आईं, फिर बिखरीं। कुछ बोल सकें, इसके पूर्व ही कृष्ण ने कहा था, "चिंता से न सुलझाव मिलेगा, देव, न शांति। इस क्षण सतर्कतापूर्वक जरासन्ध के आक्रमण का प्रत्युत्तर देने में ही शुभ होगा और आप आश्वस्त हों। विशाल यादव गणसंघ इसमें सफल होगा।"

उग्रसेन ने टकटकी बांधकर किशोर कृष्ण को देखा। लगा था उन चमकती यमुना-सी अथाह आंखों में दूर-दूरंत तक शक्ति, ज्ञान और नीति का निर्झर बहा जा रहा है। मुग्ध हो रहे थे। जब-जब श्रीकृष्ण सामने पड़ते हैं, तब-तब यही मुग्धता मन पर व्याप जाती है। केवल मुग्धता है या सम्मोहन? कभी निश्चय नहीं कर सके हैं। स्वयं पर ही विस्मित हो उठते हैं वृद्ध राजा। राजनीति-चक्र के ढेरों ही उलट-फेरों को देखा-भोगा है उग्रसेन ने। उससे भी कहीं अधिक सुख, दुख-पीड़ा और आनंद-उल्लास के पल झेले-समझे, अनुभव किए हैं, पर ऐसी विचित्र मनःस्थिति कभी नहीं हुई। लगता है कि श्रीकृष्ण शब्द नहीं, कलाई पकड़कर किसी मनचाही राह पर ले जाने लगते हैं और राजा इस तरह चलते हुए जैसे श्रीकृष्ण से अतिरिक्त न तो दृष्टि है उनके पास, न विचार, न मन। तर्कातर्क न करके केवल प्रश्न किया था, "तब क्या हो यशोदासुत?"

"होगा तो वही, राजन्, जो आपकी आज्ञा होगी," श्रीकृष्ण ने शांत स्वर में कहा था, "और क्या किया जा सकता है, यह मैं पूर्व में ही निवेदित कर चुका हूं। जरासन्ध आक्रमण करेगा। मथुरावासियों को इस निश्चित भविष्य के प्रति तैयार रहना होगा।"

सब कुछ समझ लिया था महाराज उग्रसेन ने। कहा, "इसी क्षण विशेष सभा बुलाई जाए।" वह पल-भर की देर न कर सेवक से बोले थे, "महामति वसुदेव, सत्यक, सत्राजित, देवक आदि को तुरंत सूचनाएं भिजवाईं जाएं, सभा में उपस्थित हों।"

श्रीकृष्ण आश्वस्त हुए। प्रणाम करके मुड़े ही थे कि राजा ने कहा, "और तुम भी माधव! तुम्हारे और करसंकर्षण के बिना यह सभा अपूर्ण रहेगी।"

"जैसी आपकी इच्छा, महाराज।" श्रीकृष्ण ने कहा, लौट पड़े।

यादव, वृष्णि और अंधक राजाओं की सभा हुई। सभी श्रीकृष्ण की सम्मति से सहमत थे। जरासन्ध के आगत आक्रमण का सामना करने के लिए बड़े पैमाने पर तैयारियां प्रारंभ हुईं। नगर सीमाओं से बहुत आगे तक सैन्य-व्यवस्था की गई। सतर्क और सावधान गुप्तचर मगध की ओर भेज दिए गए। श्रीकृष्ण और बलराम स्वयं दूर-दूर तक सैन्य-व्यवस्था में जुटे और उस आशंकित के लिए प्रतीक्षातुर हुए, जो वासुदेव के अनुसार मथुरा और मथुरावासियों का निश्चित भविष्य था।

वही हुआ। मगधराज की विशाल सैन्य-शक्ति ने अचानक आक्रमण किया था मथुरा पर, घोर युद्ध हुआ। असंख्य सैनिक हत हुए, असंख्य हताहत। श्रीकृष्ण और बलराम विभिन्न मोर्चों पर जरासन्ध के दुर्जय सेनानायकों से युद्ध करते रहे। हंस और डिम्भक!

उद्धव* को स्मरण है, उस क्षण मथुरावासियों ने रात्रि में भी रात्रि दर्शन नहीं किया था। विवश मगधराज की सेना चतुर्दिक् इस तरह बिखर गई थी, जिस तरह वेगवती यमुना हर बरखा में उछाह-भरी निःश्वास लेती है। सभी ओर जल बिखर जाता है। एक छोटा-मोटा समुद्र। ऐसी डरावनी चुनौती बना हुआ, जैसे पल-भर में सर्वग्रास कर लेगा। संपूर्ण सौंदर्य को केवल स्मरण का दृश्य बना छोड़ेगा।

---

* उद्धव : श्रीकृष्ण के बालमित्रों में एकमात्र उद्धव ही हैं, जिनकी चर्चा महाभारत में आई है। उन्हें श्रीकृष्ण का बाल सखा, यादव और विश्वसनीय मन्त्री कहा गया है।

किंतु उद्धव ही नहीं, वृद्ध श्वफलक, देवक और स्वयं महाराज उग्रसेन तक चकित रह गए थे। मगध की कई गुना शक्ति-संपन्न सेना को यादव गणसंघ की छोटी-सी सेना से मुंहतोड़ उत्तर मिला था। सेनानायक थे कृष्ण। कितने-कितने मोर्चों पर, किस-किस तरह पहुंचते, युद्ध-रचना करते। सैनिकों को साहस बंधाते। स्वातंत्र्य की स्फूर्तिभावना से मृत होते शरीरों को जीवंतता की मोहिनी शक्ति से जीवन दे देते।

दुर्जय हंस और डिम्भक जैसे सेनानायक भी भाग खड़े हुए थे अल्पायु गोप बालक की युद्ध रचना और रण कुशलता देखकर और पीछे-पीछे भागी थी मगध की शक्ति-संपन्न सेना।

केवल एक बार ही नहीं हुआ था यह, अनेक बार, हर बार। जरासन्ध आश्चर्यजनक शक्ति के साथ मथुरा गणसंघ पर टूट पड़ता। कैसे-कैसे अद्भुत शस्त्रास्त्र जुटाए थे उसने, कैसे रणबांकुरे! किंतु श्रीकृष्ण का युद्ध-कौशल हर बार बदला हुआ होता, हर बार अलग। सैन्य-व्यूह भी अलग-अलग तरह के। अनेक बार तो उद्धव ही नहीं, यादव कुल के श्रेष्ठ और वृद्ध योद्धा भी चकित होकर देखते रह गए थे। वैसी व्यूहरचना कभी किसी युद्ध में किसी योद्धा ने की हो, उन्होंने देखा ही नहीं था।

एक ओर युद्ध होता, दूसरी ओर युद्ध को लेकर जनमानस में अनुकूलता का वातावरण बनाया जाता। शाब्दिक चतुरता और आत्मविश्वास के अपूर्व कौशल का ऐसा प्रदर्शन, जिसे चमत्कार की तरह देखते ही रह जाते थे उद्धव। केवल उद्धव क्यों, उनकी तरह अनेक होंगे, जो इसी तरह देखते रह जाते होंगे?

श्रीकृष्ण युद्धकाल में भी इतने सहज, स्वाभाविक और शांत रहते कि उनसे बात करते हुए अनुभव ही नहीं होता था कि मथुरा या यादव गणसंघ किसी विपत्ति को झेल रहे हैं, हाहाकार और क्रंदन से भरा हुआ नाश का अन्तहीन गर्जन सुन रहे हैं।

धीमे-धीमे मथुरा और यादव गणसंघ के लिए वह सहज होने लगा था। निरंतर जरासन्ध के आक्रमण और निरंतर उन आक्रमणों का सामना करना। संपूर्ण राज्य और प्रजा के लिए युद्ध एक सहजता बन गया था। छोटे-छोटे बालक भी शिक्षा के साथ-साथ युद्धाभ्यासी हो गए। समूची व्यवस्था

स्वयं श्रीकृष्ण ने करवाई। संपूर्ण जनपद में अनुभवी युद्ध विशारदों को बिखेर दिया गया। महाराज उग्रसेन के आदेश हुए, "कोई किसी भी जाति-कर्म से जुड़ा हो, उसे युद्ध शिक्षा अवश्य लेनी होगी। स्वतंत्रता और गणराज्य व्यवस्था की रक्षा के लिए यह अनिवार्य है।"

इस अनिवार्यता और व्यवस्था का ही परिणाम था कि जरासन्ध के हर शक्तिशाली आक्रमण को मथुरा का यादव गणसंघ विफल करता गया। चौदह बार हुआ यह।

हर बार समझा जाता कि मगधराज अब मथुरा की ओर दृष्टि नहीं उठाएंगे, किंतु हर बार श्रीकृष्ण अकेले कहते, "नहीं, मैं सहमत नहीं हूं।"

सभाजन चकित होते। अंधक, वृष्णि और यादव सामंत आश्चर्य से उन्हें देखने लगते। महाराज उग्रसेन पूछते, "ऐसा किस आधार पर कहते हो, वासुदेव?"

"पूज्य," विनम्र स्वर में श्रीकृष्ण उत्तर देते, "प्रश्न जय-पराजय का नहीं है। अब प्रश्न है जरासन्ध के सम्मान का। मथुरा से केवल जामाता-वध का बैर नहीं चुकाना है मगधराज को। उस अपमान का दण्ड भी देना है जिसने, उनके फैलते साम्राज्य और अखण्डित शक्ति को चुनौती दी है। अगला आक्रमण ज्यादा भयानक होगा।"

"हम उस आक्रमण का प्रत्युत्तर देंगे।" वृद्ध देवक ने कहा था। किंतु उग्रसेन चिंतित हो उठे। लगा था कि दृष्टि किसी बालक की तरह सरल हो गई है। स्वर अकुलाया हुआ, "वह सब तो ठीक है, देवक, पर कब तक? कब तक महाबली जरासन्ध की अन्तहीन शक्ति से जूझा जा सकता है? कब तक मथुरा के भाग्य में जय का सौभाग्य रह सकेगा? कब तक?"*

---

* जरासन्ध की शक्ति के आगे मथुरा गणसंघ के यादव कितने चिंतित और असुरक्षित हो गए थे, इसका वर्णन करते हुए जरासन्ध समर्थक राजाओं का नाम कृष्ण ने इस तरह लिया है, "हे युधिष्ठिर! महान् पराक्रमी पौण्ड्रक, पाण्ड्य, कौशिक-क्रथ देशों के विजेता विदर्भराज भीष्मक हमारे सहोदर-नातेदार होते हुए भी जरासन्ध के ही अनुयायी हैं। अठारह भोजकुल और उत्तर के सभी राजा जरासन्ध से डरकर पश्चिम दिशा को चले गए हैं। शिशुपाल, करुषराज वक्र, मायावी शल्य सभी उसके अधीन, उसके सामने अनुचर भाव से खड़े रहते हैं...।" महाभारत

सभी की आंखें श्रीकृष्ण की ओर मुड़ गई थीं। निरंतर युद्धों और व्यस्तता में अविस्मृत होते जाते समय ने उन्हें युवा बना दिया था। वह चुप रहे।

उद्धव चकित हुए थे, चुप क्यों हैं कृष्ण? क्या निरुत्तर हो गए हैं? पर निरुत्तर नहीं हुए थे वह। जल्दी ही समझ लिया। याद आया था उन्हें। श्रीकृष्ण ने ही कहा था एक बार, "उद्धव, स्मरण रखो, व्यक्ति वार्ता में अकारण भाग लेने लगे तो उसके शब्द गरिमा खो बैठते हैं। उस समय तक चुप रहना ही उचित होता है, जब तक कि उसकी सम्मति और शब्दों की आवश्यकता न समझी जाए। शब्दों की गरिमा को खो देने वाले व्यक्ति, अपनी गरिमा भी खो बैठते हैं।"

उद्धव शांत हो गए। याद जो हो आया था, श्रीकृष्ण अपनी शब्द-गरिमा के प्रति समर्पित हैं। वह उस समय तक कुछ नहीं कहेंगे, जब तक कि उनसे पूछा न जाए?

और पूछा गया उनसे। प्रश्न किया था सत्यक, ने "तुम ही कहो, देवकी-सुत, जरासन्ध से कब तक युद्ध करते रहेंगे हम?"

"अधिक समय नहीं।" बहुत संक्षिप्त, किंतु सधा हुआ उत्तर दिया श्रीकृष्ण ने।

"तब?"

"तब जैसी स्थिति नहीं आई है, पूज्य!"

"तुम कहना क्या चाहते हो?" उग्रसेन अनायास ही अत्यधिक व्यग्र हो उठे।

"बहुत स्पष्ट है, महाराज" श्रीकृष्ण ने उत्तर दिया था, "दुष्टबुद्धि पौण्ड्रक विदर्भराज भीष्मक और अन्य दुर्दांत सहायकों से सहायता ले रहे हैं जरासन्ध! उनकी सहायता प्राप्त न भी करें तब भी मगधपति की अपनी शक्ति मथुरा को नष्ट-भ्रष्ट कर डालने के लिए पर्याप्त है। ऐसी स्थिति में एक ही मार्ग रह जाता है।" सहसा चुपचाप हो गए थे वह।

एक ओर शांत खड़े उद्धव प्रतिक्षण वासुदेव के शब्दों का उतार-चढ़ाव समझने का प्रयत्न करते हुए, प्रतिक्षण उन शब्दों के संचार की आरोह-अवरोह, धाराओं को ज्ञान के चुल्लू भर-भरकर संजोते हुए, किंतु क्या ऐसे कृष्ण

के विचारों को सहेजा जा सकता है? उनकी तरह संजोया जा सकता है? लगा था कि व्यर्थ प्रयास कर रहे हैं। सब ओर से ध्यान हटाकर केवल वही समझने-सुनने की चेष्टा आरम्भ कर दी जो कुछ कृष्ण कह रहे हैं।

शांत भाव से कृष्ण ने मथुराधिपति वृद्ध उग्रसेन को देखा था, फिर कक्ष के एक खाली कोने की ओर सहसा मुसकुरा पड़े थे वह। बुदबुदाए, "एक अन्य मार्ग भी है, और संभवतः वही श्रेष्ठ है।" उनकी आंखें अपलक भाव से उस कोने को देख रही थीं जिसमें खालीपन तो था किंतु दीवारों के हर मुड़ाव के साथ एक त्रिकोण-सा बना हुआ था।

उग्रसेन के स्वर में उत्साह घुमड़ आया, "वह क्या?"

श्रीकृष्ण उस खाली कोने की ओर ही बढ़ गए। उग्रसेन और उद्धव की ओर अनदेखा किए हुए, "हां, यही ठीक होगा, केवल यही," सहसा वह मुड़े, कहा, "देव, मथुरावासियों को मथुरा से प्रस्थान करना होगा।"

"कहां?"

"विशाल भरतखण्ड में भूखण्ड की कोई कमी नहीं है राजन्! शूरसेन जनपद के सभी अंधक, वृष्णि और यादव ऐसे ही एकांत भूखण्ड की यात्रा करेंगे। उस समय तक करते रहेंगे, जिस समय तक जरासन्ध के शक्ति-क्षेत्र से बाहर नहीं निकल जाते।"

"किंतु, पुत्र," उग्रसेन का स्वर सहमा हुआ था, "मथुरावासी ही नहीं संपूर्ण जनपद क्षेत्र पवित्र कालिंदी का तट-क्षेत्र है। इस जल से जीवन ज्योतियां प्रज्वलित होती हैं। इसी जल से सिंचित यादवों की पीढ़ियां पली-पनपी हैं। इसी पवित्र जीवनदायी जल से अंकुरित फसल ने हमें अतिथियों का मान-सम्मान करने के योग्य बनाया है, समर्थ किया है। इसे त्यागकर कहीं अन्यत्र...।"

"पूज्य," टोक दिया था कृष्ण ने, "पवित्र यमुना मनुष्य मात्र की जीवनदायिनी माता हैं और मातृधर्म है संतति का पालन-पोषण। इस पोषण धर्म का निर्वाह निरंतर चलता रहेगा। यादव नहीं तो अन्य मनुष्य इससे लाभान्वित होंगे, किंतु अन्यत्र जलदेवता भी वही धर्म निबाहते हैं। जो यादव, वृष्णि और अंधक इस क्षेत्र से प्रस्थान करेंगे, वे भी पवित्र वरुणदेव के कृपाकांक्षी रहेंगे। आप आश्वस्त हों।"

उग्रसेन चुप हो रहे, किंतु चिंतित।

वासुदेव कुछ क्षण शांत रहकर पुनः बोल पड़े थे, “इस बीच जरासन्ध के अगले आक्रमण के लिए मथुरावासियों को तैयार रहना होगा और इसी बीच मथुरा से जन-प्रस्थान की तैयारियां भी करनी होंगी।”

उग्रसेन ने कुछ नहीं कहा था, किंतु भृकुटियों पर आई सिकुड़न और माथे पर उभरी लकीरें प्रकट कर रही थीं कि मथुराधिपति गहन विचार में ही नहीं, उससे कहीं गहन चिंता में उलझे हुए हैं।

मन उद्धव का भी हुआ था, पूछें, यहां से हम सब कहां जाएंगे कृष्ण? किंतु नहीं पूछा। श्रीकृष्ण की गंभीर मुद्रा प्रकट कर रही थी कि जो योजना बना चुके हैं, उस पर वह भी कम नहीं सोच रहे हैं। लगा कि उद्धव का प्रश्न इस विचार-क्रम को खण्डित करेगा।

अतः शांत रहना ही श्रेष्ठ। वही किया।

श्रीकृष्ण बोले थे, “मित्र, कुछ समय के लिए विश्राम करना चाहता हूं।”

समझ गए उद्धव। अभिवादन किया और द्वार से बाहर निकल गए। जाते-जाते केवल यही देख सके थे कि कृष्ण की दृष्टि पुनः उसी कोने में जा ठहरी है। सपाट दो दीवारों के बीच की सूनी-लंबी लकीर पर, जैसे मस्तिष्क के सामने मंथन-यात्रा की एक लंबी, किंतु सीमाहीन राह खिंची हुई हो।

बाहर आकर चुपचाप अपने कक्ष में चले आए, विचारमग्न। कहां जाएंगे? किस दिशा में? किस तरह? कितनी लंबी यात्रा होगी वह? मथुरा के ही नहीं, जनपद क्षेत्र के असंख्य स्त्री-पुरुषों, बालकों और वृद्धों की एक भीड़ दृष्टि-पटल पर उभर आई थी। उसके साथ-साथ उभर आया था वह समूचा कल्पना-चित्र जब मथुरावासी मथुरा छोड़कर किसी अजनबी राह पर निकल पड़ेंगे। पशुधन होगा उनके साथ। रोते-बिलखते मचलते बालक वृद्धों की अंगुलियां थामे होंगे, माताओं की गोदों में दुबके होंगे। प्रकृति के अनेक प्रकोपों-ऋतुओं के प्रलापों को झेलता हुआ यह छोटा-सा जन-सागर चला जा रहा होगा। कहीं दूर, बहुत दूर।

सिहरन हो आई थी उद्धव के शरीर में। एक तो निरंतर युद्धों से थके-हारे लोग और उस पर सब कुछ छोड़-छाड़कर जीवन रक्षार्थ किसी नए जनांचल की खोज में निकल पड़े वे लोग।

क्या श्रीकृष्ण उचित कर रहे हैं? लगा था कि निर्णय उचित नहीं है। एक क्षण के लिए उत्तेजना भी हुई थी शरीर-मन में। लगा कि उठें और सीधे कृष्ण के सामने जा खड़े हों। आधिकारिक ढंग से प्रश्न करें, "क्या यह विचार ठीक होगा, कन्हैया?"

पर तुरंत प्रश्न ज्वार की तरह उभरा और बैठ गया। न, ऐसा करना ठीक नहीं होगा। अनधिकार चेष्टा हो जाएगी और फिर यह कैसे भूल रहे हैं उद्धव, कि श्रीकृष्ण उस निर्णय को लेने के बाद स्वयं भी कम विचार-मंथन करते नहीं दीख रहे थे।

उद्धव ने शरीर में भी थकान अनुभव की, मन में भी। लगा कि व्यर्थ के नीतिचक्रों में उलझकर अपने-आप को थका लेते हैं। एक ओर पड़े आसन पर लेट रहे।

फिर किस पल निद्रा ने उन्हें समेट लिया, पता ही न चला।

पन्द्रहवीं बार!

जरासन्ध कितने दिनों से नहीं सोए हैं और यदि सोए भी हैं, तो कितने पहर सो सके हैं? जितने पहर सोए हैं, क्या सहज-स्वाभाविक निद्रा ले सके हैं?

कुछ भी स्मरण नहीं। केवल स्मरण है, मथुरा, छोटे बिन्दु-सी मथुरा का समुद्रवत् संघर्ष। इस संघर्ष के हर परिणाम में मिली है पराजय।

सेना से अधिक जरासन्ध के शक्तिदंभ की पराजय। कभी-कभी अनुभव होता है, जैसे किसी चूहे ने विशाल आकाश को कुतर डाला हो। चींटियों ने मदमत्त हाथियों को आक्रमण करके मार दिया हो, बौनों ने आकाश के असंख्य तारे बीन लिए हों।

आश्चर्य! महाश्चर्य! यही कहा था कुछ समय पूर्व पौण्ड्रक ने। सभा-भवन

में विशेष चर्चा कर रहे थे मगधपति। लगा था कि मूर्ख पौण्ड्रक उन पर व्यंग्य कर रहा है। कितना उपहास अनुभव हुआ था उस आश्चर्य और महाश्चर्य के शब्दों से! क्रोधावेश में महाशक्तिशाली जरासन्ध की मुट्ठियों ने इस जोर से सिंहासन की मूठें पकड़ी थीं जैसे उन्हें कुचल डालेंगे, भींचकर चकनाचूर कर डालेंगे। ठीक उसी तरह, जिस तरह मथुरा और बूढ़े राजा उग्रसेन के उन अल्पायु बालकों को चूर-चूर कर डालना चाहते हैं, कृष्ण और बलभद्र।

प्रारंभ के आक्रमणों की विफलता ने मगधराज को आपने ही भीतर हंसाया था, आश्चर्य से केवल कहा करते थे, अहा! निश्चय ही कौतुकपूर्ण! सचमुच बालक बहुत चपल हैं!

किंतु जैसे-जैसे पहले से अधिक और अधिक शक्ति जुटाकर मथुरा पर आक्रमण करते गए, वैसे-वैसे अनुभव हुआ, जैसे एक के बाद एक थप्पड़ खा रहे हों। यह थप्पड़ वीर बृहद्रथ के शक्तिमान पुत्र पर नहीं, सम्राट् जरासन्ध पर भी नहीं, अपितु मगध की अगाध शक्ति पर पड़ता है, तिलमिला डालने वाला थप्पड़!

और अब तो यह थप्पड़ क्रमशः चीखें बनने लगे हैं, पीड़ादायी चीखें। इसी कारण तो चीख पड़े थे पौण्ड्रक पर, "शांत हो! मैं कहता हूं, शांत हो जाओ, वासुदेव!"*

सहमकर चुप हो गया था पौण्ड्रक। केवल दुष्टबुद्धि राजा ही नहीं था वह। जरासन्ध से कहीं अधिक कुटिल और क्रूर भी था। दंभोक्तियां और

---

* श्रीकृष्ण की नकलः पौण्ड्रक केवल नाम से नहीं, शरीर चिह्नों, कपड़ों आदि से भी श्रीकृष्ण की नकल कर अपनी पूजा करवाया करता था। श्रीकृष्ण ने स्वयं कहा है, "अपने को 'पुरुषोत्तम' कहकर सदा मेरे चिह्नों को धारण करने वाला, बंग, पुण्ड्र, किरात देश का अधिपति, मिथ्या वासुदेव, महापराक्रमी पौण्ड्रक भी इस समय जरासन्ध के ही अधीन है।" (महाभारत, सभापर्व, अध्याय 14 पर श्लोक-क्रम 16 से 20) सूरदास के अनुसार पौण्ड्रक, पुण्ड्र का राजा है।

दूसरा वासुदेव भगवान् : पौण्ड्रक ने स्वयं को दूसरा भगवान वासुदेव घोषित किया और असली कहा। एक बार कृष्ण को भी उसने संदेश भिजवाया कि वही (पौण्ड्रक) असली भगवान् है। इसके विपरीत क. मा. मुंशी ने 'कृष्णावतार' में समुद्र तट क्षेत्र के करवीरपुर (कोल्हापुर) के राजा श्रृंगलव द्वारा यह हरकत करना बतलाया है। मैंने सूरदास के द्वारा कहे गए पौण्ड्रक-संबंधी कथन को ही आधार माना है।लेखक

असत्य भाषण करके अपने पौरुष का प्रचार उसकी आत्मशांति हुआ करता था, किंतु वह सब महाबली जरासन्ध के सामने नहीं चल सकता! वहां पौण्ड्रक की एक ही शक्ति चलती है। चाटुकारिता और कुटिल बुद्धि से निकली छलनीति। यही उसका मैत्रीगुण और यही कुछ उसका शक्ति-सहयोग।

सहमी, सकुचाई दृष्टि से पौण्ड्रक ने सम्राट् के आवेशपूर्ण चेहरे को निहारा था, फिर दृष्टि झुका ली। होंठ सी लिए।

एक ओर बैठे, हंस और डिम्भक। असामान्य रणनीति जानने वाले योग्य सेनानायक। पिछले पन्द्रह युद्धों में मथुरा तक वही गए थे, जय की हुंकार भरते गिरिव्रज से निकले थे, और पराजय की पीड़ा से कांपते, थर्राते लौटे।

जरासन्ध ने हर बार उन्हें क्षमा किया था। क्षमा किया था या केवल अस्ति-प्राप्ति की अन्य दो बहिनों के भविष्य और सौभाग्य का विचार करके जीवित छोड़ दिया था?

पौण्ड्रक को लगता था केवल यही कारण है कि हंस और डिम्भक इस समय तक जीवित हैं अन्यथा मगधपति पराजयी चेहरों को देखना भी अपना अपमान मानते हैं।

किंतु हंस और डिम्भक को सहा था उन्होंने। सहे जा रहे थे। बोले थे, "एक बार पुनः...भयावह आक्रमण...इस आक्रमण के साथ मथुरावासियों का संपूर्ण नाश होना चाहिए। गदाप्रहार की तैयारियां की जाएं! तुम दोनों स्वयं जाओगे।"

सोलहवें आक्रमण का सूत्रपात हुआ। उससे पूर्व भयावह गदाप्रहार की तैयारियां!

पुंड्रराज पौण्ड्रक, हंस और डिम्भक सभी शांत रहे। सम्राट् का आदेश उनके समूचे वर्तमान और भविष्य पर एक गूंज की तरह बिखर गया। ऐसी गूंज, जिससे मस्तिष्क कभी मुक्त नहीं हो पाते।*

सम्राट सहसा उत्तेजनापूर्ण शांति समेटे हुए चुप हो रहे थे।

---

* पुंड्र : राजा था पौण्ड्रक। जरासन्ध का मित्र था पुंड्र वर्तमान वीरभूमि और हजारीबाग जिले (सन्थाल परगना) का उत्तरी भाग है। अनेक जगह इसे (पौण्ड्रक को) पुरुषोत्तम भी कहा गया है।

हंस और डिम्भक ने क्रमशः प्रणाम किया, फिर सभा भवन के विशेष विचार-कक्ष से बाहर चले गए।

विशेष कक्ष में कुछ देर शांति रही, फिर पौण्ड्रक ने विनम्र स्वर में कहा था, "मैंने पूर्व में एक सुझाव दिया था, राजन्!"

जरासन्ध बोले नहीं। केवल पौण्ड्रक की ओर देखा। सहमते हुए पौण्ड्रक ने कहा था, "विशाल मगधसेना का उपयोग करने के बजाए यदि कालयवन की मैत्री का उपयोग किया जाए, तब अधिक अच्छा रहेगा।"

जरासन्ध कुछ क्षण सोचते रहे। ऐसे जैसे पौण्ड्रक के विचार में बहुत गहराई हो, फिर कहा, "इस आक्रमण के पश्चात् मथुरा मथुरा न रहकर श्मशान हो जाएगी, पौण्ड्रक। तुम आश्वस्त रहो! स्वयं वीर हंस और डिम्भक यादव गणसंघ का संपूर्ण नाश करके लौटेंगे।"

"जानता हूं, देव, बहुत अच्छी तरह जानता हूं। हंस और डिम्भक की रणनीति पर भी पूर्ण आश्वस्त हूं, किंतु मैं कुछ अतिरिक्त विचार कर रहा था।"

जरासन्ध ने पुनः दृष्टि उठाकर पौण्ड्रक को देखा। जानते थे कि पौण्ड्रक की कुटिल नीति यूं ही नहीं होगी। वह अवश्य ही कोई अन्य मार्ग सोच चुका होगा।

सम्राट् के दृष्टि-प्रश्न ने पौण्ड्रक को उत्साहित किया। लगा कि राजा को अधिक प्रभावित करने का यही अवसर है। ऐसे ही अनेक अवसरों पर अपनी कूटनीति से उसने स्वयं को जरासन्ध का विश्वस्त सिद्ध किया था। एक अवसर और...।

बोला, "मगधपति, निरंतर आक्रमणों ने मथुरा की शक्ति नष्ट-भ्रष्ट कर दी है। अब जिस आधार पर भी वे लड़ रहे हैं, केवल उनकी स्वातंत्र्य भावना है।"

"निस्संदेह।" जरासन्ध ने सहमति व्यक्त की।

पौण्ड्रक ने अधूरी सम्मति को पूर्णता दी, "ऐसे अवसर पर यह भी संभव है कि वे मगध के आक्रमण-क्षेत्र से हट जाने का प्रयत्न करें।"

"तुम कहना क्या चाहते हो मित्र?"

पौण्ड्रक अब तक समझ चुका था। जरासन्ध उसके नीति-चक्र में उलझ

गए हैं। अधिक योग्यता प्रकट करने की दृष्टि से किसी विचारचेता की तरह टहलते हुए उसने बात प्रारंभ की, "महामति, मैं केवल यह निवेदन करना चाहता हूं कि इस समय के लिए सर्वाधिक उपयोगी रणनीति यही होगी कि एक ओर मथुरा को निरंतर आक्रमणों से त्रस्त किया जाए और दूसरी ओर कालयवन जैसे दुःसह शक्ति की ओर मैत्री का हाथ बढ़ाया जाए। इस तरह निश्चित ही हम ऐसी स्थिति का निर्माण कर सकेंगे, जब मथुरावासी मथुरा को छोड़कर कहीं अन्यत्र निकल पड़ें।"

"फिर?"

"फिर मार्ग अति सरल है," पौण्ड्रक ने उत्तर दिया, "जिस समय यादव गणसंघ के लोग शरणार्थियों की तरह भारत क्षेत्र के किसी भूखण्ड में आश्रयस्थल खोज रहे होंगे और श्रीकृष्ण-बलभद्र उनके बीच, किसी न किसी रूप में चिढ़ का कारण बन चुके होंगे, सभी का नाश सफलतापूर्वक किया जा सकेगा।"

जरासन्ध पौण्ड्रक की ओर पल-भर टकटकी लगाए देखते रहे। सहसा प्रसन्न हो उठे। निश्चय ही आश्चर्यजनक तीव्रबुद्धि और राजनीतिक चातुर्य का परिचय दिया था पौण्ड्रक ने। एक क्षण के लिए विश्वास नहीं हुआ था कि पौण्ड्रक में उतनी राजबुद्धि होगी फिर इस उलझाव में पड़े बिना उन्होंने कह दिया था, "संभवतः तुम ठीक ही कहते हो, पौण्ड्रक, इस समय यही उचित होगा।"

"तब कालयवन तक संदेश की व्यवस्था की जाए, महाराज!"

"निश्चय ही।" जरासन्ध बोले, सहसा प्रश्न कर दिया था उन्होंने, "किंतु वीर कालयवन तक यह संदेश लेकर जाएगा कौन?"

पौण्ड्रक को सहसा उत्तर नहीं सूझा था।

जरासन्ध ने ही उत्तर दिया। वक्र मुस्कान के साथ बोले थे, "तुम! तुम स्वयं ही कालयवन तक मगध के राजदूत बनकर जाओगे, पौण्ड्रक।"

"किंतु राजन, कालयवन, दूर दक्षिण भारत में है और इसमें काफी समय लग सकता है।"

"उस समय तक हंस और डिम्भक मथुरा को देख-समझ लेंगे," सम्राट् मुड़े थे, "अब नीतिज्ञ मगध-दूत कालयवन तक संदेश पहुंचाने की तैयारी करें!"

पौण्ड्रक कुछ कह नहीं सका। सोच पाता और कहता, इसके पूर्व ही जरासन्ध तेजी से शयन-कक्ष की ओर चल पड़े।

विचार-कक्ष का द्वार इतनी तेजी से खुला था, जैसे महाराज जरासन्ध ने घन-गर्जना की हो। स्वर, जो बिजली की तरह कौंधता था और निर्णय, जिसकी शब्द घोषणा भरतखण्ड के अधिकाधिक राजाओं को दहला देती थी। ठीक ऐसी ही गति और स्वर हुआ था द्वार का।"

सहमकर वीरभद्र एक ओर हो गया। केवल वही क्यों, प्रहरी भी सिहर गए थे।

कुछ पलों तक वे विशालदेह जरासन्ध को हतप्रभ दृष्टि से निवास और शयन-कक्ष की दिशा में जाते देखते रहे, फिर मुड़े। वीरभद्र ने देखा था कि पौण्ड्रक धीमी, किंतु चिंतित चाल में विचार-कक्ष से बाहर निकले। अपनी राह लगे।

विचार-कक्ष के प्रहरियों के बदलने का समय आ चुका था। सबने अपने-आप को हल्का अनुभव किया।

सभा-भवन खाली हो चुका था। प्रहरियों ने एक बार भीतर पहुंचकर भवन को टटोलती निगाहों से देखा, फिर द्वार बन्द किए। उनका सेवा-समय पूरा हो गया था। मुख्य मार्ग तक वे साथ-साथ आए, फिर विदा हो लिए। सहसा एक ने मुड़कर दूसरे से पूछा था, "तुम चलते हो, वीरभद्र?"

"कहां?"

"क्रीड़ा गृह।"

"नहीं, अब मैं विश्राम करूंगा।" दूसरे ने, जिसका नाम वीरभद्र था, इस तरह उत्तर दिया, जैसे वह बहुत थका हुआ हो। पहले ने कहा, "जैसी तुम्हारी इच्छा।" फिर वह चला गया।

वीरभद्र तीव्रगति से अपनी दिशा में बढ़ चला। सभा-भवन में हुई बातचीत का हर शब्द उसके माथे में इस तरह घूम रहा था, जैसे शिलालेख पर अंकित हो गया हो, पर लगता था कि बहुत कुछ है, जो अनसुना-अनजाना रह गया है। जब सम्राट् जरासन्ध अपने निवास कक्ष की ओर गए, तब

दुष्ट पौण्ड्रक उनके पीछे-पीछे ही गया था। क्या कुछ कहा होगा उसने? कितना क्या सुझाया होगा? वीरभद्र उस सबसे अनजान। संपूर्ण जानकारी के लिए मगधराज और पौण्ड्रक के बीच हुई वह अदृश्य वार्ता भी बहुत महत्त्वपूर्ण थी। अधूरी सूचना पाकर प्रसन्न हो जाना तो गुप्तचर धर्म नहीं। वीरभद्र को अपने ही प्रति असंतोष हुआ।

पर पूरी सूचना कहां से पाई जा सकती है? महाराज जरासन्ध के निवास-कक्ष में तो कोई सेवक ऐसा है नहीं जो वीरभद्र को पौण्ड्रक और उनके बीच हुई बातचीत बतला सके और वह बातचीत जाने बिना वीरभद्र की सूचना अधूरी होगी।

तब?

विश्रांति! माथे में अचानक ही एक नाम कौंध आया था। पूर्व मथुराधिपति कंस की विधवा पत्नियों के कक्ष में विशेष सेविका है वह। वीरभद्र के प्रति प्रेम-समर्पिता। इस क्षण उसकी सहायता ही काम आ सकती है।

मगधराज की समूची योजनाएं, कम-से-कम मथुरा गणसंघ और यादवपति कृष्ण-बलराम को लेकर होने वाली बातें उनकी अभागी बेटियों तक अवश्य ही पहुंचती हैं। स्वयं मगधराज ही सब कुछ कह देते हैं उनसे। इस तरह वह पति-वध के प्रतिशोध से भरी अपनी उत्तेजित बेटियों को संतोष पहुंचाया करते हैं। विश्रांति प्रायः राज सुताओं के भवन में होती है। ये बातें वह भी सुनती रहती है। अनेक बार वीरभद्र तक ये बातें उसी से पहुंची हैं और वीरभद्र सफलतापूर्वक उन सभी बातों को मथुरा तक पहुंचाने में समर्थ रहा है। कौन-सी बात, कब, किस संदर्भ में मथुरा के शुभार्थ काम आ जाएगी, तय नहीं। न ही यह सोचना-समझना वीरभद्र का धर्म है। उसका धर्म मात्र ये सूचनाएं मथुरा पहुंचाना है। वही करता है।

कितनी बार, कितनी-कितनी बहुमुखी सूचनाएं तो पहुंचाता रहा है वीरभद्र! मथुरा पर मगध की ओर से होनेवाले हर आक्रमण से पूर्व उसने यशोदासुत को सूचित कर दिया है। अनेक बार तो यहां तक समाचार दिए हैं कि इस बार किस-किस तरह के विलक्षण युद्धास्त्र मगध की ओर से प्रयोग किए जाएंगे। उन सभी सूचनाओं ने मथुरा का बहुत शुभ किया है। कृष्ण की ओर से बहुत स्नेह मिला है उसे। पर कृष्ण के शुभार्थ जितना

कुछ किया जाए, वीरभद्र की ओर से कम ही होगा। वीरभद्र पर बहुत उपकार हैं कृष्ण के। उनके बदले जीवनदान भी कर दे, वह भी कम रहेगा।

वीरभद्र का सोच कुछ शांत हो गया था। विश्रांति के स्मरण ने उसके भीतर जनम आया अधूरापन पूरा कर दिया। सदा की तरह सांझ ढले जब विश्रांति उससे भेंट करेगी, वीरभद्र संपूर्ण सूचना पा लेगा। वह एक हलकापन अनुभव करता हुआ अपने निवास-गृह में पहुंचा और दैनिक कर्मों में जुट गया।

सांझ होते-होते वह विश्रांति की प्रतीक्षा में और दिनों की अपेक्षा कुछ अधिक ही व्यग्र हो उठा था। कितनी ही बार द्वार की ओर देखता, द्वार से बाहर झांक आता, फिर गहरा सांस लेकर बैठा रहता।

निश्चित समय जब विश्रांति आई तो वीरभद्र उसी व्यग्रता के घिराव में घिरा कह बैठा था, "कितनी देर लगा दी तुमने? मैं तो कब से तुम्हारी राह देख रहा था!"

स्वभावतः विश्रांति ने नख़रे के साथ उत्तर दिया था, "सो क्यों? आज ऐसी कौन-सी विशेष बात हुई, जिसके कारण इतने व्यग्र हो? प्रतिदिन इसी समय आ पाती हूं, क्या जानते नहीं हो तुम?"

वीरभद्र को लगा था कि भूल हुई है। सच ही तो विश्रांति सदा की तरह निश्चित समय पर आई थी। यह भी कि व्यग्रता में वह बिसरा बैठा था, विश्रांति प्रेमिका भले हो, किंतु वह मगध की समर्पित राजसेविका है। जिस क्षण जान गई कि वीरभद्र उसकी संवेदना और प्रेम का उपयोग, अपने गुप्तचर धर्म के लिए कर रहा है, उसी दिन वीरभद्र का वध कर डालने तक पर आमादा हो जाएगी। क्यों न हो? विश्रांति का राजधर्म ही नहीं कर्तव्य भी होगा वह। सहसा उसने स्वयं को संयत कर लिया था। चेहरे की व्यग्रता छिपाकर स्नेहिल स्वर में कहा था, "क्या करूं, तुम्हारे प्रेम में हर घड़ी युग की तरह जो बीतती लगती है। अनेक बार भूल ही जाता हूं कि तुम कर्तव्य-कर्म और सेवा समय में बन्धित हो।"

उत्तर नहीं दिया था विश्रांति ने। कुछ पल थकान उतारने के लिए आसन पर वीरभद्र के पास ही बैठ गई थी, फिर कुछ सहज होते ही उठ

पड़ी। सदा की तरह पाकशाला में जाते हुए उसने प्रश्न किया था, "क्या खाओगे आज?"

वीरभद्र सन्ध्या का भोजन विश्रांति के यहां ही करता था। निवास की व्यवस्था राज-प्रहरियों के निवास-स्थल पर थी। जब से विश्रांति उसे मिली, सन्ध्या के भोजन की समस्या ही नहीं सुलझी, मगधपति की राजनीति के अजाने सूत्र जानने की कड़ी भी उसने पा ली। सहसा उसे याद हो आया था, विश्रांति से भेंट की वह असंयोजित घटना। वह अनायास घटना उसकी गुप्तचरी के लिए वरदान साबित हुई थी।

एक क्षण के लिए वह उसी संयोग के स्मरण से जा जुड़ा। वीरभद्र मगधवासी ही था, मगध का नागरिक, किंतु निष्ठा श्रीकृष्ण ने जीत ली थी। वह घटना और...।

मथुरा से कृष्ण का आदेश पाकर जब वह मगध लौटा, तब यही सोचकर चिंतित था कि साधारण-सा प्रहरी होकर वह उतना बड़ा गुप्तचर कार्य कैसे पूरा कर सकेगा। यही कुछ वासुदेव से कहा भी था उसने, "प्रभु, आपका आदेश मुझ जैसा साधारण व्यक्ति किस तरह निबाह सकेगा, समझ नहीं पा रहा हूं। यह भी समझ नहीं पा रहा हूं कि इतना महान् कार्य आप मुझ जैसे साधारण व्यक्ति पर कैसे छोड़ रहे हैं!"

कृष्ण मुस्कुराए थे। वीरभद्र को लगा था कि वह मुस्कान उसके शरीर ही नहीं, आत्मा तक को किसी बंधन में बांध गई है। यह बंधन दीखता नहीं, किंतु किसी चमत्कार या किसी अदृश्य मोहजाल की तरह उसे और उसकी आत्मा को अपने वश में किए ले रहे हैं। समूची शक्ति जुटाकर भी वह इस अदृश्य जाल के उलझाव से मुक्त नहीं हो सकता।

कृष्ण बोले थे, "तुम जो कुछ कह रहे हो, वीरभद्र, मैं जानता हूं। पर यह भी जानता हूं कि यह कार्य तुमऔर केवल तुम ही कर सकोगे। इसी कारण तुम पर सौंप रहा हूं। यही तुमसे मेरा वांछित है और इसका संपूर्ण निष्ठा से निर्वाह ही तुम्हारा वचन निर्वाह होगा।"

"पर वासुदेव?" वीरभद्र को लगा था कि शब्द हैं उसके पास। स्पष्ट नकार भी है, किंतु वह सब कह पाना उसके वश में नहीं। केवल कृष्ण की ओर चुपचाप देखते रहना और उनके कहे को स्वीकार किए जाना ही

उसके वश में था। उस क्षण झुंझलाहट होने लगी थी उसे अपने-आप पर। ऐसा क्यों? क्यों होता है उसके साथ? पहले तो कभी नहीं होता था? किसी के सामने वीरभद्र इतना शक्तिहीन, शब्दहीन नहीं हुआ, फिर कृष्ण के सामने ही क्यों हो जाता है? सुना था, कन्हैया के पास अदृश्य शक्तियां हैं। मोहिनी शक्ति! निस्संदेह मोहिनी शक्ति में ही बांध लेते हैं वह। वीरभद्र को उसी बार नहीं, अनेक बार यही अनुभव हुआ था। उस क्षण भी किया। बहुत कुछ कहना चाहकर भी शब्दहीन रह गया वह। मस्तिष्क विचारों से भरा हुआ, गले में नकार का शब्द, किंतु सब जड़। मस्तिष्क से स्वर तक। सब जड़। लगा था, शक्तिहीन हो उठा है वह।

कृष्ण आगे कहने लगे थे, "अब जाओ, मगध-प्रस्थान की तैयारियां करो, वीरभद्र! मुझे ज्ञात है कि तुम सब कुछ सरलता से कर लोगे। सिद्धि तुम्हारे पास है। तुम्हारा यह साधारणत्व ही तुम्हें असाधारण शक्ति देगा। मैं आश्वस्त हूं।"

बेबस, बेचैन वीरभद्र ने प्रणाम किया था। उनसे विदा ली। झुंझलाता हुआ सोचता आया था। क्या सचमुच ही बेबस और बेचैन था वह? नहीं, यह शब्द उसकी मनःस्थिति के योग्य नहीं। उसकी मनःस्थिति एक ही होती है, कृष्ण के सामने अवश। अवश ही नहीं, देहहीन, बुद्धिहीन, जड़ खिलौने जैसी। वह जहां चाहें, जैसे चाहें उसे उठाकर रख दें और केवल वीरभद्र की ही तो यह दशा नहीं है? समूचे यादव गणसंघ में किसी भी आयु, बुद्धि, पद और शक्ति का पुरुष क्यों न हो, वह श्रीकृष्ण के लिए केवल खिलौना है, ऐसा खिलौना, जिसका संचालन केवल वही करते हैं। वे ही कर सकते हैं।

वीरभद्र भी ऐसा ही खिलौना।

और इसी खिलौने की तरह वह मगध चला आया था। मगधवासी, किंतु मथुरा के लिए समर्पित। जरासन्ध का सेवक, किंतु श्रीकृष्ण का खिलौना। मुक्ति की चेष्टा करते हुए भी मुक्तिहीन बंधक।

और विचित्र है यह बन्दीभाव। अदृश्य, मोहक और शक्तिदायक। बुद्धि, विवेक, सेवकधर्म से लेकर समूचे व्यक्तित्व को अपने भीतर जकड़े हुए।

एक स्वर ने सहसा विगत-स्मरण की कड़ियां तोड़ दीं, "क्या हुआ? कहां खो गए तुम?"

"हं?...हां-हां...।" वह पुनः वर्तमान से जुड़ गया। अपने-आप खिसियाया हुआ-सा बड़बड़ाया, "कहो? क्या बात है?"

विश्रांति सामने थी। आश्चर्य और अविश्वास से भरी हुई। दृष्टि वीरभद्र की आंखों को कुरेदती हुई, "तुमसे मैंने कुछ पूछा था। स्मरण है तुम्हें?"

"हां, है" वीरभद्र ने जैसे दूर-दूर सारे कमरे में बिखर चुके अपने विवेक के टुकड़े बटोरे। कठिनाई से स्वयं को संयोजित करने की चेष्टा करते हुए कहा, "स्मरण है, तुमने...तुमने पूछा था कि क्या खाऊंगा? पर मैं...।"

"हां-हां, क्या हुआ तुम्हें? उत्तर नहीं दिया तुमने कुछ?" विश्रांति ने आत्मीयतापूर्ण दबाव के साथ प्रश्न किया। आश्चर्य और अविश्वास भी उसकी दृष्टि में था। जाने क्यों उसे लगा था, जैसे वीरभद्र कुछ असहज हो उठा है, किंतु क्यों? कारण? वह अपने भीतर शंका का अंकुर प्रस्फुटित होते हुए अनुभव कर उठी।

"इसलिए...इसलिए कि आज मुझे कुछ विशेष खाना ही नहीं है।" वीरभद्र ने उत्तर दिया।

"क्यों?" वह अधिकारपूर्वक पूछने लगी।

"क्यों का क्या प्रश्न है?" वीरभद्र ने कहा, "भूख जो नहीं है और भूख ही न हो तो भोजन कैसा?"

"क्यों नहीं है भूख?" सहसा विश्रांति का स्वर तीखा हो गया था। उसमें पत्नीवत् अधिकार और स्नेह का नुकीलापन था। वीरभद्र की समझ में नहीं आया था, क्या कहें?

"बस, नहीं है।" इस बीच वीरभद्र ने स्वयं को शांति से बटोरा। अपने ही भीतर एक स्मरण-यात्रा कर डाली। चित्रवत्! प्रार्थना के निःस्वर बोल उठे, 'हे कृष्ण! किन-किन परीक्षाओं से निकलना होगा मुझे?'

लगा था कि अनायास उसने अपने भीतर संपूर्ण चेतनता का आभास किया है। विद्वत्! मन, शरीर और स्वर सभी कुछ सहज हो गए थे।

आश्चर्यजनक सहजता के साथ बोला था वह, “कभी-कभी तुम्हारे स्नेहाधिकार पर मुझे चिंता से अधिक भय अनुभव होने लगता है, विश्रांति, जाने क्यों अनुभव होता है, जैसे मैं प्रेमल विश्रांति के सामने किसी-किसी क्षण, विशेषकर भोजन के समय, बालकवत् हो जाता हूं और तुममें भी विचित्र-सी ममता जनम आती है। वैसी ही शक्ति, वैसा ही अधिकार, वैसा ही अपनत्व, अखण्डित अपनत्व। इसे तुम्हारा स्त्रीत्व कहूं या ईश्वरीय शक्ति या केवल शक्ति?”

विश्रांति विस्मय से उसे देखती रही। कुछ पल शांत रही। सहसा हंस पड़ी। इतनी जोर-जोर से खिलखिलाकर हंसने लगी, जैसे बच्ची हो गई हो।
वीरभद्र ने इस बार पूछा, “क्या हुआ? क्या हुआ देवी?”

“कुछ नहीं, कुछ भी तो नहीं,” हंसते हुए वह शब्द निरंतरता में नहीं बोल पा रही थी, हांफते हुए जैसे-तैसे बात पूरी कर सकी, “तुम्हारी बातों पर हंस रही हूं।”

“सो क्यों?”

“मुझमें अपनी माता के दर्शन जो कर रहे हो तुम?” वह सहज हुई।

“इसमें आश्चर्य की क्या बात है? देवर्षि नारद ने स्त्री मात्र को शक्ति कहा है। मातृभाव से ही देखा है। मातृत्व स्त्री की अनेक शक्तियों में से एक है। उसकी महाशक्ति! पृथ्वी-सी विशाल, आकाश-सी अनंत और जल-सी अथाह।”

“बस-बस...बस, रहने दो!” विश्रांति अनायास ही विभोर होकर कह उठी, फिर मुड़कर पुनः स्नेहिल स्वर में प्रश्न कर दिया, “सच ही तुम भोजन नहीं करोगे?”

वीरभद्र बहुत कुछ सहज हो चुका था। लगा था कि विश्रांति के मन में आई शंका को धुंधला चुका है, अतः कहा, “तुम कह ही रही हो, तो थोड़ा-बहुत खा लूंगा।”

विश्रांति भोजन की तैयारी में लग गई।

एकांत पाकर वीरभद्र विगत और आगत के बीच विचार सेतु बनाने लगा। अनचाहे ही उसे स्मरण हो आया कि श्रीकृष्ण ने किस तरह उसकी जीवनरक्षा की थी और फिर कितना बड़ा विश्वास सौंप दिया था उस पर?

उसी विश्वास को निबाहने के लिए वह सब कुछ किए जा रहा था। अनेक बार लगता था कि देशद्रोह कर रहा है, किंतु श्रीकृष्ण के वे शब्द। उन शब्दों के स्मरण तक में मोहिनी छाई हुई है। जब-जब स्मरण करता है, पूर्वापेक्षा कृष्ण-कार्य में अधिक सन्नद्ध हो उठता है। लगता है कि जो कुछ कर रहा है, उचित ही है। यही उसका कर्म-धर्म!

एक बार पुनः सोचने लगा था वीरभद्र? क्या है उस बालक में? कैसा मोह चक्र मनुष्य को बांध लेता है? किस तरह शब्द आदि-अंत से हीन होकर बिना किसी ओर-छोर के मन, शरीर और प्राणों तक को जकड़ जाते हैं?

निस्संदेह आश्चर्य की बात थी। अलौकिक ही कहना होगा उसे। अतः कृष्ण अलौकिक लगते हैं, मानव से परे, कुछ और। यह कुछ और क्या होता है? ईश्वर?

वे शब्द? वीरभद्र ने पल-भर के लिए विश्रांति की शय्या पर लेटकर पलकें मूंद ली थीं। लगता था कि दृश्य साक्षात् हो गया है, जीवंत। बिलकुल वैसा ही, जैसा घटा था।

वीरभद्र मथुरा भेजे गए मगध के अनेक गुप्तचरों में से एक था। कंस-वध जिस अलौकिक ढंग से हुआ, उसका साक्षात् दृश्य भी देखा था उसने। दोनों बालकों की असामान्य और असाधारण शक्ति ने उसे दहला दिया था। विशालदेह वीरभद्र का।

फिर अस्ति और प्राप्ति की विदा-वेला आई। उस समय भी वीरभद्र ने सब कुछ देखा। क्रोधित अस्ति के शोक-प्रलाप ने यादव-अंधक और वृष्णिवंशियों में से बहुतेक वृद्धों तक को असहज बना छोड़ा था। सब उत्तेजना में भरे हुए थे। ऐसे-ऐसे श्राप दे रही थी वह कि विश्वास ही नहीं होता था, मगधराज की पुत्री होगी! भला किसी राजकन्या से वैसे अपशब्दों की आशा की जा सकती है? एकदम संस्कारहीन।

वीरभद्र ने भी घृणापूर्वक कृष्ण को देखा था तब। सहसा घृणा तिरोहित हो गई थी। मन अचरज से भर उठा था, कृष्ण! कितने सामान्य! कितने सहज और नितांत अविचल!

विशेषकर उस स्थिति में, जबकि सब कुछ उन्हीं के लिए कहा जा रहा हो! केवल मात्र कृष्ण के लिए! बलभद्र से भी उतना रोष-क्लेश नहीं था अस्ति को। कितना कोस रही थी वह! किंतु श्रीकृष्ण सहज। ऐसे जैसे जल में विशाल चट्टानें बरसाई जा रही हों और इर्द-गिर्द लहरें भी न उठें। हां, ऐसी ही प्रतिक्रिया हो रही थी उन पर।

सकपकाया हुआ वीरभद्र देखता रहा था उन्हें। लगा था कि असामान्य हैं। अगले ही पल अनुभव हुआ जैसे आवश्यकता से अधिक धूर्त हैं वह। एक सीमा तक निर्लज्ज। घृणा करने को पुनः मन चाहा, किंतु घृणा करे या कौतूहल, दुविधा ने मन को घेर लिया।

फिर इसी दुविधा के दौर में वह घटना घटी, जब कृष्ण से साक्षात् हुआ उसका। सहसा वह विचारहीन, प्रतिक्रियाहीन, खाली ही होकर रह गया। एक कोरा कागद। इस कागद पर जो श्लोक लिख दो, वही उसका मूल्य। वही उसका अस्तित्व!

यह घटना घटी थी, सन्ध्या-समय क्रीड़ागृह में। मगध के कुछ सेवकों और मथुरावासियों के बीच तर्कातर्क हो जाना।* सुरापान करके उन्मत्त वीरभद्र मार-पीट कर बैठा था मथुरा के सैनिकों के साथ। संपूर्ण नगर ही नहीं, जनपद क्षेत्र उस समय तनाव से भरे हुए थे। एक दिन पहले ही कंस-वध हुआ था। कृष्ण की सभी ओर जय-जयकार हो रही थी। उसी समय वीरभद्र और अन्य मगध सैनिकों ने, जो मथुरा की राजसेवा में मगधराज की ओर से भेजे गए थे, उत्तेजना और आवेश में आकर उपद्रव मचा डाला।

कंस और मगध के प्रति घृणा में डूबे हुए मथुरावासी युवकों ने इस उपद्रव में अनेक मगध सैनिकों को, जो वस्तुतः गुप्तचर थे, बुरी तरह पीट डाला। वीरभद्र नेतृत्व कर रहा था उनका। सहज ही था कि सर्वाधिक प्रहर

---

* 'कृष्णावतार' (कन्हैयालाल माणिकलाल मुंशी) में कहा गया है कि जरासन्ध से बचकर भागते समय बलराम को पहली बार मदिरा की जानकारी हुई और मदिरापान का चाव हुआ। मदिरा उन्होंने पहली बार दक्षिण भारत के समुद्रतटीय क्षेत्र में पी और फिर उसके आदी हो गए, किंतु सूरदास के अनुसार वारुणी (कदम्ब के फूलों से बनी मदिरा) गोकुल से ही सर्वप्रिय थी। वह लिखते हैं :

बारुनि तैं धूर्मित लोचन-दल, गोपिन संग सचुपाए।
बिहरत मतै-मत्त गज बिचरत, करिनि जूथ संग लाये॥

उस पर हुए और वीरभद्र था कि निरंतर कृष्ण-बलराम को कोसता हुआ। वे शब्द भी याद नहीं हैं उसे। केवल इतना याद है कि श्रीकृष्ण को धूर्त, मक्कार, छली, दुष्ट और पापीबहुतेक नाम दिए थे उसने।

"नीच!" एक भयंकर स्वर गूंजा था और फिर वीरभद्र ने अपने ऊपर तेज धारवाले खड्ग को कौंधते हुए देखा था। मृत्युदर्शन ने भयातुर कर दिया था उसे। चीख निकल गई थी मुंह से, मृत्यु!

पर यह क्या? पल-भर पहले उस खड्ग की चमक देखकर जिस वीरभद्र ने मृत्यु-वरण के लिए स्वयं को तैयार किया था, आंखें मूंद ली थी वही पुनः आंखें खोल रहा था। एक स्नेहिल संबोधन ने पलकें खुलवाईं थीं उसकी, "उठो, सैनिक। शांत हो!"

बहुत मधुर, कोमल, स्नेहिल स्वर था वह। वीरभद्र ने उसको आकारयुक्त देखा, कृष्ण सामने खड़े थे। सदा की तरह चेहरे पर शांति, वही समुद्रवत् दृष्टि और मोहक मुस्कान। वीरभद्र का घायल हाथ अपने कोमल हाथ में थामे हुए, "उठो!"

कांपता, थर्राता वीरभद्र उठा। सुरा माथे को घुमाए दे रही थी। पैर लड़खड़ाते हुए। श्रीकृष्ण ने दोनों बांहों का सहारा दिया। उत्तेजित मथुरावासियों को उसने रक्तिम दृष्टि से घूरते हुए देखा और फिर थूक का घूंट निगलकर विस्मित भाव से उस दिशा में बढ़ चला, जिस दिशा में श्रीकृष्ण ले जा रहे थे।

अब न उत्तेजना थी, न शक्ति, न शब्द, केवल वीरभद्र था। लज्जा और ग्लानि में डूबा हुआ। ऐसे जैसे किसी दलदल में समा गया हो, छटपटाहट की शक्ति भी नष्ट हो चुकी हो।

वीरभद्र को रथ पर पहुंचाकर श्रीकृष्ण ने आदेश दिया था, "मगधपति के सैनिकों को उपचार गृह में पहुंचाने की व्यवस्था करो, उद्धव!" फिर वह रथ में वीरभद्र के पास आ बैठे थे। न यह चिंता की थी कि वीरभद्र एक साधारण सैनिक है, न यह विचार कि श्रीकृष्ण के अपने कपड़ों पर अनेक जगह वीरभद्र के बदन से रिसता लहू लग रहा है। पल-पल अपनी सुधि संजोता हुआ। महसूस हो रहा था, जैसे सुरामद में यह सुधियां खण्ड-खण्ड होकर बिखर जाती हैं। बार-बार स्वयं को संजोता है वीरभद्र और माथे की

नसें संपूर्ण चेतनता को पुनः वसंत से पतझर में बदल डालती हैं। गरदन को हौले-हौले झटका देकर स्वयं को संयत किया था उसने। तभी श्रीकृष्ण का स्वर पुनः सुनाई दिया, "खेद है कि आप सशस्त्र और विजयी लोगों ने मगध के उन सैनिकों पर प्रहार किए जो कभी आपके राज्य की सेवा में रहे हैं। लज्जित होना चाहिए, अतिथियों पर प्रहार करते समय। मुझे विश्वास है कि आप मथुरा का गौरव नष्ट नहीं करेंगे।" इसके बाद वह मुड़ गए थे, "चलो, सारथी!"

रथ बढ़ चला।

और रथ के साथ-साथ वीरभद्र की चेष्टाएं। पल-पल विवेक का वसंत जुटाना, पल-पल उस पर पतझर का छा जाना।

विवेक और स्मरण का यह बिखरना-बुहारना कब तक चला, स्मरण नहीं, किंतु जब पलकें खुलीं तो पाया कि अतिथि-गृह के भव्य और आरामदेह कक्ष में है वीरभद्र।

कुछ पलों तक चकित, भयभीत-सा चारों ओर दृष्टि घुमाकर देखता रहा था वह। ऐसा क्यों? फिर रात्रि-आगमन हुआ। स्वयं श्रीकृष्ण ने ही उस चमकते, धारदार खड्ग से उसकी रक्षा की थी। वे शब्द भी याद आए, जब मथुरा के उत्तेजित लोगों को उन्होंने मथुरा में रह रहे मगधवासियों के प्रति अतिथि-भाव से व्यवहार करने का निर्देश दिया था।

अगले ही क्षण पुनः घृणा से भर उठा था वीरभद्र, धूर्त! केवल धूर्त! मात्र धूर्त नहीं, आश्चर्यजनक कूटनीतिज्ञ! वीरभद्र की जीवन रक्षा करके वह उसे सदा-सदा के लिए उपकृत कर देना चाहता है! गोकुल का साधारण-सा ग्वाला और बुद्धि राजनीति के चरम पर पहुंची हुई। सब नाटक है। सब आयोजित।

अभी यही कुछ सोचता हुआ वह शय्या से उठा था कि द्वार खुला। देखा, पीताम्बरधारी, सम्मोहन शक्ति मनुष्य रूप में उसी की ओर बढ़ी आ रही है, कृष्ण!

विचित्र-से भय ने उसे जकड़ लिया। निस्संदेह विचित्र भय! आयुध का नहीं शब्दों का। खड्ग की चमक का नहीं, दृष्टि की कौंध का।

उत्तेजनाजनक चेष्टा का नहीं, स्नेहिल स्पर्श का। अनुभव हुआ, जैसे इस भय से अधिक भयजन्य कुछ भी नहीं है। यह भी कि इस प्रहार का प्रतिरोध किसी बचाव में नहीं है। ठगा-सा देखता रह गया वासुदेव को, फिर स्मरण आया, राजमर्यादा का निर्वाह होना चाहिए। शय्या से उतरने की चेष्टा करने लगा वह।

"न-न, रहने दो! तुम अस्वस्थ हो और अस्वस्थता में मनुष्य सभी व्यावहारिकताओं से मुक्त होता है।" श्रीकृष्ण उसके पास इस तरह लपक आए थे, जैसे सहारा दिया हो।

"किंतु देव!" वीरभद्र के स्वर में कंपन था।

वह मुस्करा पड़े, "देखता हूं कि शरीर से अधिक मन को कष्ट हो रहा है, वीरभद्र, ठीक कह रहा हूं न मैं?" वह एकदम सिरहाने आ खड़े हुए। ऐसे जैसे एक ज्योतिजाल में वीरभद्र को जकड़ते जा रहे हों। हां, वह ऐसा ही अनुभव था। चन्द्र की मधुर, शीतल ज्योतियों के अनंत पंजों का बिखराव जैसा। वीरभद्र शरीर कष्ट भूल गया। उत्तर के लिए शब्द नहीं, पर नाम कैसे पता लगा उन्हें?

श्रीकृष्ण कहे गए, "तुम्हारा नाम कैसे जान सका, यही विचार रहे हो न तुम?"

वीरभद्र के भीतर जो कुछ शब्द जनमे थे, सहसा अंकुराने से पूर्व ही झुलस गए। केवल देखता रहा।

"मगध के जितने अतिथि सैनिक, अधिकारी हैं, सभी की सूचनाएं हमारे पास हैं, वीरभद्र," श्रीकृष्ण बोले थे, "यूं तुम्हारा नाम जान लेना भी सहज था। विशेषकर इस कारण कि तुम केवल सैनिक अधिकारी नहीं हो, तुम हो गुप्तचर और गुप्तचरों के प्रति किसी भी राज्य-व्यवस्था को सतर्क रहना चाहिए।"

वीरभद्र के भीतर भय अधिक गहरा हो गया। श्रीकृष्ण कंस-वध के कुछ समय बाद ही यह ज्ञात कर चुके हैं कि कौन क्या कर रहा था? मन के एक हिस्से में चिढ़ हुई, तो दूसरा पक्ष सराहना से भर उठा।

"कल मगधवासी लोगों से मथुरावालों ने जो व्यवहार किया, उसके प्रति मुझे खेद है, किंतु यह हिंसा मानव स्वभाव है, मूल स्वभाव। इससे

मुक्ति सहसा नहीं मिल पाती, जिस तरह लिप्सा और शक्ति का संयोजन कभी पूरा नहीं होता। निरंतर मनुष्य, निरंतर को प्राप्त करता हुआ भी निरंतर चेष्टारत रहता है कि वह संसार का संपूर्ण बटोर ले!" श्रीकृष्ण कक्ष में टहलने लगे थे। हर कदम के साथ बोले जा रहे थे, "पर वैसा हो नहीं पाता। संसार में बहुत कुछ है। संपूर्ण प्रकृति, और प्रकृति को कौन बटोर सका है भला? हां, प्रकृति ने मनुष्य को अवश्य ही बटोर लिया है। केवल बटोर ही नहीं लिया है एक तरह से आत्मसात् कर लिया है।"

वीरभद्र को पल-भर के लिए अनुभव हुआ, जैसे वह किसी राजनिवास में नहीं, ऋषि की कुटिया में है। मंत्रमुग्ध कर देने वाला मंत्रोच्चारों का अनवरत रस उसके कानों में झर रहा है।

शब्द गूंज रहे थे। ऐसे जैसे घटाओं के घिर आने के बाद पहली वर्षा के मेघों का मोहक गर्जन हो रहा हो। सच ही तो, प्रकृति को कौन बटोर सका है भला? हां, प्रकृति ने अवश्य ही मनुष्य को बटोर लिया है।

कृष्ण पुनः उसके सिरहाने आ खड़े हुए। कहा, "मगधपति भी उन्हीं साधारण पुरुषों में हैं, जो संपूर्ण को बटोर लेना चाहते हैं। यह चेष्टा असाधारण है, असंभव।"

वीरभद्र ने समझ लिया था, किस ओर संकेत कर रहे हैं कृष्ण। कोई उत्तर देना चाहकर भी अपने भीतर उत्तर खोज नहीं सका। लगा कि सच कह रहे हैं वह। भला विशाल मगध राज्य को किसी अन्य राज्य के प्रति लिप्साग्रस्त क्यों होना चाहिए था? फिर मथुरा ही तो नहीं है महाराज जरासन्ध की लिप्सा दृष्टि में? उनकी बटोरन, बंग, पुण्ड्र, किरात, विदर्भ न जाने कितने-कितने राज्यों पर फैली हुई है। एक राज्य समेटते हैं और दूसरे की ओर बढ़ जाते हैं।

श्रीकृष्ण ने कहा था, "सैनिक, मगध के प्रति राजधर्म निबाहना उचित है। तुम्हारे लिए यह भी धर्मानुसार ही है कि राज्यादेश का निर्वाह करो, किंतु तुम्हारे मगधवासी होने के अतिरिक्त एक सत्य और भी है और वह है तुम्हारा मनुष्य होना। इस मनुष्य के धर्म शाश्वत हैं। इन्हीं शाश्वतों पर व्यावहारिक-अव्यावहारिक की कसौटी होती है और इस दृष्टि से देखा जाए, तो तुमने गुप्तचर धर्म को मगध की सेवा के लिए नहीं, अन्य राज्यों को क्षति पहुंचाने के लिए निबाहा है।"

"किंतु...।"

"यह दोष हुआ," श्रीकृष्ण ने तत्परता से कहा था, "मथुरा का गुप्तचर यदि अपने राज्य की रक्षा और मर्यादा बनाए रखने के लिए गुप्तचर कार्य करता है, तब वह उसका राजधर्म भी होगा, मनुष्य धर्म भी, किंतु यदि मथुरा का गुप्तचर, मथुराधिपति के स्वार्थ और लिप्सा में सहयोग करता है, तब वह सेवक धर्म का निर्वाह भले कर ले, मनुष्य धर्म से वंचित होगा, अपराधी भी!"

वीरभद्र निरुत्तर हो गया था। श्रीकृष्ण जो कुछ कह रहे हैं, वह केवल तर्कयुक्त ही नहीं, ज्ञानयुक्त भी है। संपूर्ण चेतना को झकझोरने वाले शब्द हैं उनके। वीरभद्र तर्कातर्क से मुक्त होकर सहसा अपनी चेतना पर एक अदृश्य प्रभाव अनुभव करने लगा था। चाहा था कि वैसा न हो, किंतु श्रीकृष्ण के शब्द, उनका मर्म, उनका तर्क और उनकी सहजता सब मिलकर विचित्र-सा मोहिनीमंत्र बन गए थे।

"मुझसे असहमत होने का तुम्हें पूरा अधिकार है। वीरभद्र, तुम अपनी अभिव्यक्ति के लिए भी स्वतंत्र हो। इसलिए कि तुम एक स्वतंत्र राज्य के नागरिक हो, यह अभिव्यक्ति तुम्हारा अधिकार है और तुम एक स्वतंत्र गणराज्य में अतिथि हो, यहां भी तुम्हारी अभिव्यक्ति को स्वतंत्रता मिली हुई है। कहो, कुछ असत्य, असहज कहा है मैंने?"

एक क्षण के लिए वीरभद्र बुरी तरह उलझ गया था। श्रीकृष्ण जाने के लिए मुड़े थे, "तुम्हें विचार का समय मिलेगा, सैनिक, अभिव्यक्ति का स्वातंत्र्य भी, किंतु मैं यह अवश्य चाहूंगा कि तुम अपने स्वत्व से न्याय करो। क्या सच ही तुम अपने राज्य की सेवा करते-करते, मनुष्य धर्म से वंचित नहीं हुए? धर्म सभी के लिए श्रेष्ठ करने का नाम है। जहां अकारण किसी को क्षति पहुंचे, तब वह सांसारिक कर्म, जिसे मनुष्य धर्म मानता है, अनजाने ही अधर्म बन जाता है।"

वीरभद्र बोल नहीं सका था। लगा कि पहली वर्षा अब केवल मेघ-गर्जन नहीं, झर-झर करती बूंदों में बदल गई है। वीरभद्र के पाषाणवत् हो चुके मानस को तरल करती हुई, पिघलाती हुई। लग रहा था कि श्रीकृष्ण के शब्द उस सांचे की तरह हैं, जिसके भीतर वीरभद्र का संपूर्ण विवेक, ज्ञान और कर्म किसी और आकार में ढलता जा रहा है।

वह एक गहरा श्वास लेकर पुनः शय्या पर लेट गया था। पलकें मूंद ली थीं।

"ऐ सुनो...आर्य?...सो गए तुम?"

"हूं?" वह चौंककर जागा। जागते हुए में जागना कितना चौंकाता है। विश्रांति सामने खड़ी हुई थी। गठीली देह, श्रम से जगमगाता सौंदर्य और मुग्ध-विभोर कर देनेवाली आंखें।

"जगाते-जगाते सो जाते हो तुम?" विश्रांति बड़बड़ाने लगी थी, "आश्चर्य है!" फिर वह पाकशाला की ओर बढ़ चली थी, "आओ, भोजन कर लो!"

वीरभद्र उठा। हाथ धोए और भोजन के आसन पर जा बैठा। विश्रांति ने बिना कुछ कहे, चुपचाप भोजन परोस दिया और वह भोजन करने लगा।

विश्रांति शांत भाव से बैठी उसे देखती रही। वह इस समय भी विगत के उसी स्मरण से जुड़ा हुआ था।

श्रीकृष्ण! श्रीकृष्ण विवेचित मनुष्य धर्म!

उसे सहमति व्यक्त करनी पड़ी थी। श्रीकृष्ण ने कहा था, "जानता था, सैनिक, तुम यही उत्तर दोगे। विवेक-जागरण के पश्चात् सत्यनिर्धारण सहज हो जाता है।"

वीरभद्र के शरीर पर आई चोटें ठीक हो गई थीं तब। मगध के अधिकाधिक लोग जा चुके थे। जो नहीं जा सके थे, वे क्रमशः जानेवाले थे। वीरभद्र ने पूछा था, "यशोदासुत, अब मुझे क्या आज्ञा है?"

"अतिथि को आज्ञा नहीं दी जाती," श्रीकृष्ण मुस्कुराए थे, "अतिथि से केवल उसकी इच्छा पूछी जाती है।"

"तब मैं मगध लौट जाना चाहता हूं, प्रभु!" वीरभद्र ने नमन करते हुए निवेदन किया था।

"अवश्य, व्यवस्था हो जाएगी।" कृष्ण बोले थे, फिर उद्धव को बुलाकर आदेश भी दे दिया था, "वीरभद्र के मगध-प्रस्थान की तैयारी करवा दो, मित्र।"

वीरभद्र लौटने को हुआ, तो कृष्ण ने टोक दिया था, "सुनो, सैनिक।"

वह थम गया।

श्रीकृष्ण ने प्रश्न किया था, "मथुरा में रहकर महाशक्तिशाली महाराज जरासन्ध की सेवा करते हुए तुमने जो पाप किया है, उसका प्रायश्चित्त अवश्य करना!"

वीरभद्र की समझ में नहीं आया, क्या कहे।

वह मुस्कुरा रहे थे, "यह तुम्हीं को निश्चित करना होगा कि वह कैसे करोगे? यों सुझाव दे सकता हूं तुम्हें। एक मार्ग है, जिस पर चलकर मथुरा के प्रति अजाने ही किए गए सभी दोषों से मुक्त हो सकते हो।"

"वह क्या, प्रभु?"

"मगधपति कंस-वध से उत्तेजित होकर मथुरा का सर्वनाश कर डालना चाहते हैं। यह अनुमान तो तुम्हें होगा ही?"

"मैं जानता हूं, नन्दकिशोर, बहुत क्रोध में हैं महाराज।"

"तब यह भी जानते होगे कि मथुरा निर्दोष होते हुए भी मगध की विशाल शक्ति का आक्रमण झेलेगी?"

"हां।"

"तुम चाहो तो निर्दोष मथुरावासियों का शुभ करके, अपना वह सारा दोष मिटा सकते हो जो अकारण ही तुमने मथुरा का अशुभ करके अब तक किया है।"

वीरभद्र चुप रहा। समझ गया था कि श्रीकृष्ण क्या चाहते हैं। क्या अपेक्षा है उससे। श्रीकृष्ण से असहमत नहीं हो पा रहा था वह, किंतु इस विचार से सहमत भी नहीं हो पा रहा था कि दोषमुक्ति के लिए ही सही, वह अपने ही राज्य से विश्वासघात करे। श्रीकृष्ण मगधवासी वीरभद्र को उसी के राज्य में अपना गुप्तचर बनाना चाहते थे।

दुविधाग्रस्त पाकर कृष्ण बोले थे, "सुनो, वीरभद्र! ध्यान से सुनो!" फिर वह उसके पास आ गए थे। दृष्टि में दृष्टि डालकर कहा था, "मथुरा और यादव गणसंघ किसी अन्य राज्य पर अधिनायकवाद नहीं थोपना चाहते। हम केवल अपनी स्वतंत्रता चाहते हैं, जबकि हमें अकारण दोषी मानकर अब तक दुर्जय जरासन्ध ने अपने दासत्व में रखा। अब भी वह निर्दोष

यादव गणसंघ के नर-नारियों का संहार करना चाहेंगे। तब बताओ, मगधवासी के नाते नहीं, मनुष्य के नाते कहो, क्या हमारे लिए कुछ कार्य करके तुम राजद्रोह करोगे?" इससे पूर्व कि वीरभद्र कुछ कह सके, श्रीकृष्ण ने स्वयं ही कहा था, "नहीं, बिल्कुल नहीं, तुम हमारे ही नहीं, संपूर्ण निर्दोषों के रक्षक बनोगे। हम केवल वही सूचनाएं तुमसे चाहेंगे, जो मथुरा की रक्षा करने में काम आएं। आक्रामक मथुरा नहीं, मगध होगा। बोलो, तुम्हारा क्या उत्तर है? मनुष्य के नाते क्या उत्तर है?"

एक बार पुनः उत्तरहीन करके छोड़ दिया था श्रीकृष्ण ने और अगले दिन लम्बे मंथन के बाद वीरभद्र स्वयं ही उनके सामने जा खड़ा हुआ था, "प्रणाम प्रभु!...मुझे मथुरा की सेवा करके प्रसन्नता ही नहीं, आत्मसंतोष मिलेगा।"

श्रीकृष्ण ने स्नेहपूर्वक गले लगा लिया था उसे और वीरभद्र को इस आलिंगन में अनुभव हुआ था जैसे उसका समूचा मानस, चिन्तन, दृष्टि यहां तक कि शरीर ही बदल गया है।

पिछले हर आक्रमण पूर्व वीरभद्र की ओर से श्रीकृष्ण तक सूचनाएं पहुंचती रही थीं। कितनी सेना है मगध की। कितने शस्त्रास्त्र होंगे। कितने संहारक शस्त्रों का उपयोग किया जाएगा। किस तरह रणनीति बनी है। आक्रमण किस-किस मार्ग से, किस-किस साधन से संभावित है और कब।

और हर बार मथुरा की सेनाओं ने उन्हीं सूचनाओं के आधार पर मगध के आक्रांताओं को केवल खदेड़ ही नहीं दिया था, रौंद डाला था, किंतु सदा यही होता रहेगा, संभव नहीं। वीरभद्र भी जान रहा था, मथुरा में श्रीकृष्ण और हर जनपदवासी भी। एक न एक दिन पराजय निश्चित है और पराजय का अर्थ है घोर नरसंहार। जरासन्ध की क्रोधाग्नि में झुलसती, नष्ट होती मथुरा का संपूर्ण राजवैभव और गौरव। समूची यादव जाति।

निःशब्द वह भोजन करके उठ गया था। विश्रांति ने पुनः टोका था उसे, "तुम किसी चिंता में हो, जानती हूं। इस तरह असहज कभी नहीं देखा तुम्हें?"

पाकशाला से बाहर आ गया था वह। चुप किंतु गंभीर। उससे कहीं अधिक चिंतित और व्यग्र।

विश्रांति कुछ देर इधर-उधर काम करती रही, फिर शय्या पर लेटे, थकान में डूबे वीरभद्र के पास पुनः आ खड़ी हुई, "जानूं तो, कौन-सी चिंता ग्रस रही है तुम्हें?"

"कुछ नहीं।" बड़े नाटकीय ढंग से वीरभद्र ने उत्तर दिया, होंठ भींचकर पुनः विचारग्रस्त हो गया।

इस बार विश्रांति ने नाराजी जाहिर की, "ठीक है, नहीं बताते हो, तो न सही, किंतु स्मरण रहे, यह सब मुझे अच्छा नहीं लग रहा।" वह उठकर जाने को हुई।

वीरभद्र ने कलाई थाम ली उसकी। कहा, "जान भी लोगी तो कुछ लाभ नहीं होगा। केवल मानसिक क्लेश और खिन्नता ही पाओगी। जैसे मैं पा रहा हूं।

"इस कारण कि उस समस्या का सुलझाव हमारे वश में नहीं है।"

"पर कौन-सी समस्या है, वह तो सुनूं?" विश्रांति ने जिद पकड़ ली। यह जिद स्वभाव है उसका। वीरभद्र जानता था। कितनी ही बार इस जिद के कारण ही बहुत कुछ जानने को मिला था उसे। राजनिवास और उसके भीतर अंतःपुर में बैठी जरासन्ध की विधवा बेटियों की समूची कुण्ठाओं के समाचार। वे समाचार भी जब जरासन्ध ने उन्हें शांति देने के लिए अपनी नई योजनाएं बतला दी थीं। वे योजनाएं भी बतला दी थीं कि मथुरा और कृष्ण-बलराम को किस तरह दण्डित कर रहे हैं वह या किस तरह करने वाले हैं।

वीरभद्र को अनायास पुनः स्मरण हो आया था, उसे ज्ञात करना है, दुष्टात्मा पौण्ड्रक ने क्या कूटबुद्धि दी होगी मगधपति को। एकदम कह दिया था, "चिंताग्रस्त होने को व्यक्तिगत रूप से कुछ भी नहीं है, विश्रांति, जो है, वह उस मनुष्य के रूप में है, जिसने एक मगधवासी के नाते जन्म लिया है और मथुरा में रहकर मनुष्यमात्र की एकात्मता देखी है।"

विश्रांति मुड़ी, "तुम कहना क्या चाहते हो, वीरभद्र?"

"यही कि मगधराज जरासन्ध मथुरावासियों पर जो निरंतर आक्रमण किए जा रहे हैं, उसमें राज्यों की जय-पराजय, कम, मनुष्य मात्र का वध-यज्ञ अधिक है। भले वे सामान्य जन, जो युद्ध में मारे जाते हों, मथुरा के हों या मगध के, किंतु मानव-वध तो होता ही है। क्या मालूम अब जबकि पुनः मगध को पराजय मिली है महाराज अधिक शक्ति से आक्रमण कर बैठें! यही चिंता रह-रह कर मन को कष्ट देती है।" बोलते-बोलते न चाहकर भी वीरभद्र भावुक हो उठा था। जो कह रहा था, सब गुप्तचर भाव से विश्रांति के भीतर से रहस्य उगलवाने के लिए था, किंतु न जाने क्या हुआ, स्वयं भावुक हो गया! इतना कि अगले शब्दों का उच्चारण भर्राया हुआ था। जैसे जल में शब्द डुबकियां ले-लेकर निकल रहे हों। हांफते, कराहते, थके हुए।

विश्रांति एक पल के लिए स्तब्ध होकर देखने लगी थी उसे। वह चुप था, पर कितने कोलाहल के भीतर है, यह भी देखा था उसने!

विश्रांति ने अपने को सहेजा। कहा, "कभी-कभी मैंने भी सोचा है, वीरभद्र, किंतु उस तरह अनुभव नहीं कर सकी हूं, जिस तरह तुम करते होगे। संभवतः तुम सैनिक के नाते वधिक और वधित दोनों की पीड़ा जानते हो। तुम्हारी यह आशंका गलत नहीं है कि मगधराज पुनः आक्रमण कर सकते हैं। तुम्हें ज्ञात नहीं, किंतु मुझे मालूम है। आक्रमण के आदेश भी दिए जा चुके हैं। इस बार मथुरा पर भयंकर आक्रमण होगा। स्वयं हंस और डिम्भक इस आक्रमण का नेतृत्व करेंगे और...।"

विश्रांति आगे कुछ कहे, इसके पूर्व ही वीरभद्र असहज हो गया। आतंकित, चिंतित दृष्टि विश्रांति के चेहरे पर टिका दी।

कुछ रुककर विश्रांति पुनः बोली। इस बार खेद या विषाद के कारण वह वीरभद्र की दृष्टि का सामना नहीं कर पा रही थी। कहा था, "मथुरा पर संहारक अस्त्रों का उपयोग किया जाएगा। असंख्य नर-नारी, आबाल-वृद्ध हत होंगे। इस तरह अपनी पुत्रियों के वैधव्य का बदला लेंगे सम्राट्। यही

नहीं, आवश्यकता हुई, तो...तो महाराज दुष्ट कालयवन की सहायता से कृष्ण-बलराम और मथुरा का नाश कर डालेंगे।"

प्रत्येक शब्द के साथ वीरभद्र असामान्य रूप से व्यग्र और चिंतित ही नहीं सिहरनों की लहरें झेलता चला गया। लगता था कि सूचना का हर शब्द खौलते पानी की तरह छींटों में उसके बदन पर पड़ रहा है। हर छींटा संपूर्ण शरीर में झुलसन की असह्य वेदना देता हुआ। हर छींटा एक सिसकन से भरी सिहरन पैदा करता हुआ, किंतु स्वयं को बहुत संयत रखा उसने। पूछा, "कालयवन? क्या वही दुःसाहसी राजा, जिसे दक्षिण भरतखण्ड की अभूतपूर्व शांति कहा जाता है?"

"हां," वही, विश्रांति ने बतलाया, "यह भी सुना है कि स्वयं राजा पौण्ड्रक महाराज के दूत बनकर उसके पास सहायता का निवेदन ले जा रहे हैं। यह निश्चित है कि जब एक ओर से महाराज जरासन्ध और दूसरी ओर से कालयवन मथुरा पर आक्रमण करेंगे, तब निश्चय ही यादवों का नाश हो जाएगा। यह नाशरचना करके ही महाराज प्रसन्न हैं।"

"दुःखद! अति दुःखद।" वीरभद्र बड़बड़ाया, "सचमुच व्यक्तिगत शत्रुता का प्रश्न बनकर संपूर्ण मगध और मथुरावासियों को सम्राट् ने अकारण मृत्यु-चक्र में डाल दिया है।" अब सहसा प्रश्न कर दिया था उसने, "तुम क्या समझती हो, देवी, इस सबसे मगधवासी प्रसन्न होंगे? यह राज्यरक्षा की नीति है या राजदंभ की घिनौनी आकांक्षा? क्या है यह? किस तरह इस भावना को नाम दूं, निश्चित ही नहीं कर पा रहा हूं!"

"यह केवल उन्मत्तता और विक्षिप्तता है, वीरवर, इसके अतिरिक्त इसका कोई अन्य नाम हो ही नहीं सकता।"

विश्रांति के चेहरे पर ही नहीं, स्वर में भी घृणा थी। वीरभद्र उस पर हुई प्रतिक्रिया से प्रसन्न हुआ।

"महाराज समझते हैं कि इसी तरह दुखी राजपुत्रियों को सुख मिलेगा।" विश्रांति ने अगली टिप्पणी की।

"दूसरों के कष्ट, कराहों और दुख में, अपना सुख ढूंढ़ने की यह चेष्टा विचित्र है, आर्ये, घोर अनाचार!"

विश्रांति प्रेमी की टिप्पणी से सहमकर इधर-उधर देखने लगी। जरासन्ध रात्रि के ऊपर एक और रात्रि के अंधकार की तरह वातावरण में छाए रहते हैं। जानती है कि राजा और प्रजा के बीच संवेदन संबंध कम हैं, गुप्तचर संबंध अधिक। वीरभद्र की बात ने डरा दिया था उसे। क्या मालूम, उसी के पीछे, पास-पड़ोस में कोई राजसेवक गुप्तचर धर्म पूरा कर रहा हो और अगली सूर्योदय मृत्यु के सूर्यास्त में जन्म ले।

इसके बाद उसने कुछ नहीं कहा। न ही वीरभद्र ने कुछ पूछा। थोड़ी देर इधर-उधर की बातें करते रहे, फिर वीरभद्र अपने निवास की ओर लौट पड़ा। उत्तेजित, चिंतित और व्यग्र।

शीघ्रातिशीघ्र श्रीकृष्ण तक ये सभी सूचनाएं पहुंच जानी थीं।

किंतु किस तरह?

वीरभद्र सारी रात्रि सोचता रहा। केवल सोचता ही नहीं रहा, उत्तेजित विक्षिप्तता में समूचे निवास में टहलता रहा।

कभी लगता कि श्रीकृष्ण के दूत-गुप्तचर से भेंट करके स्वयं यह सूचना उन तक पहुंचाएं, किसी बार लगता कि सामान्य बुद्धि गुप्तचर यदि सूचना का महत्त्व न समझा, तब समाचार पहुंचने में देर हो जाएगी।

प्रति दूसरे दिवस किसी न किसी साधन से श्रीकृष्ण के गुप्तचर उससे सम्पर्क साधते थे। केवल उसी से क्यों, उन अन्य सूत्रों से भी सम्पर्क साधते होंगे, जिन्हें गुप्तचर के रूप में श्रीकृष्ण ने मगध के विभिन्न विभागों और प्रशासन-पदों तक पहुंचा दिया था, पर वीरभद्र आश्वस्त नहीं। किसी भी गुप्तचर को सूचना पहुंचाने से पूर्व सूचना का राजनीतिक-सामरिक महत्व समझ में आना चाहिए। वैसा न होने पर सब कुछ व्यर्थ हो सकता है।

गुप्तचर मिलते थे, किसी बार भिक्षुक के रूप में, किसी बार पर्यटक के रूप में और किसी बार अवसर और स्थिति जानकर सीधे-सीधे, किंतु इस बार वीरभद्र जाने क्यों स्वयं को असहज अनुभव कर रहा था।

क्यों कर रहा है? उसने स्वयं को टोका भी था। इस तरह तो वह जो कि सूत्र है, स्वयं ही असंयत हो जाएगा। उसे संयत होना चाहिए और

फिर निश्चिंत होकर लक्ष्य निर्धारण करना चाहिए। मार्ग खोजना चाहिए। निर्णय लेना चाहिए।

हां, यही करेगा वीरभद्र और किसी अन्य साधन पर आश्रित न होकर स्वयं करेगा।

किंतु स्वयं किस तरह संभव है? इस प्रश्न का उत्तर सारी रात्रि के जागरण में भी नहीं हो सका। केवल विचार-तर्क। एक तर्क मन से जनमता, दूसरा तर्क तुरंत उसे काट देता। यह विचारद्वंद्व सारी रात्रि चला, किंतु निष्कर्ष कुछ नहीं।

लगा था कि निष्कर्ष में देर करना भी भूल हो जाएगी, पर जब तक निष्कर्ष मिले नहीं, वीरभद्र क्या करे?

भोर हुई। प्रतिदिन की तरह वह नियमानुसार सेवा में जुट गया। दिखने में सहज था, किंतु मन के भीतर असहज। विचारों की असंख्य लहरें उसी तरह एक के बाद एक को दबोचती हुई आगे और आगे बढ़ती जा रही थीं। ठहराव नहीं आ पा रहा था उनमें।

एक लहर थी, वीरभद्र स्वयं चल पड़े मथुरा की ओर।

किंतु इस लहर पर एक और लहर, समय तो उतना ही लगेगा, जितना अन्य किसी साधन को लगेगा।

तब?

एक और लहर! विश्रांति को भेजे। दूर-सुदूर विदर्भ में उसके संबंधी रहते हैं। उन्हीं संबंधियों के बहाने भेज दे।

फिर वही बात। समय उतना ही लगेगा। अपितु अधिक लग सकता है। वह दिन इसी तरह बीता। प्रतिदिन की तरह संध्या समय वह सेवा-कार्य से मुक्त हुआ। इच्छा हुई थी कि विश्रांति के यहां जाए, किंतु श्रीकृष्ण ने जो ज़िम्मेवारी सौंपी थी, उसे निबाह लेना आवश्यक धर्म लगा। अपने निवास पर चला आया। बड़ी आशा थी कि कोई दूत मिल जाएगा। कोई सम्पर्क गुप्तचर, किंतु संयोग। वैसा कुछ भी नहीं हुआ।

एक बार पुनः रात्रि प्रारंभ हो गई। मगध के सैन्य क्षेत्र में होने वाली

गतिविधियां सामान्य जनों तक नहीं पहुंच पाती थीं। सैनिकों का अभ्यास-क्रम, शिविर, शिविरों की गतिविधि, सेनानायकों, अधिकारियों का संबंध सामान्य जन से बहुत कम रहता था। वह नगर-क्षेत्र से दूर, वनों में रहते थे। महाराज जरासन्ध की राज-व्यवस्था का एक महत्त्वपूर्ण हिस्सा होकर भी वे केवल जरासन्ध तक ही सीमित थे। उनके लिए सैनिक सेवाएं भी अलग से की गई थीं। चिकित्सा शिविर, खाद्य विभाग, पाकशालाएं, और तो और मुख्य सैनिक अधिकारियों, सैनिकों के बच्चों के लिए पाठशालाओं का भी इंतजाम था, पर सामान्य जन से एकदम कटाव। लगता था कि विचित्र है।

पर आज पहली बार वीरभद्र को लगा कि अद्भुत कूटनीति से पूर्ण रक्षा रचना है वह। जन-सामान्य की प्रतिक्रिया, प्रभावों से सेना को बिलकुल परे रखा जाए। केवल अनुशासन और राजसेवा के बहाने उन्हें आदेश मिले और यांत्रिक भाव से वे उन्हें पूरे करते जाएं। कैसी अनोखी नीति थी जरासन्ध की।

मूल विचार से परे होकर द्वंद्वात्मक थकान ने वीरभद्र को इतना थका दिया कि बैठे-बैठे ही आंख लग गई। बुद्धि एकदम कुण्ठित हो चुकी थी। लगता था कि मन-शरीर दोनों ही बेसुध हो चुके हैं।

कब, किस प्रहर, किसने उसके निवास में प्रवेश किया, ज्ञात ही नहीं हो सका। जब ज्ञात हुआ, तब बुरी तरह चौंक गया था। ऐसे कि मुंह से चीख निकलते-निकलते रह गई, "कौन है!...कौन!!"

"मैं विश्रांति।" बहुत शांत, किंतु फुसफुसाहट-भरा स्वर उभरा था अंधकार में।

फिर कुछ पदचापें हुई। विश्रांति ने कक्ष में प्रकाश कर दिया। पलकें मिचमिचाता हुआ वीरभद्र सहमा-सा उसे देखने लगा। भय, थकान और भूख के कारण उसका चेहरा कुम्हलाया हुआ था।

विश्रांति के पास ही खड़ी थी, एक प्रौढ़ायु की ओर बढ़ती महिला। कौन है यह? अपरिचय की दृष्टि उस पर जा ठहरी।

"यह हैं अशनिका।" विश्रांति ने परिचय दिया उस महिला का, फिर

थोड़ा-सा अतिरिक्त संकेत, कहा, "तुम्हें ज्ञात तो होगा, वीरभद्र, अशनिका मगधसुंदरी मानसी की विशेष सेविका के रूप में कभी मथुरा रही हैं।"

आश्चर्य से वीरभद्र महिला को देखता रहा। बोला कुछ नहीं। असल में उसे समूची स्थिति की अस्वाभाविकता ने बिखेर दिया था। सहज होने में बहुत संजोना पड़ रहा था स्वयं को।

"विराजिए, देवी।" देर बाद बोल सका वह। फिर चिंतित हुआ। मगध के राजसेवकों के निवास गृहों की समूची उपनगरी बनी हुई थी। वहीं रहता था वह। इतनी रात्रि इन दो महिलाओं का वीरभद्र के निवास की ओर आना बहुत चौंकानेवाला रहा होगा। यदि किसी ने इन्हें देखा हो तो? स्मरण हो आया था कि महाराज जरासन्ध साधारण से साधारण व्यक्ति पर अपनी गुप्तचर दृष्टि गड़ाए रहते हैं। असंख्य कान हैं, उनके, असंख्य नेत्र! इनसे बचकर भला अशनिका और विश्रांति किस तरह इस कर्मचारी उपनगरी तक आ सकी होंगी? विश्रांति बोली थी, "चिंताग्रस्त न हों, आर्य, देवी अशनिका यहीं इसी क्षेत्र में निवास करती हैं। तुम्हारे निवास से तनिक दूर ही उनका निवास है।"

वीरभद्र आश्वस्त हुआ। आश्वस्त से कहीं अधिक शांत। तब भी सहज हो पाना संभव नहीं हो पा रहा था।

विश्रांति ने पुनः बात प्रारंभ की थी, "तुम्हारी चिंता और व्यग्रता दूर करने आई हैं यह।"

"चिंता? कैसी चिंता?" एकदम चौकन्ना होकर वह बड़बड़ा उठा, "भला मुझे कैसी चिंता हो सकती है? किस बात की होगी?"

विश्रांति ने रहस्यपूर्ण मुस्कान के साथ, धीमे स्वर में कहा था, "क्या देवकीनन्दन तक समाचार पहुंचाना तुम्हारी चिंता नहीं है, सैनिक?"

वीरभद्र आसन से उठ चुका था, किंतु लगा लड़खड़ाकर फिर बैठ गया है वहीं। बैठा नहीं है, पर क्या पूरे बदन में फैल गया कंपन विश्रांति और उस अजनबी अशनिका ने देख नहीं लिया होगा? चेहरा एकदम उतर गया। क्या विश्रांति जानती है कि वह मथुरा के लिए गुप्तचर का काम कर रहा है? चिंता हुई। डर ने सहमा दिया। हृदयगति तीव्र हो उठी। स्वर लुप्त। जैसे गले में ही सूख गया हो।

विश्रांति मुस्करा रही थी, अशनिका शांत, किंतु गंभीर। टकटकी वीरभद्र पर गड़ी हुई।

विश्रांति ने कहा था, "क्या तुम यह सोचते थे कि मैं नितांत बुद्धिहीन हूं? इतना भी नहीं जान सकूंगी कि तुम क्या कुछ कर रहे हो? मैं तुम्हें प्रेम करती हूं, वीरभद्र, और प्रेम से प्रकट-अप्रकट दोनों ही स्थितियां छिपाए रखना असंभव है। तुम इतनी-सी बात नहीं जान सके?"

"किंतु...किंतु, विश्रांति, तुम...।"

"शांत हो जाओ, सैनिक, और इस समय चिंतामुक्त होकर केवल अपना कार्य पूरा करने का विचार करो," विश्रांति ने कहा, "मगधपति की मानवघाती कूटनीति तुम्हारी तरह बहुतों को पसन्द नहीं है। जो अवश हैं, वे मूक भाव से सह रहे हैं; जो मुखर हैं, वे बन्दी हैं और जो आशावादी हैं, वे कर्मरत हैं, जैसे तुम।"

"परंतु, देवी...!"

"सुनो! ओर केवल सुनो!!" विश्रांति ने उत्तर दिया था, "देवी अशनिका को मैं लाई ही इसलिए हूं कि तुम्हारी चिंता हल हो सके। तुम्हें संभवतः ज्ञात नहीं कि अशनिका ने मगधराज की घिनौनी कूटनीति का वह चरम दर्शन किया है, जब मनुष्य जीवित रहकर भी मृतभाव झेलने लगता है। देवी मानसी को इसी कूटनीति के पाप-चक्र में उलझाकर अत्यंत क्रूरतापूर्वक उनका वध कर दिया गया। अशनिका उस सरल, स्नेहिल और प्रेममयी स्वामिनी के वध से इतनी दुखी हैं कि वह मगधपति से ही घृणा करने लगी हैं। किसी भी तरह मगध को क्रूरता और अधिनायकवाद के घिनौने पंजे से निकालना चाहती हैं। मेरा बहुत दिनों से परिचय है इनसे। इनके पास वे सभी साधन हैं, जो शीघ्रातिशीघ्र वासुदेव तक वे संपूर्ण सूचनाएं पहुंचा सकते हैं, जो तुम्हें भेजनी हैं और जिनकी उन्हें आवश्यकता है।"

संक्षिप्त-से भाषण में सभी कुछ कह दिया था विश्रांति ने, पर वीरभद्र को विश्वस्त होने में कुछ क्षण लगे। अशनिका का नाम सुना था उसने। मानसी प्रकरण भी विभिन्न किंवदंतियों के रूप में आया था उसके पास और आज स्वयं अशनिका उसके सामने थी।

"तुम अपनी व्यग्रता दूर करो, सैनिक।" इस बार अशनिका का गंभीर

किंतु धीमा स्वर उभरा था। विश्रांति से मिली सूचनाओं को मैंने नन्दसुत तक भेजने की व्यवस्था कर दी है। यहां केवल यह जानने के लिए आई हूं कि क्या कुछ अतिरिक्त सूचनाएं भी हैं तुम्हारे पास? वे सब, जो तुम अलौकिक कृष्ण तक भेजना चाहते हो?"

वीरभद्र कुछ पलों तक बोल नहीं सका था। स्तब्ध रह गया, फिर धीमे-धीमे अपनी सारी बात कहकर उसने स्वयं को हलका अनुभव किया। सूचनाएं ले-देकर अशनिका उठ खड़ी हुई। विश्रांति उसके साथ हो ली। जाते-जाते कहा था, "अब निश्चिंत होकर विश्राम करो, आर्य, समझो कि सब कार्य पूर्ण हुआ।"

दोनों बाहर निकल गई थीं और वीरभद्र स्तब्ध बैठा देर तक सोचता रहा था। गुप्तचर वह है या विश्रांति? किसी क्षण यह सोचकर मन खिन्न भी होता कि स्त्री होकर भी विश्रांति ने उसके संपूर्ण गुप्तचर कौशल को पीछे छोड़ दिया। अगले ही क्षण यह विचारकर आनंद मिलता कि विश्रांति की गुप्तचर कला अद्भुत है! क्यों हो रही थीं ऐसी प्रतिक्रियाएं? क्या इस कारण कि विश्रांति स्त्री थी या इस कारण कि विश्रांति उसकी प्रेमिका थी?

विश्रांति के बुद्धि कौशल को उसका परास्त पुरुष सह नहीं पा रहा था और विश्रांति के बुद्धि कौशल से उसका प्रेमी पुरुष प्रसन्न था।

कालयवन!

राजपुरुष होते हुए भी न जाने क्यों पौण्ड्रक अपने भीतर सहम और चिंता अनुभव कर रहे हैं। लगता है कि जिस कालयवन को लेकर इतना कुछ सुन-जान रखा है, उसके दर्शन अद्भुत प्रभाव देंगे। फिर केवल दर्शन ही नहीं करने हैं पौण्ड्रक को। मगधराज का संदेश भी देना है।

लम्बी यात्रा की थकान ने शरीर और मन सब बोझिल कर दिए हैं, पर कालयवन के अतिरिक्त उसके देश-प्रदेश का अनोखा आकर्षण पलकें नहीं मूंदने देता। वाहन से रह-रह कर प्रकृति निहारने लगते हैं। अद्भुत है दक्षिण भरतखण्ड! पृथ्वी पर हरीतिमा का एक ओर-छोरहीन सागर बिछा दीखता है। बीच-बीच में पड़े नगर-ग्रामों की शोभा और अलग। रहन-सहन,

पहनाव-ओढ़ाव और शरीर के गठन भी अद्भुत! बलशाली पुरुषों और समृद्ध-संस्कृत स्वभाव से सुसंस्कृत स्त्रियां।

कालयवन के राज्य में प्रवेश करते ही कालयवन की जन्मकथा स्मरण हो आई थी पौण्ड्रक को। मगध में एकत्र विभिन्न राजाओं के बीच किसने वह कथा वर्णित की थी, यह तो स्मरण नहीं, किंतु इतना स्मरण है कि कथा के हर चरण में पौण्ड्रक ही नहीं, वे सभी श्रोता राजा उत्सुकता से पूछ बैठते थे, "तो फिर?" और इस फिर के उत्तर में कथा का कोई और मोड़ आ जाता। अंत में कालयवन!

ऐसी ही कथात्मकता महाराज जरासन्ध के जन्म से जुड़ी है। लगने में अद्भुत, किंतु नितांत स्वाभाविक, पर कालयवन की कथा बहुत रोमांचक। उससे कहीं अधिक रोमांचक उसका राजतेज। शक्ति और संपन्नता!

अजितंजय के यवनराज कालनेमि* ऋषि गर्ग को लेकर चिंतित थे। इस प्रभावी ऋषि के कारण भरतखण्ड में असुर शक्ति सरस्वती तट-क्षेत्र पर ही सधी रह गई थी। जैसे सरस्वती की सात धाराएं हैं, वैसी ही गर्ग की प्रभाव धाराएं। सात नहीं, असंख्य।

ऊंची-नीची पर्वत-शृंखलाओं के लम्बे सिलसिले को पार करते हुए पौण्ड्रक का भव्य रथ आगे और आगे बढ़ा जा रहा था। राह में विदर्भ क्षेत्र से निकलते समय महाराज भीष्मक और युवराज रुक्म से बहुत स्वागत-सत्कार मिला था उसे। एक तो पौण्ड्रक के राजवंशी होने के कारण और दूसरे मगधराज जरासन्ध के अधीन-आश्रित राजमित्र के नाते। स्वयं वृद्ध भीष्मक नगर-द्वार तक अगवानी करने आए थे। इधर-उधर की चर्चा के दौरान राजकुमारी रुक्मिणी के स्वयंवर की भी बात उठी थी।

परम्परागत राजनीति के सिद्धान्त पर रुक्म बोले थे, "रुक्मिणी सुंदर, गुणवती और सुशील हैं। राजसंस्कार मिले हैं उन्हें। किसी मित्र राज्य की महारानी बनकर विदर्भ की सहायिका भी सिद्ध होंगी वह।"

---

* कालनेमि : कालनेमि नामक अनेक असुरों का वर्णन आया है। अजितंजय नगर या राज्य संभवतः सिन्ध के आसपास कहीं था और सरस्वती तटक्षेत्र के इस नगर को यवनराज कालनेमि ने असुर सभ्यता और शक्ति से अधीन किया था। वह आगे भी जाना चाहता था, किंतु गर्ग की प्रभावशक्ति बाधक बनी।

पौण्ड्रक ने समर्थन किया था। भीष्मक शांत रहे थे, किंतु पौण्ड्रक बोला था, "देखता हूं कि युवराज राजनीति के गूढ़ तत्त्वों को जानते हैं।" फिर वह वृद्ध विदर्भराज की ओर मुड़कर सराहना कर उठा था, "आप भाग्यशाली हैं, विदर्भपति, रुक्म जैसे सूक्ष्म राजनीतिज्ञ और वीर पुत्र के पिता बनने का सौभाग्य मिला है आपको।"

भीष्मक कुछ नहीं बोले थे।

रुक्म ने पौण्ड्रक का बहुत सत्कार किया। पौण्ड्रक प्रसन्न हुआ। रुक्म के प्रति विशेष झुकाव भी आया था उसके मन में। दोनों की रुचियां एक थीं। दोनों एक तरह दुष्ट बुद्धि, वाचाल और एक विचार के थे। मैत्री सुदृढ़ हुई। पर्याप्त सम्मान पाकर पौण्ड्रक ने यात्रा आगे जारी रखी। रुक्म नगर-द्वार तक स्वयं छोड़ने गए।

गौरवान्वित और प्रसन्न पौण्ड्रक का अगला पड़ाव अब कालयवन का प्रदेश ही था।

राह के एकांत ने पुनः कालयवन से जोड़ दिया था उसे। बहुत सुन-जान रखा था दुर्दांत यवन राजा के बारे में। महाबली और शक्तिशाली होने के साथ-साथ छल-बुद्धि से ओतप्रोत है। सुर-असुर रक्त का सम्मिश्रण! गाली दी जाए तो कहा जा सकता है, वर्णसंकर! किंतु वर्णसंकर वर्ग के लोग कुछ अतिबुद्धिमान और योग्य ही माने गए हैं। तिस पर कालयवन केवल वर्णसंकर नहीं, उसका मातृरक्त एक अप्सरा का है। करेला और नीम चढ़ा! निस्संदेह इन सभी प्रकृति-प्रदत्त स्थितियों में असामान्य होने का ठहरा।

जन्म से लेकर राजनीति तक सभी कुछ असामान्य था कालयवन में। क्यों न होता? असुर संस्कृति से समृद्ध था वह। जन्म भले ही ऋषि और अप्सरा के संबंध से हुआ हो, किंतु पालन-पोषण हुआ था अजितंजय में और अजितंजय दूर-सुदूर असुर सभ्यता से आया था। समुद्र के अनंत तूफानों को पार करता, विभिन्न आदि सभ्यता-शक्तियों को नष्ट-भ्रष्ट करता हुआ। यमराज की भव्य वैवस्वतपुरी का विश्वासपात्र राजसेवक।

चर्चा यही थी कि स्वयं यमराज ने ही उसे पढ़ाया था। सदा की तरह उद्देश्य वही, भरतखण्ड पर असुर साम्राज्य और शक्ति का वही बर्बर जाल फैले, जो कभी पृथ्वी के विभिन्न देशों में फैला हुआ था। आसुरी बर्बरता और

माया सर्वत्र चर्चित थी, किंतु हर विदेशी की तरह असुर* कालनेमि भी व्यापारी बनकर सिंधु-तट पर उतरा, फिर यह व्यापार राज्य में परिवर्तित हुआ और राज्य धीमे-धीमे ही सही साम्राज्य में परिवर्तित करने की चेष्टा होने लगी।

कालनेमि ने भरतखण्ड की भूमि पर पैर रखते ही समझ लिया था कि युद्ध, राजनीति और शक्ति, सभी तरह इस भू-क्षेत्र की शक्तियों को पराजित करना कठिन है। बर्बरता की परंपरागत शक्ति भी भरतखण्ड वासियों को सहजता से नहीं दबोच सकती थी। एकमात्र मार्ग था, भू-खण्ड में बिखरे सुर-राजाओं के परस्पर वैमनस्य का लाभ उठाना। ठीक उसी तरह, जिस तरह समुद्र-पार की अन्य व्यापारी जातियां कर रही थीं।

I असुर और असुर शक्ति को लेकर 'महाभारत', 'श्रीमद्भागवत-पुराण', 'हित-हरिवंश' सभी में उन्हें विदेशी तो कहा ही गया है, बर्बर भी कहा गया है। अनेक जगह विभिन्न विदेशियों के लिए 'राक्षस' और 'दानव' शब्दों का उपयोग भी हुआ है।

II असुर सभ्यता का काल वही है, जो श्रीकृष्ण का काल था। पुरातत्त्वीय खोजों, प्रमाणों और असुर सभ्यता के उत्खनन कार्य तथा भारत में हुए उत्खनन कार्य से यह प्रमाणित हो चुका है कि तत्कालीन भारत और असुर सभ्यतावासियों के बीच व्यापारिक संबंध थे। इसके अतिरिक्त हाल में 'रीडर्स डाइजेस्ट' द्वारा प्रकाशित 'क्वीस्ट फार द पास्ट' नामक पुस्तक में असुरों और उनकी सभ्यता को लेकर 'स्टेबिलिटी विद क्रूअल्टी' नामक अध्याय में उनकी क्रूरता को लेकर लिखा है

"But were the Assyrians merely blood-seeking barbarians anxious only to pillage and kill in the name of Ashur, their god? An examination of their empire reveals them to be skilled in many fields. An efficient system of tribute in money and men kept the empire rich and safe. Administration was in the hands of extremely competent local governors handpicked by the king."

इसी पुस्तक में अन्यत्र वर्णित है :

"In the peace and stability of the Roman empire, trade and commerce flourished, suplying a demand from wealthy Roman citizens for the luxuries of other cultures and continents. Furs and amber were imported from the barbarian north, Africa yielded up ivory, gold, spices and wild animals for the amphitheatres, and from the sub-continent of India came the fabulous products of the exotic Orient."

इससे सिद्ध है कि भारत का तत्कालीन युग, ठीक आज की तरह विश्व की विभिन्न समृद्ध सभ्यताओं के निरंतर संपर्क में तो था ही, साथ ही यहां की समृद्धि तत्कालीन अनेक विदेशी शक्तियों को लुभा रही थी।

कालनेमि ने स्वयं को राजा घोषित किया, सुर-सभ्यता से रचने-बसने, हिल-मिल जाने को नीतिरूप में अपनाया, ऋषियों की पूजा-सेवा करके ज्ञान और आशीर्वाद का समर्थन प्राप्त किया और इस तरह अजितंजय को शक्ति के रूप में उभारा।

किंतु गर्ग! उनका क्या हो? गर्ग ऋषि रीति-नीति से सहसा प्रभावित हो जानेवाले ज्ञानी नहीं हैं। वह नीतिज्ञ भी हैं, दूरदर्शी भी और असामान्य भी। उनके प्रभाव-क्षेत्र में केवल सरस्वती तटवर्ती क्षेत्र नहीं, दूर-सुदूर खण्ड के अनेक राज्य आ जाते हैं। उन्हें किस तरह वश में किया जाए? कालनेमि स्वयं दर्शन करने गया था उनके, पूजा-आराधना भी की, किंतु जहां राजनीति पर वार्तारंभ हुई, वहीं गर्ग सहसा विरक्त हो गए थे, 'हूं-हां' में उत्तर देते रहे। इस उपेक्षा भाव को समझकर असुरराज लौट आया।

चिंतित असुरराज को उसके विश्वास-पात्र मंत्रियों ने सुझाव दिया था, "महाराज, सरस्वती तट-क्षेत्र पर विभिन्न अप्सराएं क्रीड़ा करने आती हैं। संभव है, महर्षि गर्ग को कोई प्रभावित करे।"

पर राजा डरा हुआ था। जानता था कि बहुत ऋषियों में अपूर्व योग-शक्ति और वैज्ञानिक प्रतिभा है। कहीं राजनीति का यह घिनौना दांव उल्टा पड़ गया, तो खासी कठिनाई हो जाएगी। सहसा मंत्रियों की सम्मति से सहमत नहीं हो सका।

राजा कालनेमि दूर-सुदूर, तक जानकारियां प्राप्त कर चुका था। यह भी जानता था कि सरस्वती के महर्षि से समर्थन पाए बिना, भरतखण्ड के अन्य क्षेत्रों की ओर राजसत्ता का विस्तार करना तो दूर, व्यापारिक ताना-बाना बुनना भी असंभव है।

बहुत माथा-पच्ची और विचार-विमर्श के बाद कालनेमि ने ऋषि गर्ग को अपने पक्ष में लेने के लिए उन पर स्त्री सम्मोहन चलाना ही उचित समझा था और इसके लिए चुनी गई थी, गोपाली।

तट क्षेत्र के उस हिस्से की जानकारी करवाई गई, जहां अप्सराएं अक्सर क्रीड़ा के लिए आया करती थीं।

गुप्तचरों द्वारा गोपाली को लेकर अग्रिम जानकारियां जुटाई गईं। उसकी बौद्धिक क्षमता, शारीरिक सौंदर्य और आकर्षण का संपूर्ण लेखा-जोखा लिया गया।

गुप्तचर कालनेमि तक सूचनाएंअद्भुत सुंदरी है गोपाली। उसके कटाक्ष, नृत्य और शरीर गठन को लेकर स्वयं इंद्र तक प्रशंसा करते हैं, महाराजा, अब तक राजा इन्द्र ने उसे स्पर्श भी नहीं किया है। सुनते हैं कि किसी विशेष अवसर पर ही महाराज इन्द्र उसे स्पर्श-सम्मान देंगे और इन्द्र को तो आप जानते ही हैं, उनकी आधी शक्ति सौंदर्यमयी अप्सराएं ही रही हैं।"

"किंतु गोपाली हमारा प्रस्ताव मानेगी?" कालनेमि चिंतित थे। विश्वास नहीं हो रहा था कि इन्द्र की अप्सरा उनका नीति-चक्र घुमा सकेगी।

"अवश्य मानेगी, प्रभु," गुप्तचर ने सूचना दी थी, "वह हास-विलास के अतिरिक्त धन के प्रति विशेष आकर्षित है। रत्नाभूषणों से उसे प्रसन्न किया जा सकता है, किंतु वह इतना अवश्य चाहेगी कि यह सब कुछ देवराज इन्द्र तक अजाना रहे।"

"उससे भेंट कैसे हो?" कालनेमि अधिक व्यग्र हो उठे। एक नई चिंता ने उन्हें अधिक गुत्थी में उलझा दिया। कहीं ऐसा न हो कि ऋषि गर्ग को प्रसन्न करते-करते देवराज इन्द्र को उत्तेजित और क्रोधित कर बैठे? यदि गोपाली उनकी प्रिय अप्सराओं में से हैं, तब यह भी सहज है कि वह उसे लेकर भावुक हो जाएंगे और इन्द्र की अप्सराएं असुरक्षित नहीं रहतीं। उन पर इन्द्र की विशेष दृष्टियों के रूप में अनेक गुप्तचर नेत्र गड़े रहते हैं।

गुप्तचर ने कहा था, गोपाली* सरस्वती* की मूल धारा में प्रतिदिन जलविहार करने आती है। उसके साथ अन्य अप्सराएं भी होती हैं। उनमें

---

* विभिन्न लेखकों ने गोपाली को इन्द्र की अप्सरा कहा है। 'सूर-सागर' में गोपाली को ग्वालिन कहा गया है, जबकि विभिन्न लेखकों ने उसे अप्सरा और गोपाली कहा है। गोपाली का नाम इन्द्र की विशेष अप्सराओं में 'महाभारत' में भी वर्णित है।

* सरस्वती नदी : महाभारत में इसका उद्गम हिमालय पर्वतश्रेणी का शिवालिक पहाड़ बतलाया गया है। यह नदी समय के साथ विलुप्त हो गईं। स्वतंत्र भारत में सरस्वती को पुराण-वर्णित क्षेत्रों से पुनः लाया जा रहा है। इसकी सात धाराएं बताई गई हैं। ये धाराएं थीं, सुप्रभा, कांचनाक्षी, विशाला, मनोरमा, ओघवती, सुरेणु और विमलोदका। प्राचीनकाल में सरस्वती मारवाड़ प्रदेश में बहती हुई, कच्छ की खाड़ी में गिरती थी। सरस्वती के इर्द-गिर्द अनेक ऋषियों के तपस्यास्थल और सुंदर अप्सराओं के क्रीड़ास्थल भी बतलाए गए हैं। महर्षि गर्ग का आश्रम सरस्वती के ही किनारे कहीं बताया गया है।

से मेनका और घृताची से विशेष सावधान रहने की आवश्यकता है। शेष महत्त्वपूर्ण नहीं हैं और अगर हैं, तो बहुत तीव्र बुद्धिवाली नहीं हैं और आप तो जानते ही हैं, स्वामी, जो व्यक्ति तीव्रबुद्धि नहीं होते, वे सामान्यतः अतिसाधारण या कि महत्त्वहीन होते हैं।"

कालनेमि सोच में पड़ गए।

मंत्री ने पुनः निवेदन किया था, "यवनराज, यह समय अधिक विचार का नहीं है, निर्णय लेने का है। सभी अप्सराएं ऋषि गर्ग के आश्रम पर पहुंचकर उनके दर्शन भी करती हैं, आशीष भी लेती हैं। राजा इन्द्र द्वारा यह स्वीकृत नियम है। गोपाली का ऋषि तक पहुंचना विशेष संशय का कारण नहीं बनेगा। केवल हमें गोपाली से गुप्त भेंट की व्यवस्था करनी होगी।"

कालनेमि कोई निर्णय ले सकें, इसके पूर्व ही बड़बोला गुप्तचर कह उठा था, "और वह व्यवस्था मैं कर चुका हूं, देव, केवल आपकी स्वीकृति और सहमति की देर है।"

"क्या है वह व्यवस्था?" यवनराज ने प्रश्न किया और गुप्तचर ने सारी योजना समझा दी। राजा को रुच गई थी बात। स्वीकृति दे दी थी, "उचित है। तुम कार्यसिद्धि करो।"

पौण्ड्रक को वह विवरण भी मिला था, किस तरह मिला और कहां से बात फूटी, यह तो ज्ञात नहीं किंतु इतना ज्ञात है कि कालयवन के युवा होते-होते यवनराज कालनेमि द्वारा आयोजित वह पूरा राजनीतिक षड्यंत्र सर्वज्ञात हो गया था। सुनकर देवर्षि इन्द्र भी बहुत रुष्ट हुए थे, किंतु कोई प्रमाण न था। मिल भी जाता, तो गोपाली का कुछ भी नहीं किया जा सकता था। कालयवन के राज्य में उसे देखा गया था एक बार, फिर सुना गया कि वह यमराज की राजसभा में विशेष नर्तकी बनी हुई है। इन्द्र की सीमा से बहुत बाहर जा चुकी थी वह।

सचमुच विलक्षण योजना बनाई थी कालनेमि के गुप्तचर ने। पौण्ड्रक तीव्रगति के साथ बढ़ते जाते रथचक्र की तरह कालचक्र की यात्रा किए जा रहे थे।

गोपाली को सरस्वती के उद्गम तट से अपहरित किया गया था। बहुत थोड़े समय के लिए। असुर सेवकों ने बड़ी तत्परता और चतुरता से सारा काम किया। गोपाली को बेसुध करके यवनराज के सम्मुख पेश किया गया। सब कुछ रातों-रात हुआ।

भोर हुए जब गोपाली की पलकें खुलीं, तो वह महाराज कालनेमि के विशेष अतिथिगृह में थी।

चकित! विस्मित! कभी पलकें बन्द करती, कभी पलकें खोलकर जो दीखता था, उस पर विश्वास कर लेना चाहती। बदन अब भी नशे की झूम से भरा हुआ था। रात्रि को जिस औषधि से बेसुध करके उसे वहां तक लाया गया था, उसका प्रभाव उस समय भी शेष था। जैसे-तैसे सुंदरी अप्सरा बुदबुदा सकी, "मैं...मैं...कहां हूं?"

राजसेवा में रत सेविका ने तुरंत उपस्थित होकर प्रणाम किया। "देवी, आप यवनराज कालनेमि के अतिथि गृह में हैं।"

"चौंककर एकदम बैठ गई गोपाली, सुंदर, गौरवर्ण चेहरे पर चिंता और आतंक की रेखाएं उभर आईं। सशंकित स्वर में प्रश्न किया, "सो क्यों?"

असुर सेविका मुस्कराईं, "यह तो महाराज ही बतला सकेंगे, देवी, मैं केवल आपकी सेवा करने के लिए हूं। कहें, क्या करूं?"

गोपाली असहज हो उठी थी। कुछ क्षण चुप रहकर उत्तर दिया था, "इस समय कुछ नहीं। कुछ समय के लिए मुझे एकांत में रहने दो।"

"जैसी आपकी आज्ञा।" सेविका चली गई।

गोपाली ने अलसाए बदन को सहेजा। रात्रिकालीन शयन-वस्त्रों को संवारा, फिर विचार करने लगी, कैसे आई?

यवनराज कालनेमि का नाम सुना था उसने। यह भी सुना था कि संपन्न, वैभवशाली असुरराज हैं। सरस्वती तट क्षेत्र से गांधार की सीमा तक उनकी सत्ता फैली हुई है। आसुरी नियमों, संस्कृति और धर्म-विचारों को लेकर अनेक बार, अनेक लोगों से विचित्र बातें सुनने को मिलती रही हैं। और आज गोपाली उन्हीं के अतिथिगृह में है।

पर कैसे?

स्पष्ट थाअपहरित किया गया है उसे।

किंतु क्यों?

यह 'क्यों' रहस्य बना हुआ था। विशेषकर इस कारण अधिक रहस्यमय हो गया था कि देवक्षेत्र से केवल गोपाली ही अपहरित हुई है अन्य कोई नहीं। होती तो दीखती। सहसा सेविका को पुनः पुकार लिया था उसने। नामहीन यह पुकार विशाल पलंग के एक ओर रखे यंत्र के माध्यम से दी। चन्दन की लकड़ी से बनी सुंदर छड़ी, पीतल के झूलते पत्र पर जोर से मारी। एक मधुर ध्वनि उभरी। यही पुकार!

सेविका तुरंत उपस्थित हुई, "आज्ञा देवी?"

"इस अतिथि गृह में और कौन-कौन हैं?"

"इस समय तो केवल आप ही हैं, देवी।" सेविका ने निवेदन किया। वह ठीक तरह संस्कृत उच्चारण नहीं कर पाती थी। नाक-नक्श, रंग, केश-विन्यास सभी कुछ आर्य स्त्रियों से अलग थे। सिद्ध था, असुर कन्या है।

किंतु सुंदर थी वह। शरीर सुगठित, बाल संवरे हुए और दिव्य वस्त्र। गोपाली उसे देखती रही। किसी असुर स्त्री को देखने का यह पहला अवसर मिला था उसे। केवल यही क्यों, असुरपति के वैभव का दर्शन भी वह पहली बार ही कर रही थी। कुछ क्षण सम्मोहित-सी चारों ओर कक्ष की साज-सज्जा निहारती रही, फिर विचारग्रस्त हो उठी। अतिथि-गृह में केवल वही है। केवल वही क्यों अपहरित की गई हैं? क्या उसके अजाने यवनराज कालनेमि ने उसे देख लिया है?

और देखा होगा, तो गोपाली जानती है कि निश्चित ही मोहित हो गए होंगे। रूपगर्विता गोपाली अपने सौंदर्य के प्रति सचेत थी।

"देवी?"

गोपाली ने चौंककर देखा। सेविका आज्ञा सुनने के लिए उतावली थी। गोपाली ने तुरंत कहा था, "मेरे स्नानादि की व्यवस्था करो।"

"जो आज्ञा!" वह तत्पर हो गई। कुछ पल बाद आकर सूचित किया था, "चलिए, देवी!"

और गोपाली चल पड़ी। यवनपति के वैभव से सम्मोहित, किंतु विचारमग्न। केवल उसी का अपहरण क्यों?

क्या सच ही कालनेमि उस पर मोहित हो गए हैं? भाप से स्नान करते हुए गोपाली विचार करने लगी थी। सेविकाएं उसके बदन को मल रही थीं। चन्दन और अन्य सुगंधित तरल द्रव्यों से स्नान करवाया जा रहा था उसे।

स्नानगृह भी अद्भुत था। आर्यों के स्नानगृहों से कुछ अलग, किंतु अपनी विशिष्टता लिए हुए।

क्यों अपहरण किया गया उसका? रह-रहकर माथे में एक ही प्रश्न! स्नान करने वाली सुंदरी का हाथ उसके नग्न बदन पर मलाई की तरह कोमलता के साथ घूमता हुआ, किंतु उत्तेजक अंगों पर घूमने के बावजूद प्रभावहीन! मन-मस्तिष्क किसी अन्य सोच में जो गुंथे हुए थे।

श्रृंगार के बाद पुनः कक्ष में लाया गया था उसे। सुंदर वस्त्र पहनाए गए। बहुमूल्य रत्नाभूषणों से सज्जित किया गया। गोपाली उस सबसे रोमांचित हो उठी।

विचारों की धाराएं बदल गई थीं। सोचने लगी थी, कैसे होंगे यवनपति कालनेमि! बहुत नाम, शक्ति और चर्चा सुनी थी उनकी।

जिस क्षण गोपाली उनके सामने ले जाई जाएगी, वह क्या अनुभव करेंगे और गोपाली स्वयं क्या अनुभव करेगी?

आशंकाएं भी उठतीं, अपहरित किया गया है उसे, फिर कालनेमि ठहरे राजा। पौरुष का यह अतिरिक्त गुण मनुष्य को बहुमुखी बना देता है। बहुआयामी व्यक्तित्व हो जाता है उसका। हो सकता है कि गोपाली के अपहरण का कारण राजा का मोहित हो जाना हो और यह भी हो सकता है कि गोपाली किसी अन्य कारण से यहां लाई गई हो।

वह अन्य कारण क्या हो सकता है?

और क्या गोपाली का उसके स्त्री शरीर के अतिरिक्त भी कोई उपयोग है?

एक साथ चिंता, व्यग्रता, रोमांच, आशंका, भय न जाने कितनी-कितनी प्रतिक्रियाएं झेलने लगा है मन। कब अन्त होगा इनका?

और अन्त हो गया था। एक अन्य सेविका ने सूचना दी थी, "देवी, यवनराज स्मरण कर रहे हैं आपको।"

गोपाली इस तरह उठी थी, जैसे शरीर में विद्युत तरंग बिखर गई हो। माथे से पलकों तक झनझनाती हुई। एक क्षण के लिए अनुभव हुआ था, जैसे मन घबराहट से भर उठा है, पर स्वयं को शीघ्र ही संभाल लिया था उसने। सधे कदमों से चल पड़ी थी।

सेविकाएं सम्मान-भाव से पीछे-पीछे। छोटे-से समूह के रूप में विशाल राजभवन के गलियारों को पार करते हुए गोपाली कालनेमि के भेंट-कक्ष तक पहुंचा दी गई। सेविकाएं द्वार पर ही थमी रह गई थीं। केवल राह का संकेत कर दिया था द्वार से।

गोपाली सहमी चाल में आगे बढ़ी।

ठीक सामने स्वर्णजटित सिंहासन पर महाराज कालनेमि बैठे थे। स्वर्ण-सी तपी देह, विशाल बाहु, प्रौढ़ आयु। एक पल के लिए गोपाली टकटकी बांधे देखती थमी रह गई उन्हें। सच ही पौरुष और राज-तेज के साथ-साथ बंधे, कसे जबड़ों वाला यह व्यक्तित्व बर्बर यवनराज का ही हो सकता था। गोपाली के थमते ही राजगौरव-भरे शब्दों में बोले थे यवनराज, "आगे आओ, देवकन्या!"

"मैं अप्सरा हूं, राजन्, देवकन्या नहीं।"

गोपाली ने विनम्रता के साथ निवेदन किया। लगा कि संगीत की मधुर ध्वनि की तरह तरंगमय बोल बिखर गए हैं समूचे कक्ष में।

टकटकी बांधे देखते रहे कालनेमि। क्रूर, कठोर दृष्टि अनायास ही सम्मोहन में बंधकर तरल हो उठी। गोपाली के सौंदर्य, स्वर, शरीर-गठन, चाल और शिष्टाचार ने उन्हें असामान्य रूप से प्रभावित किया। अनचाहे ही प्रशंसा कर उठे थे वह, "धन्य हो, अप्सरे! सत्य ही, जो कुछ सुना था हमने, वैसा ही तुम्हें पाया।"

गोपाली ने आभार-प्रदर्शन कर दिया था, किंतु निरंतर एक ही सोच में डूबी हुई थी वह। यवनराज उसके सौंदर्य की प्रशंसा तो कर रहे हैं, किंतु निश्चय ही इसमें वह उद्देश्य निहित नहीं दीखता जो गोपाली ने सोचा था। तब किस लिए लाई गई है वह?

"बैठो, यहां बैठो!" कालनेमि ने अपने आसन ग्रहण करते ही एक ओर संकेत किया था।

“नहीं राजन्, मैं इसी तरह ठीक हूं।” गोपाली ने विनम्रता, किंतु चिंता के साथ उत्तर दिया, “मुझे किस कारण यहां लाया गया है, यह जानने की उत्कट इच्छा है।”

कालनेमि समझ गए थे। युवती अप्सरा उद्विग्न है। मन में कहीं शंका-कुशंका भी घिरी दिखी। बोले, “अप्सरे! देवराज इन्द्र के गौरव लोक से इस साधारण स्थान पर तुम्हें ले आने के लिए हमें खेद है, किंतु...किंतु कारण ही ऐसा था। तुम्हारे अतिरिक्त उस उद्देश्य की पूर्ति और कोई नहीं कर सकता था।”

गोपाली ने कुछ पूछा नहीं, केवल देखती रही राजा की ओर। यवनराज के चेहरे पर दृढ़ता के साथ-साथ कठोरता भी झलकने लगी थी। उन्होंने उसकी ओर अनदेखा करते हुए बात प्रारंभ की थी, “सुनो, गोपाली! हमें ज्ञात है कि तुम अछूते सौंदर्य और शील की स्वामिनी हो। हमें यह भी ज्ञात है कि तुम्हें हाव-भाव और सम्मोहनकला के उन सभी गुणों से संपन्न किया गया है, जिन्हें प्राप्त करने के बाद स्त्री का कामाकर्षण चरम पर पहुंच जाता है और इसीलिए हमारी इच्छा है कि तुम हमारे लिए कोई काम करो!”

“किंतु यवनाधिपति...।”

गोपाली ने कहना चाहा, किंतु कालनेमि प्रखर थे। जितने कटु और क्रूर, उतने ही तीक्ष्णबुद्धि नीतिज्ञ। कहा, “हम जानते हैं, देवी, कि किसी काम के लिए तुमसे कहने का हमें कोई अधिकार नहीं है। विशेषकर उस स्थिति में, जबकि तुम्हें हरण भी किया गया हो, किंतु अप्सरे! जिस कार्य के लिए हम तुमसे प्रार्थना कर रहे हैं, उसके पश्चात् तुम धन-धान्य और रत्नाभूषणों से लाद दी जाओगी। यही नहीं, यदि आवश्यक हुआ, तो सुरलोक की तरह ही सारी सुख-सुविधाओं और सम्मान सहित तुम्हें हमारे राज्य में ही निवास की सुविधा होगी।”

गोपाली कुछ क्षण विचारमग्न खड़ी हुई यवनपति को देखे गई, जैसे विश्वास करने की चेष्टा कर रही हो कि वह जो कुछ कह रहे हैं, सच है? अब तक नीति-चक्र और इस तरह के किसी आमंत्रण-आश्वासन का न

तो अवसर मिला था, न ही जीवन में कभी ऐसी स्थिति आई थी। गोपाली शंकित थी। इस बात से अधिक ही शंकित हुई कि ऐसा कौन-सा काम हो सकता है, जिसके लिए उसे ही चुना गया है?...और धन-धान्य, राजनिवास, सेवा-सुविधाओं तथा यश के साथ-साथ रत्नाभूषणों सहित धन का आश्वासन भी दिया जा रहा है?

निश्चय ही कोई गुप्त, किंतु जोखिम-भरा काम होगा, उसने सोचा। एक गहरा श्वास लिया, फिर प्रश्न कर दिया, "यह सब जानने के पूर्व मेरे लिए यह जानना आवश्यक है, महाराज, कि वह कौन-सा काम है?"

यवनराज ने काम बतला दिया था। गोपाली ने सुना। हर शब्द के साथ शरीर में सिहरन हुई। महर्षि गर्ग को सम्मोहित ही नहीं करना था, सम्मोहन और कामजाल के दुश्चक्र में भी फंसा लेना था। इस तरह कि जैसा गोपाली कहे, वैसा ही महर्षि करने लगें।

किंतु क्यों? गोपाली का माथा ठनका था। यवनराज कालनेमि विद्वान्, तपस्वी और योगी ऋषि को किस कारण, किस अर्थ में उलझा लेना चाहते थे? पूछना भी चाहा था, किंतु कालनेमि ने प्रश्न की बहुत गुंजाइश नहीं रहने दी थी। कहा, "तुम चाहो तो कुछ समय विचार भी कर सकती हो, गोपाली! अनावश्यक दबाव और शक्ति का प्रयोग करके हम तुमसे सहयोग नहीं लेना चाहते।" वह उठ पड़े थे।

गोपाली ने सिर झुकाया, निवेदन किया, "महाराज, धृष्टता क्षमा करें, तो एक निवेदन करूं?"

"कहो?"

"यह...यह सब किसलिए आवश्यक हो गया है, राजन्?" गोपाली ने यह पूछने के लिए भी अपने भीतर बहुत आत्मविश्वास जुटाया, पूछ लिया।

"हम महर्षि से प्रभावित हैं, देवी।" कालनेमि ने तुरंत बड़ी सावधानी के साथ उत्तर दिया, "हमारी इच्छा है कि हम उनकी सेवा करें, ठीक उसी तरह जिस तरह आर्य राजा करते हैं, किंतु विदेशी, विधर्मी समझकर ऋषि न जाने क्यों हमसे रुष्टभाव रखते हैं। कम-से-कम अब तक हमें यही लगा है। अतः उन्हें प्रसन्न करने की चेष्टा कर रहे हैं हम।"

गोपाली अनुभवहीन अवश्य थी, किंतु तीव्र बुद्धि भी थी। लगा था कि राजा ने औपचारिक उत्तर देकर इस समय उसे टाल दिया है, जबकि निश्चय ही ऋषि को प्रसन्न करने के पीछे, केवल सेवा-पूजा का राजस्वार्थ नहीं हो सकता था। बहुत अनुभव न होने पर भी गोपाली ने सुरपति इन्द्र की राजनीति देखी-परखी थी। जानती थी कि जब-जब कोई राजसत्ता, किसी ऋषि या विद्वान् पण्डित की पूजा-अर्चना करती है, उसे सम्मानित करती है, तब-तब उसका कोई न कोई राजनीतिक स्वार्थ अवश्य जुड़ा रहता है। इन्द्र यही करते रहे थे और अब यवनराज कालनेमि गोपाली के माध्यम से यही कुछ करवाना चाहता था।

"अन्य कोई जिज्ञासा, बची है, गोपाली?" कालनेमि ने जाते-जाते प्रश्न किया।

गोपाली ने कहा था, "नहीं, महाराज, अब मैं निश्चिंत हूं कि ऋषि-सेवा का पुण्य-लाभ आपके साथ-साथ मुझे भी प्राप्त हो जाएगा।" पल-भर में ही गोपाली ने निर्णय ले लिया था कि वह कालनेमि के लिए कार्य करेगी। इस कार्य के दौरान ही जानने-समझने की चेष्टा भी करेगी कि कालनेमि क्या चाहते हैं?

कालनेमि थम गए। बोले, "सुनकर प्रसन्नता हुई, देवी, अब शीघ्र ही ऋषि के सुंदर आश्रम तक तुम्हें मेरे सेवक पहुंचाएंगे।"

वह बाहर चले गए।

सेविकाएं उपस्थित हो गई थीं। गोपाली ने उनके साथ अपने निवास स्थान की राह ली।

कुछ दिन कालनेमि के अतिथिगृह में अभूतपूर्व स्वागत-सम्मान और सेवा पाने के बाद गोपाली तक यवनराज की सूचना आ पहुंची थी, "आज संध्या समय ही विशेष रथ से आपको ऋषि-आश्रम तक पहुंचा दिया जाएगा। आप तैयार रहें!"

गोपाली इस बीच अपने-आप को पूरी तरह तत्पर और तैयार कर चुकी थी। बहुत कुछ सोचा-समझा था। इस सोच-समझ के साथ ही परिणाम के एक सुखद विचार ने आनंद दिया था उसे।

कालनेमि ने कहा था कि ऋषि को इस तरह वश में करना होगा कि वह गोपाली के कहे-सुने पर ही चलने को बाध्य हो जाएं। सेवा, शरीर, सौंदर्य और समर्पण से वह सब करके गोपाली निश्चय ही ऋषि को अपने वश में कर सकती थी।

और इस तरह वश में आने के दौरान ही गोपाली यह भी ज्ञात कर लेगी कि यवनराज का असली उद्देश्य क्या है?...और बाद में गोपाली को लगा कि उद्देश्य कालिमापूर्ण है, तब गोपाली ऋषि को सावधान कर देगी। कालनेमि यदि देशघात का कोई षड्यंत्र रच रहा होगा या आर्यों के विरुद्ध किसी नीति रचना अथवा षड्यंत्र चक्र चला रहा होगा, तब ऋषि को समय रहते सावधान करके गोपाली मातृभूमि की सेवा ही करेगी। उसे लगा था कि पाप के माध्यम से पुण्य होता हो, तो दोष नहीं है। धर्म-निर्धारण का अपना निजी विचार था वह। वह सन्तुष्ट थी।

यही सन्तुष्टिभाव लेकर उसने ऋषि गर्ग के आश्रम की ओर प्रस्थान किया था।

सारथी ने सूचना दी थी, "महाराज, अब हम राजा कालयवन के प्रदेश में आ चुके हैं।"

पौण्ड्रक की विचारतंद्रा टूटी। गोपाली और गर्ग से जुड़ी कालयवन की जन्म-कर्म क़था अधूरी रह गई।

पौण्ड्रक ने स्वयं को संयत किया। त्वरित कर्म को लेकर विचारमग्न हो गया।

कुछ ही समय बाद वह कालयवन के नगरक्षेत्र में तैनात सैनिकों के सामने होगा, फिर कालयवन तक उसके आगमन का संदेश पहुंचेगा और अन्त में राजा का बुलावा आएगा।

या हो सकता है कि राज-शिष्ट़ाचार के अनुसार राजा स्वयं ही पौण्ड्रक के स्वागतार्थ आ पहुंचे।

रथ के तीव्रगति से चलने की गड़गड़ाहट कानों के लिए इतनी जानी-पहचानी हो गई थी कि पौण्ड्रक अपने विचारों के क्रम में उनकी

संगीतात्मकता अनुभव करने लगा। आवाज कर्कश भी थी, कठोर और तीव्र भी, किंतु विचित्र होता है मानव-मन! स्थिति के अनुसार स्वयं को ढाल लेता है। पौण्ड्रक कोई भी नीति-निर्णय करते हुए या वार्ता से पूर्व एकांत ही नहीं, शब्दहीन एकांत के आदी रहे हैं, जबकि इस यात्रा में उनके मानस ने प्राकृतिक स्वरों के अतिरिक्त रथ की दौड़ का कठोर स्वर आत्मसात् कर लिया है। केवल आत्मसात् ही नहीं किया, उससे विचारक्रम में सुविधा भी संजो ली है।

कालयवन कैसा होगा?

और कैसा होगा उसका स्वर, स्वभाव, मुद्राएं तथा व्यवहार?

विधर्मी, विदेशी है वह, पर ऐसा विदेशी जिसके जीवन, रहन-सहन में जन्मपक्ष से ही कुछ बातें स्वाभाविक रूप में जुड़ी हुई हैं।

कैसे न जुड़तीं? आर्यसंस्कृति का भी क्या कम प्रभाव है उस पर? मातृपक्ष से यही संस्कृति और विचार उसे मिले हैं, जबकि रहन-सहन, धर्म और नीति सभी कुछ उसने यवनों से प्राप्त किया है, असुरों से!

कहते हैं, राजा कालयवन का निवास, महल, राजसभा से लेकर जन-सामान्य तक के रहन-सहन और जीवन-व्यवहार में इसी सुर-असुर संस्कृति का मिलाजुलापन मौजूद है।

रथ नगर के मुख्यद्वार पर पहुंचा। विशाल परकोटे के द्वार पर खड़े वज्रदेह, कठोर और फुर्ती वाले सैनिकों ने आगे बढ़कर रथ की राह रोक ली। सारथी पहले ही लगाम खींच चुका था। रथ के पीछे चले आ रहे उपहारों वाले रथ को भी थमना पड़ा।

मुख्य रक्षक ने आगे बढ़कर राजकीय शिष्टाचार के साथ प्रश्न किया, "आपका स्वागत है, अतिथि, क्या परिचय पहुंचाऊं महाराज तक?"

सारथी ने सधा हुआ उत्तर दे दिया, "आभार, महाराज कालयवन तक सूचना पहुंचाइए कि मगध सम्राट् जरासन्ध की ओर से दौत्य भार लिए हुए महाराज पौण्ड्रक पधारे हैं।"

मुख्य रक्षक राजकीय सम्मान के साथ रत्नजड़ित आभूषणों से सज्जित गौरवान्वित पौण्ड्रक की ओर झुका, फिर बोला, "आपका स्वागत है, भूपति, मैं अभी राजन् तक सूचना पहुंचाता हूं।"

त्वरित कार्रवाई हुई। कालयवन तक सूचना लेकर मुख्यद्वार का रक्षक स्वयं गया और रथ नगरद्वार से भीतर ले लिए गए।

राजा स्वयं अगवानी के लिए राजनिवास से बाहर तक आए। महाराज पौण्ड्रक को स्नेह से गले लगाकर औपचारिकतापूर्ण वार्तालाप किया। सम्राट् की कुशलक्षेम पूछी फिर स्वयं जाकर पौण्ड्रक को विशिष्ट अतिथिगृह में ठहराया। वार्ता का समय निर्धारण किया।

पौण्ड्रक प्रभावित हुआ था कालयवन के व्यवहार से। उससे कहीं अधिक उसके वैभव और देह ने प्रभावित किया। कालयवन सुंदर था। गौरवर्ण और सुपुष्ट शरीर। आंखों से राजतेज बरसता था, स्वर में गरिमाभाव।

अनचाहे ही पौण्ड्रक स्वयं पर गर्व कर उठे थे। कालयवन की शक्ति और युद्ध-कौशल को लेकर केवल सुना-जाना ही था उन्होंने। यह भी ज्ञात था कि यवनराज जरासन्ध के समर्थकों में से है। निश्चय ही छली नन्द-पुत्रों के वध और मथुरा-विजय के लिए कालयवन के नाम का सुझाव देकर पौण्ड्रक ने तीव्र कूटनीतिज्ञता का परिचय दिया है। मगधपति निश्चय ही प्रसन्न हुए होंगे। पौण्ड्रक की मित्रता और गुणवत्ता बढ़ी होगी उनके मन में।

भोजन के समय वार्ता में मूल विषय उठा देना होगा पौण्ड्रक को। राजकीय नियम यही होते हैं। नीतिचक्रों का प्रारंभ अक्सर राजनयिकों, राजाओं के भोजन-समय से प्रारंभ होकर विविध मनोरंजन कार्यक्रमों के दौरान चलता रहता है।

लम्बी यात्रा ने पौण्ड्रक का शरीर थकान से भर दिया था। उससे कहीं अधिक इस विचार ने उन्हें चिंतित किए रखा था कि कालयवन की ओर से न जाने किस तरह का व्यवहार मिले। अनुमान नहीं, किस व्यक्तित्व का स्वामी हो। स्वभाव से कठोर हो या रूक्ष हो। किंतु पहली कुछ क्षणों की भेंट ने ही सारे विचार दूर कर दिए। हर आशंका से मन उबार लिया। कालयवन सभ्य, शिष्टाचारी और तीव्र कूटनीतिज्ञ लगा।

और कूटनीतिज्ञ पौण्ड्रक भी कम नहीं है। न भी हों, तो स्वयं के बारे में यही सोचते हैं।

विश्राम के लिए शय्या पर लेटते ही पुनः सोचने लगे थे। इस कालयवन के दर्शन ने अनजाने ही पुनः विगत कथा से जोड़ दिया। उसका भव्य व्यक्तित्व इस बात का पर्याप्त प्रमाण था कि गोपाली कितनी सुंदर रही होगी।

अप्सरा और ऋषिरक्त से जनमा कालयवन असुर संस्कारों से युक्त अद्‌भुत व्यक्तित्व का स्वामी था।

राजाओं के बीच चर्चा में उस दिन यही बात निकली थी। एक ने कहा था, "गोपाली को ऋषि गर्ग तक पहुंचाकर भी असुर कालनेमि अपना वह स्वार्थ सिद्ध नहीं कर सका, जिसे लेकर उसने सारी योजना बनाई थी।"

दूसरे ने प्रश्न किया था, "सो कैसे?"

और फिर गोपाली के गर्गाश्रम तक पहुंचने की कथा सुनाई गई थी। वह कथा पौण्ड्रक के स्मृति-भण्डार में शब्दशः सुरक्षित है।*

कालनेमि के विशेष गुप्तचरों ने गोपाली को गर्गाश्रम के निकट तट क्षेत्र में छोड़ दिया था। जाते समय कहा था, "देवी, अब हमें जाने की आज्ञा दें। यवनाधिपति कालनेमि का यही आदेश था। आपके साथ हमें यहीं तक रहना था।"

गोपाली टटोलती निगाहों से सरस्वती नदी की शांत, गंभीर जलधारा को देख रही थी। इर्द-गिर्द के वातावरण में विचित्र-सी मोहिनी शक्ति थी। अतिरिक्त विचार करना चाहकर भी लगता था, जैसे मस्तिष्क-शक्ति साथ नहीं दे रही है।

यवन गुप्तचर चले गए। गोपाली** कुछ क्षण वहीं खड़ी मुग्ध भाव से

---

* कृष्ण-संबंधी सभी ग्रन्थों में चर्चा आई है कि कालयवन को कृष्ण पर विजय प्राप्त करने के लिए जरासन्ध ने ही बुलवाया था। यह पहलू अलग है कि कालयवन को जरासन्ध ने स्वयं ही संदेशा भेजा अथवा अन्य किसी राजा (पौण्ड्रक) के माध्यम से।

** गोपाली : इसे 'महाभारत' और अन्यत्र भी अप्सरा ही कहा गया है। सुंदरी गोपाली पहले कभी इन्द्रपुरी के अप्सरा समाज में थी। बाद में उसे यमपुरी के राजा की सभा में भी उपस्थित बतलाया गया है।

समूचे प्रकृति दृश्य को आत्मसात् कर लेने की चेष्टा करती रही। कितनी ही बार इस स्थान पर आना हुआ था। अनेक अप्सराएं उसके साथ रही थीं। बहुत बार वे परस्पर हंसी-ठिठोली करती हुई भोर से संध्या तक का समय वहीं बिताती रही थीं, किंतु इस बार गोपाली के मन में वह आनंद, उत्साह और उत्तेजना नहीं थी।

क्यों नहीं है? वह अपने से ही प्रश्न कर उठी।

संध्यारंभ नहीं हुआ था, किंतु सूर्य पश्चिमोन्मुखी होने लगे थे। धीमे-धीमे पृथ्वी से प्रकाश की तपन हटती जा रही थी और उसका स्थान ले रही थी उमस। इस उमस के साथ-साथ गोपाली के मन में एक संकोचपूर्ण भाव जाग रहा था। ऋषि निश्चित समय पर संध्यापूर्व तट के इसी क्षेत्र में स्नान करने आते हैं। कालनेमि के गुप्तचरों ने ऋषि गर्ग के दैनिक जीवन का संपूर्ण विवरण पहले से जुटा दिया था। यह विवरण गोपाली तक पहुंचा दिया गया था और इसी विवरण से जुड़कर उसे उस संयोग की रचना करनी थी, जिसके आधार पर वह ऋषि से भेंट कर सके। उसकी कृपापात्री बन सके।

बहुत सोच-समझकर और निश्चय संजोकर चली थी गोपाली, किंतु जैसे-जैसे समय बढ़ रहा था, वैसे-वैसे उसे अपने भीतर का निश्चय डगमगाता अनुभव हो रहा था। मन अधिकाधिक चिंता और व्यग्रता से भरा हुआ। क्या होगा उस समय, जिस समय गोपाली उनके सामने पहुंचेगी या कि गोपाली को वह अपने समक्ष पाएंगे?

अद्भुत तपस्वी, योगी और ज्ञानी ऋषि के दृष्टितेज के सामने क्या गोपाली उस आत्मविश्वास को सहेज रख सकेगी, जो उसने अब तक जुटा रखा है? इस विचार ने मन को अधिक ही सहमा और डर से भर दिया था।

इस विचार से जुड़े हुए थे अनेक विचार। यदि गोपाली स्वयं को उचित समय पर ठीक तरह न संजो-संभाल सकी, तब तपस्वी की तेज-दृष्टि से उसके मन का कलुष क्षण मात्र में बाहर आ जाएगा और...और वह कलुष बाहर आने का अर्थ होगा, ऋषि का क्रोध!

और किसी तपस्वी के क्रोध का परिणाम जाना-पहचाना है। उसका श्राप!

"हे, ईश्वर!" अनायास ही गोपाली के भीतर एक भय-भरा कंपन बिखर गया था। श्राप!...यह श्राप अनेक ऋषियों से अनेक अप्सराओं को मिला है। अनेक बार देवेन्द्र इन्द्र भी इस तरह श्रापों से प्रभावित होकर कष्ट झेल चुके हैं, फिर गोपाली? कोमलांगी, नवायु, अनुभवहीन।...

क्या होगा उसका?

विचारों की भीड़ ने सौंदर्यमयी अप्सरा को इस तरह घेर लिया था, जैसे वह असंख्य प्रेतों के बीच फंस गई हों। हर विचार का एक डरावना परिणाम और हर प्रेत एक नया बीभत्स चेहरा लिए हुए।

कब, किस पल सूर्य देवता पूरी तरह पश्चिमुखी हो गए, ज्ञात ही नहीं हुआ। यदि हुआ, तो अनुभव नहीं कर सकी अनुभवहीन अप्सरा। डर, चिंता, भय और घबराहट ने शरीर ही नहीं, मन को भी स्थिर नहीं रहने दिया था और ठीक तभी लगा कि सूर्य के स्वर्णिम तेज से परे, घने वन के बीच एक तेज और फूट निकला है। थर्राकर दृष्टि उठाई, महर्षि गर्ग की खड़ाउओं का स्वर वातावरण का सन्नाटा थप्पड़ों के एक क्रम की तरह तोड़ता हुआ कानों में गिर रहा है। उसके साथ ही ऋषि का तेजपूर्ण चेहरा गोपाली के सामने उभर आया है।

वह तट-क्षेत्र की ओर बढ़े आ रहे थे। हाथ में कंमडलु, बगल में दबी मृगछाला और श्वेत धोती।

पल-भर के लिए सब कुछ भूलकर गोपाली तपस्वी की विद्वत्ता और ज्ञान की अनंत लहरों में अपने-आपको समाहित अनुभव करने लगी थी। विशाल पेड़ की ओट लेकर वह टकटकी बांधे उन्हें देखती रही। सोच-समझ, द्वंद्व और भय से मुक्त केवल मुग्धा दृष्टि से।

ऋषि विशालदेह थे। शरीर स्वर्ण में मढ़ा हुआ-सा। श्वेत दाढ़ी और वीर्यतेज से दमकते नेत्र। प्रतिदिन के नियमानुसार वह सरस्वती में स्नान कर संध्या-प्रार्थना के लिए अपने-आपको तैयार करने आए थे।

गोपाली ने अनेक बार दर्शन किए थे, पर वह स्थिति अलग थी। उसके साथ चन्द्रलोक की अनेक अप्सराएं रही थीं तब। घृताची, मेनका, अनेक।

सब देबेन्द्र से स्वीकृति और कृपा पाकर तटक्षेत्र में अवकाश समय बिताने आया करती थीं। जलविहार करतीं। नाना प्रकार की क्रीड़ाएं करती हुई मनोरंजन करतीं।

आते और जाते समय नियमानुसार सरस्वती और उपशाखाओं के गिर्द बिखरी हुई नदियों पर बने आश्रमों में उपस्थिति देतीं। विद्वानों, ब्राह्मणों और तपस्वियों का आशीर्वाद प्राप्त किया करतीं।

गोपाली भी अनेक बार आई थी, पर इस बार की गोपाली एकदम अलग। वह कालनेमि का विशिष्ट राजकीय स्वार्थ लेकर अकेली ही प्रभावशाली ऋषि को सम्मोहित करने आई है। कालनेमि का विचार है कि गर्ग की कृपा उसे ही नहीं, समूचे यवनराज्य को शक्तिशाली बनाएगी। उनका उपकार करेगी।

ऋषि ने स्नान किया। मंत्रोच्चार की मधुर ध्वनि गोपाली के कानों में रसवर्षा करती रही। ठीक तभी उसे स्मरण आया कि वह किस अभिप्राय से आई है। एक बार सोचा था कि मार्ग जाना-पहचाना है। गोपाली चाहे, तो देवेन्द्र के सीमाक्षेत्र में भी निकल सकती है।

पर सोचकर तुरंत ही विचार घोंट लिया। यह असंभव था! कालनेमि राजा है और राजा इतने मूर्ख नहीं होते कि अपने साधन को अदर्शित छोड़ दें। निश्चित रूप से गोपाली के गिर्द असुर गुप्तचरों का जाल बिछा होगा। जिस क्षण वह कोई हरकत करेगी, उसी क्षण कालनेमि की राज-शक्ति का कठोर पंजा उसे दबोचकर यवनसभा में उपस्थित कर देगा। विचार त्याग दिया था गोपाली ने। उसे चुपचाप वही सब किए जाना है, उसी तरह किए जाना है, जिस तरह महाराज कालनेमि चाहते हैं।

और इसके साथ ही स्मरण हो आया था, गोपाली को आगे क्या कुछ किस तरह संयोजित ढंग से करना है, ऐसे कि सब कुछ असंयोजित लगे, केवल संयोग।

ऋषि स्नान करके श्लोकोच्चारण करते हुए आश्रम की ओर लौटने लगे हैं। गोपाली चैतन्य हुई।

खड़ाऊं के स्वर धीमे-धीमे लुप्त हो गए। वह उसी राह गए थे, जिस राह से अभी-अभी आए थे।

सन्ध्या का हलका धुंधलका बिखरने लगा था और उसके साथ ही सन्नाटों का अपना स्वर। झींगुरों की हल्की आवाजें। चिड़ियों की चहचहाटें डूबती हुई। घोर वन से उठती कर्कश ध्वनियों ने उनका स्थान लेना आरंभ कर दिया। गोपाली पेड़ की ओट से बाहर निकली और ऋषि जिस मार्ग से गए थे, उसी मार्ग पर आगे बढ़ चली।

कुछ ही समय बाद वह पवित्र आश्रम क्षेत्र में थी। धुंधलाते प्रकाश में उसने आश्रम का शांत वातावरण देखा। पल-भर के लिए मन अपने ही प्रति पुनः ग्लानि से भर उठा। इस तपस्वी के पवित्र आश्रम की मर्यादा नष्ट करने आई है वह। माया, मोह, ममता, क्रोध, काम आदि विभिन्न स्थितियों से मुक्त ऋषि की तपस्या में वह अनचाहे ही सही, किंतु अवरोध बनेगी।

अपने ही प्रति धिक्कार से भर उठी गोपाली, किंतु इसके अतिरिक्त राह नहीं। कालनेमि ने जाते समय कहा था, "स्मरण रहे, अप्सरे! तुम्हें अपने उसी परम्परागत धर्म का निर्वाह करना है, जो तुम लोग करती आई हो। यह धर्मनिर्वाह, गृहस्थ धर्म और तपस्या धर्म से तनिक कठिन है, किंतु तुम्हारा यही धर्म रहा है। चाहे तुम सुरलोक में रही हो या असुर लोक में तुम्हारा धर्म एक ही है।"

ऋषि एक वटवृक्ष के नीचे ध्यानस्थ हो गए थे और गोपाली की दृष्टि जहां-तहां घूमती हुई। ऋषिसेवा में सन्नद्ध कुछ बालक शिष्य उनके सामने बैठे हुए थे। उन्हीं की तरह ध्यानस्थ। लगता ही नहीं था कि आश्रम में कोई चहलपहल है। पत्तों की खड़खड़ाहट और जब-तब उठनेवाले जीवन-जंतुओं के स्वर जीवन का अहसास कराते।

एक ओर गौएं बंधी थीं। आश्रम के बीचोंबीच पवित्र तुलसी का चौरा था। आसपास की धरती गोबर और माटी की लिपाई से साफ की हुई। जहां-तहां खिले फूलों की महक ने गोपाली को अद्‌भुत रोमांच और आनंद से भर दिया।

ध्यानमुद्रा का समय समाप्त होते ही ऋषि बोले, "वत्स चक्रपाणि, उठो, भोजनादि की व्यवस्था करो।"

गोपाली ने गिना था शिष्यों को। कुल पांच थे वे। सबसे बड़ा गौर-वर्ण और तनिक तेजस्वी। जब चक्रपाणि कहकर ऋषि ने दृष्टि उठाई तो हाथ जोड़कर वही खड़ा हुआ था, "आज्ञा पूज्य!"

चक्रपाणि! गोपाली ने समझ लिया था कि आश्रम व्यवस्था वही शिष्य देखता है।

आश्रम-व्यवस्था प्रारंभ हुई। ऋषि के आदेश का पालन होने लगा। स्वयं गर्ग उठकर कुटी में चले गए।

गोपाली सोचने लगी थी, अब योजना का अगला चरण?

अगला चरण है गोपाली का आश्रम की ओर पहुंचकर अपने-आपको थकी, रुग्ण और भयभीत साबित करना। आश्रम में आश्रय पाने के लिए यही कुछ सोचा गया था।

गोपाली ने अपना श्रृंगार तनिक अस्तव्यस्त किया, कपड़े कुछ-कुछ स्थानों से इस तरह फाड़ लिए थे कि संघर्ष में फटे लगें, फिर बालों का जूड़ा खोला। वनक्षेत्र में नंगे पैरों चलते रहने के कारण पैर धूलि-धूसरित हो रहे थे। नृत्याभिनय की अद्‌भुत कला थी ही उसके पास। चेहरे को पल-भर में उदासी के मुखौटे से ढक लिया और लड़खड़ाती, कांपती आगे बढ़ी।

शिष्यगण जहां-तहां काम कर रहे थे।

गोपाली जब उनके सामने थकी, थर्राती, बेसुध हालत में पहुंची तो हतप्रभ-से उसे देखते रह गए। एक क्षण के लिए गोपाली अपने-आपको सुधि में रखे रही, फिर इस तरह, जैसे बेहोश हो गई हो, वह धम् से तुलसी के चौरे के पास गिर पड़ी।

"गुरुदेव!" किसी शिष्य ने जोर से पुकारा था, फिर गोपाली ने अपने गिर्द अनेक पदचापें सुनीं और अन्त में खड़ाउओं का सधा हुआ स्वर उभरा। गोपाली रोमांच से भर उठी। ऋषि आ रहे थे।

अगले ही क्षण एक प्रश्न के साथ गोपाली ने अपने शरीर पर स्पर्श अनुभव किया। हौले-हौले उसके माथे पर बिखरी लटों को कोई हटा रहा था। अनुभव से उसने समझ लिया था कि ऋषि गर्ग का ही हाथ होगा वह। रोमांच अधिक गहरा हो उठा।

ऋषि प्रश्न कर रहे थे, "कौन है यह?"

"ज्ञात नहीं, गुरुवर।" किसी शिष्य का स्वर उभरा था।

फिर किसी अन्य का स्वर, "बस, पल-भर पूर्व वह युवती वन से इस ओर लड़खड़ाती, कांपती आई और यहां गिर पड़ी।"

ऋषि ने इस बीच चेहरा देख लिया। बुदबुदाए, "इसे इसके पूर्व भी कहीं देखा है हमने।"

गोपाली के भीतर भय की एक सिहरन उभरी। गर्ग के अगले शब्दों ने उसे इस सिहरन से उबार लिया, "सावधानी के साथ इसे उठाओ और कुटिया में ले चलो!"

अगले ही क्षण गोपाली ने अपने गुदाज शरीर के कई हिस्सों पर बालकों के हाथों का स्पर्श अनुभव किया। वह अधर उठाकर भीतर ले जायी जा रही थी। थोड़ी देर में ही वह कुटिया में, किसी आसन पर थी। किस दिशा में, किस स्थिति में, किस तरह के स्थान पर है, ज्ञात नहीं। बस, इतना ज्ञात है कि योजना का प्रथम चरण पूरा हुआ।

ऋषि की खड़ाउओं का स्वर पुनः उभरा। गोपाली सावधान हो गई।

बदन सहसा सिहर उठा। गोपाली के चेहरे पर पानी के कुछ छींटें आ गिरे थे।

किंतु नहीं, गोपाली को तुरंत सुधि में नहीं आना है। वह पलकें मूंदे रही।

बालक बुदबुदा रहे थे। तरह-तरह के अनुमान व्यक्त कर रहे थे। एक ने कहा था, "संभवतः यह कोई अप्सरा है।"

"आवश्यक नहीं," दूसरी आवाज उठी, "पर इतना अवश्य है कि यह किसी विपत्ति से बचकर हमारे आश्रम की ओर निकल आई है।"

"तुम सब शांत रहो!" एक धीर-गंभीर स्वर उभरा।

वे सच चुप हो गए।

जल के छींटे। गोपाली का पूरा चेहरा ही नहा गया पानी से, फिर जैसे आदेशपूर्ण स्वर उभरा। ऐसे जैसे गोपाली को यह स्वर जाग्रत् ही नहीं बाध्य कर रहा हो कि वह पलकें खोले।

"उठो देवी...उठो।" महर्षि कह रहे थे। किसी मंत्र की तरह प्रभावशाली थे उनके शब्दोच्चारण। उससे कहीं अधिक सम्मोहक भी।

गोपाली ने पलकें खोल दीं।

ऋषि की सूर्याकिरणो जैसी दृष्टि उसे चकाचौंध की तरह अनुभव हुई। फिर प्रश्न उभरा, "कौन हो तुम?"

गोपाली ने सहसा अपनी सुधि संभालने का नाट्य अभिनय आरंभ किया। शरीर सिकोड़ती, कपड़े सहेजती वह जैसे-तैसे उठी और सिकुड़कर बैठ गई। ऋषि के चरणों में झुककर प्रणाम किया, कहा, "मैं अप्सरा हूं ऋषिवर, देवेन्द्र इन्द्र की राजसभा की अप्सरा। गोपाली नाम है मेरा।"

"यहां कैसे आ पहुंचीं तुम?"

"रथ से जा रही थी, देव, ज्ञात नहीं, किसने आक्रमण कर दिया।" गोपाली ने स्वर में रुदन भरते हुए उत्तर दिया, "मुझेमुझे लगता है कि वे लुटेरे राक्षस थे। उन्होंने मुझे भागते देखकर दूर तक मेरा पीछा किया। दोपहर से संध्या तक और संध्या के बाद अब तक मैं कहां, किस वनक्षेत्र में, किस-किस दिशा में भागती रही हूं, मुझे स्मरण नहीं। बस, यहां आश्रम क्षेत्र में आकर मैं थक गई और...।"

"हूं।" गोपाली ने एक गंभीर गुर्राहट सुनी।

भयग्रस्त हो उठी। कहीं ऋषि उसके अभिनय को समझ तो नहीं गए हैं? वैसे ज्ञानी और तपस्वी के सामने अभिनय कितना कारगर हो सकता है, गोपाली सदा संदिग्ध रही थी। यही एक डर था, जो बार-बार उसे भयग्रस्त करता रहा था, इस समय भी किया।

"चक्रपाणि!" ऋषि की आवाज पुनः गूंजी, "इसके विश्रामादि की व्यवस्था करो!"

"जो आज्ञा, पूज्य!"

ऋषि बाहर चले गए। गोपाली ने पुनः प्रणाम किया। ऋषि ने अनदेखा कर दिया। गोपाली चिंतित हो उठी। मन अनेक प्रश्नों से घिर आया। कहीं

ऋषि ने समझ तो नहीं ली उसकी असलियत? यह भी हो सकता है कि उन्हें कोई अन्य कार्य रहा हो और यह भी संभव है कि वह किसी माध्यम से देवेन्द्र इन्द्र तक सूचना पहुंचा दें, गोपाली यहां है और उसे बुलवा लिया जाए।

कालनेमि ने कहा था कि स्थिति ऐसी बनाना, ताकि ऋषि के साथ रहने का कुछ समय मिल सके। गोपाली ने तुरंत निर्णय लिया था, ऐसा तभी संभव है, जबकि गोपाली अपने-आपको घायल कर ले। इस समय तक पूरी तरह उसकी दशा किसी ने नहीं देखी है।

गोपाली ने कुटी के सन्नाटे को देखा फिर पल-भर की देर किए बिना गले का हार उतारकर उसमें जुड़े नुकीले मणि से बाईं बांह का भीतरी हिस्सा चीर लिया। तीव्र कष्ट और वेदना के कारण उसके मुंह से चीख निकलते-निकलते रह गई। दांत भींचकर उसने वह कष्ट सहा।

रक्त की एक धार उसने बांह से कलाई की ओर बहते देखी। पल-भर के लिए अपने-आपको आहत पाकर ही वह बेसुध होते-होते बची। ठीक तभी किशोरायु शिष्य चक्रपाणि ने कुटी द्वार में प्रवेश किया, कोमल स्वर में कहा, "आपके लिए गर्म जल की व्यवस्था की है, देवी, स्नान कर लेंगीं तो शरीर की थकान कम हो जाएगी।" शब्द पूरे करते-करते चक्रपाणि की दृष्टि बहते लहू और उससे भीगे गोपाली के वस्त्रों पर जा पड़ी। वह तुरंत चिल्लाया, "गुरुदेव!...गुरुदेव...!"

ऋषि दौड़े आए, "क्या हुआ?"

चक्रपाणि ने चिंतित स्वर में बतलाया, "इनके शरीर से तो रक्त बह रहा है, भगवन्।"

"कहां?" गर्ग पुनः गोपाली के पास आकर उसके शरीर पर झुक गए, फिर आदेश दिया औषधि के लिए। बात की बात में अनेक बालक दौड़ पड़े।

गोपाली की बांह पर औषधि का लेप स्वयं ऋषि ने किया। बीच-बीच

में आश्वासन भी देते रहे, साहस बंधाते रहे, "चिंतित मत हो, अप्सरे! शीघ्र ही घाव भर जाएगा। संभवतः उन राक्षसों से बचाव के लिए भागते समय किसी वृक्ष की टहनी से तुम्हें चोट लगी है।"

गोपाली केवल कराहती रही। अब उसे कष्ट के अभिनय का प्रयत्न नहीं करना पड़ रहा था। अपितु वह घाव के कारण स्वयमेव उसके चेहरे पर उभर आया था।

देर बाद लेप करके ऋषि उठ पड़े। कहा, "इस घाव को बचाते हुए तुम स्नान कर लो, गोपाली, फिर भोजनादि के पश्चात् पुनः तुम्हारे घाव पर औषधि लगा दूंगा।"

गोपाली ने आभार में सिर हिलाया। वह प्रसन्न थी। स्पष्ट हो गया था कि गर्ग उसकी बतलाई कहानी पर विश्वास करते हैं। पूरी तरह कर चुके हैं।

धीमी, थकी चाल में वह स्नान के लिए चल पड़ी।

योजना का अगला चरण, तीसरा।

गोपाली ने जल्दबाजी नहीं की थी। करनी भी नहीं थी। सब कुछ सहज, स्वाभाविक ढंग से घटित होना था। घटित हो रहा है, ही लगना चाहिए था। लगा भी।

अगले कुछ दिनों तक गोपाली ऋषि से औषधोपचार पाती हुई धीमे-धीमे आश्रम के वातावरण में घुलती-मिलती रही। कुछ इस तरह घुली-मिली कि पूर्णतः समर्पित हो गई।

वह आश्रम-व्यवस्था, साफ-सफाई से लेकर ऋषि सेवा में भी आगे रहती। चक्रपाणि और अन्य शिष्य उसका मान करते। स्वयं ऋषि गर्ग भी प्रसन्न थे। गोपाली के स्वभाव, सरलता और आडम्बरहीन व्यवहार ने ऋषि को बहुत प्रभावित किया। इस प्रभाव के दौरान गोपाली निरंतर प्रयत्न करती रही कि ऋषि उसकी ओर पुरुष दृष्टि से रुचि लें, किंतु उसने अनुभव किया था कि गर्ग उसे देखते, वार्तालाप करते, किंतु प्रतिपल एक दूरी बनाए रखते। संभवतः दृढ़ आत्मशक्ति और संयम ने उनमें असामान्य शक्ति पैदा कर

रखी थी। इस शक्ति-दुर्ग को तोड़ना कठिन। गोपाली ने इन कुछ दिनों में यह भी समझ लिया था।

किंतु इस दुर्ग को तोड़े बिना, इसके ऊंचे आकाशवत् पवित्र शिखरों को नष्ट-भ्रष्ट किए बिना गोपाली उस लक्ष्य तक नहीं पहुंच सकेगी, जो यवनराज चाहते हैं।

एकांत में जब कुटी में विश्राम करती होती, तब भी यही कुछ विचार मन-मस्तिष्क को घेरे रहते। किस तरह, कैसे उन तपस्या शिखरों को ध्वस्त कर सकेगी गोपाली!

ऋषि प्रसन्न थे; किंतु उस तरह नहीं, जिस तरह यवनराज ने चाहा था। कालनेमि ने निर्देश दिया था, "ऋषि गर्ग को उस स्थिति तक लाना होगा, गोपाली, जब वह तुम्हारे कहे पर चलने लगें।"

और यह कहे पर चलना, स्पष्ट था, अंधानुकरण की स्थिति तक पहुंचाना।

गोपाली जानती थी कि ऋषि को प्रभावित करना, प्रसन्न करना संभव है, सहज भी, किंतु अंधानुकरण तक किसी पुरुष को उस समय तक नहीं लाया जा सकता, जब तक कि स्त्री उसके नग्न रूप को न छू ले। परस्पर अनावृत शरीर-रहस्य ही होते हैं, जो स्त्री-पुरुष में मानसिक दासता, द्रोह, घृणा आदि विभिन्न प्रतिक्रियाएं उत्पन्न कर सकते हैं। तिस पर यदि किसी स्त्री ने पुरुष को दासता चक्र में उलझाने का निश्चय कर रखा हो, तब उसका सबसे बड़ा अस्त्र पुरुष के भीतर काम-भाव जगाकर उसे वश में कर लेना ही होता है।

और गोपाली उस लक्ष्य तक नहीं पहुंच सकी है।

उसने अपने-आप को अपमानित किया था। क्या सच ही उसका कामाकर्षण, सौंदर्य, मुद्राएं, चेष्टाएं इतनी गईं-गुजरी हैं कि वह किसी पुरुष को वश में नहीं कर पा रही हैं? चुनौती की तरह लिया था उसने यह विचार।

ऋषि आयु, ज्ञान, अनुभव, दृष्टि, योग्यता हर तरह बड़े थे, किंतु सहजता और सरलता थी स्वभाव में। इससे पहले किसी स्त्री ने उन पर अपना कामाकर्षण चलाया भी नहीं था। फिर एक अप्सरा।"

गोपाली ने क्रमशः अपने सभी अस्त्रों का प्रयोग आरंभ कर दिया था। ऋषि से बात करते हुए स्वर में विचित्र-सी मादकता पैदा कर लेती। ऋषि

के सामने पड़ते ही शरीर के उत्तेजक अंगों को विशिष्ट ढंग से उतार-चढ़ाव में भर डालती, जब-जब ऋषि एकांत में होते, तब-तब उनकी ओर ऐसी मुग्ध दृष्टि से देखती, जो उनके संयम को लड़खड़ा डाले। मोह जाल का विचित्र-सा तरल पदार्थ इस आंख से उस आंख में झरने लगता।

ऋषि ने अपने भीतर अद्‌भुत बदलाव अनुभव किया था और इसी बदलाव के साथ-साथ उनके दैनंदिन जीवन में परिवर्तन प्रारंभ हो गए थे। पूर्वापेक्षा अधिक ध्यान करते, अधिक समय तक ग्रंथों का पठन-पाठन करते रहते, अधिक समय तक स्नान करते। जितना संभव होता, उतना समय गोपाली के सान्निध्य से दूर रहने में बिताते। गोपाली समझ गई थी कि वह क्षण आ पहुंचा है, जहां से चतुर्थ चरण का प्रारंभ होना है।

और वह चरणारंभ कर दिया था उसने। एक विशेष जड़ी खाकर वह अस्वस्थ हो गई थी। सदा की तरह ऋषि उपचार हेतु उसके पास पहुंचे। उपचारारंभ हुआ।

तुरंत और प्रभावी औषधि ने उस नकली बीमारी को कुछ ही प्रहरों में दूर कर दिया, किंतु गोपाली ने शय्या इस तरह पकड़े रखी, जैसे बहुत कमजोरी आ गई है। इस नए अभिनय में ही उसे चतुर्थ चरण समाप्त कर लेना था।

ऋषि की कुटिया के पास ही थी गोपाली की कुटिया। शिष्यों ने गोपाली की अस्वस्थता देखते हुए विशेष रूप से उसका निर्माण किया था। कुछ ही समय में गोपाली ने उसे अधिक सुंदर और सुविधापूर्ण बना दिया।

अस्वस्थता के अभिनय में भी अप्सरा प्रतिपल अपने शारीरिक आकर्षण के प्रति सतर्क रही। रात्रि के भोजन में ऋषि ने उसके लिए विशेष चीजें बनवाईं थीं। ऐसी, जिनसे रोग में लाभ हो। कुशल-समाचार लेकर वह अपनी कुटिया में विश्राम करने चले गए थे।

सन्नाटे की चादर ओढ़े हुए, जैसे ही समूची प्रकृति ने रात्रि का शृंगार किया, वैसे ही सौंदर्यमयी गोपाली ने चारपाई पर एक करवट बदली। बदन के आलस को शरीर तोड़कर परे किया और निश्चित योजना के अनुसार स्वयं को तैयार कर लिया। अर्धरात्रि हो चुकी थी। शिष्य बालक दिन-भर

की थकान के बाद गहरी निद्रा में निमग्न थे। ऋषि सदा की तरह अपनी कुटिया में अध्ययनरत। गोपाली उठी और बरामदे में निकल आई। चांदनी ने उसकी गौरवर्णी देह को हौले-हौले सहलाया। किरणों ने बदन में उत्तेजक चेष्टाएं जाग्रत् कीं और काम-विचार चोर की तरह दृष्टि में बस गया। गोपाली ने धीमी चाल से चलते हुए क्रमशः आश्रम के शांत सन्नाटे को देखा, फिर इस तरह कि ऋषि का ध्यान भंग हो सके, बरामदे में पदचापें उभारीं। वह ऐसी जगह खड़ी थी कि गर्ग उसे देख सकें।

ऋषि का ध्यान टूटा। अध्ययन करते हुए चौंककर वह बुदबुदाए, "कौन!"

दबे, मधुर स्वर में गोपाली ने उत्तर दिया, स्वर में कराह और वेदना लहरें जुटाए रखीं, "कोई नहीं, आचार्य, मैं हूं...गोपाली!"

"क्या चाहिए तुम्हें?" ऋषि ने प्रश्न किया।

"कुछ भी नहीं, देव, शरीर में पीड़ा हो रही थी। कुछ घबराहट भी। यही सोचकर बाहर निकल आई। अब जल पीने की इच्छा हुई है।" गोपाली इस तरह बोली, जैसे उसका कष्ट और बढ़ा हुआ हो।

अनुमान था कि ऋषि उठेंगे। और यह सही निकला। गर्ग अपने स्थान से उठ पड़े। ग्रन्थ एक ओर रखा और कुटिया के बाहर निकल आए। शुभ्र चांदनी से नहाए बरामदे के एक हिस्से में गोपाली इस तरह खड़ी हुई थी कि झीने वस्त्रों से उसके शरीर का हर उभार झांक सके।

ऋषि ने पल-भर के लिए उसे देखा, फिर कतराकर दृष्टि चुरा ली। कहा, "तुम्हें कष्ट है, तब विश्राम करना चाहिए, गोपाली।"

"किंतु, पूज्य!"

"जाओ, अपनी कुटी में पहुंचो।" ऋषि ने तनिक कठोर, आदेशात्मक स्वर में कहा और गोपाली बुझ गई। क्या ऋषि उसके सौंदर्य और शरीर से तनिक भी आकर्षित, प्रभावित नहीं हुए? वह कोई चेष्टा करे या कुछ कहे, इसके पहले ही गर्ग पुनः बोले थे, "तुम कुटी में पहुंचो। मैं स्वयं जल लेकर आता हूं, जाओ।"

गोपाली ने लज्जा से सिर झुका लिया। बुदबुदाकर उत्तर दिया, "जैसी आपकी इच्छा, ऋषिवरं।"

वह मुड़ी और धीमी, किंतु उत्तेजना बिखेरती चाल में अपनी कुटी की ओर चल पड़ी। गर्ग समूची आत्मशक्ति सहेजते हुए स्वयं को संयत करने की चेष्टा करते रहे।

गोपाली कुटी में समा गई थी, पर ऋषि वहीं खड़े रहे। लगता था कि संपूर्ण शरीर और मस्तिष्क किसी ज्वार-भाटे में फंस गया है। समूची आत्मशक्ति, ज्ञान का केन्द्रीकरण और आत्मविश्वास इसमें उलझकर तिनकों की तरह बहा जा रहा है।

कुछ क्षणों बाद स्वयं को फिर संजोया। अपने ही प्रति निर्मम होकर सारी कामना दबोचने की चेष्टा करते हुए पात्र जल से भरा और सहमी चाल में गोपाली की कुटिया की ओर बढ़े।

निश्चय कर लिया था कि उसके सलोने चेहरे और शरीर के उत्तेजक उभारों की ओर नहीं देखेंगे।

किंतु सब कुछ अनचाहे हुआ। बिलकुल अनचाहे। ऋषि ने जैसे ही कुटिया में पांव रखा, वैसे ही दृष्टि गोपाली की देह पर जा ठहरी। वह उनकी ओर नहीं देख रही थी, किंतु उसका संपूर्ण शरीर इस आकर्षक मुद्रा में बिखरा हुआ था, जैसे अनेक रस्सियों की रेशमी जकड़ उन्हें उसकी ओर खींच रही हो। बहुत चाहा कि दृष्टि हटा लें, बहुत प्रयत्न किया कि पलकें ही मूंद लें, बहुत शक्ति संयोजन करके मुड़ जाना चाहा, पर कुछ भी संभव नहीं हुआ। गर्ग अपने-आप से अवश, किसी अबोध बालक की तरह खिलौने के आकर्षण में बंधे आगे बढ़ गए। गोपाली को न तो पुकारा, न ही कुछ बोले, सिर्फ उसे देखते रहे। अपने भीतर उठते ज्वार को अधिक और अधिक तेज अनुभव करने लगे।

लगता था कि वह ज्वार शरीर में अब उफान लेता हुआ क्रमशः तूफान बनता जा रहा है। पल-भर के लिए विस्मृत ही कर बैठे कि वह गर्ग हैं, एक ऋषि हैं। तपस्या उनका धर्म और ब्रह्मचर्य उनकी संपूर्ण चेतना का

सूर्य-तेज! वे स्वयं को किसी रहस्यमय अंधकार में पाने लगे थे। ऐसा अंधकार, जिसका न कोई ओर था, न कोई छोर। किनारों से मुक्त अंधकार के इस समुद्र ने उन्हें ग्रस लिया। वह आगे बढ़े। जल-पात्र एक ओर रख दिया और कांपते हाथ से गोपाली के सुंदर शरीर का स्पर्श किया।

यह स्पर्श! लगा था कि तूफान में कोई बिजली कड़की है। इतनी जोर से कि सारा मानस तिलमिला उठा है।

गोपाली उसी तरह शांत पड़ी थी, निश्चेष्ट। पलकें मुंदी हुईं। चेहरे पर चांदनी बिछी हुई। ऋषि का शरीर बेकाबू हो चुका था। उफान के बाद उफान की लहरें झेलता हुआ। एक असह्य स्थिति।

और अगले ही क्षण उन्होंने गोपाली की सुंदर देह अपनी बांहों में भर ली। गोपाली लता की तरह उनके शरीर से झूल गई थी और फिर वह स्थिति आई, जब लता चक्र बनाकर विशालदेह वृक्ष को अभिन्न भाव से जोड़ लेती है या कि जुड़ जाती है।

और दिनों की तरह गोपाली समय पर नहीं जाग सकी, न ही ऋषि। कुटिया में जल-पात्र बिखरा पड़ा था और कच्ची धरती केवल एक गीले धब्बे की तरह दीख रही थी। चांदनी कब गई, ज्ञात नहीं। सूर्योदय की तीखी, तपानेवाली किरणों ने समूची प्रकृति को झकझोरकर जगाया।

सभी शिष्य जागकर अपने-अपने कार्य में जुट गए थे। कुछ जल लाने के लिए तट-क्षेत्र की ओर जा चुके थे, कुछ लकड़ियां काटने वन की ओर। चकित थे कि गुरु और अतिथि अप्सरा उस समय भी सो रहे हैं। एकदम अस्वाभाविक और असहज लगा था उन्हें।

केवल उन्हें ही क्यों, स्वयं गोपाली और गर्ग को भी। जब जागे, तब सुधि आई। बहुमुखी विचारों के थप्पड़ मारती हुई सुधि।

गोपाली विचारहीन थी। पाप हुआ या पुण्य? एक दुविधा में फंसी हुई, किंतु देह की थकान अधिक मानस-मंथन नहीं करने दे रही थी।

और ऋषि! वह पलकें खोलते ही अपने-आप को घोर ग्लानिग्रस्त अनुभव करने लगे थे। गोपाली से जुड़ने के बाद पश्चात्ताप और थकान

बटोरे हुए अपनी कुटिया तक चले तो आए थे, किंतु बहुत देर तक सो नहीं सके।

रात्रि में ही सरस्वती तट पहुंचकर स्नान किया था, पर लगता था कि जिस शरीर को चन्दन की तरह तपस्या से सुवासित किया था। सहसा वह दुर्गंधयुक्त हो उठा है, किसी सड़े हुए वृक्ष जैसी।

न उसमें कान्ति शेष रही है, न स्वर में गरिमा और न ही मन में ठहराव। क्या किया उन्होंने? कैसे हुआ? उन जैसे विवेकशील व्यक्ति से यह अपराध कैसे हुआ?

बच्चों की तरह अपने ही भीतर सिसकते रहे। कितनी बार ईश्वर स्मरण किया, कितनी बार अपने-आप को धिक्कारा, याद नहीं। केवल इतना याद है कि मन, शरीर, बुद्धि हर स्तर पर थकते चले गए और थकान में ही निद्रा ने लपेट लिया था उन्हें।

भोर के साथ पुनः वही मानस-मंथन प्रारंभ हो गया था। शिष्यों ने सदा की तरह उपस्थित होकर क्रमशः चरणस्पर्श किए। उस समय अनुभव हुआ था कि पूरा शरीर कांप उठा है। पीले, वृक्ष से टूटे हुए पत्ते की तरह यही तो हुआ है उनके साथ। वह योग-तप और ज्ञान के चरम पर पहुंचकर वासना का एक झटका पाकर ही पृथ्वी पर आ गिरे। संपूर्ण को शून्य में बदल डाला उन्होंने। जाने क्यों, प्रकृति के विरुद्ध क्रोध पैदा हो गया था मन में। उत्तेजित चाल में गोपाली की कुटिया की ओर बढ़ गए थे। जोर से कर्कश स्वर में पुकार भी लिया था उसे, "गोपाली!"

"आई देव!" स्वर उभरा, फिर वह सामने आ खड़ी हुई। गरदन झुकाए। ऐसे जैसे मुरझा गई हो।

ऋषि को अनायास लगा था कि उस पर बरस पड़ें, कह दें उससे, "इसी क्षण आश्रम से चली जा, कुलटा! तेरे कारण मेरी तपस्या कलंकित हो गई। मैं संपूर्ण से शून्य तक जा पहुंचा। कंगाल बना दिया तूने मुझे।" किंतु कह नहीं सके।

कैसे कहते? किस आधार पर? क्या दोष था गोपाली का?

लगा था कि उनके भीतर से उनकी आत्मा उन्हीं को धिक्कारने लगी है, 'गोपाली को दोषी कैसे ठहरा सकते हो गर्ग? दोषी तो तुम स्वयं हो।

क्यों उतने संयमहीन हुए? क्यों अपनी शक्ति बिखरा डाली? दोषी वह अप्सरा नहीं, तुम स्वयं हो। तुम्हारा वह झूठा आत्मविश्वास और ज्ञान-शक्ति है, जो काम का पहला वार भी नहीं झेल सके। दण्डित तो तुम्हें होना चाहिए, गर्ग।'

'हां-हां, यही सच है...यही सच है।' वह बुदबुदाए, फिर मुड़ गए थे। गोपाली की ओर से। दबे, किंतु मृतवत् स्वर में कहा था उन्होंने, "तुम निर्दोष हो, अप्सरे। अपराध मुझसे हुआ। दण्ड का भागी भी मैं ही बनूंगा। प्रायश्चित करना होगा मुझे।"

वह बिना किसी से बोले चुपचाप पुनः तटक्षेत्र की ओर बढ़ गए थे और गोपाली पुनः दुविधापूर्वक उन्हें देखती रही गई थी। उससे पुण्य हुआ या पाप? इसी प्रश्न में उलझी हुई।

गोपाली ने पाप किया या पुण्य? इस विचार से अलग होकर सोचना ही उपयुक्त होगा। यों भी पौण्ड्रिक के लिए वह सब विचारणीय नहीं है। न ही उन राजाओं के लिए था, जो कालयवन की कहानी सुना रहे थे।

सोचने का विषय था कालयवन। उस समय भी, इस समय भी। रात्रि-भोज के लिए उठ तैयारी करते समय पौण्ड्रक ने केवल यही सोचा। गर्ग और गोपाली के उस मिलन का परिणाम हुआकालयवन।

आर्य रक्त होते हुए भी उसने अपना नाम कालयवन रखा? उसने नहीं, कालनेमि ने।

हुआ यह था कि आत्मद्वंद्व से ग्रस्त गोपाली ने उद्विग्न और अशांत ऋषि के प्रति स्वयं को अपराधग्रस्त अनुभव किया था, फिर न जाने किस कमजोरी के क्षण में कह बैठी थी सब कुछ। वह सारी कथा सुना दी थी उन्हें जो कालनेमि और उसके बीच घटी थी। सब कुछ सुन-जानकर ऋषि बहुत क्रोधित हुए। इसका अर्थ था कि गर्ग स्वयं दोषी नहीं थे, उन्हें दोष में फंसाया गया था।

अपराधबोध की भावना से मुक्त होकर ऋषि ने शाप दिय था उसे, "तुमने बहुत नीच कृत्य किया है, अप्सरे! इसी क्षण आश्रम छोड़कर कहीं

अन्यत्र चली जाओ। तुम गर्भवती हो, अतः तुम्हारे लिए इतना ही दण्ड काफी है।"

ऋषि-क्रोध से आक्रांत गोपाली ने तर्क नहीं किया था उनसे। न ही क्षमा मांगी थी। उस क्षण यही उचित लगा था उसे कि वह ऋषि की आंखों के सामने से दूर हो जाए और यही किया था उसने। निकल पड़ी थी गर्गाश्रम से। कालनेमि के गुप्तचरों ने वनों में भटकती गोपाली को पकड़ लिया था। अपराधबोध के कारण असहज हो गई थी वह। कालयवन उस समय गर्भ में था। उस समय कालनेमि अपनी योजना की असफलता पर क्रोधित तो बहुत हुआ, किंतु गोपाली की स्थिति ने उसे द्रवित कर दिया। दण्डस्वरूप उसने गोपाली को सागर पार यमराज को भेंट कर दिया था। गोपाली का सद्यःजात शिशु उसने स्वयं रख लिया था।

इसी शिशु को यवन संस्कार दिए गए। क्रूरता-निर्मता, राजनीति के नाम पर बर्बरता और उद्दण्डता आदि असुरों के लिए गुण ही तो थे। वही गुण कालयवन को मिले। रक्त संस्कारों को व्यावहारिक संस्कारों ने घोट डाला। कालयवन जैसे-जैसे बड़ा होता गया, वैसे-वैसे वह दुर्दांत और क्रूर होता चला गया। उचित समय पर कालनेमि ने उसे बतला दिया कि गर्ग उसके पिता हैं।

चमत्कृत हो उठा था कालयवन! ऋषिपुत्र है वह? पल भर के लिए गरिमा और गौरव से भी भर गया था बालक, किंतु जब कालनेमि ने उसे यह बतलाया कि ऋषि ने उसकी माता का त्याग ही नहीं किया था, अपितु उसे अपमानित करके आश्रम से बहिष्कृत कर दिया था, तब वह आर्यों के प्रति घोर घृणा से भर उठा। यही धृणा थी, जिसके कारण वह अपने आपको आर्य होते हुए भी, यवन कहलाने में गौरवानुभूति करता था।

छल, प्रपंच, षड्यंत्र, विश्वासघात आदि यवन राजनीति के संस्कार थे। इन्हीं संस्कारों से संस्कारित कालयवन ने ऋषि गर्ग से पिता के नाते आशीष प्राप्त किया, फिर यवन सेना लेकर सरस्वती पार निकल गया। कालनेमि जो कुछ नहीं कर सका था, वह कालयवन ने कर दिखाया। सहायक हुआ ऋषि गर्ग का ममत्व, जिसने सरस्वती प्रदेश से आगे बढ़ जाने का मार्ग खोला।

दक्षिण भारत में पहुंचकर कालयवन ने शक्ति और दमन की नीति से राज्य विस्तार कर लिया। अपनी ही तरह कठोर और क्रूर जरासन्ध की अधीनता स्वीकार कर वह अधिक शक्तिसंपन्न हो उठा।

उसी कालयवन के पास पौण्ड्रक आए हैं। मगधपति के प्रति दौत्यधर्म निबाहने।

रात्रि-भोज के समय ही संदेश दे दिया था कालयवन को। यवनराज ने प्रसन्न होकर उत्तर दिया था, "मगधपति से कहें कि वह आश्वस्त हों। अब वसुदेव के दोनों पुत्र बच नहीं सकेंगे। शीघ्र ही मैं उन दोनों को समाप्त कर डालूंगा।"

"आपके प्रति पहले से ही आश्वस्त थे सम्राट जरासन्ध!" पौण्ड्रक ने उत्तर दिया था, "इसी कारण आपसे अधिक उपयुक्त व्यक्ति उन्हें कोई नहीं लगा।"

"हम उनके आभारी हैं, पुण्ड्रराज!" कालयवन ने राजकीय शिष्टाचार निबाहा।

अगले दिन ही पौण्ड्रक ने मगध-वापिसी ली। कालयवन कब, किस समय कृष्ण-बलराम का नाश करने निकल पड़ेंगे, वह तिथि भी लेते गए। योजना इस तरह बनी थी कि जब मगधपति की सेनाएं मथुरा की ओर बढ़ें, उसी समय कालयवन की सेनाएं दूसरी ओर से मथुरा पर आक्रमण के लिए आगे आएं। इस दोतरफा हमले को मथुरा का यादव गणसंघ किसी भी तरह नहीं झेल सकेगा। वापिस होते हुए पौण्ड्रक यह भी सोच रहा था कि हो सकता है इस बार के आक्रमण में हंस और डिम्भक ने मथुरा का नाश कर ही डाला हो? क्या मालूम मार्ग में ही मथुरा-नाश की सूचना मिले।

अशनिका, जरासन्ध के प्रति गहन घृणा से भरी हुई थी। मगध के प्रति घोर श्रद्धा और समर्पण का भाव रखते हुए भी वह किसी क्षण यह नहीं भूल पाती थी कि सरलमन मानसी की भावना, संवेदना, यहां तक कि शरीर

का भी जरासन्ध ने अपने स्वार्थ के लिए नाश कर दिया था और केवल यही एक घटना तो नहीं थी, जिसके कारण जरासन्ध के प्रति वितृष्णा का भाव उसके मन में रहा हो? बहुतेक बातें थीं। मानसी की ही तरह उसने कितने ही युवकों-युवतियों और परिवारों को जरासन्ध के अधिनायकवाद और सत्तालिप्सा के यज्ञ में होम होते देखा था।

अशनिका ने जिस क्षण भोली-भाली मानसी को षड्यंत्रपूर्वक वध होते देखा था, उसी क्षण निश्चय कर लिया था कि जरासन्ध की मदांध शक्ति के नाश में सहगामी बनेगी। तब से कितने वर्ष बीत गए? वह निरंतर उन सभी के लिए समाचार-सूत्र बन गई, जो जरासन्ध को समाप्त कर डालना चाहते थे।

और जरासन्ध? शक्ति, सत्ता और असामान्य मद में चूर, कभी किसी क्षण नहीं सोच सके कि उनके अपने राज्य की प्रजा के मन में उनके अपने प्रति घोर विरक्ति और अरुचि उत्पन्न होती जा रही है। यही कारण था कि मगधपति के दमन से आक्रांत अनेक राज्यों के राजा-प्रजा जहां मृतवत पड़े थे, वहीं जरासन्ध के अपने घर में अदृश्य चिनगारियां भड़क रही थीं।

इन चिनगारियों की सूचनाएं समाचार जुटाकर ही श्रीकृष्ण मगध की आंधी जैसी शक्तिशाली सेनाओं को मथुरा की साधनहीनता के बावजूद निरंतर पराजय दिए जा रहे थे।

पौण्ड्रक की दक्षिण भारत यात्रा के दौरान उन्मत्त जरासन्ध ने दो बार मथुरा पर आक्रमण किया। हंस और डिम्भक के नेतृत्व में भी मगध ने पराजय ही पाई। इस निरंतर पराजय ने जरासन्ध को उत्तेजना के उस शिखर पर जा पहुंचाया, जहां बुद्धि-विवेक लड़खड़ा जाते हैं। यही कारण था कि थकी-हारी, पराजित मनोवृत्ति से सहमी मगध-सेना को मथुरा से लौटते ही जरासन्ध ने सत्रहवें आक्रमण के लिए तैयार होने के आदेश दिए और घोषणा की, "इस बार हम स्वयं मथुरा पर आक्रमण का नेतृत्व करेंगे।"

मगध की शक्ति-संपन्नता के लम्बे इतिहास में यह एक बड़ी घटना थी। नगर-वासी स्त्री-पुरुष एकांत पाते ही फुसफुसाहटों के बीच श्रीकृष्ण को लेकर चर्चा कर उठते।

"कैसे हैं, श्रीकृष्ण! ऐसी कौनसी अलौकिक शक्ति है उनमें कि मगध जैसे शक्ति-संपन्न देश को लगातार पराजय दिए जा रहे हैं? मथुरा जैसा छोटा और शक्तिहीन, साधनहीन राज्य कौन-सी अलौकिक शक्ति पाकर दुर्जय हो गया है?"

"वह सब श्रीकृष्ण हैं। वह, जिसे मगधपति साधारण ग्वाला कहकर पुकारते-धिक्कारते रहते हैं।" कोई टिप्पणी होती।

फिर टिप्पणी पर टिप्पणी, "नहीं, यो कहो कि जरासन्ध अपने अहंकार को आहत पाकर गोपाल को लेकर प्रलाप करते हैं।"

"किंतु प्रलाप तो पागल किया करते हैं?"

"निस्संदेह! पागल ही प्रलाप करते हैं और जरासन्ध को श्रीकृष्ण की चपल राजनीति, युद्ध कौशल और अद्भुत संगठन शक्ति ने लगभग पागल कर डाला था। केवल उन्हें ही क्यों, जरासन्ध के विश्वसनीय साथी राजा भी यह सोच-सोचकर पागल हुए जा रहे थे कि आखिर क्या है उस गोप बालक में, जिसके कारण विशाल शक्ति के समक्ष बिन्दुवत् मथुरावासी ऐसी अजेय शक्ति पा गए हैं! शिशुपाल, रुक्मा, सौभराज शाल्व कितनों के लिए चर्चा का विषय श्रीकृष्ण ही रह गए थे।

और इन सभी राज्यों के जन-जन में भी श्रीकृष्ण चर्चित। लोग सोचते और दर्शन के लिए मन में विचित्र-सा कौतूहल जनम आता। इसके साथ-साथ श्रद्धा भी होती। श्रीकृष्ण ने जरासन्ध की उन्मत्त शक्ति को ही नहीं, उन सभी राजाओं को चुनौती दी थी, जो दमन, क्रूरता और सैन्यशक्ति से राज्य करने को ही राजस् तेज मानते थे। सामान्य जन जिनके प्रति केवल भय और सहम के कारण श्रद्धा व्यक्त करता था। इस दिखावटी श्रद्धा में न तो स्नेह था, न अपनत्व, न मातृभूमि पर मर मिटने की इच्छा, न स्वातंत्र्य चेतना।

किंतु मथुरा और मगध के निरंतर संघर्ष ने संपूर्ण भरतखण्ड के जन-जन को पहली बार स्वातंत्र्य की उत्कट भावना से ओतप्रोत किया। पहली बार उन सभी ने अनुभव किया कि उनके अपने कुछ नागरिक अधिकार हैं। राजा की शक्ति सेना नहीं, जनता है और राजतेज वही होता है, जो

जन-समर्थन और स्नेह समर्पण ही नहीं प्राणत्याग की उत्कट भावना से जनमता है।

इस भावना के केन्द्रबिन्दु बने श्रीकृष्ण। अदृश्य शक्ति! ऐसी शक्ति जिसके स्मरण मात्र से, चाहे मगध का साधारण व्यक्ति हो, अथवा विदर्भ का, सभी रोमांच अनुभव करते थे, फिर जन-चर्चा ने सतरंगी इन्द्रधनुष की तरह श्रीकृष्ण का बहुआयामी व्यक्तित्व विचार विषय बनने लगा। इसके साथ ही जो अधिनायकवादी अनुशासन से बंधे हुए थे, वे स्वयं को दास समझने लगे और जो अधिनायकवाद से त्रस्त थे, वे स्वतंत्रता की उत्कट इच्छा से भर गए। थोड़े से समय में ही युवक श्रीकृष्ण का व्यक्तित्व समूचे भरत खण्ड में केवल चर्चित ही नहीं हुआ, अपितु श्रद्धाकेंद्र बन गया। उनके नामस्मरण से हृदय में पूजा का भाव जनमने लगा। उन्हें लेकर की जानेवाली चर्चा उनके प्रति श्रद्धा और सम्मान से भरी रहने लगी।

विभिन्न आयु-वर्गों में, विभिन्न स्तर पर श्रीकृष्ण का नामस्मरण आरंभ हो गया। युवतियों के लिए वे पौरुष और पौरुषेय गुण-ज्ञान से पूर्ण नायक की तरह आकर्षक बन गए, बालकों के लिए अनुकरणीय, माता-पिता के लिए पुत्र को समझाए जाने के लिए प्रतीक!

इस स्थिति में भी रहस्य! इस कारण अधिक रहस्य कि श्रीकृष्ण मथुरा से बहुत कम बाहर निकले थे। जरासन्ध के निरंतर आक्रमणों और मथुरा के संगठन संयोजन ने उन्हें अवसर ही नहीं दिया था कि वह मथुरा से बाहर कहीं निकल पाएं।

किंतु चर्चा निरंतर पहुंचती थीं। विशुद्ध घटनाएं लोकमानस में पहुंचकर धीमे-धीमे कथात्मक सौंदर्य लेती हुई अतिशयोक्तिपूर्ण बनती जा रही थीं। इन अतिशयोक्तियों ने अपेक्षाएं भी बढ़ा दी थीं लोगों की। विश्वास को अंधविश्वास की स्थिति तक पहुंचाना प्रारंभ कर दिया था।

ऐसी ही एक घटना घटी मगधपति जरासन्ध द्वारा मथुरा पर गदा-प्रहार को लेकर।

सत्रहवें आक्रमण से पूर्व ही वह अमोघ अस्त्र चलाया गया था मथुरा पर। एक ओर मगध की सेनाएं युद्ध के लिए पुनःसज्जित हो रही थीं, दूसरी ओर गदाप्रहार की तैयारियां चल रही थीं। चर्चा बहुत दिनों से थी, स्वयं

मगधपति ने ही घोषणा की थी, "हम मथुरा पर गदाप्रहार* करेंगे। उन दुष्ट गोप बालकों के साथ-साथ यह विध्वंसक गदा शूरसेन जनपद के निवासियों को भी दण्डित करेगी, जिन्होंने हमारी प्रिय पुत्रियों के सौभाग्यहरण पर प्रसन्नता व्यक्त की थी।"

जनमानस में बहुविधि प्रतिक्रियाएं हुईं इस घोषणा से। किसी का अनुमान था कि अब मथुरा और श्रीकृष्ण-बलराम का अशुभ निश्चित है और किसी का विश्वास था कि श्रीकृष्ण अपनी अलौकिक शक्तियों से इस चेष्टा को भी व्यर्थ सिद्ध कर देंगे।

दोनों ही सूचनाएं, प्रतिक्रियाओं सहित लेकर मथुरा के गुप्तचरों ने मथुरा की राह ली। अशनिका ने सभी सूचनाएं विस्तार से दी थीं। यहां तक कि तिथि, समय और आक्रमण की अनुमानित शक्ति भी इन सूचनाओं में बतलाई गई थी।

निरंतर यात्रा के बाद गिरिव्रज पहुंचे गुप्तचर सुनन्द ने अर्धरात्रि के समय श्रीकृष्ण के निवास पर पहुंचकर सूचना भिजवाई, "देवकीनन्दन से कहो कि सुनन्द उन्हें प्रणाम करने आया है।"

"किंतु वह इस क्षण विश्राम कर रहे हैं।" प्रहरी ने तनिक रुष्ट होकर उत्तर दिया।

एक ओर बैठा मुख्यरक्षक भी पास आ गया था, "क्या बात है?" किंतु सुनन्द के सामने पहुंचते ही पहचान लिया था उसे। सुनन्द मथुरा की

---

* "जरासन्ध ने बैर का बदला लेने के लिए गिरिव्रज से ही एक बड़ी भारी गदा निन्यानबे बार जोर से घुमाकर फेंकी। वह गदा मथुरा से निन्यानबे योजन पर जाकर गिरी। उस समय कृष्ण मथुरा में ही थे, किंतु उस गदा से उनका कुछ भी नहीं बिगड़ा।" (महाभारत, सभापर्व, अध्याय 19, श्लोक-क्रम, 24 से 26 के बीच) कुछ विद्वानों द्वारा दिए गए शस्त्र विवरण में गदा को लोहे का चार हाथ लम्बा अस्त्र कहा गया है। यह भी कहा गया है कि अनेक बार इस अस्त्र पर सिरे में सौ शूल भी बने रहते थे। जिस तरह का विवरण है, उससे सिद्ध होता है कि गदा आमने-सामने के युद्ध में चलाया जानेवाला अस्त्र भी हो सकता था और ऐसा अस्त्र भी हो सकता था, जिसे मिसाइल की भांति दूर, बहुत दूर तक फेंका जा सके। सौ शूलों का विवरण तथा इस अस्त्र का पूर्णतः लोहे का होना, यह भी सिद्ध करता है कि गदा नाम के दूरमारक अस्त्र भी थे। संभवतः ऐसी ही गदा का उपयोग जरासन्ध ने गिरिव्रज में रहते हुए मथुरा पर किया। यहां यह बात ध्यान रखनी चाहिए कि गिरिव्रज (वर्तमान बिहार में राजगृह नामक स्थान) मथुरा से सैकड़ों किलोमीटर के फासले पर है।

सेना का ही अधिकारी था, निश्चित रूप से कोई महत्वपूर्ण संदेश लेकर आया होगा। तत्परता से उसने प्रणाम किया। सुनन्द ने पुनः अपनी बात कही।

मुख्य रक्षक विशेष मार्ग द्वारा श्रीकृष्ण के शय्याकक्ष तक पहुंचने के पूर्व उद्धव के निवास पर जा पहुंचा। यही नियम था और श्रीकृष्ण ने स्वयं से भेंट के लिए यही व्यवस्था कर रखी थी।

सेवक से संदेश भिजवाया, "मंत्रिश्रेष्ठ तक सूचना दो कि मुख्यरक्षक भेंट करना चाहते हैं।"

श्रीकृष्ण को सूचना पहुंचने के पूर्व उद्धव दौड़े आए। मुख्यरक्षक ने सुनन्द के आगमन का समाचार दिया। उद्धव तुरंत वासुदेव के निवास की ओर चले गए। मुख्यरक्षक सुनन्द के पास लौट गया।

गुप्तचर सुनन्द को अधिक प्रतीक्षा नहीं करनी पड़ी। थोड़ी ही देर बाद सेवक उपस्थित हुआ। कहा, "चलिए, देवकीसुत भेंट-कक्ष में बुला रहे हैं।"

सुनन्द चल पड़ा।

श्रीकृष्ण की पलकें अलस भाव में डूबी हुई थीं, किंतु दृष्टि चैतन्य। सुनन्द को देखते ही मुसकुराकर स्वागत किया था उन्होंने, "आओ, गुप्तचर! देखता हूं बहुत थके हुए हो? क्या समाचार इतना आवश्यक था कि तुमने कुछ घड़ी विश्राम कर लेना भी उचित नहीं समझा?"

"हां, प्रभु!" सुनन्द सतर्कता से इधर-उधर देखता हुआ हाथ जोड़कर खड़ा हो गया। श्रीकृष्ण से एक विशिष्ट दूरी बनाए रखी थी उसने। वह सुनन्द से आयु में कम थे, बहुत कम, किंतु जानता था श्रीकृष्ण असामान्य हैं। अतिमानवीय। उनकी आयु तपस्वियों की साधना जैसी लम्बी है और ज्ञान समुद्र से गंभीर।

"क्या बात है?" सहज रहकर वासुदेव ने प्रश्न किया।

सुनन्द ने क्रमशः मगध की हर गतिविधि और राजनीतिक चहल-पहल की सूचनाएं क्रम से सुना डाली थीं। गदाप्रहार की आशंका भी व्यक्त की।

श्रीकृष्ण ने सुना। शांत बैठे रहे। आश्चर्य हुआ था सुनन्द को। गुप्तचर के नाते हर नई सूचना पर वह एक उत्तेजना और उद्वेग से भर जाया करता

था, जबकि श्रीकृष्ण क्रमशः एक-एक अकुशलकारी सूचना पाकर भी शांत बैठे हैं।

मन ने कहा थायही कुछ तो अतिमानवीय है, सुनन्द, यह न होता, तब साधारण न हो जाते वह? किस कारण उन्हें वृद्ध राजा उग्रसेन भी सम्मान देते हैं? उनके विचार भविष्यवाणी की तरह खरे उतरते हैं।

"मेरे लिए कोई आज्ञा देव?"

"कुछ समय परिवार में विश्राम करो, फिर मगध में रहकर ही अपने कर्म-धर्म से जुड़ जाना।" श्रीकृष्ण बोले। अपरोक्ष रूप से सुनन्द को जाने की आज्ञा दे दी थी उन्होंने।

सुनन्द के चले जाने पर कुछ समय कक्ष में बैठे रहे। लगता था कि गणित के आंकड़ों में उलझे हुए हैं, फिर एक जुमहाई लेकर उठे और शयनकक्ष में चले गए।

शांत भाव से शय्या पर लेटते ही निद्रा आ गई।

राजसभा में श्रीकृष्ण केवल इतना ही बोले थे, "मथुरा पर मगधराज नए आक्रमण की भी तैयारी कर रहे हैं और दिव्यास्त्र का उपयोग भी करना चाहते हैं।"

सन्नाटा बिखर गया था। वृद्ध राजा उग्रसेन से लेकर श्वफलक, वसुदेव, उत्तमौजा, सत्यक सभी विस्मित और चिंतित हो उठे। केवल कृष्ण शांत। पहले परस्पर दृष्टियां घूमती रही थीं, फिर श्वफलक बोले थे, "मथुरा और समूचे यादव वंशों में अब इतनी शक्ति नहीं रही है कि जरासन्ध के आक्रमण का हलका-सा झटका भी सह सकें।"

तनिक चिढ़ के साथ सत्राजित् ने कहा था, "यह सब वसुदेवसुत के कारण हुआ है। कंस दुष्ट था, किंतु उसने युद्ध की लपेट से समूचे यादव गणसंघ को बचाए रखा।"

सत्यक इस विचार से अप्रसन्न हुए। बोले, "अपनी स्वतंत्रता गिरवी रखकर युद्ध से स्वयं को बचाए रखना स्वाभिमान की किस कोटि में आता है, सत्राजित्, सो तो बतलाओ?"

बलभद्र ने विचार व्यक्त किया, "वह नहीं बतला सकेंगे, मैं बतलाता हूं।"

सबकी आंखें क्रोधित बलराम की ओर मुड़ गईं। उत्तेजित स्वर में उन्होंने कहा था, "दासों की कोटि में।"

वसुदेव, उग्रसेन, श्वफलक आदि सभी की गरदनें झुक गईं। देर तक शांति रही फिर सभा में परस्पर तीखी टिप्पणियां की जाने लगीं। यह टिप्पणियां विषय से हटकर बहुत कुछ व्यक्तिगत हो गई थीं। जरासन्ध के निरंतर आक्रमणों ने अधिकतर यादव राजाओं को बुरी तरह हचमचा डाला था। अनेक तो ठीक तरह सो भी नहीं पाते थे। लगता था कि जरासन्ध की आंधी जैसी शक्ति किसी भी समय उन्हें जड़मूल से उखाड़कर फेंक देगी। वंशनाश हो जाएगा सबका।

किंतु बहुतेक थे, जिनका विचार था कि मृतवत् जीने की अपेक्षा सम्मान से मरना कहीं श्रेष्ठ है।

अंधक, वृष्णि और भोजवंशी यादवों में दो पक्ष हो गए थे। एक बड़ा पक्ष था, जिसका विचार था, जरासन्ध से समझौता कर लेना ही ठीक होगा। यही बात सदा की तरह पुनः उठी।

श्रीकृष्ण ने कहा था, "जैसा आप सब उचित समझें।" फिर वह अपना स्थान छोड़कर उठ पड़े। सभा के बीचों-बीच खड़े होकर बड़ी शांति के साथ निवेदन किया था, "महाराज, जरासन्ध के प्रति दोष हमसे हुआ है। हम दोनों भाइयों के कारण ही वह उग्र होकर नरसंहार में लगा हुआ है। उसी के कारण हम सब ही नहीं, मथुरा और संपूर्ण गणसंघ की प्रजा कष्ट भोग रही है। अतः उचित यह रहेगा कि हम लोग मगधपति के सामने पहुंच जाएं और उनका सारा क्रोध झेल लें। हो सकता है, इस कारण वह मथुरा के गौरवशाली गणसंघ के पराक्रमी योद्धाओं को जीवनदान दे दे?"

पल भर के लिए सन्नाटा बिखर गया। कुछ लोग यहां-वहां बगलें झांकने लगे। 'गौरवशाली गणसंघ के पराक्रमी योद्धाओं को जीवनदान' देनेवाली बात शूल की तरह कष्टदायक अनुभव हुई। अनेक ने अपमानित होकर सिर झुका लिया।

श्रीकृष्ण की चपल दृष्टि अपने विरोध पक्ष को देख रही थी। एक के बाद एक चेहरा, हर चेहरा ग्लानि से झुका हुआ। जैसे अपने ही हाथों अपने ही मुंह पर थप्पड़ मार लिया हो।

सत्यक उत्तेजना से भरकर उठ खड़े हुए, "नहीं, यह नहीं होगा। जिन श्रीकृष्ण के कारण दुष्ट कंस से प्रजा को मुक्ति मिली है, जिनकी कृपा से यादवों की मृत हो चुकी राज-व्यवस्था का पुनरुद्धार हुआ है, उन्हें हम कायरों की तरह छोड़ दें, यह नहीं होगा!"

और फिर अनेक स्वर उठे, "नहीं, यह कदापि नहीं होगा।" विरोधी पक्ष मिनमिनाहट भरे स्वर में आत्मगौरव के साथ वह सब स्वीकारने को बाध्य हुआ, जो सत्यक का ही नहीं अनेक का विचार था।

महाराज उग्रसेन ने निर्णय दिया था, "ठीक है, गीदड़ों की तरह मर जाने या मुंह छिपाने से उत्तम यही होगा कि मथुरावासी अंतिम श्वास तक जरासन्ध की क्रूरता का सामना करें।"

"हां-हां, यही होगा, यही होना चाहिए।" बहुमत ने समर्थन किया।

सहसा पुनः शांति हो गई। अगले आक्रमण ही नहीं, अगली सभी स्थितियों का सामना करना है, यह निश्चित हो चुका था, किंतु कैसे? केवल युद्ध करके तो ठीक तरह जरासन्ध का सामना किया नहीं जा सकता था?

तब...?

तब चाहिए कूटनीति, चपलता और दण्ड-भेद!

लड़ाके यादवों के पास यह विचारदृष्टि थी नहीं। जब-जब अवसर आता, तब-तब सबकी निगाहें श्रीकृष्ण की ओर उठ जातीं।

अल्पायु श्रीकृष्ण हर छोटे-बड़े के लिए आश्चर्य का कारण बने हुए थे। सबसे बड़ा आश्चर्य यह कि कठिन-से-कठिन परिस्थिति में भी उनकी चाल-ढाल, दृष्टि, स्वर, चेहरे किसी भी गतिविधि से किसी भी क्षण पता नहीं लगता था कि वह असह्य हैं। इस अप्रभावित मनःस्थिति ने उन्हें जहां बहुतों के लिए श्रद्धा का कारण बना दिया था, विश्वास सौंप दिया था, वहीं अनेक को चिंता और चिढ़ से भर रखा था। परिवार में ही उन्हें लेकर दोहरे मत बन गए थे। वही मत यदाकदा व्यक्त भी हो जाया करते। इस समय भी यही हुआ, फिर जैसाकि हमेशा होता था, सब एकमत होकर श्रीकृष्ण की ओर शरणागत भाव से देखने लगे।

नीति-चक्र उनसे अधिक गति और योजनापूर्वक कौन चला सकेगा?

उग्रसेन ने पूछा था, "बोलो, देवकीनन्दन! तुम क्या कहते हो?"

"मैं क्या कहूं पूज्य?" श्रीकृष्ण ने बड़े भोलेपन से उत्तर दिया, "निर्णय तो आप सभी पर है। मैं केवल आज्ञापालक रहूंगा। आप सब जो निश्चित कर देंगे, वही करना मेरा धर्म। क्यों भइया?" वह बड़ी सरलता के साथ बलभद्र की ओर मुड़ गए।

"हां, ठीक तो कह रहा है, कान्हा," बलभद्र का वज्र स्वर गूंजा, "हम लोग ठहरे आप सभी के सामने बालक। आप जो कहें सो उचित।"

सत्यक ने कहा, "नहीं, यशोदापुत्र, तुम ही रणनीति निश्चित करो!" फिर वह वृद्ध यादव राजा की ओर मुड़े, मेरे विचार से तो यही उचित होगा, महाराज।"

"हां, तुम्हारे विचार उचित हैं, सत्यक।" वृद्ध ने निर्णय दिया था, "श्रीकृष्ण जो निर्देश करें, सम्मति दें, वही सब किया जाएगा। यह कैसे भूला जा सकता है कि जरासन्ध की दुर्जय सेनाओं को अब तक वासुदेव की रणनीति और कूटनीति से ही जय किया गया है। अब भी नायकत्व उन्हीं के पास रहेगा।"

पुनः सम्मिलित स्वर उठे। सबने समर्थन किया।

श्रीकृष्ण ने गहरी श्वास लेकर कहा था, "तब मुझे एक समिति बनाने की आज्ञा दी जाए, राजन्! मैं उस समिति से परामर्श करके अगले सभी निर्णय कर सकूंगा।"

"ठीक है।" राजा ने स्वीकृति दे दी।

श्रीकृष्ण ने समिति में सत्यक, अक्रूर, सात्यकि के अतिरिक्त अपने विरोधी सत्राजित उत्तमौजा, कृतवर्मा आदि को भी ले लिया था।

सभा उस दिन वहीं समाप्त हो गई।

समिति की बैठक में श्रीकृष्ण ने सुनन्द से मिली सभी सूचनाएं सुना दी थीं। चिंता और भय अधिक गहरे हो गए। सत्राजित ने पूछा, "यह सब तुमने महाराज उग्रसेन के समक्ष क्यों नहीं कहा?"

"उचित नहीं समझा।" श्रीकृष्ण बोले, "आप जैसे बुद्धिमान और

पराक्रमी लोगों के बीच कहना अधिक उचित समझा है। अब आप अपनी सम्मति दीजिए।"

वे सब एक-दूसरे के चेहरे देखने लगे। अंत में सब श्रीकृष्ण को। बलभद्र की राय थी, "दुष्ट जरासन्ध यह सब करे, इसके पहले ही मैं मगध जाकर उसका वध किए डालता हूं। न रहेगा बांस, न बजेगी बांसुरी।"

श्रीकृष्ण ने मुस्कुराकर कहा, "बांसुरी तो सदा बजती रहेगी, बड़े भइया, जब तक मैं हूं, तब तक बांसुरी बजेगी। तुम तो जरासन्ध का वध करते-करते मेरी बांसुरी का ही नाश किए दे रहे हो।"

"मैं हास-परिहास नहीं कर रहा हूं, कन्हैया," बलभद्र गुस्से में उठ खड़े हुए, "यहां हम सब विचार करने एकत्र हुए हैं या व्यर्थ की बातें करने?"

"अच्छा-अच्छा, आप शांत हों!" श्रीकृष्ण ने कहा, फिर एक पल थमकर बोले, "सुनन्द से मिली सभी सूचनाओं को मैंने सिलसिलेवार जोड़ लिया है। मुझे लगता है कि सबसे पहले गदाप्रहार होगा, फिर आक्रमण। यह भी हो सकता है कि मगधपति दोनों ही कार्य एक साथ करें। एक ओर गदा फेंके और दूसरी ओर विशाल सेना लेकर हंस और डिम्भक जैसे योद्धाओं के नेतृत्व में मगध की सेना को मथुरा भेज दें।"

"और कालयवन?" सत्राजित ने तनिक तीखे स्वर में टोका, "उसका क्या होगा? तुमने अभी-अभी कहा है कि कालयवन को भी संदेश भेजा गया है और यह निश्चित है कि जरासन्ध का संदेश पाते ही कालयवन मथुरा की ओर चल पड़ा होगा?"

"अब तक मेरे गुप्तचरों ने ऐसी कोई सूचना नहीं दी है।" श्रीकृष्ण ने शांतिपूर्वक उत्तर दिया, "इस समय केवल इतनी ही सूचनाएं हैं कि कालयवन अपनी सेनाओं को तैयार कर रहा है। यों भी दक्षिण से सेना सहित आते हुए उसे बहुत समय लगेगा।"

चकित हो उठे सत्यक। आश्चर्यपूर्वक पूछा, "तुमने कालयवन तक अपने गुप्तचर छोड़ रखे हैं, कृष्ण?"

"हां," श्रीकृष्ण ने 'यूं ही' के भाव से उत्तर दिया, फिर विषय बदलकर पुनः सिलसिले से आ जुड़े, "तो सबसे पहले गदाप्रहार और जरासन्ध के आक्रमण के लिए मथुरा को सन्नद्ध होना पड़ेगा।"

कोई कुछ नहीं बोला। कालयवन के यहां श्रीकृष्ण के गुप्तचर होने की बात ने सभी को कुछ सहमा दिया था। सोच रहे थे, श्रीकृष्ण ने कहां-कहां तक अपने समर्थकों और गुप्तचरों का जाल फैला रखा है! यह तो कल्पना से परे था कि मथुरा या कोई उत्तर भरत खण्ड का राज्य दक्षिण के दूर-सुदूर क्षेत्र, राज्य में गुप्तचर भेजे! यह न तो कभी कंस के समय सुना था, न उग्रसेन के समय देखा।

सत्यक प्रसन्न भी थे श्रीकृष्ण की दूरदर्शिता पर...पर अनेक अधिक व्यग्र हो उठे। लगा कि उनके अपने पास ही श्रीकृष्ण का कोई गुप्तचर बैठा हुआ है। संशय और चिंता से ग्रस्त हो उठे। श्रीकृष्ण यदि दक्षिण में कालयवन को अपनी गुप्तचर आंख से देख सकते हैं, तब पास बैठे समर्थकों, साथियों को कितनी गहराई तक जानते-पहचानते होंगे!

अभी यही सोच रहे थे कि श्रीकृष्ण ने निर्णय ले लिया, "भाण्डीर वन क्षेत्र के ग्रामवासियों से ग्राम खाली करवाकर उन्हें मथुरा ले आया जाना उचित रहेगा।"

"क्यों?"

"संभवतः उसी क्षेत्र में गदा गिरेगी। श्रीकृष्ण ने निर्णायक स्वर में कहा, "और मथुरा के सैनिकों को तैयार होने के आदेश दिए जाएं! मेरे विचार में महावीर सात्यकि सेना-व्यवस्था सम्हाल लेंगे।"

किसी ने कुछ नहीं कहा। जिसे, जो दायित्व मिला, वह वही सिर-माथे लिए सभा से चला गया।

रह गए श्रीकृष्ण। पूर्ववत शांत, किंतु गणित के आंकड़ों को जोड़ते हुए। थोड़ी देर बाद निश्चिंत भाव से अपने निवास की ओर चल पड़े।

निवास-द्वार में जैसे ही प्रवेश किया, उद्धव सामने आ खड़े हुए। इस तरह, जैसे राह रोक रहे हों। श्रीकृष्ण ने चकित भाव से उन्हें देखा। उद्धव की आंखें छलछला रही थीं। कुछ पलों तक टकटकी बांधे हुए मित्र और मंत्री को देखते रहे, फिर स्नेहिल स्वर में पूछा, "क्या बात है उद्धव? आज तुम बिल्कुल गोकुल के उद्धव लग रहे हो?"

"हां, कन्हैया," उद्धव की आंखें ही नहीं, स्वर भी भर्राया हुआ था, "गोकुल जो आ पहुंचा है यहां?"

"गोकुल?"

"हां, आओ, तुम्हें दिखाऊं।" कहकर उद्धव ने कृष्ण की, बांह पकड़ी अतिथि-गृह की ओर ले चले। श्रीकृष्ण बुदबुदाते हुए, "अरे, पहले बतलाओ तो, बात क्या है?" किंतु उद्धव ने उत्तर नहीं दिया।

अगले ही क्षण अतिथि-गृह का दृश्य श्रीकृष्ण की आंखों के सामने था। मन और शरीर को झकझोरकर ओस की तरह झरा देने वाला क्षण! पल भर के लिए श्रीकृष्ण को स्वयं अनुभव हुआ था, जैसे गोकुल की भूमि पर खड़े हैं। वही खुला वातावरण, वही धेनुएं और वही यशोदा माता की ममतामयी डांट, "कहां गया रे? कितना कष्ट देता है मुझे? सामने तो आ! कहां छुपा है, कान्हा!"

स्वर गूंजता हुआ समूचे अतिथिगृह की दीवारों को हिलाने लगा है। कितनी शक्ति है इस ममतामय स्वर में! और कितनी अपूर्व शक्ति है सामने खड़ी गोपियों और बालमित्र मनसुखा की आंखों में! लग रहा है, जैसे यमुना बूंद-बूंद हर गोपी की आंख में फैल गई है। लहरें लेती, शांत होते हुए भी पुकारतीं, नहलाने वाली ममतामयी यमुना! श्रीकृष्ण निःशब्द आगे बढ़े। मनसुखा भी उसी तरह सामने आया था। दुबली, किंतु चपल बांहों ने श्रीकृष्ण को भर लिया।

पल भर के लिए उन्होंने बेसुधी अनुभव की थी, किंतु विचित्र! यह बेसुधी भी अनदेखी है। लगता है, कदम्ब की छांह तले सुगंधित इत्र ने नहला दिया है, सुखानन्द का अतिरेक बेसुध बनाए डालता है।

पलकें मूंद ली थीं कृष्ण ने। गोपियां गिर्द सिमट आईं। उनकी पलकों पर थमी यमुना खण्ड-खण्ड होकर बह उठी, "कान्हा!...कन्हैया!...कान्हा!. ..तुम तो लौटे ही नहीं गोकुल? हमें बिसरा बैठे क्या?"

"न...न...नहीं, तुम सबको बिसराकर भला कृष्णकृष्ण रह सकेगा?" नेहभाव से बुदबुदाए श्रीकृष्ण, कहा, "तुम्हीं सब तो हो, जिनके सान्निध्य में मैं शक्ति-प्राप्ति करता हूं। तुम्हीं सब हो, जिनका नेह मुझे निरंतर कर्म क्षेत्र में दौड़ाए जाता है? यह दौड़ तुम्हीं से तो सीखी है मैंने?"

"उलझी-उलझी बातें मत करो, कन्हैया!" एक गोपी मीठे क्रोध की अभिव्यक्ति करती हुई बड़बड़ाई, "हमसे सीधे, सरल बात करो।"

"अरे, तुम्हें अब भी मैं टेढ़ी बातें करता दीखता हूं?" कृष्ण ने मोहमयी दृष्टि सबकी ओर घुमाई, "आश्चर्य! क्या तुम नहीं देख रहे हो कि अब मैं बड़ा हो गया हूं, तनिक गंभीर भी। भला टेढ़ी बातें क्यों करूंगा?"

सुखानन्द न तो उन्हें क्रोधित होने दे रहा था, न वे सारी शिकायतें करने का अवसर दे रहा था, जो सारी राह सोचती आई थीं। कभी इस करवट विचार कर बुदबुदाई थीं, कान्हा को पाते ही हम सब उसे धिकारेंगी कि उसका नेह झूठा था। कभी दूसरी करवट सोचकर विचारा था, नहीं, कन्हैया से एक साथ सब मिलकर इतने प्रश्न करेंगी, कि वह निरुत्तर हो जाए। छलिया कहीं का! एक बार जो गोकुल छोड़ा है, तो कितने बरस बीत गए, स्मरण ही नहीं किया किसी को?

पर इस क्षण, जब कान्हा सामने है, तो लगता है, सारे सोच गुम हो गए हैं। जिन आंखों को क्रोध से रक्ताभ किए रखना था, वे ही आंखें तरल नदी जैसी बह पड़ी हैं। जिस कठोरता के साथ ढेर-ढेर आरोप जड़ने थे, वह कठोरता पिघलकर कब, कहां बह चुकी है, पता नहीं। बस, बेबस टकटकी बांधे कन्हैया को देखे जा रही हैं। कभी उनकी मोहक मुस्कान देखती हैं, कभी सरल स्वभाव, किसी क्षण बांसुरी पर दृष्टि अटकी रह जाती है, तो कभी अनुभव होता है, जैसे कान्हा उसी तरह दृष्टि से ओझल होने को है, जिस तरह कभी बाल्यावस्था में छिवा-छिवऊअल खेलते हुए नंदनवन में गुम जाया करता था। न जाने किस वृक्ष के पीछे हो! किस पत्थर की ओट में छिपा हुआ हो!

देर बाद सुधि आई, तब मनसुखा ने कहा था, "कन्हैया, हम लोग तुम्हारे लिए गोकुल से कुछ लाए हैं।"

"तब वह सब छिपा कहां रखा है, दो मुझे?" कान्हा ने सदा की तरह गुस्सा दिखाया। इस प्रेमिल क्रोध ने गोपियों और मनसुखा को अधिक कष्ट दिया। इसी सबके लिए तो तरसते हैं गोकुल में! लगता है सब कुछ रीत-बीत गया। एक बार नन्द बाबा के यहां सबके साथ एकत्र होकर यही सब कहा था मनसुखा ने और वह बोले थे, "तुम सबको तो प्रसन्न होना चाहिए,

तुम्हारा कान्हा अब सबका हो गया है। यों भी भला आकाश कभी किसी की गोद में खेला है? कौन सहेज सकता है उसे! यह तो सौभाग्य था हम गोपों का कि कुछ दिन आकाश बालक का रूप धरकर हमारे गांव में खेल गया। यह गौरव क्या कम सुखदाई है?"

कब, किस क्षण सबके सब घेर कर कान्हा सहित धरती पर ही बैठ गए थे, किसी को याद नहीं। देख रहे थे केवल उद्धव। जैसे-जैसे देख रहे थे, वैसे-वैसे आंखों में आए आनंदाश्रुओं को बहने से रोकने का छल करते, स्वयं से छल! गले का थूक निगलते। लगता कि बहुत कुछ बाहर को उमड़ता हुआ, भीतर ही निगल लिया है।

एक गोपी ने बैठे-बैठे ही पीठ की ओर हाथों में कुछ छिपा रखा था। संकोच-भरी दृष्टि से विशाल महल के प्रस्तर-खंभों और बहुमूल्य वस्तुओं से सुसज्जित कक्ष को देखे जा रही थी। कृष्ण ने उसी पर ध्यान केंद्रित किया। कब किया, उसे ज्ञात ही न हुआ। पता तब चला, जब श्रीकृष्ण ने उसी बालवत चपलता के साथ उसकी छिपाई हुई वस्तु छीन ली।

"न-न!" कहती ही रह गई थी कोमल गोपिका।

और श्रीकृष्ण के हाथ में वह छोटी-सी मटकी आ गई थी, जिसमें मक्खन भरा हुआ था। अगले ही क्षण मटकी में रत्नजड़ित अंगूठियों वाला हाथ समा गया, फिर वह माखन उनके मुंह में था। बड़बड़ाते भी जा रहे थे, "अरे, बहुत स्वादिष्ट है यह! सच ही तो तुम्हारे नेह की तरह मीठा! मथुरा में तो इस सबके लिए तरस गया हूं मैं।"

"झूठे! एकदम झूठे हो तुम!" कोई गोपी बोली।

"झूठ बोलना कान्हा का स्वभाव है और मैंने कहा नहीं था, मनसुखा, यह स्वभाव बदलेगा नहीं।" किसी दूसरी गोपी ने टिप्पणी की। वे जल-तरंग-सी हंसी में हंस उठीं।

मनसुखा ने विषय बदला, "कान्हा? माता यशोदा तुम्हें बहुत स्मरण करती हैं। सच कहूं तो कोई दिन-पहर ऐसा नहीं बीतता, जब वह तुम्हें लेकर बात-बात में रो न पड़ती हों। तुम कितने निर्मोही हो गए हो, मित्र! यहां इतने पास रहकर उनसे भेंट के लिए भी नहीं जा सके?"

श्रीकृष्ण पल-भर के लिए चुप हो गए। मटकी में पड़ा हाथ माखन

का गोला तो होठों तक सहेज लाया, किंतु अंगुलियां बीच में ही थमी रह गई। लगा था कि सब ओर से यशोदा माता की टेर उठने लगी है, कान्हा! ...कन्हैया!...तू कहां है रे!"

"आया, माता!...आता हूं!" अचानक ही होठों से बुदबुदाहट निकल गई। गोपियां, मनसुखा और उद्धव स्तब्ध से देखते रह गए उन्हें। कृष्ण कुछ क्षण के लिए मूर्तिवत रह गए थे। ऐसे, जैसे अपने से कहीं दूर चले गए हों?

"कन्हैया!"

"कान्हा!"

"क्या हुआ तुम्हें? कहां हो?" बेचैन स्वर उठे गोपियों के।

एक गहरी श्वांस लेकर श्रीकृष्ण मुसकुरा उठे।

मनसुखा ने पूछा, "कहां खो गए थे तुम?"

"खो नहीं गया था। गोकुल चला गया था। माता के चरणस्पर्श करने।" हंसकर श्रीकृष्ण ने उत्तर दिया।

सभी विस्मय से देखने लगे उन्हें, फिर मनसुखा ने चिढ़ते हुए कहा था, "अब विषय मत बदलो! तुम मुझे इस तरह नहीं भटका सकते, कन्हैया, तुम्हें बतलाना होगा कि तुम गोकुल कब आओगे? या माता ही तुम्हें देखने यहां आएं?"

"नहीं-नहीं, उन्हें कष्ट मत देना, मित्र," श्रीकृष्ण तुरंत बोले, "मैं शीघ्र ही आऊंगा, बहुत जल्दी!" लगा था कि बोलते-बोलते उनका गला सूखने लगा है। अतिथिगृह के हर जड़ पत्थर पर जीवंत यशोदा उभर आई है पुकारती हुईं...पुकारती ही जा रही हैं।

और ये पुकारें श्रीकृष्ण के मन पर घटा की तरह घिरती हुईं। ऐसी घटा, जो बरसती नहीं है, किंतु समूची धरती को उमस से भर देती है।

"कब आओगे? क्या कहूं उनसे?" मनसुखा पूछ रहा था।

"कहना जल्दी ही आऊंगा, किसी भी क्षण उनके सामने जा पहुंचूंगा।" श्रीकृष्ण ने उत्तर दिया। मन से घटा परे कर दी।

गोपियों ने कहा था, "अब हम लोग जाती हैं।"

"नहीं।" श्रीकृष्ण बोले, "तुम आई अपने अधिकार से हो, जाओगी मेरे अधिकार से।" फिर वह उद्धव की ओर मुड़े थे, "मित्र, भोजन व्यवस्था तो करवाओ और हम सब साथ-साथ भोजन करेंगे।"

उद्धव ने राजकीय शिष्टाचार के साथ सिर झुकाया, चले गए।

श्रीकृष्ण कह रहे थे, "तुम लोगों ने बांसुरी नहीं सुनी होगी ना बहुत दिनों से?"

"हां-हां :" कई स्वर एकसाथ उठे।

"तो सुनो!" श्रीकृष्ण ने पीताम्बर में खोंसी हुई बांसुरी निकाली और अगले ही पल अमृतस्वर का मोहजाल वातावरण में घिर आया।

भोर हुए गोकुल के बालसखाओं को रवाना किया। द्वार तक छोड़ कर आए, फिर राजकर्म से जुड़ गए।

महाराज उग्रसेन ने पिछले दिन ही सेना को तैयारियों के आदेश दे दिए थे। गुप्तचरों से मिली सूचना के आधार पर श्रीकृष्ण ने स्वयं जाकर भांडीर का वन अंचल खाली करवाया। जितना बन पड़ा, उतना पशुधन भी वहां से हटा लिया गया। जरासन्ध द्वारा किए जाने वाले गदाप्रहार की आशंका को लेकर यह सतर्कता बरती गई थी।

सुनन्द ने बतलाया था कि गदा की स्थिति क्या है? कितनी है उसकी संहारक शक्ति और कितना है उसका प्रभाव क्षेत्र! यहां तक सूचना लाया था कि गदाप्रहार हुआ, तो किस दिशा में, कहां तक मारक सिद्ध होगा!

श्रीकृष्ण ने वैज्ञानिक बुलाकर गदा की स्थिति और दिशा के अनुसार ही भांडीर क्षेत्र चुना था। वहीं बचाव किया गया।

दोपहर बाद मथुरा लौट सके। लौटते ही कुछ समय विश्राम के बाद सैन्य-मोर्चों पर पहुंचे। सत्यक साथ थे। सैनिकों से स्वयं मिलते, चिकित्सा व्यवस्था भी देखते, रसद आदि का इंतजाम भी। इस सब में अर्द्ध रात्रि हो गई। मथुरा की समूची नई पीढ़ी ही जरासन्ध का सामना करने के लिए तैयार हो गई थी। हर घर से एक-दो सदस्यों ने सेना में सम्मिलित होकर

धर्मयुद्ध लड़ने का निश्चय किया था। श्रीकृष्ण के प्रेरक संवाद और भाषण ऐसे होते कि मथुरा वासी प्रसन्नता और उत्साह के साथ अपने भाई, पिता, पुत्र आदि को सेना में सम्मिलित होने की आज्ञा देते।

समूची जाति को ही नहीं, हर वर्ण को स्वतंत्रता के लिए श्रीकृष्ण ने केवल प्रेरित ही नहीं किया, सन्नद्ध कर दिया। उनके मन से भय निकाला, आत्मविश्वास जगाया और संगठन तथा समर्पण की महाशक्ति का आभास कराया। इस सबके बीच व्यवहार और स्नेह सौजन्य से परस्पर आत्मीयता पैदा की। सबको अनुभव होता कि श्रीकृष्ण उनके अपने हैं, उनके साथ, उनके अपने ही परिजन। उनके स्मरणमात्र से सैनिक न केवल रोमांचित होते, उत्साह से भर जाया करते। पदहीन जननायकत्व का यह अद्भुत चमत्कार अब से पहले किसी ने, कभी न तो देखा था, न किया था।

हर मोर्चे और हर सैन्य केंद्र में चिकित्सा के साथ-साथ मनोरंजन की ऐसी व्यवस्था की गई थी कि सैनिक किसी भी क्षण स्वयं को अभावग्रस्त अनुभव न करे। अधिकतर केंद्रों में शल्यक्रिया की भी व्यवस्था थी।*

---

* बहुतेक देशी, विदेशी विद्वान एकमत मानते हैं कि तत्कालीन भारतीय ज्ञान-विज्ञान में बहुत आगे बढ़े हुए थे। शल्यक्रिया भी तब ज्ञान-चिकित्सा थी।

"In mathematics the Aryans invented the decimal system of notation. In medicine they made an extensive study of herbs and minerals and have left an advanced system of surgery and medicine, to which the system developed the Hippocrates, the father of Greek medicine, was greatly indebted. In the realm of arts and sciences, the contribution of the Aryans of arts and sciences, the contribution of the Aryans was equally valuable and lasting.

Because it was no easy matter for invaders to make their way into India, great kingdoms grew up there.

Long before Homer sang of the fall of Troy, long before Romulus raised the first earthen rampart of Rome, Indian singers were telling the great deeds of their heroes and Indian law-givers were shaping the laws of the Hindus. This we know, because their poems and their law bcoks have come dowm to our own time."

(Encyclopaedia by Arthur Mee)

सैनिकों का विश्वास बढ़ा। उनके मनोरंजन और चिकित्सा-साधनों पर मथुरा के यादव गणसंघ द्वारा एक बड़ी राशि व्यय की गई। युद्ध में काम आने वाले सैनिकों के परिवारों को पुरस्कार और सहायता राशि की घोषणा हुई। परिजनों की ओर से निश्चिंत हो, सैनिक संपूर्ण एकाग्रता और उग्रता के साथ युद्धरत रह सकता था।

बहुत दिनों तक श्रीकृष्ण इसी सब में जुटे रहे। तभी समाचार ज्ञात हुआ कि गिरिव्रज से बड़ी संख्या में मगध सेना मथुरा की ओर चल पड़ी है। नेतृत्व कर रहे थे, हंस और डिम्भक।

हंस और डिम्भक!

श्रीकृष्ण ने उन्हें लेकर बहुत-सी सूचनाएं एकत्र कर रखी थीं। दुर्दांत योद्धा हैं दोनों। सेनानायक के नाते भी उनका प्रत्युत्तर खोजना कठिन है। उन्हीं की सामर्थ्य-शक्ति पर मगधराज जरासन्ध की सेनाओं का बल-वीर्य द्विगुणित हुआ है। ऐसे हंस और डिम्भक से जूझने के लिए उन्होंने बलभद्र और स्वयं को चुना।

सुनन्द ने बतलाया था, "प्रभु! हंस और डिम्भक भाई-भाई हैं। दोनों एक-दूसरे के पूरक। जुड़वां हैं और उनमें परस्पर असामान्य प्रेम है। एक के बिना दूसरा जीवन-व्यापार को व्यर्थ समझता है, किंतु दोनों ही अजेय योद्धा हैं। जरासन्ध ने जिन राजाओं को वश में किया है, उनमें से अधिकतर हंस और डिम्भक की सैन्य शक्ति के चमत्कार से ही संभव हुआ है।"

श्रीकृष्ण सुनते रहे थे। शांत, विचारमग्न। हंस और डिम्भक को लेकर और भी सूचनाएं थीं उनके पास। यह भी ज्ञात था कि यदि इन दोनों सेनानायकों को किसी तरह समाप्त कर दिया जाए, तो मगध का सैन्यबल एकदम समाप्त हो जाएगा।

पर कैसे होंगे समाप्त! किसी भी बार राह नहीं सूझी थी। इस बार भी नहीं। निश्चय किया था कि जैसी भी स्थिति होगी, वैसा ही निर्णय लेंगे।

निश्चित समय और स्थानों पर मथुरा के सैनिकों को सतर्क रहने के लिए कह दिया गया।

यमुना के ब्रजक्षेत्र से लगते समूचे तटों पर भारी संख्या में सैनिकों की व्यवस्था की गई। मारक अस्त्रों का एक बड़ा भण्डार भी सुरक्षित रखा गया।

तीन अक्षौहिणी सेना थी जरासन्ध के पास। इन तीन अक्षौहिणी के सामने मथुरा और यादव गणसंघ की सेना तो दूर, समूची जनसंख्या भी नहीं थी। ऐसी स्थिति में साम, दाम, दण्ड, भेद से ही युद्ध जीते जाते रहे थे। एक बार पुनः जीतने थे।

किंतु इस बार का आक्रमण बहुत भयावह होगा! सुनन्द सतर्क कर गया था। श्रीकृष्ण ने अनुभव किया कि सच ही बहुत भयानक होगा और इन युद्धों के बाद संभवतः मथुरा का बल-वीर्य इतना क्षीण हो जाएगा कि वह किसी भी कोण से दुःसह जरासन्ध का सामना करने योग्य नहीं रहेगा।

पर इस समय तो युद्ध करना था। केवल युद्ध ही नहीं करना था, जरासन्ध की विशाल शक्ति को बुरी तरह क्षतिग्रस्त भी कर डालना था। इतना क्षतिग्रस्त कि बहुत दिनों जरासन्ध मथुरा की ओर मुंह न कर सके। उस बीच श्रीकृष्ण निर्णय लेंगे कि अगला चरण क्या हो?

तर्क-वितर्क करते रहते थे यादव राजा, "जरासन्ध निरंतर हार के बाद संभवतः मथुरा नाश का विचार छोड़ देगा।", किंतु श्रीकृष्ण जानते थे, यह असंभव है। जरासन्ध को मिलने वाली पराजय उसे अधिकाधिक उन्मत्त और क्रोधित करती जाएगी और फिर एक स्थिति ऐसी आ पहुंचेगी, जब वह दंभी सम्राट अपनी संपूर्ण हिसंक और क्रूरशक्ति का उपयोग करने में भी नहीं चूकेगा। यही सोचकर बहुत पहले, जहां-तहां दूत भेज रखे थे। मैत्री-संदेश के बहाने भेजे गए अनेक दूतों को जरासन्ध के प्रभाव में पड़े राजाओं ने लौटा दिया था। स्पष्ट कह दिया था कि वह मथुरा का मैत्री-प्रस्ताव स्वीकार करके जरासन्ध के क्रोध-पात्र नहीं बनना चाहते। तब अन्धे, गूंगे और बहरे भिक्षुओं के रूप में विभिन्न राज्यों में विभिन्न लोग भेजे गए। इनमें अनेक स्त्रियां भी थीं। ऐसी ही एक स्त्री गई थी कालयवन के देश।

और अर्धरात्रि के समय ठीक सुनन्द की ही तरह उस स्त्री के आ पहुंचने का समाचार भी श्रीकृष्ण को मिला था। जागे और तुरंत भेंट के लिए कक्ष में जा पहुंचे।

स्त्री का नाम था, कणिका। प्रौढ़ायु थी। तंत्र-मंत्र की अनेक शक्तियां थीं उसके पास। बस, इन्हीं शक्तियों को माध्यम बनाकर श्रीकृष्ण ने उसे मथुरा के शुभार्य समाचार लेने कालयवन तक पठाया था।

कणिका थकी हुई थी। चेहरा ही नहीं स्वर में भी यह थकान झलक रही थी, किंतु जैसे ही वासुदेव को सामने पाया, लगा कि थकान कम होने लगी है। ऐसा ही सम्मोहन और चांदनी-सा शीतल व्यक्तित्व था उनका। अभिवादन करके कणिका कुछ पल उन्हें देखती रही।

श्रीकृष्ण शांत भाव से उसे देखते रहे। अपना मोहिनीचक्र चलाते हुए, फिर कोमल स्वर में पूछा, "कैसी हो, देवी?"

"प्रसन्न हूं, देवकीनन्दन। आपके दर्शन-मात्र से प्रसन्नता और आनंद मिलता है।" कणिका ने आभारप्रदर्शन किया, फिर समाचार सुनाए। कालयवन की संपन्नता, सैन्यशक्ति और मथुरा पर आक्रमण में जरासन्ध की सहायता के लिए तैयारी आदि सभी सूचनाएं दीं। इस बीच श्रीकृष्ण शांत रहे। अन्त में कणिका ने कहा था, "वासुदेव, मैंने जिन विभिन्न सूत्रों से सूचनाएं एकत्र की हैं, उनमें कालयवन का एक सेनानायक भी है। उससे कुछ अद्भुत बातें भी जानने को मिली हैं मुझे।"

श्रीकृष्ण ने सहज ढंग से पूछा, "हमें सुनकर आनंद मिलेगा, देवी, वही सुनाओ!"

"कालयवन के पास आर्यों द्वारा प्रयुक्त किए जानेवाले अद्भुत अस्त्रों के अतिरिक्त बड़ी संख्या में असुरों द्वारा प्रयुक्त किए जाने वाले संहारक अस्त्र भी हैं, यशोदानन्दन, वह अपने पालक और पूज्य कालनेमि से उन्हें प्राप्त करता रहा है। यों भी दक्षिण के तटवर्ती क्षेत्रों में बड़ी संख्या में विभिन्न राजाओं ने यवनों, कुशों और अन्य विदेशी राक्षसों को शरण दे रखी है। वे भोग-विलास की सामग्रियों के अतिरिक्त अनेक वस्तुएं लाते रहते हैं। अनेक तटक्षेत्रों में राजाओं का आश्रय पाकर धीरे-धीरे अपनी सैनिक शक्तियां बढ़ाने में भी लगे हुए हैं। कालयवन उन सभी का सहायक होता है।"

"यह सब सुनता रहा हूं मैं।" श्रीकृष्ण ने कहा, "कणिका, इस समय

मेरी रुचि केवल कालयवन की अद्भुत आसुरी शक्तियों को जानने में है, वही कहो।”

कणिका ने बतलाया था, “देव! कालयवन शरीर बल की शक्ति में तो अद्भुत है ही, छलयुद्ध में भी पारंगत है। वह अनेक मायावी अस्त्रों का जानकार है। उसे लेकर निश्चित रूप से तो नहीं, किंतु सभी जगह एकमत एक ही राय कही-सुनी जाती है।”

“वह क्या?”

“कालयवन की मृत्यु किसी साधारण मानव द्वारा नहीं हो सकती।” कणिका ने उत्तर दिया।

श्रीकृष्ण मुस्कराए, “मनुष्य अपने-आप में असाधारण है, देवी! यदि कालयवन मनुष्य होकर भी असाधारण है, तब अन्य मनुष्य असाधारण क्यों नहीं हो सकते?”

कणिका श्रीकृष्ण की मुस्कान देखकर सहम गई। जैसे-तैसे कह सकी थी, “वह सब तो आप जानें, गोपाल, मैंने जो सुना-जाना है, वही आपको बतला रही हूं।”

“हां, कहे जाओ!”

“सब कहते हैं कि वह किसी राजर्षि के क्रोध से ही नष्ट हो सकता है।” कणिका ने बतलाया।

श्रीकृष्ण ने पलकें मूंद लीं। पल-भर के लिए चिंतनग्रस्त हो गए। यह सूचना महत्त्वपूर्ण थी, राजर्षि! कौन राजर्षि हो सकते हैं, जो कालयवन का नाश कर सकें!

कालयवन की जन्म-कथा श्रीकृष्ण जानते थे। बहुतेक राजपुरुषों की तरह, बहुतेक को लेकर बहुत-सी सूचनाएं जुटाते रहते थे। जिज्ञासु भाव से विभिन्न राजपरिवारों की कथाएं सुनते। व्यक्तित्व कैसे विलक्षण हुआ, किस कारण विलक्षण है और उसका मूल शक्ति-बिन्दु कहां है, यह जानने में सदा ही रुचि रहती थी उनकी। इसी तरह कालयवन को जाना था। गोपाली नामक अप्सरा और ऋषि गर्ग की संतान है वह। यवन शब्द उसने अपने पालक कालनेमि से ग्रहण किया है।

कणिका न भी सूचित करती, तब भी श्रीकृष्ण जानते थे कि कालयवन आर्य अस्त्रों के अतिरिक्त असुर अस्त्रों का भी ज्ञाता होगा। लालन-पालन

जिस संस्कृति-संस्कार में हुआ हो, उससे कोई व्यक्ति अप्रभावित रह जाए, असंभव था!

कणिका ने नया प्रश्न उपस्थित कर दिया था। वही उनका सोच-केंद्र बना, "कालयवन का नाश किसी राजर्षि द्वारा ही संभव है।"

क्या कालयवन किसी का विशेष आशीर्वाद प्राप्त किए हुए है, या किसी से वर मिला है उसे?

प्रश्न किया था, "देवी, क्या तुमने यह ज्ञात नहीं किया कि कालयवन का नाश किसी राजर्षि के माध्यम से ही क्यों संभव है?"

"वह भी सुनाती हूं, वासुदेव।" कहकर कणिका ने सविस्तार बतला दिया था। वह सब, जो सुना-जाना अनेक व्यक्तियों द्वारा समर्थित भी पाया।

गोपाली के छल ने बहुत क्लेश दिया था ऋषि गर्ग को। उसे स्वयं से दूर करके भी काफी समय बहुत रुष्ट रहे, पर गोपाली के स्पर्श आनंद को विस्मृत नहीं कर सके। बहुत साधना की, बहुत ध्यान लगाया, विभिन्न योगक्रियाओं का आश्रय लिया, किंतु गोपाली मन-मानस पर इस तरह छाकर रह गई थी कि हर क्षण अपने भीतर एक ग्लानि ही अनुभव करते रहे। हर एकांत में वही स्मरण हो आती और उसके साथ-साथ स्मरण हो आता था उसका दोष-स्वीकार। गर्ग के सामने सब कुछ स्पष्ट कहकर उसने अपने आर्य रक्त की पवित्रता का प्रमाण दे दिया था, किंतु ऋषि उस समय इतने क्रोधित थे कि उसे अपने सामने से चले जाने को कह दिया।

बहुत बाद में लगा था कि भूल हुई। उससे अधिक भूल यह हुई कि अपसे और गोपाली के रक्तांश को कालनेमि के हाथ पड़ जाने दिया। लगा था कि कोमल अंकुर को विष की खाद में डाल दिया है। सहज ही है कि कालनेमि से संस्कार पाकर आर्य रक्त ही आर्यों का द्रोही हो जाएगा। वही हुआ। कालनेमि से कहीं अधिक क्रूर, कठोर और दुष्टबुद्धि बन गया कालयवन।

प्रारंभ में कुछ भी नहीं जान-समझ सके थे ऋषि। जब जानें, जब तक बहुत कुछ रीत-बीत चुका था। कालयवन की क्रूर शक्ति को उन्होंने सरस्वती

पार दक्षिण के शांत प्रदेश में पहुंचने की राह दे दी थी। वह भी यवन कूटनीति का षड्यंत्र हुआ। कालनेमि सफल भले न हो सका हो, किंतु उसका उद्देश्य सफल हो गया। दक्षिण भारत में यवन शक्ति का जागरण हुआ।

रक्तांश के नाते किशोरायु होते ही कालयवन ऋषि के आश्रम में पहुंचा था। प्रणाम किया और अपना परिचय दिया। न जाने किस द्रवित मनःस्थिति में ऋषि ने उसे नेह से गले लगा लिया, पूछा, "कैसे हो, पुत्र! तुम्हारी माता कहां है?"

कालयवन विशालदेह, गौरवर्ण, किशोर। राजसी वस्त्र धारण किए हुए भी उसके नेत्रों में विचित्र-सा मंत्रवत् आकर्षण था। ऋषि प्रसन्न हुए। कालयवन ने मार्मिक शब्दों में कहा था, "माता और पिता का स्नेह मिल सकता, वैसा भाग्य लेकर मैं नहीं जनमा, पूज्य!"

चौंक गए थे गर्ग। क्या हुआ गोपाली को?

पूछने से पहले ही कालयवन ने बतला दिया था, "माता महाराज यम की सेवा में हैं।"

"ओह!" ऋषि गंभीर हो गए थे। ज्ञात नहीं इन्द्र ने शाप दिया या कि कालनेमि ने ही षड्यंत्र किया। गोपाली आर्यवर्त से बाहर चली गई, यमपुरी।

कालयवन ने निवेदन किया था, "पूज्य, हाल ही में मुझे ज्ञात हुआ कि आप मेरे पिता हैं। दर्शनार्थ चला आया। महाराज कालनेमि कह रहे थे कि आप मेरी माता से बहुत रुष्ट हैं। डरे हुए भी थे कि कहीं आप मुझे ही शाप न दे दें, किंतु मेरा क्या दोष है, पूज्य? बतलाइए तो, माता के दोष से मैं क्योंकर अपराधी हुआ?"

"नहीं-नहीं, तुम्हारा कोई दोष नहीं।" गर्ग बोले थे। आँखें मूँद ली थीं उन्होंने। कहा था, "कभी-कभी लगता है, पुत्र, दोष किससे, क्यों और कैसे हो गया, यह भी संदिग्ध है! हां, मैं तुम्हारे दुष्ट राजा से अवश्य ही रुष्ट हूं। उसने तुम्हारी माता को अपने षड्यंत्र का हिस्सा बनाया था। उचित ही किया है उसने कि अब तक मेरे सामने नहीं आया।"

कालयवन सकपकाकर देखने लगा था पिता का चेहरा। जानता था

कि ऋषि क्रोध में हैं और उनकी क्रोधाग्नि से सावधान रहकर ही कालनेमि कभी उनके सामने नहीं पड़ता था। उसने गर्ग के तमतमाए चेहरे को देखा, फिर कहा, "मैं तो केवल आपको प्रणाम करने आया था, पिता, आपके दर्शनों से आनंदित हुआ। अब मुझे जाने की आज्ञा दें।"

ऋषि एक क्षण कुछ नहीं बोले। पल-भर के लिए सहज मानवोचित कमजोरी उनके भीतर भी जनम आई थी, ममता! तुरंत स्वयं को संयत किया। अपने विराग-भाव को समेटा, पर कुछ बोल नहीं सके।

कालयवन उठ खड़ा हुआ था। उसने हाथ जोड़कर प्रणाम किया, फिर जाते-जाते कहा, "पिता, रुष्ट न हों तो एक निवेदन करूं?"

"कहो, वत्स!" गर्ग सहसा विरक्त हो गए थे।

"कभी-कभी आपके दर्शनार्थ चला आऊं, तो आप रुष्ट तो न होंगे?" कालयवन ने छोटे बालक की तरह प्रार्थना की।

गर्ग ने कह दिया, "जैसी तुम्हारी इच्छा!"

कालयवन आश्रम क्षेत्र के बाहर निकल गया था। ऋषि उसकी ओर अनदेखा किए अपने स्नेह-संयम को संभाले रहे।

किंतु कितने दिनों सम्हाले रह सके थे स्वयं को? बार-बार लगता था कि कहीं कुछ ग़लत हो गया है और इस गलत के लिए कठोर तपस्या करके उन्होंने मन को धीमे-धीमे शांत किया था। कालयवन ने उस विगत को पुनः उभार दिया।

और फिर वह अक्सर आ जाता था। ऋषि उसे सामने पाकर आनंदित होते। लगता कि गोपाली के प्रति अजाने ही हो गए दोष का प्रायश्चित कर रहे हैं उसे स्नेह देकर।

देखते-देखते समय बीता और समय-बीतते-बीतते कालयवन युवा हो गया। विशालदेह, राजस तेज से पूर्ण युवा।

ऋषि अधिक ममतामय हो गए थे।

और फिर एक दिन कालयवन ने आश्रम में आकर पिता से एक नई प्रार्थना की थी, "पूज्य!"

"बोलो, पुत्र!"

"बहुत समय से एक इच्छा मन में है।"

"कहो!"

"संकोच होता है। कुछ-कुछ भय भी लगता है।"

"भय कैसा! और अपने पिता से कैसा संकोच?" गर्ग ने पूछा, "कहो, जो कुछ कहना चाहते हो।"

"देव, मैं कालनेमि से मुक्ति चाहता हूं।" कालयवन ने कहा।

ऋषि ने एक पल आश्चर्य से देखा था उसे, फिर प्रसन्न हुए। कहा, "सुनकर आनंद हुआ। कहो, मैं तुम्हारे लिए क्या करूं?"

"आपका आशीर्वाद चाहिए, पितृ," कालयवन उनके चरणों में झुक गया था, "केवल आप ही के आशीर्वाद से मुक्ति संभव है।"

"सो कैसे?" गर्ग ने पूछा, "मेरा आशीष तो सदा तुम्हारे साथ है।"

"कालनेमि से इस क्षेत्र में रहकर मुक्ति संभव नहीं है, भगवन्! कालयवन ने बड़ी सरलता और चेहरे पर बेबसी का भाव जुटाए रखकर निवेदन किया।

"जानता हूं।" गर्ग बोले, "तब तुम्हारा कया शुभ करूं, वही कहो?"

कालयवन ने एक बार चोर दृष्टि से पिता के तेजस्वी चेहरे और दृष्टि को भली तरह जांच-परख लिया। जब समझ लिया था कि ऋषि पूर्णतः शांत है, तब धीमे शब्दों में कहा, "पितृ, पवित्र सरस्वती के पार महान् आर्यावर्त की विशाल राजसत्ताएं हैं। यदि मैं किसी तरह सरस्वती पार किसी आर्य प्रदेश में पहुंच जाऊं तो संभवतः मेरा शुभ होगा। यवनों के रीति-रिवाज, रहन-सहन, जीवन व्यवहार और समाज-पद्धति मुझे तनिक भी रास नहीं आते अवश में वहां रह रहा हूं। मुझे मुक्ति चाहिए और यह मुक्ति आपकी कृपा और आशीष पाए बिना असंभव है।"

ऋषि सोच में पड़ गए। कालयवन उनका रक्तांश था, किंतु तीव्र-बुद्धि गर्ग समूची स्थिति पर नीति-विचार करने को बाध्य हुए। कालयवन का लालन-पालन यवन पद्धति से हुआ था। बहुत कुछ रहन-सहन भी वैसा ही था, किंतु वह उससे विरक्ति व्यक्त कर रहा था।

क्या यह विरक्ति सच है?

एक पल के लिए ऋषि की तीखी निगाहें कालयवन के चेहरे पर ठहर

गई थीं। वह तेज सहने में कालयवन को अभूतपूर्व संयम से काम लेना पड़ा। आंख तनिक कतराती और कालयवन की अंतस् कालिमा बाहर आ जाती। कालयवन सावधान रहा। यह सावधानी बरतनी होगी, कालनेमि ने पहले ही समझा-बुझा दिया था। कहा था, "स्मरण रहे, गोपालीसुत, यदि तेजस्वी ऋषि को भनक भी पड़ गई कि उनका रक्त होते हुए भी तुम यवनहित में सरस्वती पार जाना चाहते हो, तब वह यह तनिक भी नहीं विचारेंगे कि तुम उनके पुत्र हो। वे तुम्हारा नाश कर देंगे। अपनी तप शक्ति से तुम्हें नष्ट कर डालना उनके लिए बहुत साधारण-सा काम होगा।"

और कालयवन उसी सबको सोचकर अद्भुत आत्मबल संजोए हुए आया था। ऋषि उस समय भी सोच रहे थे।

"किंतु ऋषि की विचारशक्ति पर किसी न किसी रूप में ममत्व हावी हो गया था। पुत्र मोह में अनुरक्त होकर उन्होंने कालयवन पर वरदहस्त रख दिया था। बोले थे, "जैसी तुम्हारी इच्छा! जाओ, तुम्हारा शुभ होगा।"

"किंतु सरस्वती तटक्षेत्र, और आसपास की आर्य शक्तियां मुझ पर अविश्वास कर सकती हैं, देव?" कालयवन ने कहा।

"तुम मेरा अनुमति पत्र ले जाओगे।" ऋषि ने कहा था, "पर स्मरण रहे, कालयवन, ऐसी कोई चेष्टा न करना, जिससे आर्यावर्त का अहित हो। यहां के धर्म, नीति, जीवन पद्धति को क्षति पहुंचे!...* ऐसा हुआ तब तुम्हें

---

* "The Indian civilisation is probably older than the Egyptian, Syrian or Chinese. The excavations at mohenjodaro and Harappa in the Indus valley have brought to light a highly advanced urban civilisation dating back to nearly 4000 B.C.

The fruits of their spiritual effort are embodied in the Vedas the Upanishads, the six systems of Indian philosopy, the Smritis that is, the Codes of Law, the epics of the Ramayana and the Mahabharata, the latter including the essences of spiritual knowledge and teaching, the Bhagawad Gita."

(Encyclopaedia by Arthur Mee)

अन्य किसी के कोप से पूर्व मेरे कोप का शिकार होना पड़ेगा।"

एक क्षण के लिए कालयवन के बदन में भय से सिरहन हो आई थी, किंतु जैसे-तैसे स्वयं को सम्हाला। सिर झुकाकर कहा, "यह कभी नहीं होगा, पूज्य, ऐसा कभी नहीं हो सकता!"

"तब जाओ, मेरा आशीर्वाद है तुम्हें!" ऋषि ने स्वीकृति-पत्र लिख दिया था।

कालयवन ने पत्र लिया, प्रणाम किया और जाने को मुड़ा। सहसा ऋषि का स्वर पुनः गूंजा, "सुनो, पुत्र!"

कालयवन ने सकपकाई निगाहों से मुड़कर उन्हें देखा।

ऋषि शांत, किंतु गंभीर मुद्रा में उसी की ओर देख रहे थे, फिर उनका गंभीर स्वर उभरा था, "यदि आर्य अहित में तुम्हारी ओर से कोई दोष हुआ, तब तुम्हारी मृत्यु रणक्षेत्र में तो नहीं, किसी ऋषि के तेज से ही होगी, यह स्मरण रहे!"

कालयवन ने थूक का घूंट निगला। चल पड़ा।

श्राप नहीं था, किंतु शाप था।

जिस क्षण कणिका ने शब्द कहे, 'रणक्षेत्र में नहीं, ऋषि तेज में कालयवन की मृत्यु निहित है।' ऋषि गर्ग ने यही कहा था उससे।

उसी क्षण श्रीकृष्ण के होंठों पर सरल मुस्कुराहट उभर आई। बोले थे, "कणिका, मथुरा और यादव गणसंघ के लिए तुमने जो सेवा की है, वह सदा स्मरण रखूंगा। अब तुम विश्राम करो! कल सभा समय पर तुम्हें पुरस्कृत किया जाएगा।"

"कृपा, प्रभु!" कणिका ने विदा ली।

कृष्ण स्मरण करने लगे शब्द...'रणक्षेत्र नहीं, ऋषि तेज।' उन्होंने एक गहरा, आश्वस्तिपूर्ण श्वास लिया और शांत भाव से पुनः शयन-कक्ष की ओर चल पड़े।

मथुरा पर आशंकित गदाप्रहार हुआ। उस रात्रि भयानक शब्द गूंजा आकाश में। भयभीत स्त्री-पुरुष और बच्चे जागकर अपने-अपने घरों से बाहर निकल आए। आकाश में एक गुंजन बिखरा हुआ था। काली रात सहसा अपूर्व ज्योति से भर उठी थी। सर्दियों की ऋतु में अनायास ही असहनीय गर्मी उबल पड़ी, लगा कि अभी ही आकाश से उल्कापात होने लगेगा। समूचे नगर गांवों में कोलाहल ओर आपाधापी बिखर गई। अनेक घरों में दरारें पड़ गईं और कई गिर भी पड़े। कुछ लोग हताहत हुए।

श्रीकृष्ण, सात्यकि, सत्यक, श्वफलक, उत्तमौजा आदि यादव राजा विभिन्न दिशाओं से दौड़े-दौड़े नगर में जहां-तहां घूमने लगे। चिकित्सालयों के कर्मचारी जहां-तहां हताहतों की देखभाल और व्यवस्था में जुट गए। चारों ओर चीत्कार ओर भयपूर्ण क्रंदन बिखर गया। श्रीकृष्ण विरोधी अनेक यादव सामंत अवसर पाकर श्रीकृष्ण की तरह-तरह से निंदा करने लगे। यह एक ऐसा मौका था, जबकि श्रीकृष्ण के विरुद्ध जनमत तैयार किया जा सकता था।

पर किसी को इस सब पर ध्यान देने का समय नहीं था। सब भाग-दौड़ में व्यस्त थे। निंदा और व्यर्थ विचारों को सुनने का न तो समय था, न ही अवसर। इस समय केवल उस भयावह अस्त्र से रक्षा करना, अपना अस्तित्व बचाना ही मथुरावासियों का एकमात्र लक्ष्य बन गया।

श्रीकृष्ण नगर-द्वार के बाहर तक जाकर उस प्रकाश की टोह ले रहे थे, जो गदाप्रहार के कारण उस समय भी मथुरा पर नहीं, दूर-सुदूर ब्रज-क्षेत्र के अनेक अंचलों में बिखरा हुआ था।

ऋतु प्रभाव बदल गया था। वातावरण में विषाक्त धुएं की गंध बसी हुई थी, किंतु उस सबके उपचारार्थ श्रीकृष्ण ने एक अन्य अस्त्र का प्रबंध पहले कर रखा था। प्रकाश की निश्चित दिशा में उसे चलाया गया। वरुणास्त्र था यह। वर्षा होने लगी। असह्य गर्मी से घबराए, कुम्हलाए लोगों को शांति मिली।

नगर में मुनादी करवा दी गई, 'मथुरा सुरक्षित है। अन्य जनांचल भी सुरक्षित हैं। गदा जिस स्थान पर गिरी है, वह मथुरा से बहुत दूर है। एकांत वनक्षेत्र! अब उस वनक्षेत्र में लगी अग्नि को भी बुझाया जा रहा है। सब आश्वस्त हों! निश्चिंत रहें!'

समूची रात इसी तरह बीती। सुबह के साथ निश्चिंत हुआ कि गदाप्रहार से भांडीर का वनक्षेत्र प्रभावित हुआ था।...और वह पहले ही खाली करवाया जा चुका था। जो लोग उस जनांचल से मथुरा आ बसे थे, वे तरह-तरह से श्रीकृष्ण की स्तुति करने लगे, "अलौकिक और दूरदर्शी हैं श्रीकृष्ण। वैसा न होता, तो भला हम सबके प्राण बचे होते? वह जानते थे कि यह वनक्षेत्र नष्ट हो जाएगा।"

स्तुति आस्था बनने लगी और आस्था ने धीमे-धीमे, किंतु अजाने ही भक्तिभाव जाग्रत किया। निःस्संदेह श्रीकृष्ण चमत्कारिक बुद्धि और कर्मशील व्यक्तित्व वाले हैं। कहां, कब, क्या और कैसे घटने वाला है, उनसे अजाना कभी नहीं रहता।

जैसे-जैसे अगला दिन ढला, वैसे-वैसे गदाप्रहार से प्रभावित क्षेत्र को लेकर सूचनाएं मिलने लगीं। सब कुशल था। कुछेक जंगली पशुओं के अतिरिक्त भांडीर वनक्षेत्र में कोई नुकसान नहीं हुआ था।

एक ओर गदाप्रहार की घटना ने श्रीकृष्ण के प्रति ब्रजवासियों का अपूर्व विश्वास जाग्रत किया, वहीं दूसरी ओर मथुरा के यादव सैनिकों में जरासन्ध के प्रति घोर घृणा और उसके नाश का निश्चय जनमा। संभवतः यही कारण था कि जब क्षेत्ररक्षक समाचार लाए कि मगध की विशाल सेना अस्त्र-शस्त्रों से सुसज्जित होकर बड़ी मात्रा में मथुरा की ओर बढ़ी आ रही है, तब चिंता के बजाए, संपूर्ण शक्ति से उसे वापस धकेल देने का निश्चय हो गया।

श्रीकृष्ण इन प्रतिक्रियाओं को जान-समझ रहे थे, निश्चिंत थे। सूचना पाते ही तुरंत यादव योद्धाओं ने अपने-अपने रण-शिविरों की राह ली।

विभिन्न यादव योद्धाओं ने विभिन्न अस्त्र-शस्त्रों से लैस होकर रण-क्षेत्र में प्रयाण के पूर्व परस्पर वार्ता की।

श्रीकृष्ण सहज भाव से उसमें सम्मिलित हुए। जब अनेक यादव योद्धा बढ़-चढ़कर बातें कर रहे थे, तब श्री कृष्ण शांत रहकर सब-कुछ सुनते रहे। अन्त में सात्यकि ने कहा था, "तुम भी तो कुछ कहो कृष्ण?"

"क्या कहूं, बंधु? जो कहना चाहता हूं, वही सब तो तुम लोग कह रहे हो?" कृष्ण ने सहजता के साथ उत्तर दिया, "मेरे पास कुछ विशिष्ट

नहीं है कहने को। जो है, सब जानते हैं।"

"क्या?" एकसाथ अनेक ने पूछा।

"यही कि मगधपति के सबसे बड़े सेनानायक हंस और डिम्भक नेतृत्व कर रहे हैं मगध सेना का," श्रीकृष्ण ने कहा, "और मगध की सेनाएं इच्छाशक्ति पर नहीं, शस्त्र शक्ति पर चलती हैं। जब-जब किसी राज्य की सेना इच्छाशक्ति से अधिक शस्त्र शक्ति पर आश्रित होती है, तब-तब वह बहुत शक्तिक्षीण होती है। उसे जय करना कठिन नहीं है।"

यादव राजा आश्चर्य से श्रीकृष्ण का मुंह देखने लगे। सच ही तो, सैनिक-रहस्य नहीं, उन्होंने शक्ति रहस्य बतला दिया था उन्हें। सत्यक ने पूछा, "इसके अतिरिक्त क्या-कुछ सोचते हो तुम?"

"विशेष नहीं।" उठे। शिविर में चहलकदमी करते हुए कहा, "हम सभी को यह स्मरण रखना होगा कि हंस और डिम्भक अभूतपूर्व योद्धा ही नहीं, सैन्य-संगठक भी हैं। यह किसी सेना के लिए ऐसे ही है, जैसे वह जलयात्रा कर रही हो और एक नौका पर सवार हो। सहसा वह मुड़े थे, श्वफलक से पूछा था, आपका क्या विचार है, पूज्य, यदि ऐसे किसी की नौका नष्ट हो जाए, तो क्या होगा।"

सात्यकि, सत्यक, श्वफलक सभी एक-दूसरे का चेहरा देखने लगे। उनके चेहरों पर अजानेपन का भाव था।

वृद्ध श्वफलक ने आश्चर्य से पूछा था, "क्या होगा? और उस सबके मगध सेना से युद्ध का क्या संबंध बनता है?"

"बनता है, देव, बहुत बनता है।" श्रीकृष्ण ने कहा, फिर रहस्यपूर्ण मुस्कान से मुस्कुराए।

बलभद्र ने तनिक उग्र होकर कहा, "कान्हा, हमेशा गुत्थीभरी बातें करना अच्छा नहीं होता। स्पष्ट क्यों नहीं कहते, जो तुम करना चाहते हो?"

श्रीकृष्ण ने आसन ग्रहण किया। बोले, "सुनो, बड़े भइया! हंस और डिम्भक के सेनानायकत्व पर ही मगध सेना का अनुशासन टिका हुआ है। यदि हम लोग सेना से भिड़ने के बजाए, सबसे पहले हंस और डिम्भक को मृत्यु-मार्ग पर पहुंचा दें, तो क्या होगा, तनिक सोचो?"

"वे मर जाएंगे और क्या होगा?" बलभद्र ने कुछ चिढ़कर उत्तर दिया।

श्रीकृष्ण हंस दिए, "केवल वे नहीं बड़े भइया, मगध की सेना का

सारा आत्मबल मर जाएगा। सारा अनुशासन छिन्न-भिन्न हो जाएगा। रणनीति के अभाव में सैनिक पागलों की तरह यहां-वहां हमले करने लगेंगे और तब मथुरा की पूर्व निर्धारित रणनीति और युद्ध-योजना के कारण वे बहुतायत में मारे जाएंगे।"

वे सब चकित होकर श्रीकृष्ण को देखने लगे। यह सब तो सोचा ही नहीं था। सहसा सबके भीतर श्रीकृष्ण एक प्रकाश ज्योति की तरह बिखर गए। मन श्रद्धा और विश्वास से भर उठा।

श्रीकृष्ण ने निर्णायक स्वर में कहा था, "इस युद्ध में विजय हमारी होगी। निश्चय ही हमारी होगी।"

उन सभी ने समर्थन किया था, निश्चय ही विजय निश्चित ही मथुरा की होगी!

और यही हुआ था। मगध और मथुरा के सैनिक जैसे ही भिड़े, श्रीकृष्ण अपने रथ में सवार हंस और डिम्भक को ढूंढ़ने चल पड़े। घोर कोलाहल और क्रंदन से भरे वातावरण में तनिक भी विचलित हुए बिना उनकी आंखें हंस को खोज रही थीं।

और तभी दिख पड़ा था हंस। श्रीकृष्ण ने उसे युद्ध में अपूर्व लगन से जूझते हुए देखा था। सत्यक और उनकी छोटी-सी टुकड़ी के लिए वह अजेय हो गया लगता था।

श्रीकृष्ण ने समझ लिया था कि यदि इस गति से युद्ध चला, तब मथुरा की विजय अनिश्चित है। वह रथ को मुड़वाकर दूसरी दिशा में चल पड़े थे। डिम्भक एक अन्य मोर्चे पर मथुरा की सेनाओं के भयानक संहार में लगा हुआ था। सांझ ढलते-ढलते श्रीकृष्ण ने समझ लिया था कि युद्ध समाप्त हुआ जाता है। मथुरा की बहुसंख्य सेना मारी गई थी।

श्रीकृष्ण के देखते-देखते बड़ी मात्रा में हंस और डिम्भक के नेतृत्व में मगध सैनिक यमुना पार कर आए। अन्य कर रहे थे। इसी बीच श्वफलक को बुलाया उन्होंने, चीखकर कहा था, "आपको एक शुभ समाचार देता हूं, पूज्य!"

"क्या?"

"हंस मारा गया।" श्रीकृष्ण ने प्रसन्न होते हुए कहा।

"क्या?" अविश्वास और आश्चर्य से कुछ पल वृद्ध का मुंह खुला रह गया, "हंस मारा गया?"

"हां।" श्रीकृष्ण ने दौड़ते रथ में ही उत्तर दिया और फिर युद्धरत जिन अनेक सैनिकों ने सुना कि हंस युद्ध में मारा गया, वे जहां-तहां खबर फैलाने लगे, "हंस मृत हुआ।"

"हे, ईश्वर!" मगध सेना का आत्मबल आधा रह गया। मथुरा के सैनिक अधिक शक्ति से टूट पड़े।

समाचार पहुंचा, डिम्भक के पास!

"हंस युद्ध में हत हुए।"

"नहीं।" सुनकर डिम्भक ने अविश्वास से कहा था। अन्य सैनिकों, दूतों ने भी कहा, "हां, सेनापति, स्वयं श्रीकृष्ण के हाथों हत हुए वह।"

डिम्भक बहुत स्नेह करता था भाई से। सुनकर जैसे मूर्छित ही हो गया होता। युद्ध में विद्युत गति से चलते हाथ और उसी गति से निकलते आदेश सहसा बेसुध हो उठे।

"रथ मोड़ो!" वह क्रोध और दुखावेश में चिल्लाया था सारथी पर। थोड़ी देर बाद रणक्षेत्र से उसका रथ मुड़कर पुनः यमुना की दिशा में जा रहा था।

अनेक मगध सैनिकों, नायकों ने डिम्भक की निराशा और उदासीनता देखी। जान लिया था कि हंस वध के दुख में सेनापति टूट गए हैं। पर उन्होंने भी अनुभव किया कि यह टूटन उनके भीतर भी समाती जा रही है।

तभी एक नाटकीय दृश्य उभरा। डिम्भक का रथ यमुना किनारे जा ठहरा था। अचानक अनेक मगध सैनिकों ने देखा कि डिम्भक पागलों की तरह हंस का नाम लेकर विलाप करने लगा है, फिर वह एक छलांग लगाकर यमुना में जा समाया।*

---

* महाभारत के अनुसार हंस की मृत्यु सत्रहवें आक्रमण में हुई। कृष्ण ने यह प्रचार करवा दिया कि हंस मारा गया। खबर सुनकर डिम्भक जान छोड़कर यमुना में कूद मरा। संभवतः हंस की मृत्यु होते ही जरासन्ध की सेना का आत्मबल टूट गया था और जब वह भागी तब डिम्भक के साथ यमुना पार करते हुए डिम्भक सहित बहुतेक सैनिक यमुना में डूब गए।

"हे, भगवान! यह सब क्या हुआ?" कुछ मागधी सैनिक बड़बड़ाए थे, कुछ हतप्रभ होकर केवल सोचते रह गए। मथुरा की सेना में हंस और डिम्भक के मारे जाने की खबर ने उत्साह और शक्ति जगाई। मगध के सैनिक भागने लगे थे। जो थे, वे लगभग निराशा की स्थिति से जूझ रहे थे। न हाथों में बल रहा था, न मन में विश्वास।

बड़ी संख्या में मागधी सैनिक मारे गए। यमुना पार करके चले आए अधिकतर मगध सैनिक जब मथुरा के सैनिकों के उत्साहपूर्ण आक्रमण से बचने के लिए भागे, तो अधिकतर वेगवती यमुना की कोपधाराओं में नष्ट हो गए।

सांझ ढलते-ढलते मथुरा की सेना ने विजयद्वंद्वी बजा दी। अनेक यादव योद्धा भी हत हुए थे। अनेक मारे गए, किंतु इस जय ने एक नया इतिहास बना दिया। श्रीकृष्ण की जय-जयकार करते हुए मथुरा के सैनिक लौटे। विजय-पताका उनके हाथों में थी।

श्रीकृष्ण भी थके-हारे लौटे। महाराज उग्रसेन को प्रणाम करने राजनिवास गए, फिर अपने शयन-कक्ष की ओर आते समय उन्होंने कणिका को द्वार पर खड़े पाया। श्रीकृष्ण थम गए।

कणिका ने निराश स्वर में सूचना दी, "वासुदेव, मेरे सूत्र समाचार लाए हैं कि कालयवन दक्षिण से चल पड़ा है।"

श्रीकृष्ण ने सुनाकुछ कहा नहीं। कक्ष में समा गए।

कणिका चुपचाप लौट पड़ी। सोच रही थी, "उस भयावह स्थिति का सामना कैसे करेंगे कृष्ण, जब एक ओर से जरासन्ध होगा, दूसरी ओर से कालयवन!"

किंतु लगा कि यह सब कणिका के विचार का विषय नहीं है। कृष्ण तो कब के सोच चुके होंगे कि उन्हें क्या करना है?

•••

जनाधार

राजनिवास की हर दीवार पर एक संशय उभर आया है और उसी के साथ उभर आई हैं यादव सामंतों की फुसफसाहटें...किसी बार गुप्तचरों से और किसी बार राजकर्मचारियों की बातों से...श्रीकृष्ण उनका संदर्भ निकाल लेते हैं। सभी जैसे एक स्वर, एक विचार होकर कहने लगते हैं"इन सबकी जड़ तुम हो कृष्ण।...तुम ही हो जो बूंद को निरंतर समुद्र से विद्रोह करने के उकसाते रहे हो। उसकी प्रेरणा बने हो...

और कक्ष में लेटे युवा कृष्ण अपने-आप पर ही हंस पड़ना चाहते हैं। चीड़ के झुंडों को शालवन बनाने का प्रयत्न कर रहे थे वह...साधारण से लेकर असाधारण तक किसी में भी इतना आत्मबल नहीं है कि आगे आकर कह दे, "शक्तिसंगठन, आत्मविश्वास और दृढता एक बंधी मुट्ठी में ही होती है...केवल शस्त्र के विशाल अस्तित्व में नहीं होती।..."

पर श्रीकृष्ण का यह मंत्र कौन मानेगा?।"

कैसे मानेगा?

और क्यों माने?...बलभद्र ने उसी क्षण पूछ लिया, जिस क्षण कणिका से मिली सूचना लेकर विचार-विमर्श करने पहुंच थे वासुदेव। मगधराज की महाशक्ति से निरंतर युद्धरत रहे बलराम उस समय अपने शरीर पर आए घावों पर उपचार करवा रहे थे। श्रीकृष्ण ने जैसे ही दक्षिण से कालयवन के चल पड़ने की बात कहीं, वह झुंझलाए-से नजर आने लगे थे। एक क्षण चुप रहे, फिर पुछा"तब तुमने क्या विचार किया है, वही पहले बतलाओ।"

श्रीकृष्ण का सादा, सहज, शांत उत्तर था"इसमें विचार योग्य है ही क्या? गणसंघ को जिलाए रखना है तो शक्ति, आराधना के लिए संगठन, आत्मविश्वास और दृढ़ता का वही संकल्प जुटाए रहना होगा जिसे लेकर अभी तक मथुरा अविजित रहा है।"

बलभद्र ने सहसा मुंदी पलकें खोलकर श्रीकृष्ण को ऐसे देखा था जैसे

शांत जल बुदबुदों की शक्ल में उफान लेने लगा हो। जबड़े कस गए थे उनके। श्रीकृष्ण ने तुरंत समझ लियाक्रोधित हो रहे हैं बड़े भाई।...

बलराम ने कहा था"संकल्प?...दृढ़ता,...आत्मविश्वास?...क्या-क्या बेल-बूटेदार शब्द ढूंढ़े हैं कान्हा?...वाह! प्रशंसा करता हूं तुम्हारी और कभी इच्छा होती है कि तुम्हें क्षमा ही न करूं!"

श्रीकृष्ण ने और शांत स्वर में प्रश्न किया"सो क्यों?"

बलराम बोले"जानते नहीं हो क्या कि तुम्हारे भाषणों ने बहुत दिनों तक गौओं को बाघों के सामने खड़ा किए रखा है?...मथुरा के यादवों का दुर्जय जरासन्ध की सेना से जूझना हर बार ऐसे ही हुआ है..."

"किंतु विजय सदा हमें ही मिली है भइया!"

"विजय..." बलराम अब उत्तेजित होने लगे थे। नथुनों ने कुछ फूलना-बैठना प्रारंभ किया। गुर्राते हुए-से बोले"इसे विजय कहते हो तुम? ...मथुरा ही नहीं, सम्पूर्ण जनपद के हर यादव कुल का कोई-न-कोई व्यक्ति मारा जा चुका है।...किसी-न-किसी माता ने पुत्र खोया है, किसी-न-किसी पत्नी ने अपना सौभाग्य गंवा दिया है...और तुम जय-विजय का लेखा-जोखा करने बैठ गए हो?...उस पर भी संकल्प, दृढ़ता और आत्म-विश्वास जैसे शब्द लेकर पुनः जन-सामान्य को छलना चाहते हो?"

"किंतु...?" श्रीकृष्ण ने कुछ कहना चाहा पर समझ गएअब बलभद्र को विचार मार्ग के उस कोने से दूसरे कोने की ओर लेजाना असंभव है। हलधर एक बार क्रोधावेश में जिस ओर चल पड़ेंगे, उसी ओर धरती खुंदती चली जाएगी। यह सोचकर शब्द थाम लिए कि इस समय केवल बलभद्र की ही बात सुनेंगे। उसी में शुभ होगा...उस पर विचारकर किसी नए कोण से उसी चतुर्भुज की पुनर्रचना कर लेंगे, जिसे लेकर आए हैं। पर यह सिद्ध था कि वार्ता के इस ढंग से चतुर्भुज के प्रति बलराम की सहमति कभी नहीं मिलेगी। यह स्वभाव था उनका। जिस बात को एक बार नकार दें, पुनः उसे स्वीकारना उनके लिए घोर कष्टदायी हो सकता था...और बलराम को आत्मकष्ट झेलने की आदत नहीं। भले ही वह कष्ट श्रीकृष्ण से मिले या किसी बिराने से...तुरंत मरने-मारने पर उतारू हो जाएंगे।

बलराम ने कहा था"अब युद्ध को लेकर विचार करना छोड़ दो,

कान्हा। मथुरावासी बहुत सह चुके, मगर इस बार नहीं सह सकेंगे।...ऐसा न हो कि यादव कुल में ही दरारें पड़ जाएं। अगर वैसा हुआ तब भी मथुरा गणसंघ की पुनर्रचना व्यर्थ हो जाएगी।

श्रीकृष्ण ने स्वीकार में सिर झुकायाचुपचाप लौट पड़े।

कालयवन दक्षिण से जरासन्ध की सहायतार्थ चल पड़ा है।...

और जरासन्ध की योजना स्पष्ट है। मथुरा पर जब दो सुर-असुर शक्तियों का सम्मिलित आक्रमण होगा तो जंगल में लगी आग की तरह मथुरा का छोटा-सा संघ चारों ओर से घिरकर जल मरेगा।...

दो दिन पूर्व राजसभा में मथुरा के सभी शक्ति स्तंभों को आमंत्रित करके श्रीकृष्ण ने सूचना दे दी थी...फिर सम्मति देने का निवेदन किया था। अंतिम निर्णय महाराज उग्रसेन करने वाले थे।

सभी उपस्थित थे। सात्यकि, शूरसेन, श्वफलक, बलभद्र, वसुदेव, देवक, सभी...वृष्णिवंशियों के सभी प्रमुख थे। अंधक भी। किंतु मथुरा में अंधकवंशी यादव अधिक नहीं थे। मूलतः वृष्णिवंशियों का आधिपत्य था। अंधक बन्धु थे। बरसों पूर्व उन्होंने अपना राजक्षेत्र बना लिया था प्रभासतीर्थ को। इस तरह भरतखण्ड में ही यादवों की एक शाखा समुद्र क्षेत्र की ओर थी, दूसरी थल क्षेत्र में। सभी शक्तिसम्पन्न थे। सभी गणसंघ पद्धति के प्रति समर्पित...किंतु कालखण्ड के झोंके में मथुरा दुर्दांत कंस के वश आ गया था...और निकल जाने के बाद भी पुनः कंस के रोपे विषवृक्ष का विषपान कर रहा था... जरासन्ध का कोप केवल इस कारण नहीं था कि मथुराधिपति कंस के वध से उसकी पुत्रियां विधवा हुईं।...अधिक कोप थाजरासन्ध की अविजेय शक्ति को चुनौती मिलने के कारण...यह चुनौती देने का दुस्साहस भी किया था तो मथुरा के दो बालकों ने?...

धिक्कार।...

और यह धिक्कार क्रमशः मथुरा पर आपत्तियों, सैन्य प्रहारों के रूप में बरसने लगा। जैसे-जैसे इन प्रहारों का कृष्ण-बलराम की संगठन शक्ति और जनप्रभाव ने उत्तर दिया, वैसे-वैसे जरासन्ध अधिक उन्मत्त होता गया

और अब उन्मत्तता के उस चरम पर आ पहुंचा था जब उसे मथुरा नाश के लिए कालयवन जैसे विदेशी से भी सहायता प्राप्त करने में संकोच या लज्जा नहीं हुई थी।...

यही सब कृष्ण ने कहा था सभा में...बार-बार कालयवन का नाम दोहराया...बार-बार स्मरण दिलाया कि अब मथुरा को अपने ही देशबन्धु से नहीं, कालयवन से मुकाबला करना था। और इस 'सामने' में जय प्राप्ति अनिवार्य थी, क्योंकि एक बार यवनशक्ति को मथुरा राह दे देती तो वह अपरोक्ष रूप से सम्पूर्ण भरतखण्ड की आर्यशक्ति के नाश का आयोजन हो जाएगा।...

बहुत प्रभावशाली शब्द कहे, स्वर के आरोह-अवरोह से हर शब्द को अलंकृत किया...गूंज की तरह सम्पूर्ण वक्तव्य को अभिव्यक्ति दी...किंतु यह देखकर चकित हो रहे थे कि अधिकतर लोग शांत थे। सहज। एकदम शिलावत्। क्या वे कालयवन और मथुरा के आगत को लेकर जड़ हो गए थे?...या फिर निर्णय के प्रति विचारमग्न?...या श्रीकृष्ण के वक्तव्य की ओजस्विता ने उन्हें स्थिति के प्रति अतिरिक्त रूप से गंभीर कर दिया?...

एक-एक चेहरा देखा था वासुदेव ने...दृष्टि इन्द्रधनुष की तरह सभागार के सभासदों में बिखरती चली गई थी...हर रंग समझती, अपने भीतर उभारती हुई।

किंतु जल्दी ही समझ में आ गया। कोई रंग आशाजनक नहीं। हर रंग बिखरा हुआ। हर व्यक्तित्व खण्डित। हर दृष्टि शून्य की तरह रिक्तता से पूर्ण।...

बलभद्र के शब्दों में भी तो वही शून्यता परिलक्षित हुई है। यह बात अलग है कि यादव सामंत मुखर नहीं हुए थे सभा में। पर बलभद मुखर हुए।...अलग भेंट में स्पष्ट समझा दिया है कृष्ण को।...अब इन शून्यों को भरने की चेष्टा व्यर्थ होगी।...यह न हो कि यह शून्य भाव श्रीकृष्ण के व्यक्तित्व पर ही टूट पड़े।

असंभव नहीं है। अब तक श्रीकृष्ण के प्रति वे समर्थन में मुखर रहे हैं, किंतु अब विरोध में मुखर हो सकते हैं। और क्यों न हों?...जन-साधारण तक भयग्रस्त हैं। दबे-मुंदे शब्दों में राजकर्मचारियों से लेकर जन-साधारण तक चर्चा बिखर गई है''देवकी पुत्र!...चट्टान से सिर टकराने की प्रेरणा

देते हैं।...ऐसा न हो कि सम्पूर्ण गणराज्य की अर्थव्यवस्था; शक्ति, यौवन और आशाएं केवल लहूलुहान लाशों के रूप में बदल जाएं?

तब?...

तब श्रीकृष्ण की सम्मति उपयोग योग्य नहीं रही।...अब जरासन्ध से जूझना असंभव!...

फिर यह कालयवन?...विशाल असुर शक्ति।...कहते हैं कि कालयवन का प्रभाव-क्षेत्र सम्पूर्ण भरतखण्ड समुद्र तट भी है...

श्रीकृष्ण चिंतित ही नहीं, व्यग्र होने लगे थे। और उनकी बढ़ती चिंता तथा व्यग्रता के साथ-साथ मथुरावासियों का साहस टूटता जा रहा था... फिर पूरी तरह समझ लिया था उन्होंने। अब मथुरा और शूरसेन जनपद में संजीवन शक्ति का संचार करना व्यर्थ होगा।...

फिर कौन-सी राह है यादवों के शुभ की?...राजनीति और रणनीति के बीच कौन-सी संकरी गली है, जिससे श्रीकृष्ण कालयवन और जरासन्ध की विशाल शक्ति से बच-खुचकर निकल सकते हैं?...

सब कुछ विचारणीय।...

बलभद्र के उत्तर ने यह चिंता और बढ़ा दी। अब सम्पूर्ण राह खोजने का दायित्व कृष्ण पर।...शयन कक्ष में जाकर देर तक के लिए समूचे व्यूह-भेदन में जुट गए थे। इर्द-गिर्द की किसी भी शक्ति से सहायता की न पहले आशा थी, न अब है...वैसी स्थिति में क्या करेंगे?

जरासन्ध के निरंतर आक्रमणों ने मथुरा को शक्ति, समृद्धि, विश्वास हर स्तर पर खण्डित कर दिया है।...इस खण्डित को आकार देने की चेष्टा करना व्यर्थ होगा।...और इस चेष्टा के अतिरिक्त कोई मार्ग नहीं सूझ रहा।...लगता था कि श्रीकृष्ण एकदम अकेले हो गए हैं।...

अकेले?...

पर श्रीकृष्ण कब-कब अकेले नहीं रहे?...या मनुष्य के जीवन में यह अकेलापन कब-कब नहीं रहता?...

विचारमात्र से शक्ति अनुभव की थी उन्होंने। यही शक्ति सदा श्रीकृष्ण के पास रही है। इस समय भी है। सम्पूर्ण चेतना के केंद्रीकरण का नाम ही श्रीकृष्ण है।...उनसे इतर कुछ नहीं।...खंडित भी वहींअखंडित भी वहीं

असम्पूर्ण और सम्पूर्ण का ऐसा मिलन, जिसका आदिअंत कुछ भी नहीं। आंखें मूंदकर शय्या पर लेटे-लेटे वे सोचते रहे थे।...

अनुमान किया था कि दक्षिण से कालयवनको यहां तक आने में कितना समय लगेगा।...फिर यह भी अनुमान कर लिया था कि जरासन्ध किस क्षण और किस स्थिति में कालयवन के आक्रमण से घिरी मथुरा की शक्ति को झकझोरने आ पहुंचेंगे। लगा था कि चेतना के उज्ज्वल प्रकाश में हर आगत दीखने लगा है।...इस आगत के दृश्यों को रंग दिए थे उन सूचनाओं ने, जो श्रीकृष्ण अपने विशेष गुप्तचरों द्वारा जहां-जहां से जुटाते आए थे।

कणिका, वीरभद्र कितनों ने ही विभिन्न सूचनाएं ला दीं...इन सूचनाओं के आधार पर श्रीकृष्ण ने सम्पूर्ण राजनीति बनाई...उद्धव चिंतातुर घूमते रहे। हर आदेश का पालन करते रहे। जान रहे थे कि सखा चिंतित हैं, किंतु चेहरा किसी भी क्षण चिंता-अचिंता व्यक्त नहीं करता। विचित्र और अविश्वसनीय स्थिति थी यह।

अगले दिन महाराज उग्रसेन ने जैसे ही राज्यासन सम्हाला, वैसे ही विनीत भाव से उठकर श्रीकृष्ण ने निवेदन किया था, ''पूज्य।...मथुरा के शुभार्थ मैं कुछ निवेदन करना चाहता हूं। सभी बन्धु-बान्धवों, सम्मानित सभासदों से शान्तिपूर्वक विचार करने की प्रार्थना भी करूंगा...आज्ञा दें कि अपना पक्ष प्रस्तुत करूं!''

''कहो गोविन्द'' श्वफलक तुरंत बोल पड़े थे''निश्चय ही तुम यह नहीं कहोगे कि मथुरावासी इस बार जरासन्ध और कालयवन की सम्मिलित शक्ति से संग्रामरत हों?...और यदि यही कुछ तुम कहने जा रहे हो, तब किसी के लिए, कुछ भी विचारयोग्य नहीं है।''

श्रीकृष्ण मुस्कुराए। बलराम आश्चर्य से देख रहे थे। इसी बात को किसी अन्य तरह कहने जा रहा होगा कान्हा, पर श्रीकृष्ण के चेहरे की सहजता और शांति देखकर लगा जैसे बात कुछ और है।...

तभी बोल पड़े थे यशोदासुत, ''हां, पूज्य।...मैं वही कुछ कहनेवाला हूं, किंतु इस बार कुछ दूसरी तरह कहूंगा।''

यादव सामंतों में खुसर-फुसर फैल गई। दूसरी तरह?...क्या अर्थ हुआ इस शब्द का?...वही बात दूसरी तरह वैसी कही जा सकती है? उत्सुकता

और चिढ़ से भरी अनेक आंखें उनके मुस्कुराते चेहरे पर जा टिकीं। अप्रभावित से कृष्ण बोल पड़े थे''चिंतित न हो, देव।...मथुरावासियों को जरासन्ध या कालयवन के आक्रमण का सामना करने की आवश्यकता नहीं पड़ेगी।''

''कैसे?...'' एकसाथ एक ही शब्द सम्पूर्ण सभागृह में उछल गया।

''बतलाता हूं।'' श्रीकृष्ण कहे गए''यादवों का शुभ इसी में है कि अब इन दुर्दांत शक्तियों से मुक्ति प्राप्त कर ली जाए।...संयोग है कि पूज्य अक्रूर यहां आए हुए हैं...प्रभास में हमारी वंशशाखा का राज्य और निवास अब भी है। यदि कुछ समय के लिए मथुरावासी प्रभास की ओर यात्रा करें और मथुरा को खाली कर दें, तब जरासन्ध और कालयवन जय पाकर भी पराजित हो जाएंगे।''

एक बार पुनः फुसफुसाहटों का दौर चल पड़ा, फिर वृद्ध उग्रसेन ने तर्क किया था, ''तुम कहना क्या चाहते हो, नन्दलालकुछ समझ में नहीं आया। संभवतः तुम यादवों को मधुरा से पलायन के लिए कह रहे हो?...''

''हां, देव।...मेरा यही अभिप्राय है।''

बलराम उग्र हो उठे''यानी तुम चाहते हो कि शूरसेन जनपद जन शूनय हो जाए?...विशाल मथुरा गणराज्य ममतामयी भूमि को हम चुपचाप क्रूर जरासन्ध से पददलित होने को छोड़ दें?''

''तब क्या करना चाहिए, आप ही बतलाएं भइया?'' श्रीकृष्ण ने बड़े भोलेपन से प्रश्न किया। सब और दृष्टि घुमाई। हर अंधक-वृष्णि यादव के चेहरे पर उलझनों के जाले लिपटे हुए थे...न विचार स्पष्ट, न दृष्टि, न भाव!...श्रीकृष्ण जैसे इस समूची स्थिति का रस लेते रहे।

बलराम भी निरुत्तर हो गए थे। केवल भुजाओं में फड़कन और दृष्टि में क्रोध प्रकट हुआ। जबड़ों पर झल्लाहट उतर आई। किंतु शब्द नहीं।

श्रीकृष्ण कुछ पल इस निःशब्दता का आनंद लेते रहे...फिर बोले''दो ही राहें तो बची हैंएक यह कि जरासन्ध और कालयवन की अविजित शक्ति से जूझते हुए यादव जाति की एक शाखा का सम्पूर्ण नाश हो जाए या फिर एक शाखा दूसरी का आसरा लेकर अपनी रक्षा कर ले।''

''असंभव।...'' उग्रसेन ने कहा था''अक्रूर और सात्यकि के यहां

आ जाने का यह अर्थ कदापि नहीं कि हम अपने साथ-साथ प्रभास की यादव वंशशाखा और राज्य को भी जरासन्ध की युद्धाग्नि में लपेट लें।...''

''निस्संदेह।...'' बलराम बोल पड़े थे''मथुरा से हम सब पलायन कर भी जाएं, तब भी क्या जरासन्ध अपने जमाता वध और अपमान का बदला लिए बिना हमें छोड़ देगा?...यह मत भूलो, कन्हैया, कि जरासन्ध के लिए अब मथुरा की राजसत्ता पाना गौण है, अपनी बेटियों को वैधव्य देनेवाले हम यादवों का नाश ही उसका अभीष्ट है।...''

''नहीं।...'' श्रीकृष्ण ने गंभीर स्वर में उत्तर दिया''जरासन्ध का अभीष्ट यादवों का नाश नहीं।...''

''कैसी बातें करते हो कृष्ण?...'' सात्यकि ने पूछा था, ''एक ओर तुम्हारा विचार है कि जरासन्ध का अभीष्ट मथुरावासियों का नाश है, दूसरी ओर तुम यह भी कह रहे हो कि वह यादव नाश नहीं चाहता।...यदि यह सब वह नहीं चाहता तब किस कारण मथुरा पर आक्रमण किए जा रहा है?''

''मेरे और करसंकर्षण के लिए।...'' श्रीकृष्ण ने उत्तर दिया। ''वह केवल अपने जामाता कंस के वधिकों का वध करना चाहता है। यही अब उनका एकमात्र लक्ष्य है।...उसे मथुरा राज्य अथवा यादवों से कोई संबंध नहीं।...

फुसफसाहटें पुनः उभरीं, बैठ गईं।...

''किंतु पुत्र।...'' वसुदेव ने व्यग्र स्वर में कहा था''तुम्हारा वध कर देने के लिए भी तो उसे मथुरावासी यादवों का नाश करना होगा?''

''यही मैं निवेदन कर रहा हूं, पिता।...'' श्रीकृष्ण ने उत्तर दिया''यदि उसका यह लक्ष्य पूरा हो जाए, तब निश्चय ही वह मथुरा और यादववंशियों को छोड़ देगा।...''

''किंतु बेटा...?'' कराह की तरह वसुदेव के शब्द निकले, फिर अधूरे वाक्य-रूप में छूट गए।

सभा में सन्नाटा फैल गया। उग्रसेन की श्वेत दाढ़ी में हल्का कंपन हुआ। अक्रूर, सात्यकि, श्वफलक आदि यादवों के चेहरे कुम्हला गए। सभी श्रीकृष्ण को टकटकी बांधें देखे जा रहे थे...वातावरण में विचित्र-सी नमी बिखर गई।

श्रीकृष्ण से बहुतेक मामलों में रुष्ट होते भी वे सभी महत्त्वशील थे। कन्हैया उन सभी के लिए उनका अपना अंश बन गया था...एक भाव। उससे विलग होने की कल्पना भी यादवों में नहीं रही थी। और इस क्षण श्रीकृष्ण ने सभी के शुभार्थ अपनी और अपने बड़े भाई की बलि का प्रस्ताव रख दिया था। सहसा उग्रसेन ने घोषणा की थी''नहीं-नहीं।...इस मूल्य पर हम मथुरावासियों को अपनी रक्षा नहीं करनी।...''

''हां, यह असंभव है।...'' श्वफलक का थर्राहट-भरा स्वर उभरा।

''हां-हां...'' फिर एक-एक कर सभी वृद्ध, प्रौढ़, युवा यादवों की आवाजें सभागृह में गूंज गईं।...

श्रीकृष्ण चुपचाप खड़े देखते रहे...जान रहे थे उनकी मोहग्रस्तता। और उससे भी कहीं अधिक जान रहे थे कि वे असाधारण से सहसा कितने साधारण हो उठे हैं। कैसी विडंबना है यह संसार।...मनुष्य भावना के वशीभूत होकर अकारण ही और व्यर्थ ही जीवनदान करने पर आमादा हो जाता है। इस क्षण यही हो रहा था...एक क्षण इसी स्थिति को तटस्थ भाव से देखते रहे...

स्तब्धता के वे युगवत् पल समाप्त हुए...श्रीकृष्ण के स्वर सम्मोहन ने उन सभी को पुनः सम्मोहित करना आरंभ कर दिया। वह बोले थे''आप सभी चिंतित न हों, जरासन्ध हम दोनों भाइयों का कुछ भी नहीं बिगाड़ सकेगा। और मथुरावासी भी सुरक्षित रहेंगे।''

''सो कैसे?'' महाराज उग्रसेन का कंपकंपाया स्वर पुनः उभरा।

''वह सब मैं विचार कर चुका हूं पूज्य।...'' श्रीकृष्ण ने समूची योजना बतला दी उन्हें।...योजना कुछ असहज लग रही थी, किंतु जिस तरह कृष्ण ने कहा था, वह बहुत सहज था...कितनी ही बार यादव परिजनों ने बीच-बीच में तर्क किए थे...कितनी ही बार भावुक हो उठे थे वे, किंतु हर बार श्रीकृष्ण केवल एक ही उत्तर देते गए''आप सब निश्चिंत हों।...''

योजना के अनुसार मथुरावासियों के प्रभास की ओर पलायन करने का प्रस्ताव करते हुए वासुदेव बोले थे''...जरासन्ध को मेरी और कर-संकर्षण की आवश्यकता है। कालयवन को भी इसी लिए बुलाया गया है...पर जिस

क्षण मथुरावासी प्रभास जा रहे होंगे, मैं और बलभद्र दक्षिण दिशा की ओर चलेंगे...कालयवन और जरासन्ध हमारे पीछे आएंगे...उस बीच मथुरा के नर-नारी प्रभास क्षेत्र की सीमा में होंगे और वहां अक्रूर की यादव शक्ति उपस्थित है।...''

''किंतु पुत्र...?'' वसुदेव ने टोका था उन्हें''काल यवन की विशाल सैन्य शक्ति का तुम दोनों भाई किस तरह सामना कर सकोगे?...''

''वह मैं विचार कर चुका हूं, पिता।''

''फिर भी जानने में हमारी रुचि है।'' इस बार सात्यकि ने प्रश्न कर दिया था। फिर तर्क भी दिया''मथुरा गणराज्य के लोग ही नहीं, सम्पूर्ण यादववंशी अंधकों, वृष्णियों को यह जानने का पूरा अधिकार है कि उनके प्रियजनों का हिताहित किसमें है?''

''निस्संदेह।...'' श्वफलक का स्वर गूंजा।

श्रीकृष्ण सहसा चुप हो गए। उन सबकी दृष्टियां उन पर टिकी हुई थी। क्या श्रीकृष्ण अपने नीतिचक्र को यहां बताना उचित समझेंगे? सार्वजनिक रूप से? या इस समय तक वह अपने बचाव अथवा कालयवन से रक्षा की योजना बना ही नहीं सके हैं? या कि वह और बलराम सम्पूर्ण के शुभार्थ बलिमार्ग पर जाने का निर्णय ले चुके हैं?...वे सभी व्यग्र, चिंतित और चकित हो रहे थे...किंतु श्रीकृष्ण सदा की तरह शांत, चुप और समुद्र की तरह अनंत गहराईयों में खोए हुए।...सबने समझ लिया था कि वह कुछ कहेंगे नहीं। बलराम की ओर देखा था उन्होंने, फिर चुप रहे थे।

सहसा बलराम बोल पड़े''वह सब कन्हैया पर ही छोड़ दिया जाना चाहिए।'' फिर कान्हा की ओर मुड़े''क्यों, ठीक है न?''

''हां, यही ठीक रहेगा, भइया।...'' श्रीकृष्ण ने उत्तर दिया।

उद्धव अपने भीतर समुद्र की अनेक लहरें उठती-गिरती अनुभव कर रहे है। यह लहरें सदा ही उन्हें इसी तरह मथती रही हैं...जब-जब श्रीकृष्ण ने कुछ नहीं कहा है, तब-तब उनके मन में लहरों का यह उतार-चढ़ाव अनुभव किया है...तब-तब वह अधिक रहस्यमय हो उठे हैं। प्रकृतितत्त्व की तरह रहस्यमय।...उन्हें जान पाना कठिन है। न दृप्टि पढ़ी जा सकती है उनकी, न भाव। जो पढ़ने में आता है, वह उन्हें मानवीय नहीं रहने देता।...अदृश्य की तरह गोपनीयता से भर देता है।

वृद्ध यादवराज उग्रसेन सदा ही श्रीकृष्ण की इस गोपनीयता में छिपे जयचक्र को देखते आए हैं, किंतु आज न जाने क्यों उन्हें लगता है जैसे श्रीकृष्ण का यह निर्णय विचित्र है।...बहुत सीमा तक आत्मघाती।...कह भी डाला था राजा ने, "देवकीपुत्र!...यह तो तुम्हें बतलाना ही होगा कि कालयवन के व्यूह का भेदन तुम दोंनों भाई किस प्रकार करोगे?"

"मैं निवेदन कर चुका हूं, प्रभु...। वह बतलाना उचित नहीं होगा।" श्रीकृष्ण ने संक्षिप्त-सा उत्तर दिया।

"राजाज्ञा सुनकर भी तुम उसे नहीं बतलाना चाहोगे? श्वफलक ने उन्हें कुरेदा।

"राजाज्ञा शिरोधार्य है राजन्..." श्रीकृष्ण ने विनम्र स्वर में कहा था"किंतु पूज्य, वह सब सार्वजनिक रूप से ज्ञात कर आपको और यादव बन्धुओं को पीड़ा होगी...।"

"तब...? तब तुम क्या कालयवन के शक्ति-ग्रास बनोगे?" सहसा सभा में किसी का स्वर उठा था।

फिर एक के बाद अनेक आवाजें उठने लगीं;

"नहीं-नहीं, कान्हा और करसंकर्षण की जीवनबलि देकर हम मथुरावासी कायरों की तरह यहां से नहीं भागेंगे...।"

"नहीं, कभी नहीं।"

"यह सम्पूर्ण यादव शक्ति के लिए अपमानजनक होगा...।" सात्यकि चीखे। "हम श्रीकृष्ण और बलराम को इस तरह वधिकों के हवाले नहीं कर सकते...।"

"हां।...हां...हां।..." सभासदों ने एकमत राय दी। कुछ देर के लिए वातावरण में कोलाहल बिखर गया, फिर फुसफुसाहटों का एक सिल-सिला लगा रहा है अंत में क्रमशः सन्नाटा अंधेरे की तरह उनके चेहरों से लेकर स्वरों तक फैलने लगा...

श्रीकृष्ण क्या कहेंगे अब?...क्या करेंगे?...उद्धव ने आखें टिका दीं उनके चेहरे पर...

लगा कि मुस्कुराहट उस सांवले चेहरे पर किसी किरण की तरह कौंधकर

सहसा लुप्त हो गई है।...स्वरहीन।...शब्दहीनता के बावजूद एक शब्दनाद।...विचित्र है यह मुस्कुराहट।...

उद्धव के भीतर फिर कुछ लहरें जम आईं...थपेड़ों की तरह मस्तिष्क के अनेक तटों को छू गईं।...

"वैसा कुछ नहीं होगा।..." श्रीकृष्ण बोलेदेर बाद ही सही, किंतु उनके शब्द समूचे सभाभवन में गूंज गए। "मैं किसी पशु का ग्रास बन जाने में जीवन की उपयोगिता नहीं देखता हूं...न ही व्यर्थ जीवनदान में मेरा विश्वास है।...अतः आप सब निश्चित हों। मैं और बड़े भइया सुरक्षित ही नहीं रहेंगे, शीघ्र आपसे पुनः भेंट करेंगे।"...वह बोल रहे थे"किंतु इतना जान लीजिए कि अब जरासन्ध की शक्ति से मथुरा का टकरा पाना असंभव है।...नीति यही है कि भागकर ही सही, इस समय रक्षा की जाए।...और उसका एकमात्र मार्ग हैमथुरा से मथुरावासियों का पलायन।..." [1]

सभासद् आश्वस्त हुए। श्रीकृष्ण की स्वर-गर्जना ने निश्चित किया था अवश्य ही श्रीकृष्ण कोई रहस्यमय योजना बना चुके हैं और वह योजना प्रकट नहीं करना चाहते। कम-से-कम सार्वजनिक रूप से कुछ नहीं कहेंगे। महाराज उग्रसेन और वसुदेव ने एक-दूसरे को देखाफिर तय कर लियाएकांत में जानने का प्रयत्न करेंगे कि श्री कृष्ण ने स्वयंहित में क्या सुरक्षा-योजना बनाई है।...

उद्धव के भीतर उठी लहरों का वेग कुछ शांत हो गया है...क्यों न हो? पल-भर पूर्व वह भी तो सभासदों की तरह यही सोचने लगे थे कि कन्हैया जीवनदान के मूल्य पर यादववंशियों की जीवन रक्षा का सौदा करने वाले हैं।...पर कृष्ण के वे शब्द

"मैं किसी पशु का ग्रास बन जाने में जीवन की उपयोगिता नहीं देखता।...न ही व्यर्थ जीवनदान में मेरा विश्वास है।..."

---

1. "मैंने अपने से छोटे 25 यादव कुलों को मिलाकर सलाह की कि यदि हम शत्रुओं को (जरासन्ध को) नष्ट करने वाले तीक्ष्ण अस्त्रों से लगातार 300 साल लड़ते रहें तो भी जरासन्ध की सेना का बिलकुल नाश नहीं कर सकते।...हे युधिष्ठिर! यह केवल मेरा ही मत न था, किंतु सब राजाओं का ऐसा ही विश्वास था..." (महाभारत, सभापर्व, अध्याय 24 पर, श्लोक-क्रम 30 से 34 के बीच)

मन श्रद्धा और विश्वास में भर उठा है। जी होता है कि कह देंतुम धन्य हो कृष्ण।...मनुष्य दीखते हुए भी मनुष्य नहीं लगते।...तुम क्या हो? क्या है तुम्हारा असली नाम?...ऐसी अखण्ड जीवनशक्ति तुमने कहां से पाई?. ..और यह शक्ति ईश्वरीय नहीं तो क्या है?

पर श्रद्धा का अतिरेक भी तो शब्दहीन कर देता है व्यक्ति को। शब्दों से भरा हुआ मन...किंतु अभिव्यक्ति में असमर्थ।...केवल एक भराव।

श्रीकृष्ण उस समय भी कह रहे थे"हम सभी को समझ लेना चाहिए कि अत्यधिक स्नेह अनेक बार स्नेही के लिए ही विपत्ति का कारण बन जाता है। इस क्षण भावुकता में बहकर नहीं, केवल वस्तुसत्य की कठोर शिला का सहारा लेकर सभी की रक्षा की जा सकती है।...मेरी प्रार्थना है कि मथुराधिपति आज ही राज्यादेश दें कि जितनी शीघ्र संभव हो अन्न, धन और पशुओं को लेकर प्रभास की दिशा में प्रस्थान करें।..."

महाराज उग्रसेन ने अन्य जनपदश्रेष्ठों की ओर देखा...सभी सहमत थे। राजाज्ञा प्रसारित कर देने का आदेश देकर मथुराधिपति ने सभा विसर्जित की।

राजनिवास में बड़े पैमाने पर तैयारियां होने लगीं। कोषागार से जितना संभव हुआ, धन-धान्य, रत्नाभूषण आदि निकालकर सुरक्षित रथों में रखा गया। दिन-रात का भेद किए बिना समस्त जनपद क्षेत्र में विभिन्न राजा अपनी-अपनी प्रजा को संदेश देने रवाना हो गए।

कुछ ही दिनों में मथुरा नगरी और आसपास के विभिन्न ग्राम, नगरों से बड़ी संख्या में नर-नारी, वृद्ध और बालक अपनी-अपनी आवश्यकताओं का सामान लेकर एकत्र होने लगे...स्वयं राजा उग्रसेन राजनिवास की स्त्रियों को साथ लेकर नगरद्वार की ओर बढ़े...मथुरा के अनेक सुन्दर भवन, उद्यान ओर बाजार-दुकानें सुनसान हो गए। ऐसे दृश्यों की भी कमी न थी, जिनमें अपने पीढ़ियों पुराने आश्रय-गृहों को अश्रुपूरित निगाहों से देखते हुए स्त्री-पुरुष अपने-आप को लगभग धकेलते हुए नगर से बाहर पहुंचा रहे थे...

चारों ओर एक कोलाहल बिखरा हुआ था...एक ओर अपने वर्तमान से विलग होने की पीड़ा थी, तो दूसरी ओर आगत के प्रति व्यग्रतापूर्ण

चिंता।...अनेक प्रश्न, कभी आंखों में और कभी होंठों पर उभरते-फूट पड़ते...

"हम लोग जाएंगे कहां?"

"प्रभासतीर्थ के पास।"

"यह प्रभास कहां है?"

"भरतखण्ड के पूर्वी तट पर।...महाराज अक्रूर का राज्यक्षेत्र है वह।"

"क्या वहां यमुना का पवित्र जल मिलेगा हमें?"

"वहां यमुना नहीं है।"

"तब?...तब क्या होगा?" स्वर सहसा पीड़ामय हो उठता।

"..." उत्तरहीनता चारों ओर बिखरी हुई थी। छलछलाई हुई असंख्य आंखें, कांपते कदम और सहमे हुए चेहरे। पीढ़ियों से जुड़ी धरती से विलग हो रहे थे वे। लगता था कि पीढ़ियों से ही विलग होते जा रहे हैं...अनेक वृद्ध पुरुष-स्त्रियां घर की देहरी लांघते समय घटाघिरे मेघ की तरह बरबस रो पड़े थे। ओर कोई राह नहीं...केवल राज्यादेश नहीं था वहपरिस्थिति की बाढ़ भी थी। ऐसी बाढ़, जिसमें तिनकों की तरह सम्पूर्ण मथुरा और आसपास के क्षेत्रवासी बहे चले जा रहे थे...उनके हृदय शरीर की भांति अदृश्य भाव से हाथ-पैर पटक रहे थे, छटपटा रहे थे, मुड़-मुड़कर अपने को वीराना होता हुआ देख रहे थे...किंतु बाध्य थे वे...

कुछ को बाध्य किया गया था। वे छोड़ने को तैयार न थे धन-सम्पत्ति, गृह...कितने ही मोहों ने अनायास उन्हें उस सबसे जुड़े रहने के लिए बाध्य किया था, किंतु बहुतेक लोगों ने उन्हें जबरदस्ती वाहनों में बिठा दिया था...कुछ ही घण्टों के भीतर वे सब क्रमबद्ध होकर अपने पशुओं, वाहनों को लिए हुए चल पड़े थे...सूर्यास्त के साथ-साथ वे सब एक अजाने अंधकार की ओर बढ़ चले...[1]

---

1. "...हम लोगों ने भी जरासन्ध के बल-वीर्य को स्मरण कर, और उसकी चढ़ाई देखकर पहले की सलाह के अनुसार मथुरा से भाग जाना ठीक समझा।...हम लोग बहुत-सी सम्पत्ति वहीं छोड़कर और थोड़ी-सी आपस में बांटकर और वही लेकरसजातीय पुत्र, बन्धु, बान्धवों के साथ वहां से भागकर रैवतक पर्वत से शोभित कुशस्थली नामक नगरी में जाकर बसे हैं..." (कृष्ण का कथन : महाभारत, सभापर्व के 24 वे अध्याय में, श्लोक-क्रम 48 से 50 के बीच)।

इस अंधकार का अंत कब होगा? और अंधकार के बीच क्या घटेगा? किस मार्ग जाएंगे और उस मार्ग में किन-किन विपत्तियों से सामना करना होगा?...वह सब विचारणीय होकर भी विचार के योग्य नहीं रहा था...वे केवल अपने नेतृत्व मे अजाने लक्ष्य की ओर बढ़े चले जा रहे थे...

उद्धव, श्रीकृष्ण और बलभद्र एक ही रथ में सवार थे। इर्द-गिर्द अनेक सैनिक पैदल चलते हुए...उनके अश्वारूढ़। कितनी ही बार उद्धव और बलभद्र के मन में आया थायोजना का एक चरण तो पूरा हो चुका हैदूसरा कैसा और किस तरह हो?यह कृष्ण से जानें। किंतु कृष्ण पलके मूंदे हुए। ठीक नहीं लगा था कि उन्हें जगाकर तर्कातर्क किए जाएं।

सुबह, दोपहर, सांझ ओर फिर रात्रि...श्रीकृष्ण उसी तरह निद्रामग्न रहे। न भी रहे होंगे, तब भी कोलाहल-भरे दृश्यों से भरपूर वातावरण में शांति के लिए पलकें मूंद रखी होंगी।

रात्रि में शिविर डाले गए। विचार तो यह था कि यात्रा चलती रहे, किंतु वृद्ध राजा उग्रसेन ने आदेश दिया था"स्त्रियों और बालकों को आराम मिलना चाहिए।...यों भी इस लम्बी यात्रा के पड़ाव तो डालने ही पड़ेंगे। ...पशुओं को भी विश्राम की आवश्यकता होगी।"

सभी सहमत हुए। कृष्ण भी। रात्रिभोज के समय विभिन्न यादव-प्रमुखों ने उग्रसेन के पड़ाव में मंत्रणा की"अब क्या करना होगा?"

किसी के होंठों से शब्द निकले, किसी ने दृष्टिभाव में यही कुछ जानना चाहा फिर श्रीकृष्ण की ओर सभी दृष्टियां केंद्रित हो गईं।

श्रीकृष्ण ने कहा था"आप सबको यात्रा के अतिरिक्त कुछ नहीं करना है।...आप यात्रा जारी रखें।"

"किंतु दुष्ट जरासन्ध की रणनीति क्या है, इसका संकेत हमें मिलना ही चाहिए।" श्वफलक ने पूछा, "कही ऐसा न हो कि इन आबाल वृद्ध नर-नारियों पर वह क्रूरतापूर्वक आक्रमण कर दे।...सुना है कि वह छलयुद्ध भी करता है।"

"वैसा नहीं होगाआप सभी आश्वस्त हों।" श्रीकृष्ण ने संक्षिप्त-सा उत्तर दिया।

"यह किस आधार पर कह सकते हो वासुदेव?" सात्यकि ने प्रश्न किया।

"जानता हूंइस कारण कहता हूं।"

"पर हम सभी कुछ जानना चाहते हैं।" उत्तमौजा ने कुछ उत्तेजित स्वर में प्रश्न किया। उसे निरंतर अनुभव होता था जैसे कृष्ण अपरोक्ष रूप से यादव पति हुए जा रहे हैं और यह केवल उसके लिए ही नहीं, यादववंशी अनेक अंधक-वृष्णियों के लिए असह्य था। भला छोटा-सा बालक असंख्य यादवों का नीति-निर्माता कैसे बन सकता है! वृद्ध राजा उग्रसेन को पुनः राज्याधिकार सौंपकर कृष्ण ने उन्हें अनुयायी मात्र नहीं अनुचर बना रखा है। जब-जब श्रीकृष्ण की सम्मति को राज-महत्त्व मिलता, तब-तब उत्तमौजा के भीतर एक ज्वाला उठ जाती थी...लगता था जैसे वह उसके सम्पूर्ण अस्तित्व को ही झुलसाए डाल रही है।...श्रीकृष्ण का बढ़ता प्रभाव असह्य हुआ जा रहा था।

उत्तैमाजा के प्रश्न ने अनायास ही यादव-प्रमुखों को चुप कर दिया। बहुतेक ने अनुभव किया कि प्रश्न उचित ही है। भला श्रीकृष्ण हर नीतिनिर्णय को अपने-आप तक रहस्य क्यों बनाए रखते हैं? गणसंघ पद्धति के अनुसार उन्हें सभी की सहमति-सहयोग से महाराज उग्रसेन का आदेश लेना चाहिए। यही सदा से होता आया था, यही होना चाहिए...

किंतु इधर निरंतर श्रीकृष्ण अपने से प्रौढ़ायु, वृद्ध यादवश्रेष्ठों पर हावी हुए जा रहे थे। संयोगवश मिली कुछ सफलताओं का यह अर्थ तो नहीं हो सकता था कि अन्य यादव सामंत अस्तित्वहीन होकर रह जाएं? अथवा वे मात्र श्रोता बने हुए आदर्श सेवक की तरह सेवा करते रहें...ओछे अनुचरों की तरह जड़बुद्धि होकर केवल आदेश निर्वाह करें।

सभी शांत रहे। इस तरह की शांति ने अपरोक्ष रूप से श्रीकृष्ण को बतला दिया कि बहुतेक यादव-प्रमुखों का अहं आहत हो उठा है। इच्छा हुई थी कि जो कुछ निश्चय कर रखा है और जितनी सूचनाएं जुटा चुके हैं, उन सभी का विस्तृत ब्यौरा सुना डालेंयादव श्रेष्ठों के अहं की ज्वाला शांत कर दें, किंतु लगा भूल होगी। अनेक यादव प्रमुख आत्मबलहीन थे, अनेक शंकालु और अनेक सदा ही दुविधाग्रस्त रहने वाले...ऐसे व्यक्तियों की बहुल में दुस्साहसपूर्ण योजना बतलाना अर्थहीन हो उठता। बहुमत का

दबाव पाकर संभवतः उग्रसेन भी वही निर्णय लेते जो अधिकतर व्यक्ति अपनी वैयक्तिक असमर्थताओं के कारण कर बैठते...अतः तुरंत कहा था"और आप सभी कुछ जानने की इच्छा रखते हैं, अतः बतलाता हूं..."

वे सब शांत हुए...

श्रीकृष्ण ने कहा"मैंने अपने विशेष गुप्तचरों द्वारा गिरिव्रज और दक्षिण दिशा में इस तरह का प्रचार करवा दिया है कि मथुरावासी महाशक्तिशाली जरासन्ध से भयभीत होकर यहां-वहां भाग निकले हैं...वे तितर-बितर हो गए हैं और अब हर व्यक्ति को केवल अपनी चिंता है...यह प्रचार जरासन्ध को ही नहीं, कालयवन को भी कुछ समय तक भटकाए रखेगा...और वही समय होगा, जिसका लाभ उठाकर हम रैवतक पर्वत के पास स्थित प्रभासतीर्थ सुरक्षित क्षेत्रों में पहुंच जाएंगे।"...[1]

फुसफसाहटें उठीं, फिर एक-दो प्रश्न उछले। श्री कृष्ण ने त्वरित् बुद्धि से उन सभी का समाधान कर दिया...केवल उद्धव और बलभद्र का समाधान नहीं हुआ। जो कुछ श्रीकृष्ण से तय हुआ था, वह यह तो नहीं हैजो सुना रहे हैं?...एक बार तो बलदेव ने पूछ ही लेना चाहा था"तुमने यह तो नहीं कहा था कान्हा?..." पर शब्दों को होंठों के किनारों पर ही थाम लिया। कृष्ण को बचपन से जानते हैं। उनके मन में क्या है और शब्द क्या निकलेंगेअनिश्चित।...निश्चय किया था कि अवसर पाते ही पूछेंगेयह सब क्या है? कह कुछ रहे हो, कर कुछ रहे हो और किस कारण, किसलिए, क्या विचार कर रहे होकुछ तो कहो?

अर्धरात्रि को सभा समाप्त हुई। भोर होते-होते पड़ाव उठ गए, विशाल यात्रा पुनः आरंभ हुई...

---

1. जरसन्ध ने मथुरा पर 17 बार चढ़ाई की और हर बार मुंह की खाकर लौटा, यह चर्चा भी अनेक ग्रन्थों में आया है। इस प्रकार के भी चर्चे हैं कि कालयवन को उस समय बुलावा भेजा गया, जबकि रुक्मिणी का स्वयंवर आयोजित हो रहा था। पर बहुतेक प्रमाणों के अनुसार कालयवन उस समय बुलाया गया, जबकि जरासन्ध ने 18वीं बार मथुरा पर आक्रमण किया और मथुरा की क्षीण हो चुकी शक्ति देखकर जन-जन हिताय श्रीकृष्ण-बलराम मथुरा से मथुरावासियों को लेकर निकल पड़े।

रथारूढ़ होते ही श्रीकृष्ण ने पुनः पलकें मूंद ली थीं, किंतु इस बार बलदेव ने टोक दिया"कान्हा?"

"हां, भइया?"

"क्या रात्रि को उत्तमौजा के प्रश्न को जो उत्तर तुमने दियावही करने वाले हो?...

श्रीकृष्ण तुरंत कुछ नहीं बोलेकेवल मुस्कुरा दिए। एक बार पलकें खुलीं फिर भिंच गईं।

बलदेव ने पुनः कुरेदा"कहो ना?...क्या होने वाला है?"

"सब शुभ ही होगा, भइया।"

"क्या और कैसे होगा?" बलभद्र के स्वर में तनिक चढ़ाव आया। कृष्ण समझ गए कि वह क्रोधित होने को हैं। आवाज की खराश ने जतला दिया था, बलभद्र उत्तेजना की पहली सीढ़ी जा चढ़े हैं। अब उत्तर देना ही होगा। किंतु उनके उत्तर से पहले ही बलभद्र ने प्रश्न ओर बढ़ा दिया था"तुम ने तो कहा था कि हम लोग अलग दिशा लेंगे, किंतु देखता हूं तुम भी सभी के साथ-साथ चल रहे हो?"

'जिस स्थान में हमें अलग होना है, यादवश्रेष्ठ, यह अभी आया नहीं है।" श्रीकृष्ण ने उत्तर दिया था, "जल्दी ही, संभवतः आज ही रात्रि तक हम उस जगह जा पहुंचेंगेजहां से विदा लेना होगा..."

"किंतु उत्तमौजा से तुमने जो कुछ कहा था, वह...?" बलभद्र शांत होने लगे थे।

श्रीकृष्ण ने मुस्कुराकर उत्तर दे दिया, "आप तो जानते ही हैं भइया, सभी यादवप्रमुख शब्द संयम रखने वाले नहीं हैं, अतः मैंने उस समय जो उचित समझा, वही कहकर उत्तमौजा को शांत कर दिया।"

बलदेव शांत हो गए। यात्रा जारी रही। श्रीकृष्ण पुनः पलकें मूंदकर विश्राम करने लगे थे...किंतु क्या सचमुच विश्राम ही कर रहे थे वह?. ..बलभद्र ने तो नहीं, उद्धव ने जानावैसा नहीं है। श्रीकृष्ण निश्चय ही गतागत के विश्लेषण में व्यस्त होंगे।

ऐसा ही था। यशोदासुत के शांत भाव के पीछे समुद्र के वे किनारे छिपे हुए थे, जो निरंतर झंझावात झेलते रहते हैं। वे सोच रहे थेकणिका और वीरभद्र को लेकर...तीव्र गति रथ देकर उन्हें उनके निश्चित लक्ष्य तक

भेजा गया था। श्रीकृष्ण ने विदापूर्व उन्हें बहुत कुछ समझा दिया थाक्या-क्या करना है और कौन-कौन-सी सूचनाएं है जो देनी हैं...पड़ाव के निश्चित चरण पर वे दोनों ही श्रीकृष्ण से भेंट करके सभी सूचनाएं देने वाले थे...

सूचनाएं थीं, राजर्षि मान्धाता के पुत्र मुचुकुन्द को लेकर...उनके बारे में जो कुछ सुना था, यदि वह सत्य था तब निश्चय ही मुचुकुन्द श्रीकृष्ण की योजना में बहुत सहायक सिद्ध हो सकते थे...किंतु उस सुने-जाने की विश्वसनीयता लेकर वीरभद्र और कणिका आने वाले थे...

एक बार शिविर पुनः लगे। निपट वन में जहां-तहां मशालों का एक सिलसिला बिखर गया। पशुओं की थकान मिटाने के बाद चारा-पानी की व्यवस्था की गई। यात्रियों ने अपने-अपने खाद्यान्न को जुटाया। माताओं ने शिशुओं को दूध पिलाया, लोरियां सुनाईं। जल्दी ही गहरी थकान ने समूचे पड़ावों से भरे पड़े मथुरावासियों को गहरी निद्रा में समो लिया।

जहां-तहां मथुराधिपति के सैनिक घूमते-टहलते पड़ावों की रक्षा कर रहे थे। महाराज उग्रसेन और अनेक यादव प्रमुख सोए हुए थे, किंतु श्रीकृष्ण जाग रहे थे...वह प्रतिक्षण उत्सुकतापूर्वक वीरभद्र या कणिका की राह देख रहे थे...अर्धरात्रि में प्रतिहारी ने तम्बू के भीतर प्रवेश किया। वह सहमा हुआ था...किंतु सहम मिट गई। देखायशोदासुत जाग रहे हैं। वह कुछ कहे, इसके पहले ही उत्सुकतापूर्वक श्रीकृष्ण ने पूछा था, "क्या है प्रतिहारी?"

"अभी-अभी वीरभद्र नामक एक व्यक्ति आया है, श्रीमान्।...कहता है कि इसी क्षण आपसे भेंट करना चाहता है।"

"उसे तुरंत भेजो।" कहकर श्रीकृष्ण आसन पर बैठ गए। दृष्टि खाली द्वार की ओर गड़ा दी, जिससे पल-भर पूर्व सेवक लौट गया था।

वीरभद्र ने प्रवेश किया, "प्रणाम प्रभु।..." उसके चेहरे पर थकान अंकित थी। लगता था कि वह कई रातों से सो भी नहीं सका है।

प्रतिहारी उसके साथ ही आ खड़ा हुआ। श्रीकृष्ण ने उसे जाने का संकेत करते हुए वीरभद्र से कहा, "बैठो।...पल-भर विश्राम कर लो, फिर सब कुछ सुनूंगा।"

वीरभद्र कहने के लिए बहुत उतावला था...श्रीकृष्ण का आदेश सुनकर बैठ तो गया, किंतु सूचना देने में धैर्य नहीं रख सका। लगता था कि अपने भीतर कुछ उबलता हुआ सहेजे चला आया है...अधिक देर तक सहेजे रहना कठिन हो गया है...बोला था"आपकी सूचना अक्षरशः सत्य है देव।... महाराज मुचुकुन्द बलशाली, तपस्वी और योगी हैं...उन्हें अपने पूज्य पिता मान्धाता की भी अनेक शक्तियां प्राप्त हैं, किंतु वे इन सबसे विरक्त होकर शांतिपूर्ण जीवन बिताने के लिए एकांतवास कर रहे हैं।

कृष्ण ने सुना। तुरंत कोई प्रश्न नहीं किया। केवल वीरभद्र की ओर देखते रहे।

वीरभद्र कहे जा रहा था"देवी कणिका ने कहलवाया है कि आप निश्चिंत हों...जैसा उससे कहा गया है, वह वैसा ही करेगी। यवनराज कालयवन उसी मार्ग से आएगा, जिस मार्ग में महर्षि मुचुकुन्द तपस्यारत हैं..."

"हम प्रसन्न हुए, वीरभद्र।..." श्रीकृष्ण ने कहा, अब तुम विश्राम करो।" वह अपने आसन से उठे, सेवक को बुलाया। आदेश दिया कि वीरभद्र के निवास की उचित व्यवस्था की जाए।

वीरभ्रद प्रणाम करके विदा हुआ। जाते-जाते श्रीकृष्ण का नया आदेश उसे मिल गया था, "प्रातः हमसे भेंट करना न भूलना।..."

"जैसा आपकी आज्ञा, यादवसुत।..."

श्रीकृष्ण कुछ पल शांत भाव से खड़े रहे, फिर आवश्वस्त होकर आसन पर लेट रहे। जल्दी ही उन्हें नींद आ गई।

जागे ही थे कि बलभद्र को सामने पाया। प्रणाम किया, किंतु बलभद्र ने आशीष न देकर पूछा, "तुम तो कहते थे कान्हा, हम लोग रात्रि को प्रस्थान करने वाले हैं..."

"कर रहे हैं, न पूज्य।...बस, अभी इसी क्षण प्रस्थान करेंगे।" श्रीकृष्ण उठे। मोहक दृष्टि से हलधर के आग्नेय रुख को शीतल करते हुए कहा, "इसी क्षणपर उससे पहले हमें सभी को यहां से विदाकर देना होगा।...मैं नित्यकर्म से निवृत्त होकर महाराज को यही सूचना देने जा रहा हूं।"

बलदेव का मन था और उग्र होंकिंतु श्रीकृष्ण को सामने पाते ही न जाने क्या हो जाता था उन्हें? चाहकर भी गुस्सा न हो पाते। इस बार भी यही हुआ। वह खड़े ही रह गए और श्रीकृष्ण झट से अपने शिविर से बाहर निकल गए।

कुछ पलों बाद वीरभद्र आ पहुंचा था, किंतु वहां बलराम को पाकर केवल प्रणाम किया। बाहर निकल कर प्रतीक्षा करने लगा।

जिस समय श्री कृष्ण मधुराधिपति से भेंट करके आए, उस समय तक शिविर उखड़ चुके थेयात्रा की तैयारियां हो गई थीं। बहुतेक रथ और स्त्री-पुरुष चल भी पड़े। केवल श्रीकृष्ण, बलराम, उद्धव और वीरभद्र शेष रह गए। श्रीकृष्ण ने कुछ सेवकों से कहा था‘‘हमारी यात्रा की तैयारी करो।...’’

अगले ही क्षण आज्ञा का पालन हुआ। शिविर उखाड़ दिया गया। रथ तैयार किए जाने लगे। बलभद्र और उद्धव समूची व्यवस्था देख रहे थे। श्रीकृष्ण वीरभद्र को एक ओर ले गए। कहा‘‘कणिका सम्पूर्ण सूचनाएं दे-लेकर निश्चित स्थान, पर मिल जाएगी...किंतु मैं चाहता हूं, उसके पूर्व तुम मगधपति के सूत्रों से संबंध साधकर यह सूचना भिजवा दो कि श्रीकृष्ण-बलभद्र दक्षिणभारत की ओर बढ़ रहे हैं, जबकि मथुरावासी पूर्व दिशा में जा चुके हैं...’’

‘‘जैसी आपकी आज्ञा प्रभु।...’’ वीरभद्र जाने के लिए तत्पर हुआ।

‘‘व्यग्र न हो...’’ श्रीकृष्ण ने कहा, ‘‘अभी बहुत समय है। महाराज जरासन्ध मथुरा पर नए आक्रमण की तैयारी कर रहे होंगे...और इस समय यह विचार कर निश्िंचत होंगे कि कालयवन मथुरानाश उनसे पूर्व ही कर चुकेगा।...किंतु उन तक यह सूचना पहुंचाना अति आवश्यक है क़ि मथुरावासी पूरी तरह निराश्रित हो चुके हैं और मगधपति की महाशक्ति से भयभीत होकर हम दोनों भाई दक्षिण दिशा की ओर जा रहे हैं...’’

‘‘मैं समझ गया देव।’’

‘‘तुम्हें यह सूचना भी जुटानी होगी कि मगधपति उसके पश्चात क्या निश्चय करते हैं...’’ श्रीकृष्ण ने कहा था, ‘‘उस बीच हम कालयवन का उपचार कर सकेंगे...’’

‘‘अच्छा, देव।...’’

"वीरभद्र।..." श्रीकृष्ण ने स्नेहपूर्वक उसके कन्धे पर हाथ रख दिया था। वीरभद्र को अनुभव हुआ जैसे विचित्र-सी विद्युत-शक्ति उसके शरीर में प्रवाहित हो उठी है। आत्मविश्वास अधिक दृढ़ हुआ, समर्पण भावना अधिक उत्कट हो उठी। कृष्ण की स्नेहिल दृष्टि वीरभद्र पर टिकी हुई थी। शब्द सुन रहा था वह, इस तरह जैसे अभिमंत्रित किया जा रहा हो। वह कर रहे थे"मुझे पूर्ण विश्वास है गुप्तचरश्रेष्ठ,....तुम अपने कार्य में सफल होगे...तुम्हारी सफलता पर ही मथुरा के असंख्य स्त्री-पुरुष और बालकों की जीवन रक्षा निर्भर है। और मेरा निश्चित मत है कि यह कार्य केवल तुमऔर तुम ही कर सकते हो।"

"आपका विश्वास पाकर मैं कृतकृत्य हुआ, महाप्रभु।..." वीरभद्र का गला भर्रा आया। एक पल के लिए अविश्वास की एक कौंध भी उठी थी मन में। क्या सच ही श्रीकृष्ण जो कुछ कह रहे हैं, वह सत्य है? वीरभद्र सम्पूर्ण मथुरावासियों का जीवनदाता बनने जा रहा है?...पर लगा कि श्रीकृष्ण के स्वर से केवल विश्वास नहीं, शक्ति-स्फुरण भी मिल रहा है। श्रद्धा शक्ति बन गई थी। शक्ति; असंभव को संभव करने में समर्थ।...वीरभद्र ने प्रणाम किया, और रथारूढ़ हो लिया।

मथुरा के सैनिकों की एक छोटी-सी टुकड़ी श्रीकृष्ण-बलराम के साथ थी। महाराज उग्रसेन के बहुत दबाव पर श्रीकृष्ण सहमत हुए थे। वे सब उनके प्रस्थान की बाट जोह रहे थे।

निश्चित समय पर श्रीकृष्ण-बलराम रथों में पहुंचे। और उसी मार्ग पर मुड़ चले, जिस मार्ग से मथुरावासियों को लेकर आए थे...उद्धव ने पूछा था, "क्या हम सब पुनः मथुरा जा रहे हैं, कृष्ण?"

"हां।"

"किंतु..."

श्रीकृष्ण ने मित्र को देखा, हंसकर बोले" निश्चिंत रहो उद्धव।. ..हम सब मथुरा में निवास नहीं करेंगे, उससे आगे बढ़कर कालयवन के दर्शन करेंगे।..."

कालयवन!बहुत चौंकाने-भयभीत करनेवाला नाम है, किंतु उद्धव को स्वयं पर ही अचरज हुआ। यह नाम श्रीकृष्ण से सुनकर कैसा प्रभावहीन या एक प्रकार से मृतवत् लगा है!...

सूर्य को तीव्र किरणों ने वातावरण को इतना प्रकाशित कर दिया था कि ठीक तरह पलकें भी नहीं मुंद पा रही थीं। मुंद भी जातीं तो शान्ति न मिलती। पर श्रीकृष्ण शांत...उद्धव का मन हुआ, अपने भीतर हंसेंक्या सचमुच कन्हैया शांत ही होगा? क्या कन्हैया का सत्य वही है जो ऊपर से दीखता है?...

नहीं।...

तब क्या है कन्हैया का सत्य? मन कुरेदने लगा उन्हें।

लगा कि उत्तर में उनके भीतर एक शून्य उभर आया है। क्रमशः विशाल होता जाता शून्य...फिर एक ऐसी स्थिति आने लगती है जब यह विशाल शून्य अनायास छोटा होते-होते बिन्दु का आकार ले लेता है।...यह है कन्हैया का सत्य।...

और इस सत्य का उद्धव क्या अर्थ निकालें?...केवल उद्धव ही क्यों, अब तक कौन अर्थ निकाल पाया है?...कंस-वध के बाद से यही कुछ खोज रहे हैं सब...बूढ़े,बड़े छोटे, मंझले, सब।...

और किसी को अब तक कुछ नहीं मिला। या किसी में उसको पाने की क्षमता ही नहीं है? उद्धव पुनः अपने से ही प्रश्नातुर हो उठे हैं।

हां, यही सच है। सब क्षमताहीन हैं।...यहां तक कि स्वयं माता यशोदा और देवकी भी क्षमताहीन रही हैं...इसी कारण तो बार-बार उद्धव को बुला-बुलाकर दोनों ही पूछती रहती हैं"कहां गया है कृष्ण?"

उद्धव स्थान बतलाते रहे हैं।

"क्या कर रहा है वहां?"

उद्धव यह भी बतला देते हैं, जो कृष्ण कर रहे होते हैं। पर शंकित रहते हैं अपने ही उत्तर से। क्या उद्धव ने जो देखा है या जो दीखता है, कृष्ण सचमुच वही कर रहे होंगे?

"क्यों कर रहा है वह सब?" कभी कृष्ण की जननी का प्रश्न, कभी कृष्ण की ममतामयी पालिका का प्रश्न।

अब उद्धव क्या कहें? एक पल के लिए चुप खड़े रह जाते हैं।

"कहो ना?"

"क्या कहूं, माता?..." उद्धव बेबस, रुआंसे, अनिश्चित भाव से कह

देते हैं"भला मुझ अल्पबुद्धि की समझ में क्या आएगा कि कन्हैया 'वह सब' क्यों कर रहा है?...या क्यों करता रहता है?..."

वे भी चुप रह गई हैं...केवल अनुमान लगाती रही हैं। किसी-किसी बार बड़बड़ाई भी हैं। कृष्ण के किसी सच-झूठ पर क्रोधित भी हुई हैं। बुरा-भला भी कह डाला है...किंतु किसी बार कृष्ण के किए के 'क्यों' तक नहीं पहुंच सकी हैं...

तब उद्धव ही क्या पहुंचेंगे? व्यर्थ माथापच्ची करते हैं वह। उद्धव ने अपने आपको चुप कर लिया। सदा इसी तरह चुप करते आए हैं। दृष्टि रथ के साथ पीछे छूटतेमार्ग पर टिकादी। लगता था कि धरती दौड़ रही है...हरीतिमा की लम्बी चुनरी ओढ़ी हुई धरती...उस पर टंके विशाल वृक्ष, विविध रंगों के फूल और बेलें...

कितना मनोरम दृश्य है? मन गुनगुनाहट से भर उठा।

कृष्ण भी देख रहे हैं...किंतु मन गुनगुनाहट से नहींआगत के एक सन्नाटे से भरा हुआ है। इस सन्नाटे को तोड़ने जा रहे हैं वह....रह-रहकर वीरभद्र के शब्द कानों में उभर आते हैंमहाराज मुचुकुन्द अद्‌भुत प्रभावशाली हैं, तपस्वी और योगी हैं...उन्हें अपने पूज्यपिता मान्धाता की भी अनेक शक्तियां प्राप्त हैं..."

किंतु तपस्वी, शांतचित्त मुचुकुन्द की इन शक्तियों को जागृत किस तरह करेंगे कृष्ण?...जागृत हो भी गई तो उनहें कालयवन के नाश की प्रेरणा कैसे दी जा सकेगी?...

मन प्रश्नों से भरा हुआ है और श्रीकृष्ण अपने ही भीतर भी खोज रहे हैं। इसलिए कि उनसे इतर न कोई न प्रश्न है, न कोई उत्तर।

ये उत्तर गणित के किसी प्रश्न की तरह मस्तिष्क के भीतर ही तुरंत हल कर लेते हैं कृष्ण!...इस समय भी बड़े आंकड़े जोड़े, घटाए, गुणित किए जा रहे हैं...

गणितपूर्व की एक पूरी बड़ी संख्या ही जुटा रखी है श्रीकृष्ण ने। मान्धाता, से लेकर मुचुकुन्द तक की संख्या...इस संख्या का प्रारंभ होता

है। महाराज युवनाश्व से।...जिस समय जरासन्ध की विशाल शक्ति को लेकर सूचनाएं एकत्र की थीं, अनेक संबद्ध-असंबद्ध सूचनाएं भी मिली थीं। इन्हीं में एक सूचना मिली थी मान्धाता सुत मुचुकुन्द को लेकर..देवताओं के शुभार्थ मुचुकुन्द और मान्धाता ने लम्बे काल तक सेवा की...यह सेवा थी, तपस्वी धर्म निबाहते हुए सम्पूर्ण क्षेत्र में देवताओं यानी कि आर्यों का शुभ करना...उनकी संस्कृति, आचार-व्यवहार का प्रचार करना और असुरों को बढ़ते जाते प्रभाव को कम करना...मान्धाता के पिता युवनाश्व राजकुल में जनमे थे। बहुत समय तक राजधर्म भी निभाया, फिर मान्धाता को दायित्व सौंपकर पूर्णतः विरक्त हो लिए...पूरी तीन पीढ़ियों की एक कथा थी, जिसने असुरों से सुरों की रक्षा की थी... उसी की विरासत लिए हुए हैं मुचुकुन्द, किंतु क्या उस विरासत की रक्षा कर सकेंगे वह?...

और कर सके तो किस तरह प्रेरित किया जाएगायही कृष्ण का विचार-विषय...

कुछ समय पूर्व कणिका को मान्धाता, उनके पिता युवनाश्व और उस समूची कथा का अक्षरशः सत्य जुटाने के लिए भेजा था...और जब वह जुटा लाई, तब श्रीकृष्ण बोले थे"तुम्हारी योग्यता का सदा ही प्रशंसक रहा हूं कणिके!...अब इतना और ज्ञात करना होगा कि क्या युवनाश्व और मान्धाता की तरह महाराज मुचुकुन्द इस समय भी सुन्दरता के सुकर्म में रुचि लेंगे?...एक बार पुनः वही समय आ पहुंचा है जब विधर्मियों से धर्म रक्षा करनी है।

कणिक ने शीश झुकायासूचनाएं जुटाने चल पड़ी।

युवनाश्व और मान्धाता को लेकर सूचनाएं रोचक थीं। सभी भरतखंड, विशेष मथुराधिपति के लिए हितकर। कणिका ने बतलाया था, "यादवेन्द्र।...महाराज युवनाश्व महान् इक्ष्वाकु के वंश के प्रभावशाली राजा थे। मुचुकुन्द उन्हीं के पौत्र हैं...उनके पिता मान्धाता की जन्मकथा बहुत रोचक है..."[1]

---

1. मान्धाताः एक ऋषि। महाभारत के अनुसार मुचुकुन्द के पिता। मान्धाता का आश्रम संभवतः मानसरोवर के पास कहीं था। इस समय भी मानसरोवर के पास गुर्ला-मान्धाता नामक स्थान है।

"वही सुनाओं। अनुमान कर सकूंगा कि महात्मा मुचुकुन्द किन अभूतपूर्व तपः शक्तियों के स्वामी हैं।"

कणिका ने वह कथा सुना दी। निःसंदेह बहुत रोचक और घटना प्रधान थी। ऐसी, जैसे कोई बालक सुनाने की जिद पकड़ जाए और उसे बहुत चौंकाने वाली कथा सुना दी जाए...

श्रीकृष्ण कुछ-कुछ इसी भाव से सम्पूर्ण कथा सुनने लगे थे...केवल उस रूपक-कथा का जटिल अर्थ निकाल लिया था उन्होंने...कणिका बोली थी"मान्धाता का जन्म उस समय हुआ था, जब उनके पिता महाराज युवनाश्व की आयु एक सौ वर्ष हो चुकी थी। कहते हैं, यह सब भी महर्षि भृगु के आशीर्वाद और कृपा से संभव हुआ।...राजा को पुत्र-प्राप्ति हो, इस कारण भृगु के पुत्र उनके लिए पुत्र-यज्ञ आयोजित किए हुए थे, उसी समय पुत्रहीनता की पीड़ा और अपनी वृद्धायु से दुःखी होकर राजा युवनाश्व सम्पूर्ण राज्य अपने मंत्रियों को सौंपकर स्वयं तपस्या करने वन चल पड़े..."

वृद्ध राजा ने घोर तपस्या की। योग-साधनाओं द्वारा अपने शरीर को जटिल से जटिलतम स्थितियां झेलने की शक्ति प्रदान की, किंतु एक दिन लम्बे समय से निराहार रहने और पानी न पीने के कारण युवयाश्व बहुत पीड़ित हुए। ये समीप ही बने महर्षि भृगु के आश्रम जा पहुंचे।

कठिन समस्या के कारण ऋषिगण राजा को तुरंत पहचान नहीं सके। चकित होकर देखने लगे...

राजा के बदन पर एक साधारण-सी धोती थी। यज्ञोपवीत गले में झूल रहा था और सम्पूर्ण शरीर हड्डियों का ढांचा दीखता था। एक क्षण के लिए वे सब चकित होकर उन्हें देखते रहे, फिर आगे बढ़कर एक ऋषि ने प्रश्न किया, "तुम कोन हो और क्या चाहते हो?"

युवनाश्व के चेहरे पर एक हल्की, बेबसी से भरी मुस्कान उभरी फिर सूखे गले को थूक से तर करते हुए उन्होंने उत्तर दिया, "मैं पूज्यर्षि भृगु के दर्शन करना चाहता हूं। मेरा नाम युवनाश्व है...इक्ष्वाकु वंशी क्षत्रिय हूं।"

"ओह!..." कुछ ऋषियों ने उन्हें पहचाना। आदर सहित महर्षि भृगु के पास ले पहुंचे। भृगु ने उन्हें देखते ही पहचान लिया। कहा, "तुम्हें यहां देखकर मुझे तनिक भी अचरज नहीं हुआ युवनाश्व!...मैं जानता था कि संयोगवश ही सही पर तुम एक न एक दिन यहां आओगे।"

"सो कैसे देव?" युवनाश्व ने चकित होकर प्रश्न किया।

ऋषि ने सहज ढंग से उत्तर दिया, "हमें ज्ञात हो चुका था कि तुम इसी वन-क्षेत्र में तपस्या कर रहे हो...और...और तुम्हारे तपस्या-क्षेत्र की प्राकृतिक स्थिति ऐसी है कि किसी-न-किसी समय शीतकोप के कारण तुम्हें हमारे आश्रम तक आना पड़ सकता है।"

राजा और हैरान हुए, "शीतकोप के कारण?...किंतु देव, मैं तो अपने आश्रम-क्षेत्र में इन्द्र का कोप हो जाने के कारण आया हूं...वहां सब नद-नदियों का जल जम गया है..."

ऋषि हंसे, "और क्या कहा है मैंने...? मेरे कहने का यही अभिप्राय था। इन्द्र-कोप न कहकर तुम उसे प्रकृति लीला कहो तो अधिक उचित होगा। जिस क्षेत्र में तुम हो, वहां का सरोवर किसी-न-किसी काल में अवश्य जम जाया करता है।...यह निश्चित नियम है। इसमें इन्द्रदेव का कोई दोष नहीं।"

युवनाश्व चुप हो रहे।

ऋषि ने उनके निवास और भोजन आदि की व्यवस्था करवाई फिर रात के समय आश्रम नियमों का पालन करते हुए अपने-अपने कक्ष में जाकर निवास करने लगे।

युवनाश्व अपने लिए बनी कुटिया में आकर कुशासन पर लेटे। अब वह बहुत शांत थे। शरीर दिन-भर की थकान से भरा था, किंतु मन आनंदित। महर्षि भृगु के पुत्र ने उन्हें सूचना दी थी कि इस आश्रम में उनके दुःख निवारणार्थ एक विशेष आयोजन किया जा रहा है।" युवनाश्व चकित हुए। उनके दुःख निवारणार्थ?...भला कौन-सा आयोजन कर रहे थे भार्गव के शिष्य?...

भृगु पुत्र ने बतलाया था, "आपकी रानी एक वीर और पराक्रमी, इन्द्र की तरह तेजस्वी पुत्र उत्पन्न कर सके, इसके लिए हमने विशेष अभिमंत्रित

जल तैयार किया है। यह हमारी लम्बी तपस्या के सम्पूर्ण से संचित है। वह जलोषधि पीकर निश्चित ही स्त्री गर्भ धारण कर सकती है।..."

युवनाश्व सुनकर सुखी हुए। महर्षि भार्गव और उनके अनुयायी ऋषि राजा की पीड़ा को लेकर इतने चिंतित रहेयह तो उन्हें ज्ञान ही न था। पहली बार उन्हें अनुभव हुआ था कि जिस कारण ने विरक्ति बनकर उनके मन-मस्तिष्क को क्षत्रिय-धर्म से विमुख कर ब्राह्मण धर्म की ओर बढ़ा दिया था, वह भृगु-पुत्र और अन्य ऋषियों से बिना निवेदन किए ही पूरा हो गया।...सुखातिरेक में राजा देर तक नहीं सो सके।

रात्रि गहरी और गहरी होती गई। राजा का आनन्द कल्पनाचित्रों में जुड़े आगत को संजोता गया...और एक स्थिति वह आई, जब अर्द्धरात्रि के समय राजा जागकर जल लेने आश्रम से बाहर आए...बहुत प्यास लगने लगी थी।

किंतु जल?...राजा युवनाश्व ने इधर-उधर दृष्टि घुमाईजल न दीख पड़ा।

अब क्या हो? राजा सोच में पड़ गए। नदी आश्रम से दूर थी, फिर अंधेरा पक्ष। राजा भी थके हुए थे। निराहार व्रत के कारण अशक्त भी बहुत हो गए थे। ऐसी स्थिति में साहस ही नहीं हुआ कि नदी तक जाएं।...

तब किसी ऋषि को जगाना होगा? राजा संकोचग्रस्त हो उठे। जिनके यहां आतिथ्य ग्रहण कर रहे थे, उन्हें कष्ट देना ठीक नहीं लगा। पर लगा था कि भीतर-ही-भीतर सुइयों की तरह काटता हुआ...एक बार पुन अपनी कुटिया में आ बैठे थे, किंतु प्यास ने लेटने नहीं दिया। छटपटाए हुए बाहर निकल आए। निश्चय कर लिया था कि किसी ऋषि को जगाएंगे। भले ही अशिष्टता हो, किंतु इस पीड़ामुक्ति के लिए यह अशिष्टता भी करनी होगी। धीमे कदमों दूसरी कुटिया तक गए। पुकारा, "ऋषिवर...ब्राह्मण श्रेष्ठ?..."

ऋषि गहरी निद्रा में मग्न। शरीर में तनिक-सी हलचल नहीं हुई। युवनाश्व ने स्वर तेज किया, "सुनते हैं महर्षि...? मैं बहुत प्यासा हूं। तनिक-सा जल दीजिए।..."

किंतु ऋषि नहीं जागे। और वही क्योंकोई नहीं जागा...एक-एक कर आश्रम की सभी कुटियों को पुकारों से जगाने की चेष्टा कर ली राजा ने।...पर साहस न हुआ कि किसी के पास पहुंचकर उसे झकझोरकर...जगा दें।...ब्रह्मक्रोध का भय भी मन को सकुचाए हुए था...

अब?...राजा प्रतिपल बेचैन हुए जा रहे थे। प्रतिक्षण गले में प्यास के कारण अनुभव हो रहे कांटों की खराशें तेज हो रही थीं...

जल वहां था। एक कुटिया में रखा पात्र भी देखा था उन्होंने, किंतु ऋषि को जगाए और आज्ञा बिना लिए उसे ग्रहण करने का विचार नहीं किया था, किंतु लगा कि अब वैसा ही करना होगा।...

किंतु दोष होगा। बात छोटी-सी सही, किंतु है अपराध। युवनाश्व महर्षि भार्गव के आश्रम में अतिथि हैं। उनकी आज्ञा के बिना किसी भी कुटी में प्रवेश करना तक दोष होगा।

पर वह प्यास?...राजा व्यग्र होने लगे थे। एक बार पुनः कुटी के पास पहुंचकर आवाजें लगाईं, किंतु उत्तर न पाकर अन्त में धृष्टता कर वे उस कुटी में जा पहुंचे, जहां पात्र रखा हुआ था...

पात्र खोला, भीतर झांका। हल्के प्रकाश में पात्र में भीतर कोई द्रव्य ही लगा...जल हैयह विचारकर पी गए।...गला तृप्त हुआ। शरीरकष्ट से मुक्ति मिली। राजा आश्वस्त होकर कुटी से बाहर आए, अपनी कुटी में पहुंचकर कुशासन पर लेट गए। पलकें मूंद लीं...

जिस क्षण जलधार गले में उतरी थी, उसी क्षण लगा जैसे अमृतपान कर रहे हों, किंतु प्यास बुझने के बाद अनुभव हुआ कि उस जल का स्वाद कुछ अलग था। पर प्यास बुझ चुकी थी। जल्दी ही युवनाश्व को गहरी नींद आ गई।

सूर्योदय-पूर्व आंखें नहीं खुलीं। जब खुलीं, तब बहुत देर हो चुकी थी। सूर्य धरती को स्नान करवा रहे थे, प्रकाश के असंख्य घट पृथ्वी पर उंडेलते हुए। युवनाश्व बाहर आए। ऋषियों को महर्षि भार्गव के प्रश्नों का सामना करते पाया।...

"तुमने?...तुमने पिया?" वह पूछ रहे थे। स्वर में क्रोध था। बहुत सीमा तक चिंता भी।

"नहीं महर्षि!"

"फिर किसने वह जल पिया?"...भार्गव व्यग्र हो उठे"आश्रम के किसी ऋषि ने उस जल का पान नहीं किया, फिर किसने किया?..."

राजा युवनाश्व कुछ पल सहमे खड़े देखते रहे, फिर समझ गए। निःसंदेह पात्र में रखे जल के पान को लेकर महर्षि पूछताछ कर रहे थे। युवनाश्व अपराध-बोध से ग्रस्त होकर आगे बढ़ आए। हाथ जोड़कर निवेदन किया, "क्षमा करें, प्रभु!...रात्रि को मुझे बहुत प्यास लगी। मैंने ऋषियों को पुकारा भी, किंतु किसी के न जाग पाने के कारण वह धृष्टता मैंने की।..."

"तो वह जल तुमने पी लिया, राजन्?" भार्गव चिंतित होकर पूछ बैठे।

युवनाश्व ने सिर झुका लिया, "हां।..."

"बड़ा दोष हुआ।..." महर्षि भार्गव के होंठों से निराश स्वर निकला, "राजा!...तुमने बहुत बड़ा दोष किया।..."

युवनाश्व हैरान होकर महर्षि का चेहरा देखने लगे।

ऋषि कह रहे थे"वह वही अभिमंत्रित जल [1] 'था, जिसके पान से तुम्हारी स्त्री को गर्भ होने वाला था...सम्पूर्ण विधियों और अनुष्ठानों से इस विशेष जल को तैयार किया गया था और तुमने उसका पान कर डाला?..." फिर भार्गव चिंतित और व्यग्र होकर एक क्षण के लिए शब्दहीन हो गए। आसपास बैठे ऋषियों को देखने लगे। लगा, किसी शून्य में समाधिस्थ हो गए हैं...अथवा उनके अपने भीतर ही शून्य बैठ गया।

---

1. अभिमंत्रित जलउपर्युक्त घटना का वर्णन करते हुए महाभारत में (वनपर्वः) 126वें अध्याय के श्लोक-क्रम 20 से 30 के बीच बहुत रूपकों से भरा वर्णन आया हैभार्गव कहते हैं"...राजन, आपके पुत्र हो, इसके लिए मैंने घोर तप करके इस कलश में ब्रह्म को अभिमंत्रित कर लिया था। अपने पराक्रम से इन्द्र को भी मार डालने की शक्ति रखने वाला, बल-वीर्यवान, तपोबलसम्पन्न पुत्र उत्पन्न होने की इच्छा से, वैसी ही विधि के अनुसार, यह अनुष्ठान किया गया..." इसमें 'वैसी ही विधि के अनुसार' वाक्य विशेष विचारणीय है। संभव है कि भृगुवंशी ऋषि ने इस वैसी ही विधि के अंतर्गत वीर्य-संकलन कर रखा हो। और भूलवश उस संकलन का पान युवनाश्व कर गए हों? आगे घटना को लेकर जो कुछ लिखा है, वह इसी विचार या रूपक की पुष्टि करता है।

दोषभाव से ग्रस्त वृद्ध राजा युवनाश्व सिर झुकाए खड़े रहे। तेजस्वी भार्गव ऋषि के चेहरे पर चिंता से अधिक अलझन थी। उनका समूचा आविष्कार राजा के लिए ही था और राजा ने ही अपनी भूल या असावधानीवश उसे लगभग नष्ट कर डाला था।

एक पल के लिए सन्नाटा बिखरा रहा। वे सभी भार्गव की ओर देख रहे थे। वही थे, जो इस समूची स्थिति का सुलझाव ढूंढ़ सकते थे। युवनाश्व ने ऋषि के चरण पकड़ लिए। पछतावे-भरे स्वर में कहा, ''क्षमा!...मुझे क्षमा करें, महर्षि! मैं नहीं जानता था कि मैं क्या कर रहा हूं? अब इसमें मुक्ति का उपाय बतलावें? मेरे योग्य कोई प्रायश्चित हो, तो वह भी कहेंमैं उसके लिए तैयार हूं।''

राजा की दयनीय दशा पर ऋषि द्रवित हुए, किंतु वे स्वयं को सम्पूर्ण स्थिति में अवश पा रहे थे। कहा, ''अब जो होना था, वह तो हो चुका है राजून!...उस स्थिति को ईश्वर की इच्छा मानकर ही हम सबको उसे स्वीकारना, शिरोधार्य करना होगा।...''

युवनाश्व ने बेचैन आंखें ऊपर उठाईं। भार्गव का तेजपूर्ण चेहरा देखा। लगा कि ऋषि गहन सोच में निमग्न हैं। युवनाश्व ने बेचैन होकर प्रश्न किया, ''देव? क्या मैं निपुत्र ही रह जाऊंगा?...और मेरे शरीर पर उस अभिमंत्रित जल का क्या प्रभाव होगा?...क्या महान इक्ष्वाकु वंश की इतिश्री यहीं हो जाएगी?''

भार्गव ने आसन ग्रहण किया। कुछ पल शांतचित्त बैठे रहे। कहा ''मुझे विचार करने का अवसर दो राजन्!...सोचता हूं कि क्या किया जा सकता है? किंतु निश्चित है कि वह अभिमंत्रित जल व्यर्थ नहीं जाएगा।...और उसे व्यर्थ जाना भी नहीं चाहिए।''[1]

ऋषि-समुदाय ने आंखों-ही-आंखों में परस्पर संकेत करके कुछ समय के लिए महर्षि भार्गव को अकेला छोड़ दिया।

---

1. भर्गव ने कहा''आपने वह जल पीकर बहुत ही अनुचित किया। अब जो हो गया, सो हो गया। उसे बदल देने की शक्ति हममें नहीं है। आपका यह कार्य दैवकृत समझा जाना चाहिए। प्यास के मारे आपने मेरे तपोबल से युक्त, विधिमंत्र से पवित्र जल का पान किया है, इस कारण आप ही वैसा प्रभावशाली पुत्र उत्पन्न करेंगे।...''
आगे भार्गव कहते हैं →

देर बाद महर्षि ने सभी को बुलाया। युवनाश्व ने कहा"राजन्! पुत्र उत्पन्न होगा, और आपके माध्यम से उसकी उत्पत्ति होगी। इस हेतु हम सब विधिवत् एक विशेष अनुष्ठान करेंगे। आपको गर्भधारण का कष्ट नहीं उठाना पड़ेगा, किंतु आपके शरीर की शल्य-क्रिया हमें अवश्य ही करनी होगी।"

सब लोग चकित होकर महर्षि को देख रहे थे। किसी ने कुछ नहीं कहा। महर्षि भार्गव योगी होने के अतिरिक्त औषध-आविष्कारक भी थे। निश्चय ही किसी अन्य अविष्कार का निर्णय ले चुके होंगे।

युवनाश्व प्रसन्न हुए। दोष हुआ था, किंतु अजाने हुए दोष का निवारण महर्षि ने किया था।

भागर्व ने आगे कहा था"आप निश्चिंत हो, महाराज। शल्यक्रिया में आपकों कष्ट तो होगा, समय भी लगेगा किंतु विश्वास रखेंआप उसी अभिमंत्रित जल के द्वारा बल-वीर्यपूर्ण, पराक्रमी ओर शक्तिशाली पुत्र प्राप्त करेंगे। यह पुत्र इक्ष्वाकु वंश की अभिवृद्धि करेगा। महा तेजस्वी होगा।..."

युवनाश्व ने सिर झुकाया। श्रद्धा से आंखें भर आई थीं उनकी। डब-डबाए स्वर से आभार व्यक्त किया"आपकी कृपा से मैं कृतकृत्य हुआ महर्षि।...मैं शल्य-क्रिया के लिए तैयार हूं।..."

भार्गव ने अन्य ऋषियों की इस नए अनुष्ठान को तैयारी के आदेश दे दिए।

→ "...अब हम ऐसा परम और अद्‌भुत अनुष्ठान (इष्टि) करेंगे, जिसमें आप सहज ही ऐसे पुत्र को उत्पन्न कर सकें। आपको गर्भधारण का क्लेश न उठाना पड़े।" आगे वर्णन आया है कि यह प्रसव राजा से ही हुआ और राजा की मृत्यु ऐसे 'अद्‌भुत प्रसव में भी नहीं हुई।

उपर्युक्त सभी वर्णन सिद्ध करते हैं कि भार्गवाश्रम के ऋषियों ने युवनाश्व के शरीर पर कुछ आश्चर्यजनक और अद्‌भुत प्रयोग किए। ऐसे प्रयोगों में राजा के शरीर का बायां हिस्सा (शल्य क्रिया द्वारा) फाड़कर वह जल निकाल गया। फिर उस जल-वीर्य द्वारा भ्रूण स्थापना की गई। निश्चित समय पर बालक ने जन्म लिया।

मेरी उपर्युक्त मान्यता का आधार महाभारत में आगे आया वर्णन है, जिसमें कहा गया है कि...महात्मा युवनाश्व की बाईं कोख फाड़कर सूर्य के समान तेजस्वी एक पुत्र उत्पन्न हुआ। इस उद्‌भुत प्रसव में भी राजा की मृत्यु नहीं हुई..."(महाभारत, वनपर्व, अध्याय 126, श्लोक-क्रम20 से तीस)

कणिका महर्षि मुचुकुन्द की तीन पीढ़ियों का सम्पूर्ण विवरण जुटा लाई थी। उसी से श्रीकृष्ण को ज्ञात हुआ कि युवनाश्व के उस अनुष्ठानयुक्त बालक का जन्म होने पर समूचे पर्वतीय क्षेत्र में आनन्द मनाया गया था। भार्गव के इस महत्त्वपूर्ण शोध को देखने बहुतेक देवता पहुंच गए थे...स्वयं राजा युवनाश्व ने भी वह प्रयोग देखा था। शल्यक्रिया से उनके स्वस्थ हो जाने के बाद, कोख से निकाले गए अनुष्ठित जल पर विभिन्न प्रयोग हुए फिर ठीक व्यास द्वारा गांधारी के मांसपिण्ड को विभिन्न कलशों में स्थापित कर देने की तरह, वह अभिमंत्रित जल (या वीर्य?) अन्य औषध व जल से युक्त कर रखा गया। लम्बे समय बाद इस कलश में भ्रूण पैदा हुआ...और बाद में इसने शिशु रूप पाया...

"यशोदासुत।..." कणिका ने कहा था"युवनाश्व के इस विचित्र पुत्र को देखने दूर-दूरंत से अनेक ज्ञानी-विज्ञानी एकत्र हुए...इक्ष्वाकु वंश की इस नई शाखा को स्वयं देवाधिदेव इन्द्र ने नाम दियामान्धाता।...कहते हैं कि इन्द्र इतने प्रभावित हुए थे कि बालक के पालन-पोषण और शिक्षण आदि का दायित्व भी उन्हीं ने सम्हाल लिया...वृद्ध राजा युवनाश्व उसी तरह वानप्रस्थी रहे। बाद में मान्धाता ने इन्द्र व अन्य देवताओं की रक्षार्थ अनेक संग्राम किए। असुरों से आर्य प्रदेश को रक्षित रखा...और स्वयं भी विभिन्न शक्तियां प्राप्त कीं।..."

श्रीकृष्ण को स्मरण है, कणिका ने मान्धाता की इन शक्त्यिों में कृत्रिम वर्षा, अद्‌भुत अग्नि, युद्ध आदि अनेक बातें गिनाई थीं...कहा था"सुनते हैं वासुदेव, कि यह सभी शक्तियां मान्धाता से उनके पुत्र मुचुकुन्द को भी प्राप्त हुई हैं।..."

मुचुकुन्द।...

पर मुचुकुन्द ने तो वानप्रस्थ ग्रहण कर लिया है? श्रीकृष्ण ने विचार किया। कणिका की सूचना के अनुसार मान्धातासुत मुचुकुन्द ने पिता की तरह अनेक वर्षों तक असुरों से सुरों की रक्षा का कठोर धर्म निर्वाह किया है। अब वह वृद्ध हो चुके हैं...विश्राम हेतु देवताओं से स्वीकृति भी पा चुके हैं...

कणिका ने बतलाया था"मुचुकुन्द बहुत शांतिप्रिय हैं, यादवेन्द्र।...किंतु यदि किसी प्रकार उन्हें सूचना दी जा सके कि देवन्द्र इन्द्र के अनुयायी

आर्य संकट में हैं, तब निश्चित वे अपनी अमोघ शक्तियों से किसी भी विधर्मी का नाश करने में तत्पर हो जाएंगे।

कणिका ने मुचुकुन्द की निजी शक्तियों के अतिरिक्त उनके सैकड़ों अनुयायियों की सूचना भी दी थी। वे अनुयायी उस समय भी मुचुकुन्द की सेवा में रहते थे। ऋषियों की भांति कठोर संयम और तपस्या करते हुए वे श्रेष्ठ मनुष्य धर्म का निर्वाह कर रहे थे। सूचनाएं देकर कणिका जाने लगी थी। श्रीकृष्ण ने पल-भर में ही निश्चय कर लिया था कि कालयवन और जरासन्ध की इस सम्मिलित शक्ति से बचाव के लिए उन्हें मुचुकुन्द की सहायता लेना आवश्यक होगा...इसी संदर्भ में कणिका को पूर्वभूमिका के रूप में क्या-क्या कर लेना हैनिर्देश देकर रवाना कर दिया था...

मान्धाता के समूचे प्रभाव क्षेत्र का स्वामित्व मुकुन्द के हाथों में है[1]

किंतु मुचुकुन्द ने वानप्रस्थ ग्रहण कर लिया है...यह सूचना भी कणिका की ही थी। उस वानप्रस्थ में उन्हें जागृत करना सहज नहीं होगा।...कणिका को उनकी जागृति के लिए समूची योजना देकर श्रीकृष्ण ने मथुरा से मथुरावासियों के पलायनपूर्व ही भेज दिया था। निश्चित स्थान भी बतला दिया था जहां वह भेंट करने वाली थी...

1. मान्धाता और मुचुकुन्द (महाभारत, द्रोणपर्व, अध्याय 62) में मान्धाता को लेकर कहा गया है कि वह महापकराक्रमी, जितेन्द्रिय और सदाचारी राजा थे। उन्होंने बहुत काल तक सुरों की असुरों से रक्षा की। मान्धाता का प्रभाव क्षेत्र इसी अध्याय में श्लोकक्रम 10 में 25 के बीच इस प्रकार बतलाया गया है"...जहां से सूर्य का उदय होता है और जहां सूर्य का अस्त होता है, वहां तक युवनाश्व के पुत्र मान्धाता का क्षेत्र कहलाता है..." संभवतः मान्धाता का प्रभाव क्षेत्र के प्रश्वात इस क्षेत्र का अधिपति या प्रभावशील व्यक्ति मुचुकुन्द बना, जो योगी और तपस्वी भी कहा गया है।

   यहां यह उल्लेखनीय है कि मथुरा से यादवों के सपरिवार सौराष्ट्र की ओर पलायन से परे मान्धाता का प्रभाव क्षेत्र पड़ता था और कालयवन का नाश मान्धता-पुत्र मुचुकुन्द के हाथों श्रीकृष्ण ने इसी मार्ग से करवाया। कुछेक किंवदंतियों के अनुसार यह क्षेत्र धौलपुर-भरतपुर के बीच का था।

और श्रीकृष्ण, बलराम, उद्धव आदि के रथ उसी निश्चित लक्ष्य की ओर बढ़े जा रहे हैं...संभव है कि कणिका आ पहुंची हो...और यह भी संभव है कि कणिका की प्रतीक्षा करनी पड़े...

मार्ग में बलभद्र ने प्रश्न किया था"अब हम किस क्षेत्र में जाएंगे कान्हा?"

"एक दूत की सूचना लेनी होगी, भइया।..." श्रीकृष्ण ने रहस्यपूर्ण स्वर में उत्तर दिया था, "उस सूचनाके बाद ही निश्चय हो सकेगा कि हमें किस ओर जाना चाहिए।"

"मैं समझा नहीं?" बलभद्र ने उखड़ा हुआ-सा प्रश्न किया, "अब किसी दूत या उसकी सूचना का क्या प्रश्न है?...केवल हमें दक्षिण दिशा की ओर चलते रहना चाहिए।...तुम्हीं ने तो कहा था कि कालयवन को भटकाकर अपने पीछे ले जाना होगा?"

"वही होगा, पूज्य।..." श्रीकृष्ण बोले"किंतु उसके पूर्व मैंने कालयवन के नाश की एक योजना पर विचार किया है..."

बलराम कुछ चिढ़कर कृष्ण को देखने लगे। बौखलए-से बोले"तुम कभी सीधी-साफ बात करना भी सीखोगे कन्हैया?...सब कुछ रहस्यमय बनाए रखते हो। बतलाओ तो, कालयवन की दुर्दांत शक्ति जानकर भी तुमने उसकी कौन-सी विलक्षण नाश-योजना बना ली है?"

"थोड़ी देर बाद ज्ञात हो जाएगा, भइया।" श्रीकृष्ण ने उत्तर दिया फिर सारथी की ओर मुड़े"वहांजो विशाल वट-वृक्ष दीखता है नारथ रोक लेना।"

बलराम ने गहरा श्वास लिया। चुप हो रहे। श्रीकृष्ण से बहुत कुछ कहने का कोई अर्थ न था। जानते थे कि कृष्ण वह सब कभी नहीं कहेंगे जो मन में संजो रखा होगा। बहुत बार डांट-डपट भी चुके थे उन्हें, किंतु श्रीकृष्ण किसी भी बार उत्तेजित न होकर मुस्कुराते रहते...सुन लेते। सिर झुकाते फिर बात किनारे कर देते। इस बार भी यही हुआ।

बात किनारे हो गई। कम-से-कम उस समय तक के लिए टल गई, जब तक कि दूत न आ जाएजिसकी प्रतीक्षार्थ श्रीकृष्ण, अपने गिने-चुने साथियों, सैनिकों और भाई-मित्र आदि के साथ रुक गए थे।

उद्धव ने प्रश्न किया था, "यहीं शिविर डाल लें?"

"नहीं। बहुत समय नहीं रुकना होगा।" श्रीकृष्ण ने कहा। फिर इधर-उधर देखने लगे...जैसे कुछ खोज रहे हों।...कणिका अब तक आई नहीं? उन्होंने सोचा।

कणिका भी यही कुछ विचार रही है। यशोदासुत प्रतीक्षा कर रहे होंगे। किंतु वह भी क्या करे? मुचुकुन्द के निवास में आकर लगा था कि भूलभुलैया में आ गई है। दूर-दूर तक बिखरी पहाड़ियां और विकाराल वनक्षेत्र।...लगता था कि राह भटक जाने पर कोसों तक मार्ग नहीं मिल सकेगा। जहां-तहां से जो जानकारी मिली थी, उसी के आधार पर ज्ञात कर लिया थामहर्षि मुचुकुन्द गुप्त गुफा में निवास करते हैं और उनकी गुफा तक पहुंचने के लिए उनके अनेक अनुयायियों के बीच से निकलना होता है। हर अनुयायी अनेक प्रश्न भी करता है...आने वाले की पूरी तरह टोह लेता है, फिर कहीं आगे कदम बढ़ाने देता है...पराक्रमी, योगी और शांतिप्रिय होते हुए भी मुचुकुन्द राजा की भांति रहते हैं। जीवन-व्यवहार साधारण है, किंतु गुफा में व्यवस्था एकदम राजसी।

ऐसे मुचुकुन्द तक पहुंचना था उसे। श्रीकृष्ण ने त्वरितता से आदेश दिया था, किंतु त्वरित् होना बहुत बार बहुत कठिन होता हैयह कणिका को पहली बार अनुभव हुआ। तिस पर यह निर्देश भी था वासुदेव का'केवल मुचुकुन्द से ही सब कुछ कहेंकिसी अन्य से नहीं।' इस निर्देश को निबाहते हुए आगे बढ़ते जाना कणिका के लिए कठिन हो रहा था...इसके बावजूद वह तपस्वी मुचुकुन्द के गुफाद्वार तक जा पहुंची थी।

अन्तिम शिष्य से सामना हुआ था उसकावही प्रश्न, "महाराज से क्या काम है तुम्हें?"

"इस क्षेत्र की रहने वाली हूं, अंतः सहज ही है कि अपना कष्ट उन तक पहुंचाऊं?" कणिका ने हर बार की तरह सधा-सधाया उत्तर दिया। यह पूछे जाने पर कि क्या कष्ट हैकणिका बोली थी"वह तो महाराज से ही निवेदित कर सकूंगी। कृपया मुझे उनके दर्शनार्थ जाने दें।"

सेवक कठोर स्वभाव का था। फिर उसकी आंखों से चपलता भी झलक रही थी। किंतु अनुभवी कणिका ने स्वर को इतना दयार्द्र बनाया, दृष्टि में इतनी निरीहता झलकाई कि वह भी बाध्य हो गया। सोचा, निश्चय ही वृद्धा को कोई गहरा कष्ट है। मुचुकुन्द ने आदेश दे रखा था'जिस क्षेत्र में हम रहते हैं, वहां के प्रत्येक जीव के प्रति हम सेवा-समर्पित हैंयह स्मरण रहें। सेवक ने जाने दिया। गुफा के भीतर प्रवेश का मार्ग दिखा दिया...साथ ही सावधान किया''देवी।...जैसा मार्ग दिखा रहा हूं, वही अपनाना। जहां-तहां भटक मत जाना।''

कणिका ने स्वीकार में सिर हिलाया। आगे गढ़ गई। कुछ कदम चलने के बाद ज्ञात हो गयासेवक ने सच ही कहा था। मुख्यमार्ग से जुड़ी हुई अनेक गुफाएं थीं। लगता था कि कोई रहस्यलोक है। कौन-सा मार्ग विशाल पर्वत के किस क्षेत्र में पहुंचा देगाज्ञात नहीं। सतर्कता और सावधानी के साथ निर्देशित दिशा में बढ़ती गई। सहसा वह सावधान हो गई...देखाश्वेत चमकीले बालों वाले एक प्रभावी व्यक्ति सामने थे। उनकी अंगुलियां तुलसीमाला के दानों को तीव्रता के साथ गिनती जा रही थीं और होंठ ईश्वरस्मरण करते हुए धीमे-धीमे बुदबुदा रहे थे...कणिका ने दूर से ही ठिठककर उन्हें प्रणाम किया।

तेजस्वी व्यक्ति ने दृष्टि उठाई। कणिका को महसूस हुआ, जैसे कुछ विद्युत् तरंगें समूचे वातावरण को प्रभावित करने लगी हैं। इससे पहले कि वह कुछ कह सके, तपस्वी का प्रश्न उछला''तुम कौन हो देवी, और क्या चाहती हो?''

''प्रणाम राजन्।...'' कणिका ने उत्तर दिया''मेरा नाम कणिका है। आर्य उग्रसेन के राज्य से आई हूं। उन्हीं की सेविका...आपके लिए यशोदानन्दन का एक संदेश था।''

''श्रीकृष्ण।...'' वह बोलेबहुत नाम सुना है इस युवा यादवपुत्र का। कैसे हैं वह? और हमें क्यों स्मरण किया है?''

''पूज्य।...'' कणिका ने स्वर में कातरता पैदा की। चिंतातुर भाव से उत्तर दिया, ''मगधपति महाराज जरासन्ध मथुरावासियों पर अत्यंत कुपित हैं...''

"हमें ज्ञात है। किंतु इस सबमें हमारा क्या उपयोग है देवी?" तपस्वी मुचुकुन्द ने तनिक उदासीनता से उत्तर दे दिया, "यह आर्यों का पारस्परिक संघर्ष है। तुम्हारे श्रीकृष्ण ने महावीर जरासन्ध की पुत्रियों को वैधव्य दिया है। सहज ही है कि महाराज जरासन्ध क्रोधित हों।..."

"किंतु...किंतु कारण वह नहीं हैं प्रभु..." कणिका को लगाबात फिसलने लगी है। जानती थी कि आर्यों के संघर्ष में मुचुकुन्द किसी भी प्रकार नहीं पड़ना चाहेंगे। इसीलिए तुरंत स्पष्ट कर दिया, "मैं जानती हूं राजन्, कि आप आर्यों में किसी का भी पक्ष-विपक्ष नहीं लेंगे, किंतु वासुदेव ने मुझे आपके पास एक अन्य संदेश लेकर भेजा है..."

मुचुकुन्द की दृष्टि उठी। प्रश्नातुर भाव से सीधी कणिका पर जा ठहरी।

कणिका ने स्वर में उसी तरह मिठास और निवेदन बनाए रखकर कहा था"महाराज!...मगधपति जरासन्ध और मथुरा गणसंघ के यादवों का संघर्ष एक तरह का पारिवारिक संघर्ष था, किंतु सर्वाधिक दुःखद बात यह हुई कि वीर जरासन्ध ने इस संघर्ष में अपने यवन मित्र कालयवन को भी आमंत्रित कर लिया है और वह भरतखण्ड के इस उत्तर क्षेत्र की ओर वेगमयी आंधी की तरह बढ़ा आ रहा है...मथुरा के नागरिक बाध्य होकर मथुरा छोड़ चुके हैं...अपरोक्ष रूप से आर्य क्षेत्र पर यह जरासन्ध की नहीं, यवन राज की विजय है।...वासुदेव ने मुझे इसलिए आपके पास भेजा है, क्योंकि आप ही हैं जो सदा सुरों की असुरों से रक्षा करते आए हैं...आपके वीरत्व में ही उत्तराखण्ड के आर्यों का शुभ निहित है।..." बात कहते-कहते कणिका निरंतर देखती जा रही थीमुचुकुन्द पर उसके शब्दों का क्या प्रभाव हो रहा है. ..और उसे लगा था कि उचित ही हुआ। कालयवन का नाम सुनकर तपस्वी मुचुकन्द की भृकुटियां तन गई थीं...

कणिका ने शब्द थाम लिए। एक पल के लिए कातर भाव से तपस्वी की ओर देखा। मुचुकुन्द विचारमग्न थे। संभवतः सोचने लगे थे कि क्या उचित होगा, क्या अनुचित। अन्त में उन्होंने कहा था"यदि तुम्हारी सूचना सत्य है देवी, तो यह जानकर हमें खेद हुआ कि शक्तिसम्पन्न और श्रेष्ठ राजसी गुणों से युक्त महावीर जरासन्ध ने एक विदेशी यवन को आमंत्रित

किया है।...प्रतिशोध की उनकी भावना सहज थी, किंतु अपने प्रतिशोध की पूर्ति के लिए आर्य जाति को संकट में डाल देना नितांत अनुचित है।..."

"हां, तापस।...यही विचारकर वासुदेव ने मुझे आपके पास सहायता का निवेदन लेकर पठाया है..." कणिका ने आकुल स्वर में कहा"उन्हें पूर्ण विश्वास है कि आप सदा की भांति इक्ष्वाकु वंश की महान् परम्परा का निर्वाह करेंगे। वह कहते हैं कि महाराज युवनाश्व के पौत्र और महाप्रतापी राजा मान्धाता के पुत्र महाराज मुचुमुंद[1] सदा ही आर्यों का पालन करते आए हैं...वे देवताओं के रक्षक रहे हैं ओर उन्हीं के पराक्रम से देवजाति असुरों से बच सकी है।..."

"ऐसा कृष्ण कहते हैं?" मुचुकन्द ने तनिक प्रसन्न होकर प्रश्न किया।

"हां राजन्।..." कणिका ने उत्तर दिया, "यही नहीं, मुझे आप तक भेजते समय उन्हें पूर्ण विश्वास था कि इस समाचार से निश्चय ही आप प्रसन्न होंगे और मथुरा के सामान्य जन की सहायतार्थ पुनः अरिस धारण करेंगे।..."

"आश्चर्य!...श्रीकृष्ण को इतना विश्वास है हम पर?" मुचुकुन्द चकित हुए। अतिप्रसन्न। एक क्षण सोचते रहे, फिर कहा, "यवनराज कालयवन इस समय कहां है?"

"वह देवकीपुत्र-श्रीकृष्ण बलराम का निरंतर पीछा कर रहा है, महामना।" कणिका ने अपने स्वर में तनिक चिंता घोली।

मुचुकुन्द बोले"श्रीकृष्ण को सूचना दो कि मान्धाता पुत्र मुचुकुन्द उन्हें पूरी सहायता देंगे। वह दुष्ट यवनराज आर्यावर्त के किसी भी क्षेत्र को किसी तरह की हानि नहीं पहुंचा सकेगा।...जरासन्ध की दुष्टबुद्धि पर हमें खेद है देवी।..."

कणिका ने श्रद्धा से सिर झुकाया। संदेश लेकर लौट पड़ी। सहसा मुचुकुन्द ने रोक लिया था, "और सुनो, देवी।..."

कणिका ने मुड़कर देखा।

---

1. मुचुकुन्द : महाभारत के अनुसार भी मुचुकुन्द एक धर्मनिष्ठ और तपस्वी राजा थे। कृष्ण ने उन्हीं के कोप का शिकार बनवाकर कालयवन का नाश करवाया। मुचुकुन्द के पिता ऋषि मान्धाता अभूतपूर्व तपस्या बल से अद्‌भुत शक्तियां प्राप्त करने में सफल हुए थे।

मुचुकुन्द बोले थे"श्रीकृष्ण-बलराम को यहां, हमारे निवास पर आने के लिए कहें।...निस्संहेह कालयवन उनका पीछा करता हुआ यहां तक आएगा और फिर हमारी क्रोधाग्नि उसे भस्म कर देगी।"

"जैसी आज्ञा, राजर्षि।..." कणिका लौट पड़ी।

बलभद्र ने सदा की तरह निश्चिंत और गहरी नींद लीरात कट गई। पर श्रीकृष्ण नहीं सो सके। प्रतिपल व्यग्र होकर कणिका के लिए प्रतीक्षित रहे। उद्धव ने रात में अनेक बार प्रश्न किया था, "क्या विचार रहे हो, कन्हैया?"

"कुछ नहीं, तुम लोगों को विश्राम मिल सके, अतः जागकर प्रहरी धर्म पूरा कर रहा हूं..." कृष्ण ने हंसकर और उपेक्षा से उत्तर दे दिया था। ऐसे, जैसे आगत आशंका से बिलकुल अप्रभावित हों? उद्धव का मन हुआ, पूछे"वैसा तुम क्यों कर रहे हो वासुदेव?...मैं इस सेवा केलिए उपयुक्त हूं..." किंतु कहा नहीं। जानते हैं कि अभी कहेंगे और श्रीकृष्ण की ओर से कोई तार्किक उत्तर पा जाएंगे, जिसके आगे बात बढ़ाना व्यर्थ हो जाएगा।

पर श्रीकृष्ण ने उद्धव के भीतर से जैसे प्रश्न पढ़ लिया। पूछा, "अब यही जानना चाहते हो ना कि तुमसे या अन्य किसी से न कहकर मैं प्रहरी का दायित्व क्यों निबाह रहा हूं?"

उद्धव मुंह देखने लगे। विस्मित ओर बहुत सीमा तक सहमे हुए।

श्रीकृष्ण ने उत्तर दिया था"स्मरण रखो, उद्धव।...बलभद्र भैया की सेवा मेरा पुण्यार्जन है। वही कर रहा हूं..."

उद्धव ने गहरा श्वास लिया। एक बार पुनः सोचाक्या सच ही कृष्ण ने जो कहा है, वह सत्य है?...पर श्रीकृष्ण के सत्यासत्य को कौन परखेगा? किसके पास है वह कसौटी? उद्धव ने सोचालेट गए। यह कसौटी किसी और के पास संभवतः हो भी किंतु उद्धव के पास नहीं है। उन्हें स्वयं अपनी अल्पज्ञता स्वीकारते तनिक संकोच नहीं।

लेटे-लेटे कुछ पल श्रीकृष्ण को देखते रहे, फिर कब पलकें झपक गईं थीयाद ही नहीं रहा।

जब पलकें खोली, तब पाया कि श्रीकृष्ण अपने स्थान पर नहीं हैं. ..इधर-उधर ढूंढ़ते हुए उठ बैठे। श्रीकृष्ण दूर वृक्ष के पास खड़े किसी स्त्री

से बातें कर रहे थे। कौन है?...पर अलसायी पलकों को पल-भर में सहज पाकर पहचान लिया था उसे। कणिका।...

भोर खिलने लगी थी। ऐसे, जैसे कमल की पंखड़ी एक-एक कर मुसकान से बढ़ती हुई खिलखिलाहट तक पहुंच रही है।...

बलभद्र जागकर नित्यकर्म से निवृत्त हो लिए। अभी उद्धव कुछ सोचें, इसके पूर्व वासुदेव ने आकर सूचित किया"उद्धव!...सैनिकों से कहो कि तुरंत तैयार हों। हम शीघ्र ही यह स्थान छोड़कर आगे बढ़ने वाले हैं।

"आगे?" पास खड़े बलभद्र ने कुछ व्यग्र होकर पूछा, "आगे किस ओर? क्या उस ओर, जिस ओर से कालयवन आ रहा है?..."

"हां, भइया!..."

"क्या-अ्?..." बलराम पुनः गरजे"कृष्ण!...तुम सहज तो हो?"

"बहुत सहज हूं, देव।..." श्रीकृष्ण ने उत्तर दिया, "सहजता में ही तो यह निर्णय कर सका हूं।"

"किंतु...?"

"आप निश्चिंत हो, पूज्य!..." श्रीकृष्ण ने बात काट दी थी उनकी, "कालयवन नाम है उसकाकिंतु अब तक उसने काल-दर्शन नहीं किए हैं..."

बलभद्र ने कहा"ठीक है, यदि तुम उस मदांध यवनराज से भिड़ना ही चाहते हो तो भिड़ो, पर इतना जान लोकि उसे जय करने के न तो तुम्हारे पास साधन हैं, न ही सैन्य-संख्या..."

श्रीकृष्ण ने बालकवत् जिद की थी उनसे"आपकी आज्ञा के बिना तो कुछ भी नहीं हो सकेगा, भईया!...न ही आपको रुष्ट करके तुम्हारा कान्हा कोई कार्य कर सकता है...केवल निवेदन कर सकता हैइस समय यही मार्ग उचित रहेगा।..."

बलभद्र स्वभाव से क्रोधी अवश्य थे, किंतु सरलता इतनी थी कि झुके शीश पर शब्द उछालने में सामर्थ्यहीन हो जाते थे वह। इस बार भी वही हुआ। श्रीकृष्ण ने उन्हें भली प्रकार समझ रखा था और वह भी जानते

थे अपने चपल अनुज को। कसमसाकर बोले थे"तेरी चपलता किसी-न-किसी दिन कोई संकट अवश्य लाएगी, कान्हा।..." फिर चुप ही रहे।

थोड़ी ही देर बाद शिविर उखड़ गया। अब यादव सेवा की यह छोटी-सी टुकड़ी उसी मार्ग पर बढ़ रही थी, जिस पर कालयवन उनकी ओर आ रहा था, सारी राह सैनिकों में चिंता और बौखलाहट फैली रही, पर कृष्ण अथवा बलराम से कौन, क्या कहे? अनुगत भाव से चुपचाप चलते रहे...

दिन बीता, फिर सांझ घिर आई...

और सांझ के साथ ही आसपास के वातावरण में विचित्र-सा आतंक फैलने लगा। श्रीकृष्ण की टुकड़ी अब कणिका के मार्ग-निर्दशन में मान्धाता-सुत मुचुकुन्द के क्षेत्र में पहुंच चुकी थी...कुछ ही समय बाद मुचुकुन्द के सेवकों से सामना होने लगता, किंतु उसके पूर्व ही श्री कृष्ण बोले थे"शिविर-व्यवस्था करो।..."

सैनिक पुनः व्यवस्था में जुट गए। बलराम, उद्धव आदि चकित भाव से सब कुछ देखते-सुनते रहे...स्पष्ट लग रहा था कि जिस राह मृत्यु साक्षात् दीख रही है श्रीकृष्णउसी राह में विश्राम करने जा रहे हैं।...

पल-भर के लिए बलभद्र को लगा कि मूर्ख है वह!...कह देना भी चाहा था, किंतु कन्हैया की चपलता के सामने शब्द कभी जमते ही नहीं। या यों कि श्रीकृष्ण की दृष्टि से लेकर विचारों तक ही नहींउनके किसी भी कर्म में अर्थहीनता नहीं होती। अब से नहीं, बालपन से देखते रहे हैं। बलराम।

चिढ़ होती है तो केवल इस कारण कि कान्हा कभी कुछ नहीं कहता। जो कहता है वह न कहा-सा होता है। जो करता है, वह अस्वाभाविक लगता है। जो होता है, वह अविश्वसनीय और अलौकिक सफलता बन जाता है।...

किसी-किसी बार उनका मन भी होता है, कहें'कृष्ण तू अद्‌भुत है।...'

पर नहीं। बलराम ने अपने ही भीतर नेह-भरी चिढ़ से मुंह चिढ़ा लिया। ऐसा कैसे कह सकते हैं? श्रीकृष्ण उनसे छोटा है।...बहुत बार उसे बालपन में केवल डांटा-डपटा ही नहीं है, चिढ़या-रुलाया और एक-दो बार कान भी उमेठे हैं। भला बलराम उससे कैसे कहेंगेतू अद्‌भुत है।...

नहीं कहेंगे।

पर है अद्‌भुत।...मन-मन से मानते रहेंगे। मुस्कुरा उठे अनायास। अपनी ही मुस्कान मन में बहुत भीतर तक गंध फैला गई। चंदन-सी सुगंध। लेटते समय भी इसी सुगंध से मन रचा-बसा था...लगता था कि मस्तिष्क में लहर की तरह कान्हा की बांसुरी गूंज रही है...पलकें झपकीं, पर अचानक खुल गईं। उठ बैठे।

चौंक गए थे।

उद्धव ने घबराकर प्रश्न किया, "क्या हुआ हलधर"

"कुछ नहींऐसे ही कान्हा नहीं सोने दे रहा।"

"कन्हैया?..." उद्धव हैरान हुए, "पर वह तो वहां हैदूसरे वृक्ष के नीचे। देखो तो कितनी निश्चिंत नीन्द सो रहे हैं।..."

"बहुत दुष्ट है।...वहां होकर भी लगता है जैसे समीप हैं।" बलराम के स्वर मे ममता घुल गई। लेट रहे, पर जागते हुए...

उद्धव भी जाग रहे हैं...पूछा"सो, कैसे?..."

"ज्ञात नहीं कैसे?...पर हर क्षण लगता है पास ही है। डांट खाता रहता है, पर निरंतर चतुराई, छल, प्रपंच भी करता रहता है..." बलराम उसी तरह भावावेश में कहे गए थे"कितनी इच्छा होती है कि उस पर क्रोध करूं, किंतु...।"

आगे नहीं पूछा था उद्धव ने। लगा कि व्यर्थ होगा। खूब जानते हैं बलभद्र कन्हैया को लेकर सदा ही ऐसी दोहरी प्रेमल स्थिति में बहते रहे हैं...

उद्धव ने पलकें मूंद लीं...प्रयत्न किया कि नींद आ जाए, किंतु नींद नहीं आई...

एक बार फिर करवटें बदलते हुए पुनः पलकें खोलींदेखा कि बलराम अब भी जाग रहे हैं...जागते हुए भी सोए हुए-से। पलके खुलीं। अवश्य किसी सोच में होंगे।

सोच में ही हैं...जल्दी समझ लिया था। फिर अनुमान करने लगेक्या सोच रहे होंगे?

पूछें? मन ने कुरेदा।

क्या? किस तरह पूछेंगे? फिर द्वंद्वात्मक स्थिति के बीच पूछ भी लिया, "बलभद्र भइया?"

"हूं?" वह जैसे सोते हुए-से जागे। दृष्टि उद्धव पर ठहरा दी।

"नींद नहीं आई?"

"नहीं रे!"

"क्यों?"

"यों ही..." बलभद्र ने करवट ली।

उद्धव बैठ गए। कुछ क्षण पुनः रहे कि टूटी बात कहां से प्रारंभ करें? फिर बात शुरू कर दी, "नींद न आने का कारण क्या है?...इतनी लम्बी और निरंतर यात्रा के बाद तो नींद तुरंत आ जानी थी भइया?"

बलभद्र ने एक हल्की-सी हुंकार भरीबैठ गए। कहा, "थकान तो है, पर मन साथ नहीं दे रहा अतः सो नहीं पा रहा हूं।"

"कहां, किस सोच में डूबा है तुम्हारा मन?"

बलभद्र हंस पड़े"सोच-ही-सोच तो है...कहां से प्रारंभ करूं? माता यशोदा के स्मरण से कि गुरुदेव के आश्रम की स्मृतियों से..."

उद्धव भावुक हो रहे। चुप समा गया मन में। शोर से भरा हुआ चुप। सच ही तो। विगत का स्मरण कितनी ही बातें लिए हुए है, फिर बलभद्र-कृष्ण की तो बहुत-सी स्मृतियां हैं...गोकुल के ममत्व से लेकर सान्दीपनि आश्रम के सखाओं तक की। गले तक भरे होंगे दोनों। श्रीकृष्ण कभी व्यक्त नहीं करते अपने-आप को और बलभद्र के भीतर-बाहर कुछ भी अव्यक्त नहीं। लगता है कि एक ही नदी के दो किनारे हैं दोनों भाई। एक ओर जल का निर्मल दर्शन और दूसरी ओर तरलता की अथाह गहराइयों का अनुभव। एक बलराम और एक कृष्ण।...

विश्राम के लिए उद्धव पुनः लेट जाना चाहते हैं, किंतु बलराम बोलने लगे"मित्र।...कान्हा को लेकर विचार करता हूं तो लगता है कि नन्दगांव की किसी पगडण्डी पर होता हुआ गोवर्धन का फेरा ले रहा हूं...न फेरा कहीं से प्रारंभ होता है और न ही कहीं उसका अंत..."

"वह कैसे?"

"कैसे?..." बलराम ने मुड़कर उद्धव को देखो कहा, "सुनएक पल

के लिए उस कान्हा को देख जो। बेचार गोकुल में यशोदा माई को आए दिन खिझाता रहता था...कभी माखनचोरी करके, कभी देर-अबेर गांव में भटकते हुए, कभी आस-पड़ोस की गोप-बालाओं को चिढ़ाते हुए...मुझे कोई भी दिन स्मरण नहीं है, जब यह दुष्ट सूर्योदय से सूर्यास्त तक किसी पल शांत रहा हो...जैसे सूर्य चढ़ता जाता है ना, वैसे ही इसकी चंचलता नंदगांव और बरसाने से कोई-न-कोई नई घटना घटाती रहती थी। पर अब?...अब यही कन्हैया राजनीति और रणनीति के असंख्य रहस्यों से भर गया है?. ..ऐसा परिवर्तन कर लिया इसने स्वयं में? या कैसे हुआ? तूने कभी विचार किया उद्धव?''

और उद्धव को भी लगा थाबलभद्र बिलकुल सच कह रहे हैं। इस कन्हैया और उस कन्हैया का कोई सामंजस्य नहीं...फिर भी इस कन्हैया और उस कन्हैया की मोहिनी शक्ति पूर्ववत् है...अपितु कभी-कभी लगता है कि बढ़ती जा रही है। इतनी बढ़ती जा रही है कि मोहपाश बन रही है...

और इस मोहपाश में छोटे-बड़े सभी बंधे हुए हैं...बलभद्र हों या उद्धव, माता यशोदा हों या नंद बाबा, सान्दीपनि गुरु हों या बालमित्र सुदामा ...सब बंधन में गहरे और गहरे जकड़े हुए...

किंतु यह मोहपाश केवल परिजनों, गुरु और मित्रों का ही नहीं, उनके अपने लिए भी है। उनसे भी कहीं अधिक जन-जन के प्रति है...उस जड़ जगत् के प्रति भी जो कन्हाई के गिर्द रहा है, या कन्हाई जिस सम्पूर्ण के गिर्द हैं...

उद्धव को अनुभव हुआदृष्टि के गिर्द रात्रि के अंधकार को चीरता हुआ एक तीव्र प्रकाश उभरने लगा है...इस प्रकाश में गत-आगत सब कुछ उजागर...चित्रवत्।...इन चित्रों के कितने रंग है, गिन पाना असंभव। इन चित्रों का न कोई ओर है, न छोर...केवल चित्र हैं...एक के बाद एक उभरते हुए चित्र।...लगता है कि उद्धव एक ऐसे मार्ग से निकल रहे हैं, जिसमें सभी ओर कन्हाई के विविध जीवन-प्रसंगों के वे चित्र ही चित्र सजे हुए हैं, जिन्हें कभी उन्होंने देखा है, कभी अनदेखा करना चाहा है, कभी अनुभूत किया है, कभी श्रवण-सुख लिया है...

गोकुल...और फिर गोकुल से कुछ समय के लिए उज्जयिनी स्थित अंकपाद। कन्हैया का जीवन आपत्ति में हैयह जानकर नंद बाबा और माता यशोदा ने अल्पायु भाइयों को जीवन-रक्षा को लेकर बहुविधि विचारविमर्श किया था...दुष्टबुद्धि कंस छल, प्रपंचों और षड़यंत्रों से किसी भी तरह यशोदासुत और हलधर को समाप्त कर डालना चाहता था...पूतना बकासुर, तृणासुर...विभिन्न घटनाओं ने केवल सिद्ध ही नहीं किया थाप्रमाणित भी कर डाला था...तिस पर गोकुलवासिनी उस राजसेविका से भी निरंतर समाचार मिल रहे थे, जो मथुरास्थित कंस के रनिवास में विशेष सेविका थी...

हर बार सूचना भिजवाया करती थी"किसी तरह कान्हा और बलभद्र को गोकुल से दूर कर दो।...इतनी दूर कि कंस की दुष्टबुद्धि भी उतनी दूर तक न दौड़ सके। निरापद स्थान पर पहुंचा दो उन्हें।...किसी विश्वसनीय के पास!..."

और वे सब सोचने लगे थे"कौन हो सकता है ऐसा विश्वसनीय?"

अनेक नामों पर विचार हुआ...

अनेक नगरों-स्थानों, राज्यों को लेकर भी सोचा गया। वृद्ध गोप मंडली

हर संध्या गोपप्रमुख नंद के आंगन में एकत्र हो जाया करती...सब अपनी-अपनी सन्मति देते, सब अपने-अपने नाम सुझाते...

माता यशोदा पीतवर्ण मुख लिए, कोने में बैठी वृद्धायु गोपों के समूह की वार्तासुना करतीं। उद्धव को वे आंखें भी याद हैं...लगता था कि अथाह जल-सागर-सी गहरी हो गई हैं...कितने-कितने तूफान अपने भीतर बटोरे हुए। किस आत्मशक्ति से अपने उफान को थामे हुए...किस साहस से उन सबकी सम्मतियां सुनने में समर्थ...?

बहुत-से राज्य थेसुझाव में जिनके नाम आते...बहुतेक व्यक्ति, परिचित राजा अथवा सामंत...किंतु कोई भी, किसी के गले न उतरता...नाम, स्थान आता और बहुविध शंकाएं प्रकट की जाने लगतीं।...कभी बतलाया जाता कि महाशक्तिशाली जरासन्ध के अधीन है वह राज्य, और कभी बतलाया जाता कि कंस के प्रभाव में है वह व्यक्ति...

तब कौन व्यक्ति और कौन-सा स्थान हो सकता था?...

फिर एक चुप बिखर जाता वातावरण में।...लगता था कि विश्वास के नाम पर शून्य सामने है। केवल विश्वास के नाम पर ही क्यों, आशा के नाम पर भी शून्य।...

गोपबालकों में भी कम चिंता नहीं थी...प्रतिदिन खेलने निकलते तो कान्हा साथ होता...कभी मनसुखा पूछता, कभी उद्धव...

"कन्हैया, तुम चले जाओगे तो कैसा लगेगा यहां?...हम सबके साथ-साथ इस गोकुल की यह भूमि भी जैसे निर्जीव हो जाएगी?...यह कदलीवन, सुन्दर और विशाल लताएं, यमुना की खिखिलाती लहरें...सब उदास उदास लगेंगी..."

"हां, कृष्ण।..." कोई अन्य गोपसखा बोल पड़ता"कौन खेलेगा इन वनक्षेत्रों में, कैसे और किसके नेतृत्व में जलक्रिड़ा हो सकेगी?...बंसी की धुन किससे सुनने को मिलेगी?...या गौएं किसके स्नेह-दुलार में जिएंगी?"

"यह ठीक कहता है, श्याम!...मनसुखा कल्पना मात्र से रुआंसा रहने लगा था, "सबसे कह दो कि तुम नहीं जाओगे!..."

पर कृष्ण शांत रहते...ऐसे, जैसे अपने गोकुल जाने-न जाने पर विचार ही न कर रहे हों; कर भी रहे हों तो गंभीरतापूर्वक न कर रहे हों...कहते"यह

सब हमारे लिए विचारणीय नहीं है, बन्धु!...जिनके लिए चिंतनीय है, उनके लिए ही रहने दो।...आओ, हम तो खेलें..." और फिर हर प्रश्न निरुत्तरित करते हुए वह उस ओर लपक पड़ते, जिस ओर गोपबालाएं होतीं...गोपबालाओं को छकाने में कान्हा को विशेष आनंद आता था...

ऐसा हर अवसर पर उद्धव सोचतेयह उचित नहीं करता है कान्हा।..एकाध बार टोका भी था"कृष्ण!...गोपिकाएं किसी दिन त्रस्त होकर शाप दे देंगी हम लोगों को।...उस दिन देखा नहीं था, कितनी रुष्ट हो गई थीं सब..."

"किस दिन?"

"उसी दिन, जिस दिन तुमने वस्त्र-हरण कर लिए थे उनके।..." उद्धव तनिक रुष्ट हो जाते है।

कन्हैया मुस्कुरा पड़ता। बड़ी उपेक्षा के साथऐसे, जैसे वह स्मरण-योग्य घटना ही न हो"अच्छा-अच्छा, अब स्मरण आया।...तुम उसी दिन की चर्चा कर रहे हो न, जिस दिन तुममें से कोई भी उपस्थित न था..."

"हां, उसी दिन की बात कर रहा हूं।" उद्धव का रोष अधिक बढ़ जाया करता।...उस दिन मधुरा, गीतिका, दिव्या...कितनी ही गोपबालाओं ने हम सबसे तुम्हारी करतूत बतलाई थी। कहा था कि कान्हा अब कभी हमें इस तरह कष्ट देगा तो हम सब मां यशोदा से कह देंगी..." कृष्ण कोई उत्तर दें, इसके पूर्व ही उद्धव अनुनय-विनय करने लगते"देखो, श्याम, अब ऐसा कुछ न करना, जिसके कारण हम सभी को डांट पड़े।" कृष्ण मुसकुराते"अच्छा निश्चिंत रहो।..."

और फिर कोई नई शरारत हो जाती है।...उद्धव, मनसुखा...सभी चिढ़े-से देखते रह जाते और कृष्ण अप्रभावित।...मुक्त भाव से हंसतेखिलखिलाते सदा की भांति गांव की ओर लौट पड़ते।...सारे गोप-सखा डरते-डरते अपने-अपने घरों में प्रवेश करते...प्रतिक्षण पिटाई के प्रति आशंकित।...पर कुछ न होता। गोपबालाओं के आवेशपूर्ण वचन भी ध्यान आते"देखो, देखो।...ऐसा न करो कन्हैया, की, तो हम शिकायत करेंगे ही, तुम सबकी भी...बहुत पिटोगे तुम लोग।"

पर कितनी बार यही नहीं हुआ था! हर बार कान्हा कोई न कोई शरारत करते, हर बार गोपियां धमकी देतीं, पर न तो धमकी के परिणाम

मिलते, न ही अगले दिन गोपियां बदली हुई दीखतीं।...इसके विपरीत पूर्ववत् उसी तरह हंसतींखिलखिलातीं और कई बार तो उलटे कान्हा और गोपबालकों को ही छेड़ती-ठिठोली करती मिलतीं।...

और तभी विचार करने लगे थे वे सब।...कही कान्हा तंत्र-मंत्र तो नहीं जानता!

अवश्य ही जानता होगा। न जानता होता भला ऐसा हो सकता था। गोपियां सांझ समय पर घर लौटते हुए रोज ही कृष्ण और सभी को कोसती जाती है। पर परिणाम कुछ नहीं होता।

यह कैसे संभव है?...

असंभव।...निश्चय ही तंत्र-मंत्र है।...मानव-मस्तिष्क को पल-भर में परिवर्तित कर देने वाली कोई अद्‌भुत शकित।...

और वह शक्ति कान्हा के अतिरिक्त किसके पास हो सकती है?...तरह-तरह की शक्तियां उसी के पास तो अनुभव होती थीं...मोहिनी से लेकर जय-शक्ति तक। सब कुछ कान्हा। केवल कान्हा।...ओर कान्हा से इतर कुछ भी नहीं।

उद्धव को आज भी स्मरण हैकान्हा को सान्दीपनि ऋषि के आश्रम भेजने का जिस समय सर्वसम्मत निर्णय हुआ, उस समय भी कान्हा का चेहरा देखकर यही लगा थायह निर्णय संभवतः वृद्धायु गोप-समुदाय का नहीं।...गोपप्रमुख नंदराय का भी नहीं, अपितु कान्हा का अपना ही है।...

न होता तो भला, निर्णय-पूर्व गोपसखाओं और गोपियां को एकत्रित कर कान्हा ने कहा होता"मेरे गोपमित्रों और गोपियो!...कुछ समय दर्शन न कर सकूंगामुझे क्षमा कर देना..."

मनसुखा ने पूछा था, "क्यों कृष्ण? कहीं जा रहा है तू?"

"तुमसे विलग कैसे कहीं जा सकता हैंरहूंगा तो तुम्हारे पास ही. ..बस, थोड़े दिन छिपा-छिपौवल खेलूंगा।...

"थोड़े दिन?"...उद्धव ने भी पूछा"खेलते तो हम प्रतिदिन ही हैं कान्हा, पर ऐसा कैसा खेल होगा, जो कई दिनों तक चले?..."

"ऐसा ही खेल होगा उद्धव।..."

कन्हैया रहस्यमय मुस्कुराहट से मुसकुरा दिया था...

रहस्यमय मुस्कान, यह कान्हा की मुस्कान है या इस मुस्कान का नाम कान्हा है।...

उद्धव अजाने ही विगत लोक में विचरते जा रहे हैं...

कितने सहज-शांत और सरल भाव से कह दिया था यशोदासुत ने"कुछ समय...कुछ ही समय तुमसे बिलग रहूंगा। छिपा-छिपौवल खेलूंगा।..."

और कुछ समय की वह कल्पना?"

उद्धव के स्मृतिकोष में वह दिन, रात और रात के बेचैनी से भरे प्रहर अब भी किसी कथाचित्र की तरह चित्रित हैं...वे सकुचाई, सहमी, व्यग्र और हतप्रभ-सी रह गईं गोप मित्रों की आंखें!...और कान्हा का मुस्कुराना, शब्द कहकर पल-भर में विस्मृत करके विषय बदल देना। उद्धव को स्मरण है. ..कान्हा बोला था"चलो, मित्र।...कुछ समय वन-विहार करते हैं...वहीं खेलेंगे भी..." और उठ भी पड़ा था वह।

पर वे नहीं उठ सके थे। लगता था कि जड़ हो गए हैं। उतने जड़ तो गोकुल के वृक्ष भी नहीं थे!...चट्टानें और ऊबड़-खाबड़ टीले भी नहीं!...कैसा-कैसा होने लगा था उनका मन?...विश्वास ही नहीं हो रहा था कि कान्हा से विलग रहने की कल्पना-भर शरीर को इस तरह मृतवत् कर देगी।

शरीर ही मृतवत् हुआ या मन मर गया?...

उद्धव को न उस पर समझ आया था, न इस पल समझ आ रहा है... बस, इतना जानता है कि मुरली मनोहर से अलग रहने का विचार ही कभी नहीं आया था मन में...फिर उस सबका शब्दरूप में सुनना...और केवल सुनना ही क्यों झेलने का अनुभव भी करता।...

"नन, वह सब नहीं हो सकेगा।..." मनसुखा शांत था, केवल होंठ कंपकपां रहे थे। थरथराता, विकलांग, कृशकाय मनसुखा जैसे मृत्यु कष्ट झेल रहा हो, आर्तनाद करने लगा था"नहीं-नहीं होगा, कभी नहीं होगा...हो ही नहीं सकता।..."

वे सब मनसुखा को देखने लगे थे। कान्हा भी मुड़ आया...चकित, किंतु संयत भाव से सखा के कांधे पर हथेली फिराई...पूछा, "क्या हुआ रे?...क्या नहीं होगा?..."

सब चकित। सब शब्दहीन। स्वयं उद्धव भी स्तब्ध। ...मनसुखा छोटे, बहुत छोटे बालक की तरह कान्हा की कलाई थामकर फफकने लगा, "नहीं-नहीं, भइया।...यह कैसे हो सकता है?...तुम्हारे बिना इस निर्जीव वन में गौएं चराने कैसे जाएंगे हम?...

"हां, कन्हैया।..." कोई अन्य गोपसखा बड़बड़ाया, "...और गौएं भी कैसे जाएंगी?..."

"किंतु..." कान्हा ने कुछ कहना चाहा, पर सब एक साथ झपट पड़े थे यशोदापुत्र पर। चीखते, करुण भाव से पुकारते हुए, "सही ही तो कह रहा है वह। गौएं भी नहीं जाएंगी।...गईं भी तो क्या अपनी क्षुधा शांत कर सकेंगी?...पल-पल बावली होकर यहां-वहां घूमती डोलेंगी...। मुरलिया सुनने की आदत जो पड़ गई है उन्हें।...तुम्हें पाप लगेगा कान्हा।...

"हां, श्रीकृष्ण।..."उद्धव भी बोल पड़ा था, सब अपनी-अपनी बात कह रहे हैं, मन की परतें खोल रहे हैं, तब उद्धव ही क्यों पीछे रहें। कहा, "ठीक ही तो है। मन पर कठोर पत्थर रखकर यह हम तो विलगाव सह भी लेंगे, किंतु वे सरलमन, मूक गौएं सहेंगी?..."

"उन्हें। प्रतिदिन वह जादू-भरी धुन सुनने की आदत जो पड़ गई है।..." मनसुख बोला।

"कौन-सी धुन?" कान्हा ने प्रश्न किया।

"वही जो तेरी अपनी देन है।...यहयह बांसुरी।" कहकर मनसुखा ने मुरली पर हाथ मारा, एक झपट्टे के साथ उसे कृष्ण की कमर से खींच लिया। वह सदा वहीं जड़ी रहती थी...लगता था कि श्रीकृष्ण की सम्पूर्ण मोहिनी-शक्ति उस ठगिनी मुरलिया में ही बंदी है...जिस क्षण चाहे, उसकी धुन छेड़कर आदि-अनंत में एक मोहजाल बिखरा देता है...तरल, सुगंधमय, बेसुध कर देने वाला तंत्र-मंत्र।...ज्ञात नहीं, कैसे, कहां से और किससे सीख आया?...

या किसी ऋषि ने दे दी थी वह मुरली।

किंतु मनसुखा कहता था, "उसने स्वयं बनाई।..." यदि बनाई है, तब तो निश्चय ही श्रीकृष्ण कोई मांत्रिक-तांत्रिक हैं।...बालक क्या मंत्र-तंत्र के साधक नहीं हो सकते?"...अनेक बार विचारा था, सबने। एक साथ रहकर और अलग-अलग होकर। मुरली।...निश्चय ही वह मंत्रधारा है... स्वरमंत्र।...इस स्वरमंत्र की साधना अवश्य की होगी कृष्ण ने?...

किंतु साधना में लगता है समय?...और समय कब पाया होगा कृष्ण ने? एक प्रश्न था जो सबके मन को झकझोर जाता। अनेक बार वे सब तर्कातर्क भी कर उठते थे। किसी का कहना था, मुरली उसे कहीं से मिली है।...कोई कहता, किसी ऋषि ने दी हैमोहिनी-विद्या का अमोघ अस्त्र है।. ..कोई अन्य समर्थन करतानिश्चय ही। वैसा न होता तो क्या कान्हा होंठों से उसे लगाते ही जड़-चेतन पर अपना मायाजाल बिछा लेता?...

एक ही निष्कर्ष निकालते थे सब। यह कि कृष्ण की मुरली कहीं से मिली है। किसी की कृपा।

पर कृपा यूं ही तो होती नहीं?...एक और तर्क घुमड़ आता मन में? मामा-पिता से भी शुभाशीष तब मिलते हैं, जब पुत्र केवल सेवा-सुश्रूषा ही न करे, उनकी भक्ति भी उसके हृदय में हो...वैसी स्थिति में क्या किसी मंत्र या तंत्र की प्राप्ति सिद्ध-योग से यों ही हो सकती है?

असंभव।...

तब?

तब कन्हैया ने निश्चय ही किसी सिद्ध या योगी की भक्ति-सेवा की होगी।

पर उस सबके लिए समय चाहिए। वह समय कृष्ण को कब मिला होगा?...वे सब स्मरण करते। व्रज-क्षेत्र में बाल-क्रीड़ाएं करते हुए कोई ऐसा दिन-पल स्मरण नहीं आता था, जबकि कृष्ण अकेला रहा हो?...और सिद्ध या योगी की सेवा-साधना, भक्ति भीड़ में जुटकर तो की नहीं जाती?

निष्कर्षों का सोचा हुआ अम्बार रेत के ढेर की तरह ढह जाता। अंत में वही निर्णयकान्हा ने अवश्य ही यह मुरली स्वयं बनाई है।...

और अगर स्वयं बनाई है, तब सखा होकर भी सखा नहींकुछ और है। अद्भूत, अजाना, रहस्यमय।...

केवल एक घटना होती तब समझ लिया जाता कि संयोगवश वैसा हुआ है। पर बालपन से ही निरंतर कन्हैया के साथ ऐसी घटनाएं, अलौकिकताएं सामान्य ढंग से घटती रही हैं कि वह अपने में से एक होता हुआ भी अलग लगता है। अलग होकर भी अपना लगता है।

कुछ मिलाकर ऐसी गुत्थी, जिसे लेकर माथापच्ची करना सखा-मित्रों ने बन्द कर दिया था।...गोपियों ने भी।...

होते-होते यह स्थिति आ पहुंची थी कि रोज-रोज उससे रूठना, उसका रूठना, उसे मनाना, उससे मनाया जाना...दिनचर्या की तरह अनिवार्य हो गए थे। इतने अनिवार्य कि उनमें से किसी एक का टूटना अखर जाता था...तिस पर कन्हैया ने बतलाया कि वह कुछ समय तक गोप-गोपिकाओं से दूर रहेगा।...

यह असह्य।...

और यह असह्य ही उन सबकी पीड़ा, आंसू, गुहारें...

कैसे?...कैसे हो सकेगा कृष्ण?

और कृष्ण चुप हैं। केवल चुप। इस रहस्यमय चुप के साथ-साथ है, स्निग्ध मुस्कान। यह मुस्कान कभी किसी पल श्रीकृष्ण के होंठों, कपोलो से बिलग हुई होउद्धव को तो स्मरण नहीं।

बस, यही तटस्थता और मुस्कान तो है, जो श्रीकृष्ण को निठुर, निर्मोही, कठोर, और न जाने क्या-क्या कहलवा देती है?...पर यह सब कहकर भी क्या सच ही श्रीकृष्ण से रूठा जा सकता है?...

अनेक बार उद्धव ने स्वयं यह शब्द सोचे हैं, कहे, हैं, उस दिन भी यही कुछ कहा था सबने...पर यह मुस्कान वैसी ही रही। उलटे श्रीकृष्ण समझाने लगे "सुनो, मित्रो।...सदा के लिए थोड़े ही जा रहा हूं मैं।...कुछ ही समय बाद माता यशोदा और बाबा मुझे बुलवा लेंगे।...यों भी शिक्षा के लिए तो गुरुकुल जाना ही होता है। सभी जाते हैं...उन सभी को अपने मित्र, बालसखा, बन्धु-बान्धव और माता-पिता से विलग होना पड़ता है।...पर यह विलग होना नहीं है?...यह तो अधिक नेह पाना और नेह देना है।..."

वे सब श्रोता-भाव से सुनते तो रहे, किंतु उनमें से एक भी नहीं जो इस उपदेश को सुनने के अतिरिक्त समझने का प्रयत्न करता हो।...या जिसने किया हो। सब यही सोचे-जाने हुए थे कि सदा की भांति श्रीकृष्ण वह सब मनवा लेंगे, जो मनवाते आए हैं। यह बातें, यह शब्द, यह नेह, यह मोहमय स्वर...यह सब क्या मुरली से कम छलनामय है?...

छलिया।...

कहा नहीं था उन्होंनेपर सबसे यही सोचा। इसी तरह सोचा।

श्रीकृष्ण ने जैसे अनकहा, अनसुना भी समझ लिया। अधिक सहज होकर स्निग्ध स्वर में बोले"अच्छा, तू ही बता मनसुखा, जब हम लोग साथ नहीं होते, तब हम एक-दूसरे के अधिक समीप होते हैं ना?..."

"यह क्या कहता है कान्हा?..." मनसुखा चकित। कुछ रुष्ट भाव से पूछा, "उछली-उलझी बातें मत कर।...स्पष्ट कह, क्या कहना है?"

श्रीकृष्ण मुस्कुरा दिए। यह फिर-फिर मुस्कान...? उद्धव की आंखों में अब भी वह छवि पूर्ववर्त उभरी हुई है...सदा उभरी रहेगी...असाधारण थी वह मुस्कान...और सदा असाधारण ही रही है...इस समय तक। अपितु कभी-कभी लगता है अधिक ही असाधारण और रहस्यमय हो गई है।

उस दिन श्रीकृष्ण ने कहा था"धर्य रखने-भर की बात है, मनसुखा...यह सब हम सभी के लिए शुभकर हो रहा है...हो सकता है कि गुरुवर के आश्रम से ज्ञान लेकर मैं माता यशोदा और पिता नंद बाबा के लिए उचित पुत्रधर्म निबाह सकूं...इसी कारण मुझे जाना होगा...और इसी कारण संभवतः वह मुझे भेज भी रहे हैं..."

सब निरुत्तर हो लिए थे। होना पड़ा। किंतु सन्तुष्ट नहीं थे वे।

गोपिकाएं भी संतुष्ट नहीं थीं और श्रीकृष्ण उन्हें इस तरह का भावुक उत्तर देकर संतुष्ट भी नहीं कर सके थे...उद्धव को वह क्षण भी स्मृत है।

उनका पल-पल रूठना, मनाना और रुष्ट होना, क्षुब्ध होकर यशोदा माता से कान्हा की शिकायत करना...वह सब उनके अभूतपूर्व स्नेह का प्रमाण था...सम्पूर्ण ब्रज अंचल जानता था यह...बाल, वृद्ध, युवक, प्रौढ़

सभी...विचित्र था वह नेह...उससे भी कहीं अधिक नेहपूर्ण क्रोध...और उससे भी कहीं अधिक रोष-प्रेम...कान्हा उन विविध आयु-वर्ग की नारियों के समक्ष सदा ही विविध भांति के नेह में उलझे हुए थे...

हमजोली गोपिया सखाभाव से प्रेममय थीं। युवतियां चंचलताओं पर मुग्ध और प्रौढ़-वृद्ध महिलाएं स्नेहिल भाव से क्रोध किया करतीं...पर अब उनमें से सभी को खालीपन लगने लगा था...

कितने ही प्रश्न घेरे हुए थे...हर प्रश्न हर आयु-वर्ग की अपनी आवश्यकता...एक सीमा तक अनिवार्यता।...

कन्हैया चला गया तो चंचल भाव से कौतुक कौन किया करेगा?...

और कन्हैया चला गया तो रुठेंगी किससे? मनाएगा कौन?...वैसा शब्द-चातुर्य, चपलतापूर्ण वार्तालाप और मीठे झूठ किससे सुनने को मिलेंगे?. ..जिन शब्दों के रसराग से मन प्रकृति की तरह खुला-खुला रहता था...आत्मा अनंत आकाश-सी निर्मल लगती थी...वह सब कहां से आएगा?...समूचे ब्रजक्षेत्र में एक भी स्वर तो ऐसा नहीं जो यह माधुर्य घोल सके!...

एक बोली थी"उद्धव!...क्या होगा? कान्हा जाएगा तो भोर हुए यमुना तट पर पक्षी कलरव के साथ-साथ बांसुरी की धुन कैसे सुनने को मिलेगी।...और उस बांसुरी की धुन न सुनकर सन्नाटे में पक्षी भी कैसे गुनगुनाएंगे?...वे न गुनगुनाएं तो यमुना कैसी निर्जीव-सी हो जाएगी?...तटों से गागरें भरने का स्वर आर्तनाद जैसा नहीं लगेगा?...बताओं तो कैसा पीड़ामय हो जाएगा सबका जीवन-संसार?..."भला ऐसे में कान्हा को कैसे जाने दें?"

और उद्धव चुप। क्या कहें?...कोई उत्तर नहीं सूझता था। कान्हा उन दिनों गोपिकाओं से कतराने लगे थे

विभिन्न आयु-वर्गों की गोपियों ने एकत्र होकर कान्हा को ढूंढ़ना प्रारंभ कर दिया था।...बस, एक बार मिल-भर जाए, फिर तो उसे बाध्य कर देंगी कि कहीं न जा सके। जाना तो दूर, विचार भी न कर सके।...

रहे यशोदा और नंद, तो उन्हें तो नेह से, अधिकार से, ममता से, सरलता से, करुणा और प्रार्थना से किसी भी तरह वे सब मना लेंगीन भेजो कन्हैया को।

पर कृष्ण कहां मिलेंगे? कैसे?वे नहीं जानती थीं। गिने-चुने स्थान थे। सब खोज लिए। ज्ञात हुआ था कि भोर हुए, किसी भी क्षण वाहन पर बिठाकर नंद बाबा के विशेष मित्र और राधा के पिता वृषभान उन्हें उज्जयिनी ले जाएंगे।

उसी बीच कृष्ण को खोज लेना था...पर कैसे, कहां?...देर रात्रि हुए श्रीकृष्ण छुपकर घर पहुंच जाएंगे और शयन-कक्ष में समा जाएंगे...उसके बाद उनका मिलना, या उनसे सम्पर्क करना असंभव।...माता यशोदा प्रहरी की भांति उनकी निद्रा पर भी बैठी रहती है...उनके रहते, उन्हें जगाना असंभव।

तब?...

तब कान्हा से भेंट होनी चाहिएदिन में, बहुत हुए तो सांझ तक। या उस समय, जिस समय बचते-छुपते वह घर की ओर आएं? गोपियों ने श्रीकृष्ण के बालसखाओं से ही सहायता मांगी थी...

पर उससे पूर्व श्रीकृष्ण अपने बाल-मित्रों से वचन ले चुके थे"मेरी सहायता करोगे न तुम?..."

सब चकित। कान्हा की सहायता? सबने एक-दूसरे का मुख देखा। जो सबका सहायक रहा हो, भला उसकी सहायता कौन करेगा?...या यह भी कन्हैया का कोई नया छल-नाट्य हैजिसमें गोप मित्र उलझनेवाले हैं?...उद्धव ने तनिक गंभीर होकर पूछ लिया, "कैसी सहायता कृष्ण?"

श्रीकृष्ण ने बड़े विनीत भाव से कहा, "तुम सब तो जानते ही हो, मैं तुम्हारी तरह गोपियों को नहीं समझा सकूंगा...वे तर्क मानेंगी ही नहीं। सच तो यह है उद्धव, कि स्नेहतर्कातर्क से परे होता है, अतः उसे कोई शक्ति, प्रभाव या विचार प्रभावित नहीं कर सकते।...इसी कारण मुझे तुम सबसे सहायता की आवश्यकता है।..."

"वह क्या?"

"गोपियों से मुझे बचाना होगा।..." श्री कृष्ण ने कहा, "बस, अधिक देर की बात नहीं है।...कुछ समय। कल प्रातः तो मैं निकल ही जाऊंगा।"

वे सब चकरा गए। किस तरह बचाना होगा?

श्रीकृष्ण ने समझा दिया"आज समूची दोपहर मैं यमुना के दूर तट-क्षेत्र पर घूमूंगा...सांक्ष समय इस ओर आऊंगा...निश्चय ही उनमें से

कुछ न कुछ मेरी टोह में रहेंगी। यह भी संभव है कि वह तुमसे सहायता लें, तब उन्हें बहकाए रहना होगा।"

"हूं, तो तुम चाहते हो, हम उन्हें बहकाएं?...उनसे छल करें।" मनसुखा ने तनिक रुष्ट होकर कहा, "वैसा नहीं होगा, कृष्ण।...क्यों मित्रो?" उसने सभी गोपों को ओर देखा।

"हां, हम असत्य क्यों बोलें।..." एक बोला, "तुम व्यर्थ ही हमें उन भोली गोपबालाओं को छलने के लिए कह रहे हो?"

"हां, हम असत्य बोलकर पाप नहीं करेंगे।..." एक ने उत्तर दिया।

"असत्य बोलने को कहां कहता हूं?" श्रीकृष्ण ने आश्चर्य व्यक्त किया। उद्धव ने शंकित दृष्टि टिका दी थी उन पर। क्या सच ही श्रीकृष्ण वही कह रहे हैं, जो शब्द में व्यक्त हो रहा है?...

पर कुछ सोच सकेंइसके पहले ही कृष्ण पुनः बोल पड़े थे"असत्य नहीं बोलना होगा तुम्हें।"

"फिर?"

"केवल इतना कहना होगा कि कृष्ण मिला ही नहीं..."

"मिला ही नहीं, सो क्यों?" मनुसखा ने कुरेदा।

"अरे, भाई!...तुम उनसे असत्य बोलते हुए भी असत्य नहीं बोलोगे. .." श्रीकृष्ण समझाने लगे थेभोले-भाले गोपमित्रो को"ऐसे शब्द जो सत्य भी व्यक्त न करते हों, और असत्य भी न व्यक्त करते होंतटस्थ कहलाते हैं...ऐसे ही तटस्थ रहोगे तुम सब...क्यों उद्धव?"

उद्धव चुप! चीखी दृष्टि से श्रीकृष्ण को देखने लगे थे। श्रीकृष्ण ने तुरंत दृष्टि चुरा ली। कहा"गोपियां जब तुमसे मेरा पता पूछेंगी, तुम कहोगे कि तुम तो उसे यानी मुझे मिले ही नहीं...यानी उन्हीं की तरह तुम सब भी मुझे खोज रहे हो।"

वे कुछ पल समझने के प्रयत्न में एक-दूसरे को देखते रहे...फिर कुछ कहें, तभी श्रीकृष्ण ने पुनः शब्द जाल फेंक दिया था उन पर, "तुम सब तो जानते ही हो, कितनी स्नेहिल और भोली-भाली हैं गोपियां...भला उनसे मैं क्या कह सकूंगा? उन्हें समाधान नहीं दे सकूंगा, जैसे तुम लोगों को दे चुका हूं।...इसी कारण बचना चाहता हूं उनसे।..."

गोप-मित्र फिर भी चुप। उद्धव समझ गए। शब्दजाल फिक रहा है...केवल फिंक ही नहीं रहा है...वे सब मछलियों की तरह उसमें ढेर होकर फंस भी रहे हैं...

श्रीकृष्ण के उनके समझने के पूर्व ही पुनः जाल फेंका"..."तुम सब्र तो समझदार हो, विवेकशील हो, अतः तुम्हें समझा सकता हूं।...उन सबको कभी भी नहीं। इसी कारण तुमसे तनिक-सी सहायता मांग रहा हूं और तुम हो कि इतना विचार कर रहे हो..."

मनसुख ने कहा, "ठीक है..." आगे कुछ कहे, तभी उद्धव ने रोक लिया था उसे"तू ठहर मनसुखा!..." फिर कृष्ण की ओर मुड़कर पूछा था, "कन्हैया, अभी-अभी तुमने क्या कहा था, याद है?"

कृष्ण ने चकित होकर पूछा"क्या?"

"तुमने कहा था कि स्नेह पर शक्ति और विचार प्रभाव नहीं करते।..."

"हां, कहा था...अब भी मानता हूं।"

"तो इसका अर्थ यह हुआ कि गोपियां तुमसे हम सबकी तुलना में अधिक स्नेह करती हैं...और हम लोग, जो तुम्हारी बात मानकर तुम उज्जयिनी जाने को स्वीकार चुके हैं, तुमसे कम स्नेह करते हैं।...तुम्हारे हमारे स्नेह का अपमान कर रहे हो कान्हाक्यों?"

लगा था कि सबको श्रीकृष्ण के विरोध का अवसर मिल गया है।...विरोध ही क्यों, झगड़ने का अवसर।...मनसुखा खड़ा हो गया, इस बार क्रोधित था वह, "हां, ठीक कहा है तुमने।...कान्हा ने हम सबका मित्रता का अपमान किया है।"

कृष्ण सकपकाए, सबसे दृष्टि चुराई, फिर स्वयं भी उठ खड़े हुए, "ठीक है। मत करो मेरी सहायता...पर इतना जान लो कि ऐसा न करके तुम माता यशोदा और नंद बाबा को अवश्य कष्ट दोगे, मेरा क्या है...मैं नहीं जाऊंगा उज्जयिनी। यहीं तुम सबके बीच रहकर गौ-सेवा किया करूंगा...इससे सुखद मेरे लिए और क्या हो सकता है?"

उद्धव एक पल के लिए इस मीठे, किंतु क्रोध पर चकित हुए, मन में कहीं गुदगुदी भी हुई, पर लगा कि इससे श्रेष्ठ अवसर नहीं मिलेगा जब

वाक्पटु कृष्ण को उन्हीं के शब्दों में उलझा दिया जाए। बोले''तुम विषय बदल रहे हो, गोपाल।...हमने जो प्रश्न किया, उसका उत्तर तुमने नहीं दिया।...हम अपने और गोपियों के तुमसे स्नेह को लेकर बात कर रहे थे...उसी बात का उत्तर दो। यहां-वहां की बातें न करो।''

''हां।...''

एक और बोला था''ठीक ही तो।...अगर गोपियां ही तुमसे अधिक स्नेह करती हैं तो हम तुम्हारे पीछे-पीछे क्यों लगे रहे?...इसका अर्थ तो यह हुआ कि हम लोग मूर्ख हैं। अपने प्रेम को अपमानित करते हुए, तुम्हारी चाटुकारिता में व्यस्त हैं।''

''निस्संदेह।...यही बात है।'' वे सब उठ खड़े हुए। चलने भी लगे थे। सब के सब रुठे हुए, सब रुष्ट...सब दुखी भी...कृष्ण से जाते-जाते कह भी दिया था उन्होंने''अब तुम जानो और गोपियां जानें।...और उससे भी अधिक यह ब्रजक्षेत्र जानें।...हमसे तुम्हारी नहीं बनेगी। बहुत दिन छल लिया हमें।''

''अरे-रे...सुनो...! मनसुखा!...उद्धव!...'' कन्हैया पुकारते ही रह गए, पर उन्होंने मुड़कर भी नहीं देखा। बड़बड़ाते चले गए थेकभी कोई रोष प्रकट करता, कभी कोई...

मनसुखा ने कहा था''यह सदा ही छलिया रहा है।...''

''छलिया नहींधूर्त।...।'' कोई बोला।

''मीठा ऐसा बोलेगा, जैसे माखन में रस पड़ गया हो...ठग।''

''वही तो...और उसका चेहरा तो देखोऐसे भोला बन जाएगा, जैसे अभी ही जनमा हो...''मनसुखा ने बात बढ़ाई।'' हमने भूल की जो इससे मैत्री बढ़ाई अब स्वयं ही क्लेश झेल रहे हैं।...'' गला भर्रा गया था उसका।

''मैं तो अनेक बार कह चुका हूं...'' उद्धव ने भी हां में हां मिला दी थीएक बार मुड़कर भी देखा था। कृष्ण वहीं खड़े थे, जहां थे। पर लगा था कि मुस्कुरा रहे हों...ऐसे, जैसे सब सुन रहे हों और सुनकर सराह भी रहे होंसूब झूठ बोल रहे हैं सब।

गोप रूके नहीं। स्नेहिल आवेश में दूर पेड़ों के पीछे लुप्त हो गए।

उद्धव उस दिन और उसके बाद की घटनाओं का स्मरण कर मन-ही-मन मुस्कुरा उठे। श्रीकृष्ण उसी पेड़ के नीचे बैठे हुए थे। उसी तरह किसी के लिए प्रतिक्षारत। उद्धव ने टकटकी बांधे हुए उन्हें देखाविश्वास नहीं होता, उस समय के कृष्ण और उस समय के कृष्ण पर...

आश्चर्यजनक बदलाव हो गया है दोनों में। चपलता, मुस्कानें, निश्चिंतता और त्वरित निर्णयक्षमता पूर्ववत् हैं। कहीं बढ़ ही गई...हैं पर श्रीकृष्ण के व्यक्तित्व में विचित्र-सा परिवर्तन लगता है...संभवतः किसी नए गुण की और बढ़ोतरी हुई है...

गुण?...

गुणों की गिनती ही नहीं कर पाते हैं उद्धव। बस, इतना जानते हैं कि कभी-कभी कृष्ण प्रकाश का ऐसा पुंज होते हैं, जिसकी गुणधाराओं की गिनती असंभव। एक समग्र सूर्याभास होने लगता है।...सूर्योदय की तरह तेजस्वी।...भला सूर्य-तेज में किरणों का आकलन किया जा सकता है?...

किंतु यह आकलन तो किसी भी समय नहीं हो पाया। उस समय भी कहां हुआ था?...उसी दिन, जिस दिन गोप-मित्र समुदाय को लेकर रूठे-रूठे सभी एक ओर चले गए थे...

राह में मिल गई थीं गोपियां...दैनंदिन जीवन-क्रम से जुड़ी रहकर भी प्रतिपल श्रीकृष्ण के स्मरण से सराबोर रहती थीं वे। गोप निकले तो सहसा मार्ग में एक गोपिका प्रकट हो गई थी, "अरे। ... तुम लोग?..."

वे सकपकाए-से खड़े हो गए। गोपिकाएं बहुत व्यग्र थीं। उतावली और अब गोपसखाओं को पाकर उत्साहित-उत्कंठित भी। वे कुछ कह सकें, इसके पूर्व ही प्रश्न कर दिया था उसने, "श्रीकृष्ण कहां हैं?"

"कहां हैं...कहां हैं...श्रीकृष्ण कहां हैं?..." लगा था कि गोपी के शब्द वायुमण्डल में चक्रव्यूह बनकर घिरने लगे हैं...वह व्यूह जो बवंडर की तरह उभरता हैवातावरण को अपने स्वर, और शक्ति से झकझोर डालता है. ..किंतु यह बवंडर शब्द-रूप से आकाश से उठकर धरती की ओर आया है...

और गोप हिलते हुए...मन, शरीर, स्वर सभी से हिल चुके। कृष्ण को लेकर क्या कहें?...

वे एक-दूसरे का चेहरा देखने लगे थे। स्तब्ध, चकित, एक-दूसरे से प्रश्न करते हुए। श्रीकृष्ण से कुछ कह आए हैं...श्रीकृष्ण ने कुछ कहा भी है...

उद्धव चुप होकर मनसुखा और अन्य गोपियो की ओर देखने लगे। सुनेंगेयह क्या कहते हैं?...

मनसुखा बोला था, "कान्हा बड़ा कठोर है...सुबह से उसे ही खोज रहे हैं। कहीं दीखा ही नहीं।"

गोपी शंकित होकर सभी को देखने लगी थी...फिर एक गहरा श्वास लेकर कहा था, "ठीक है, न बतलाओ तुम लोग!...पर इतना जान लो, तुम भी कम दुखी नहीं होओगे।...हम तो सहेंगी ही..."

"हम भी जान रहे हैं...पर क्षमा करें, वह मिले तो!..." एक ने उससे कहीं अधिक करुण स्वर में उत्तर दिया।

उद्धव को लगा था, बोलना आवश्यक हो गया है। न बोलने पर अधिक देर गोप साथी भी सच को दबाए नहीं कर सकेंगे। अतः कहा था, "तुम सच कह रही हो...पर कान्हा भी क्या करेंगे?...निर्णय नंद बाबा और यशोदा मैया पर है। वह जो करेंगेकान्हा को वही करना होगा। माता-पिता की आज्ञा का उल्लंघन कैसे कर सकता है कोई!"

कुछ नहीं बोली थीगोपी। दृष्टि में अविश्वास था। वे आगे बढ़ गए...ऐसे जैसे कुछ चुराकर भागे जा रहे हों।...उद्धव ने मुड़कर देखा थागोपिका ऐसे देख रही थी जैसे हर गोप-सखा ने कन्हैया को अपने बीच छिपा लिया हो और उससे चुराकर लिए जा रहे हों...वे सभी चलने में कुछ असहज-भी हो गए थे।

दोपहर-भर वे यहां-वहां गोधन लिए घूमते रहे...बहुत कष्ट हुआ था उस दिन। बलभद्र भर साथ। उनसे कुछ कहा जाना भी व्यर्थ था, ज्यादा चिहुंककर बात करना भी कठिन। कान्हा जानबूझकर साथ नहीं आया..

और कान्हा के बिना किस तरह वह दोपहर कटीवे सब अनुभव करके भी एक-दूसरे से कह नहीं रहे थे...एक होंठ लगता था कि फड़फड़ाकर कुछ कहना चाहता हैसंभवतः गोपाल को ही स्मरण करना चाहता है...किंतु उसके अपने भीतर का रूठना बहुत वेग से वह सब कुछ थामे हुए है...

बहुत देर उद्धव को वह सब रसमय लगा...रूठे हुए स्नेह के विचित्र उतार-चढ़ाव जो देखे थे उन्होंने...पर थोड़ी देर बाद लगा था कि वह स्वयं भी इसी कष्ट से कहीं न कहीं, किसी न किसी स्तर पर त्रस्त हैं।... दुखी।...

सांझ ढलीवे लौट पड़े। गौएं भी उकताई हुई-सी लगींअनुभव होता था कि उन सबकी तरह वे भी कुछ खोज रही हैं...चरते-चरते सहसा अकुलाकर यहां-वहा देखने लगतीं...

क्या खोजती हैं?...कन्हैया?...मुरली?...स्वरसुधा...? या कोई पुकारती मीठी वाणी?...

सांझ घिरेवे सब घर आए। ग्रामवासिों के इक्का-दुक्का झुंडों के अतिरिक्त गोप महिलाओं के बीच भी एक ही विषय था"जसोदा कान्हा और कर संकषर्ण को भेज रही हैं...ऐसी निठुर तो थी नहीं वह?"

एक बोली थी"निठुर बनना पड़ता है बहिना।...भला अपनी संतति का शुभ क्यों न चाहेगा कोई?...कन्हैया और कर संकर्षण गुरुज्ञान पाएंगे तो निश्चय ही अधिक सुघड़ बनेंगे।"

"कन्हैया को गुरुज्ञान की आवश्यकता ही क्या है?...यह सिद्ध है। मुझे तो लगता है कि उससे इतर कुछ है ही नहीं। जब वह गौएं वश में कर लेता है, तब क्या नहीं कर सकता?..."

"तुम भावुक हो रही हो बहिन!...संसार-व्यवहार सब कुछ गुरुकुल में ही मिलता है।...मोहग्रस्त होकर इस पल जसोदा कन्हैया को रोक लेगी तो अपने ही पुत्र के साथ अन्याय करेगी। इसी कारण...."

"सत्य यह नहीं है।..." एक गोपिका ने कहा था, "सत्य केवल यह है कि दुष्टबुद्धि कंस से बचाव के लिए जसोदा ने बलराम और कृष्ण को ब्रजभूमि से अलग करने का निर्णय लिया है।...

उनमें से अनेक गोप-बालकों ने सुना। पर निराशा नहीं छंटी। अपने-अपने घर लौटने को हुए। अचानक मनसुखा ने कहा था"सुनो मित्रो!...यह स्मरण रहे, श्रीकृष्ण से हम सभी को कष्ट मिला है। उसने हमारे प्रेम-स्नेह का अपमान किया है। अतः हम उसके प्रति मोहग्रस्त नहीं होंगे।..."

"हां, बिल्कुल नहीं होंगे।..."

"निस्संदेह।...वह समझता क्या है हमें?" एक ने तनिक तीखी पर उतार-चढ़ाव वाली आवाज में कहा था"वह धूर्त हमें सदा ही मोहिनी बातों

से छलता रहा पर अब वैसा नहीं होगा।...हम लोग उसके पिछलग्गू नहीं है।..."

"नहीं हैं।...

"नहीं हैं...।"

उद्धव ने भी हां में हां मिला दी। बिल्कुल नहीं है। अन्त में निर्णय हुआ था कि कान्हा जब भोर हुए उज्जयिनी जाएगा, तब कोई उससे नहीं भेंटेगा!"

"बिल्कुल नहीं।"

वे सब अपने-अपने घरों में समा गए।

पर उद्धव जानता है...यह निर्णय निभेगा नहीं। यही विचारकर वह अकेले ही यमुनातट की ओर निकल पड़े थे...रात होने लगी थी उस समय...

किंतु क्या उद्धव यह नहीं जानते थे?...वह स्वयं भी तो कम व्याकुल नहीं थे?...उनके अपने भीतर क्या कम अंतर्द्वंद्व हो रहा था? कन्हैया से रुष्ट हुई गोप टोली के साथ वह चले तो आए थेपर क्या उनके अपने भीतर अपने ही नाट्य ने पीड़ा नहीं पहुंचाई थी?...

वही पीड़ा थी जो सांझ और फिर रात्रि को भी घर नहीं पहुचने दे रही थी।

या उद्धव स्वयं कुछ ही समय के लिए सही, कृष्ण को ढूंढ़कर उनके साथ रह लेना चाहते थे?...

मन-मस्तिष्क से निर्णय ले लिया था कि वे यानी अन्य गोप सखा यह निर्णय निबाह नहीं सकेंगे?...किंतु मन से कहा था"तुम तो यह निर्णय सोच भी नहीं पा रहे हो, उद्धव।"

सच यही था।...केवल यही।

वह रुठना चाहते थे कृष्ण से। रूठकर कुछ पल के लिए ही सही, पर आनंद मिलता। करुणा का अपना ही आनंद होता है...स्नेहमयी करुणा खाली मन को भी कितना भर देती है?...पर मनसुखा की तरह वह भी नहीं कर सके उद्धव!...इसके विपरीत एक अधूरापन लिए हुए यमुना की तीव्र आर्तनाद करती लहरों को देखते घूमने लगे।

वह चांदनी रात थी। स्निग्ध। दूध की तरह।...जिस पर यमुना के स्वच्छ जल ने प्रकाश को अधिक बढ़ा दिया था...ठंडा और निर्मल प्रकाश।...किंतु लगा थावह प्रकाश भी धूप की तरह शरीर में लगने लगा है...उष्णता देता हुआ। कान्हा से विलग रहने की कल्पना मात्र में मिली उष्णता। एक असह्य गरमी। मन-शरीर बेचैन हो गए थे...

कान्हा स्वयं कहां होंगे?

लहर का चीत्कार सुनाई पड़ता और अकुलाई-सी आंखें दाएं-बाएं कुछ खोजने लगती। खोजती थीं?...कृष्ण? या शांति?...आनंद?...पीड़ा?...क्या था वह? आज भी नहीं समझ पाए हैं कि वैसा कोई समय फिर आया, तब भी मन ऐसा हो जाएगा।

और तभी लगा था कि चांदनी की धवलधारा में कदली वन-क्षेत्र की ओर कुछ रंग चमके हैं।...

क्या हो रहा है उधर?...कौन है?...कैसे रंग?...

अनेक रंग थे...लाल, पीले, हरे, गुलाबी, सुनहरी...न जाने कितने रंग। सब चांदनी में धुलते-से जान पड़े।...फिर अधिक-अधिक चमकने लगे...

संभवतः गोप स्त्रियां।...पर वहां, एकांत वनक्षेत्र में गोप स्त्रियां क्यों होने लगी?...और अगर हैं, तब कान्हा को वहीं होना चाहिए।

मन, इच्छा, शरीर...सबकी चेष्टाओं से अनजान किस शक्ति ने उन्हें उस ओर खींचना प्रारम्भ कर दिया थाज्ञात ही नहीं हुआ। केवल इतना जाना कि वह वहां आ पहुंचे हैं...एक कदली वृक्ष के नीचे।

वे रंग स्पष्ट हो गए थे। उन्हीं के साथ स्पष्ट हो गई थीं गोप बालाएं। पर उनके बीच भी उद्धव की आंखें कुछ खोजती हुई...कन्हैया?...कृष्ण?...गोपाल?

नहीं हैं।...

नहीं है, इसी कारण तो वे कृष्ण को लेकर बातें कर रही हैं...कोई क्रोधिता, कोई करुणामयी, कोई तार्किक...और उन सबके बीच एक चुप, शांत, कोमल आकृति। वृषभान पुत्री राधा।

तो क्या गोकुल और बरसाना की गोपियां साथ हैं?...

एक-एक कर सभी चेहरे पहचान लिए थे उद्धव ने। उनकी बातों पर कान गड़ा दिए...

‘‘वह नागकेसर लताओं मे भी नहीं मिला।...’’

‘‘इस कदलीवन में तो सारी सांझ बीत गई उसे खोजते-खोजते... ।’’

‘‘और पाटली के फूल जिस ओर लगते हैं ना, उस ओर के यमुनातट पर भी नहीं है।...

‘‘तब कहां गया होगा?...’’ एक अकुलाहट-भरा स्वर।

‘‘राधा से पूछो।’’ एक गोपी झुक आई थी राधा के कांधे पर’’, ‘‘बोल री, ओर कहां-कहां मिल सकता है कान्हा?’’

‘‘हां, बता राधा?’’

‘‘इसे ही ज्ञात होगा।...बोल, राधा?...’’ कई चेहरों ने झुककर राधा को घेर लिया है, ‘‘तुझे बताना ही होगा।...कम से कम इस क्षण तो वह गुप्त स्थान बता दे, जहां तू और केवल कृष्ण होते हैं...?’’

‘‘मैं नहीं जानती बहिना।...सच, इस कालिन्दी की सौगंध, मैं नहीं जानती!’’ उस झुके झुंड में से तन्वंगी राधा एक लहर की भांति मचलकर उठ पड़ती हैं। लहर की तरह आंखें, उससे भी कहीं अधिक बहता, पछाड़ें मारता आकुल स्वर।...उद्धव को लगता है कि लहर ने तट के किनारे माथा पीट लिया हैपुकार उठी हैकृष्ण!...कृष्ण!...कृष्ण!

‘‘तब तो सखी, बड़ा कठिन काम है उसे खोजना... ।’’

‘‘मुझे तो चिंता होने लगी है बहिन।’’

‘‘कैसी चिंता?’’

‘‘दुष्ट कंस जो पीछे पड़ा है मनमोहन के।’’

‘‘वह कन्हैया का कुछ नहीं कर सकता।...देखा नहीं था, दुष्ट नागवंशी कालिय का कैसे दमन किया था उसने?’’

‘‘और उस बकासुर को भी कैसे हत किया?’’

‘‘न-न, उस सब पर सोचना व्यर्थ है।...सोचो केवल उसे पाने का मार्ग।...’’

‘‘यह तो निश्चित-सा हैं बहिन, कन्हैया उज्जयिनी अवश्य जाएगा...’’

‘‘पर हम तो एक बार उससे मिलना चाहती हैं।...एक बार, केवल एक बार मिल जाए तो जी-भर के बातें कर लूं...फिर न जाने कब वैसी सुरमाधुरी सुनने मिले... ।’’

"ऐसा निष्ठुर कैसे हो गया?"

"कब नहीं हुआ वह निष्ठुर?...इन्हीं वनों, ग्राम-क्षेत्रों में कितनी-कितनी बार तो निष्ठुरता से छल चुका है हमें?...और आज भी...वही निष्ठुरता।"

"आज न मिला तो हम लोग उसे कभी क्षमा नहीं करेंगीबोलो, क्या कहती हो तुम सब?"

सबका समवेत स्वर था"हां।...हां।...हां।"

उद्धव का मन हुआ हंसे, पर हंसी नहीं आई। पता नहीं कब पलकों के भी पुतलियों पर आंसू छलक आए। इन आंसुओं ने विचार-क्रम तोड़ दिया। सच ही तो, इस नेह को कैसे छोड़ रहा है कृष्ण?

और उद्धव के भीतर भी क्या कुछ, ऐसे ही शब्द नहीं उमड़-घुमड़ रहे हैं?

निस्संदेह।...वह भी यह सब कहना चाहते हैंकिंतु कह नहीं रहे। सत्य पर असत्य का अभिनय करना कितना कठिन होता है? उद्धव ने सोचा। कठिन नहीं, संभवतः असंभव है।

सहसा उनके बीच चुप बिखर गया था। ऐसे, जैसे सबने कृष्ण को लेकर रुष्ट होने के लिए अपने-अपने भीतर एक पर्वत बनाया हो...केवल अनुभूति का पर्वत। और शब्दों की रेत से बढाई हो उसकी ऊंचाई।...इसके पार न वह जाएंगीन कृष्ण आ सकेगा?...

पर रेत के पर्वत नहीं होते...हो भी तो आंधी का एक झोंका उन्हें रेशे-रेशे बिखरा देता है...अगले ही पल पर्वत ढह गया था...

एक पिटा-सा, पीड़ित स्वर उभरा था किसी गोपी का"ठीक है, हम कृष्ण को क्षमा नहीं करेंगी, किंतु वह मिलना तो चाहिए!"

"हां।..."

"मिलना तो चाहिए।"

फिर वही प्रश्न"कहां मिलेगा?"

एक चुप, और फिर इस चुप को तोड़ा था एक गोपिका ने"सुनो, मुझे एक राह सूझी है।"

सब उसे देखने लगीं...और उन सबको उद्धव।

गोपी ने कहा"कृष्ण को पाना है तो अपने-अपने घरों से माखन ले आओ सब।...माखन के मोह में वह अवश्य ही हमसे आन मिलेगा।"

कुछ ने सुना, गंभीर हुईंजैसे विचार करने लगी हों...कुछ ने समर्थन में सिर हिलाए, स्वर उभरे"हां, ठीक कर रही है यह।..." पर राधा ने टोक दिया था उन्हें"न-न, सब व्यर्थ है। उसे नहीं आना है तो नहीं ही आएगा। अब माखन वाला कान्हा नहीं रहा। बड़ा हो गया है।"

"तब क्या करें?" एक रुआंसी हो गई।

हर विचार के साथ उनमें से उत्तेजित होकर कुछेक उठ जाती थीं अब निढाल-सी होकर बैठ रहींफिर वह सोचने का क्रम...

उद्धव ने निराश भाव से उच्छ्वास लिया, फिर छोड़ दिया। दबे कदमों लौट पड़े थे, यमुना के तट की ओर...

और फिर उत्तेजित लहरों को देखते हुए विचारशून्य होकर बैठ रहे...कब तक बैठे रहे थे, स्मरण नहीं...स्मरण आया, तब रात्रि आधी से अधिक बीत चुकी थी। परिजन चिंताग्रस्त नहीं होते थे। जानते थे सब, कृष्ण के साथ यहां-वहां घूम रहे होंगे। वही क्यों, समूचे गोप गृहों के हर बालक को लेकर उसके माता-पिता यही विचारते, निश्चिंत भी रहते।

उद्धव उठे। गांव की ओर लौट पड़े। मन का सन्नाटा गहरा हो गया था...उस सन्नाटे में जैसे मस्तिष्क भी एक शून्य का अहसास करता हुआ...कब, किस समय ग्राम-सीमा में आ पहुंचे और कब अजाने ही नंद बाबा के घर की ओर बढ़ गएज्ञात ही न हुआ...

सहसा चौंक गए थे वह।

नंद-गृह के ठीक सामने मनसुखा बैठा था...

और मनसुखा भी चौंक गया था, "तुम?"

"यों ही।..." मनसुखा ने जैसे उबलते माखन कलश में हाथ डाला है।और माखन से लिपटा हाथ किसी ने थाम लिया हैकुछ ऐसे ही चोरी की थी"मन नहीं लग रहा था घर में, ठीक तरह नींद भी नहीं आ रही थीसो...सो निकल पड़ा..."

"...और यहां आ बैठे?" उद्धव ने मुस्कुराकर प्रश्न किया।

मनसुखा ने अब आंखें चुरा लीं। धरती पर अंगुलियां फेरता हुआ बोला, "ऐसे ही...बैठ गया।"

"सो तो है ही..." उद्धव भी उसके पास बैठ गए।"

दोनों ने दृष्टि नंद-गृह के द्वार पर टिका दी। दरवाजे बन्द थे। भीतर होंगे सब। यशोदा माता, नंद, बलराम और कृष्ण...मनुसुखा ने कुछ रुष्ट स्वर में प्रश्न किया, "पर तुम तो यहां आने वाले ही न थे?...यही तय किया था सबने। है ना?"

"हां, है" उद्धव ने उत्तर दिया, फिर प्रश्न पर प्रश्न कर दिया, ऐसे जैसे मनसुखा को कहीं भीतर तक उकेरा हो।"तुमको भी तो नहीं आना था यहां...?

"तो तुम भी कहो ना कि जैसे मेरा मन नहीं माना, वैसे ही तुम्हारा मन भी..."

"तुम ठीक कह रहे हो मनसुखा।"

मनसुखा ने एक गहरा सांस लिया। फिर सोचते हुए कहा, "क्या करता उद्धव।...वह दुष्ट भोर हुए चला जो जाएगा...फिर न जाने कब मिले?"

उद्धव के भीतर भी जैसे वही सब उमड़ आया..यमुना की तीव्र धारा के उफान जैसा। बोले नहीं।

कुछ समय सन्नाटे के बीच ही बीता...सिर्फ सन्नाटा। पर कितना भरा हुआ सन्नाटा!...ऐसा लगता था जैसे उन दोनों के भीतर ही कोई अदृश्य शोर भरा हुआ हो।...

"उद्धव।..." सहसा यह बोल पड़ा था।

"हूं?"

"वह देखो, बायीं ओर।...मनसुखा ने धीमे स्वर में कहा।

उद्धव ने देखाकोई गोप आ रहा था...बोला, "देख लिया। अब तुम भी देखो, अपनी दायीं ओर..."

सहसा वे हंस पड़े। दोनों की दिशाओं से गोप किशोर चले आ रहे थे। जब पास आ पहुंचे तो उद्धव और मनसुखा को देखकर वे भी हंस पड़े थेफिर सहसा चुप हो गए...

भोर होते-होते वे सब एकत्र हो चके थे...केवल वे ही क्यों, गोप बालाएं भी। आसपास ही नहीं, ग्राम के स्त्री-पुरुष भी घरों से निकल आए...जैसे-जैसे अंधेरा छंट रहा था, वैसे-वैसे वे सब नंद-गृह पर एकत्र होते जा रहे थे...नंद के घर का द्वार खुले, इसके पूर्व काफी लोग एकत्र हो चुके थे वहां...

कान्हा!...कान्हा जो जा रहा है...कुछ ही समय के लिएपर सबको लग रहा था कि उनके अपने घर-आंगन से आनंद, उल्लास, हास्य, सुख सभी कुछ एक साथ कहीं दूर चले जा रहे हैं...

भोर हुई...

बरसाने से वृषभान आ पहुंचे। उन्हीं के साथ जाएंगे कृष्ण-बलराम।

वृषभान ने भीड़ देखी। कुछ कहा नहीं। जानते थे कि वे सब कृष्ण के ब्रज क्षेत्र से जाने पर उन्हें अश्रुपूरित विदाई देने खड़े हैं।

उद्धव ने देखा थानन्द बाबा ने मुख्य द्वार खोला। कृष्ण-बलराम अपनी-अपनी सामग्री के साथ निकले, पिता की चरण-रज माथे ली, फिर वाहन में समान रखकर सभी के बीच आ पहुंचे। वे मुसकुरा रहे थे...

शेष सब पलके भरे हुए।...श्रीकृष्ण ने सभी को प्रणाम किया, विदा ली, बोले"गुरुकुल से लौटकर पुनः आप सभी के दर्शन करूंगा...मुझे आज्ञा दें।" फिर बलराम के पीछे-पीछे वाहन में जा बैठे।...

उद्धव, मनसुखा, स्वयं नन्द बाबा और यशोदा से लेकर सभी ग्रामवासियों को अनुभव हुआ था कि उनके होंठ पुकारने को व्याकुल हैं"कृष्ण!... रुक जाओ।" पर वे खुले नहीं। किसी ने प्रयास नहीं किया अपितु समूची शक्ति से स्वयं को थामे रहे। जब तक वाहन दृष्टिपथ से ओझल नहीं हो गया था, तब तक वे पीड़ा का यह गहरा आघात सहते गए...और अन्त में यह आघात उनके दैनिक जीवन का नियम-क्रम बन गया।

भोर के साथ ही कृष्ण याद आते...फिर श्रीकृष्ण के साथ भोर याद आने लगती...और फिर हर पल कृष्ण के बिना ब्रज ने पतझर-सा अनुभव होने लगता... वे परस्पर नित्यकर्म और जीवन-व्यवहार को लेकर बतियाते, गोपियों से मिलते, गौएं भी चराते किंतु बांसुरी और कृष्ण एक ऐसा अभाव बनकर खलते रहते कि कोई भी समय-प्रहर न होता जो उन्हें जीवंतता का अनुभव करवा पाता...

लगता था हर ऋतु रीत-बीत गई है। पक्षियों के कलरव में वह मधुरता शेष नहीं रही, यमुना की लहरों का वेग संगीत-मय लगकर करुण रोदन-सा

लगता है, हरितभूमि की हरीतिमा अब कोमलता का प्रभाव नहीं देती... वायुमण्डल में सुगंधि शेष नहीं रही है...आकाश भी पहले जैसा आनंद नहीं देता...और सबसे बड़ी बात यह कि वे सब अपने मित्र-परिचित, और सखा-बन्धु होते हुए भीअपने-से नहीं लगते।

कितने दिन, माह और बरस नहीं बीत गए थे।

पर लगता था कि युग बीत गए हैं।...वे बेचैन होने लगे थे। अनेक गोप-सखा थे जो कृष्ण-बलराम के ब्रज छोड़ते ही अगले दिन यशोदा माता के पास जा पहुंचे...पूछ उठे थे"कब आऐगा कान्हा?"

और यशोदा उन्हीं की तरह बुदबुदाकर रह गई थी, "हां, नहीं मैं सोच रही हूं, कब आएगा, कन्हैया?..."

उद्धव साथ थे। गोप मित्रो को हौले से थपथपाकर लौट चलने को कहा था। लगा था कि कन्हैया का चर्चा करके यशोदा माता को कष्ट पहुंचा रहे हैं। इस क्षण भी स्मरण है उद्धव को...

कैसी तो हो गई थीं यशोदा?...कुछ ही दिनों में चेहरा गंभीर्य से कहीं आगे जाकर वृद्धता ओढ़ने लगा था। स्वर भारी, इस भारीपन में मन की अकुलाहट भी छिपी हुई...और इस अकुलाहट में पीड़ा...

लगता ही नहीं था कि यशोदा का अपना स्वर है...

और नंद बाबा भी तो कैसे बदलने लगे थे?...न अधिक हंसते, न बतियाते और नहीं अधिक देर गोपों के बीच रहकर इधर-उधर की बातें किया करते। शांत, मौन-से रहने लगे थे...दृष्टि कहीं सुदूर में खोई हुई.. .और मन पल-पल यहां-वहां विचरता हुआ...

गोपियों के चेहरों से हंसी छिन गई थी। प्रतिदिन यमुनातट से गगरियों को उठाए पंक्तिबद्ध निकला करतीं, अपने-अपने घरों की ओर मुड़े, इसके पहले ही सघन वृक्षों के एकांत में थमकर एक-दूसरे को देखने लगतीं। भावहीन, रसहीन...

कुछ खोजती थीं वे।

क्या खोजती हैं वे? अपने ही भीतर उद्धव प्रश्न करते, फिर लगता जैसे व्यर्थ ही प्रश्न कर रहे हैंजो कुछ खोजती हैं, क्या उद्धव को ज्ञात नहीं?...स्वयं उद्धव भी तो वही कुछ खोज रहे हैं...

कान्हा?...

बांसुरी की धुन...

किसी सघन पेड़ के पीछे से फिंकी कंकरी, जो अभी गोपी की गागर फोड़ जाएगी।

पर कहीं कुछ नहीं।...सिर्फ सन्नाटा, काटने को दौड़ता हुआ एक पीड़ा जनक सन्नाटा। ब्रजहीन कान्हा के कारण मृतवत् हुए जड़-चेतन।

कृष्ण।...कृष्ण।...कृष्ण।...वर्तमान सहसा गुम हो जाता है। श्री कृष्ण से जुड़कर विगत मन पर सघन वृक्षा की छाया-जैसा छा जाता है...उद्धव ने सोचाऔर अब भी वही कृष्ण हैं...पर इस कृष्ण के भीतर से कितने ही कृष्णों का प्रदुर्भाव होता देख रहे उद्धव।...गोकुल, वृंदावन, बरसाना, उज्जयिनी, मथुरा और अब इस मार्ग पर...हर बार, हर क्षण उन्होंने कृष्ण में एक और कृष्ण देखा है...निरंतर सूर्यधारा की तरह चमचमाता कृष्ण. ..और उस कृष्ण में इतने रंग कि उन रंगों का स्मरण असंभव।

और अब कौन-सा रंग देखेंगे उनका?...

उद्धव ने दृष्टि पुनः उस ओर टिका दी, जिस ओर श्रीकृष्ण उस स्त्री से बातें कर रहे थे...विचारयात्रा में काफी कुछ समय बीत गया था...और इस बीते समय ने रात्रि के अंतिम प्रहर का प्रारंभ किया...भोर का हल्का धुंधलका आकाश से सहसा अमृतधाराओं के समवेत पुंज-सा धरती पर बिखरने लगा...

स्त्री का चेहरा पहचान गए थे उद्धव।...कणिका।...

कणिका विश्राम करने भेज दिया श्रीकृष्ण ने। स्वयं विचारमग्न होकर उसी वृक्ष तले बैठे रहे। उद्धव अपनी जगह से उठकर उनके पास जा पहुंचे थे। श्रीकृष्ण ने उन्हें निश्चिंत भाव से देखा, फिर बोले "बैठो उद्धव।...क्या नींद नहीं आई?"

'नहीं कन्हैया।..." उद्धव ने अलसाए स्वर में उत्तर दिया, फिर पूछा, "यह कणिका किसलिए..."

"कालयवन-संबंधी कुछ सूचनाएं मिली हैं उद्धव" श्रीकृष्ण ने कहा, फिर बात अधूरी छोड़ दी। उद्धव ने भी आगे नहीं पूछा। समझ गए कि श्रीकृष्ण केवल इतना ही बतलाना चाहते हैं। और इस बीच कृष्ण के साथ रहकर यह भी जान चुके हैं वह कि श्रीकृष्ण जितना बतलाना चाहते हैं उतना ही बतलाते हैं। शेष सब उनके अपने भीतर ही रहता है।

किंतु कभी-कभी सोचने को बाध्य हो जाते हैं वह। भला श्रीकृष्ण अपने भीतर उतना कुछ कैसे दबाए रहते हैं?...मनुष्य स्वयं की चिंताओं से आक्रांत होकर पीड़ित, रुग्ण दीखने लगता है, पर श्रीकृष्ण पूरे समय काल, इतिहास-चक्र और राजनीतिक घटनाक्रम के अनियंत्रित, उद्दण्ड स्थिति को इस तरह पचाए रहते हैं जैसे कुछ घट ही न रहा हो घट भी रहा हो तो अघटित जैसा हो...और हर घटित, अघटित के बीच श्रीकृष्ण उतने ही सहज-सरल, जितने गोकुल में खेलते दीखते थे...

इन सबसे इतर बहुत कुछ मानव-जीवन का सहज-संसार का घटाव है, जिससे प्रभावमुक्त, परे रहते हुए भी सदा जुड़े हुए भी अनुभव होते हैं। कृष्ण।...केसे? कैसे संभव है?...वे बन्धु, सखा, मित्र, मातृत्व, स्नेह...सबके स्मरण में, सबसे विस्मरण-भाव भी संजोए रहते हैं!...क्या किसी मनुष्य के लिए संभव है यह सब?

मन कहता, नितांत असंभव।...

पर यह असंभव सामने जो दीखता हैइसे कैसे अस्वीकार दें? यही कृष्ण। एक संभव, जो असंभव की तरह। एक असंभव, जो संभव की तरह।

श्रीकृष्ण मुस्कुराकर पूछ बैठे थे"कहा खो गए उद्धव?..."

"ऐसे ही।"

"ब्रज-यात्रा कर रहे हो?..."

"ब्रज-यात्रा..." उद्धव चौंक गए।

श्रीकृष्ण ने हंसकर कहा था, "कभी-कभी विगत का स्मरण करने में भी बहुत सुख मिलता है मित्र।...पर वर्तमान भी उतना ही सत्य है, जितना विगत था..."

उद्धव का मन हुआ था, चिढ़कर पूछ लें"तुम...तुम कैसे जान जाते हो? कौनी-सी शक्ति है तुममें?...या तुम शक्ति ही हो?...कौन हो तुम?. .." पर नहीं पूछा।

पूछकर लाभ भी क्या होगा? कन्हैया फिर से शब्दजाल का एक माया संसार बिखराकर उत्तर देगा...बात समाप्त।

जब बात ही समाप्त होनी है, तो बात प्रारंभ करने से क्या लाभ?

उद्धव उठे, अपने स्थान पर लौट जाए। उस समय करसकर्षण जाग चुके थे।

और भोर भी जाग चुकी थी...धूप की किरनों से नहाती हुई। थोड़ी ही देर में पूरी तरह नहा जाएगी। उद्धव नित्यकर्म में जुट गए।

शिविर उठा। बलभद्र ने पूछा था, "अब किस ओर चलना है कृष्ण?"

"इसी मार्ग पर भइया।..."श्रीकृष्ण ने शांत स्वर में उत्तर दिया था,

"जानते हो न, इस मार्ग से ही कालयवन आ रहा है..."

"हां, पर वह यहां तक नहीं पहुंच सकेगा पूज्य।" श्रीकृष्ण स्वर में अधिक विनम्रता घोलकर बोले।

बौखला पड़े थे बलराम"तुम्हारी मति तो सही है कन्हैया?...विशाल यवनसेना लेकर आ रहे उस दुष्ट को कौन-सी शक्ति रोक सकेगी यहां आने में?...तुम क्या समझते हो, हम लोग उसे रोक लेंगे?...यह सौ-सवा सौ आदमी

लेकर भला उस महाशक्ति का सामना किया जा सकेगा?" जिस मार्ग पर साक्षात् मृत्यु खड़ी हो, उस पर बढ़ते जाना कौन-सी बुद्धिमत्ता है?"

"मैंने यह कहां कहा है भइया, कि हम लोग उससे जूझेंगे?"

बलभद्र और क्रोधित हो उठे"स्पष्ट कहो।..."

"कह तो रहा हूं।" "श्रीकृष्ण ने उत्तर दिया था, "आप निश्चिंत हों, देव।...वैसा कुछ नहीं होगा।"

"तब क्या होगा, वह बतलाओ।" कर संकर्षण अड़ गए। "यदि तुम चाहते हो कि मृत्युमुख में ही जाया जाए, तब वही कहो। विश्वास रखो, मैं तुम्हारे साथ ही रहूंगा..."

मुस्कुरा उठे थे कन्हैया, "यह कैसी बाते कर रहे हैं बलभद्र भइया?. ..भला तुम्हारा कान्हा ऐसा विचार भी कर सकता है?"

"तब क्या विचार रहा हैवह तो जानूं।..." उन्होंने और अधिक चिल्लाकर कहा था। उद्धव ही नहीं, कणिका और इधर-उधर खड़े सैनिक सभी सहम गए। बलराम का क्रोध, शक्ति सभी कुछ जाना-समझा था। श्रीकृष्ण जैसे-जैसे विनम्र हो रहे थे, वैसे-वैसे बलभद्र क्रोधित होते जा रहे थे...पल-भर के लिए लगा था कि रुष्ट बलराम बालपन की तरह श्रीकृष्ण पर टूट ही पड़ेंगे। किंतु वैसा हुआ नहीं। श्रीकृष्ण ने स्वर के साथ-साथ चेहरा भी स्निग्ध कर लिया। बोले"हम कालयवन के सामने आएगे अवश्य भइया, पर अन्त में वह हमारे सामने नहीं होगा..."

"क्या मतलब?"

"यही कि उसकी मृत्यु न हमारे हाथ लिखी है न ही उसके हाथ हमारी मृत्यु लिखी है..." श्रीकृष्ण ने उत्तर दिया, "उसकी मृत्यु वेला अवश्य ही आन पहुंची है।...

"फिर वही उलट-फेर की बातें।..." अधिक सुलग उठे कर संकर्षण। श्रीकृष्ण ने समझ लिया था कि अब बातों से शांत नहीं होंगे, अतः बोले"इधर मेरे साथ आइए, पूज्य।...बतलाता हूं सब कुछ।...

झुंझलाए-बौखलाए वे श्रीकृष्ण के साथ हो लिए थे। दूर ले जाकर

श्रीकृष्ण उन्हें समझाते-बुझाते रहे, फिर थोड़ी देर बाद दोनों भाई लौटे। उद्धव ने पाया था कि बलराम शांत हो चुके हैं।

लौटते ही बलराम ने आज्ञा दी थी, "चलो।..."

वे सब चल पड़े।

समूचे दिन वे सब चलते रहे। बलराम सहज थे। श्रीकृष्ण शांत। दिन ढले वे सब नए वन-क्षेत्र में जा पहुंचे थे। एक-दो बार कणिका से अवश्य चर्चा की थी कृष्ण ने। क्या पूछा, क्या जाना और क्या सोचाउद्धव को ज्ञात नहीं। बलराम ने भी कोई रुचि नहीं ली। पर उद्धव, बलभद्र की मुख-मुद्रा से समझ रहे थे कि कन्हैया की उस एकांत चर्चा ने उन्हें आगत स्थिति के प्रति आश्वस्त कर दिया है।

वे सब बढ़े ही जा रहे थे कि दूर सूर्यास्त में उन्होंने इधर-उधर से सैनिक प्रकट होते देखे। सहसा श्रीकृष्ण ने साथियों से कहा था, "रुक जाइए।..."

उद्धव नें पास आकर चिंतित स्वर मे कहा, "किंतु वे हमारी ही ओर आ रहे हैं कृष्ण।"

"सहज है।" श्रीकृष्ण ने उत्तर दिया, "हम उनके वन-क्षेत्र में हैं तो वे हमारी खोज-खबर लेने क्यों नहीं आएंगे? उन्हें तो आना ही चाहिए। यह धर्म है उनका..."

किंतु यह भी तो हो सकता है कन्हैया, कि वे कालयवन के सैनिक हों?" बलभद्र ने धीमे स्वर में सावधान किया।

"नहीं, भइया।...वे कालयवन के सैनिक नहीं हो सकते।..." श्रीकृष्ण के स्वर में निश्चिंतता थी, "कालयवन यहां से पास अवश्य है, किंतु इतना पास नहीं कि चार प्रहर पूर्व यहां आ पहुंचे।..."

"तब वे कौन है?"

"महाराज मुचुकुन्द के सेवक।" श्रीकृष्ण ने उत्तर दिया, यह उन्हीं का क्षेत्र है...और वे सब हमारी प्रतीक्षा में ही थे..."

सैनिक पास आ चुके थे। वे सब बलिष्ठ, शक्तिशाली और तेजस्वी थे। लगता नहीं था कि वे सैनिक हैं...उनके चेहरे-मोहरे कह रहे थे वे सभी

योगी हैं। उनमें से एक ने झुककर प्रणाम किया था, "यशोदापुत्र श्रीकृष्ण को हम सभी का प्रणाम।..."

श्रीकृष्ण ने अभिवादन स्वीकार किया, फिर बलराम, उद्धव आदि की ओर देखा।

सैनिक के नायक ने कहा, "महाराज मुचुकुन्द आप ही की प्रतीक्षा कर रहे हैं वासुदेव।...

श्रीकृष्ण कुछ बोले नहीं। उनके पीछे हो लिए। कुछ ही समय बाद बलभद्र, उद्धव और यादव टुकड़ी ने अपने-आपको मुचुकन्द के अनेक सेवकों के बीच घिरा पाया। उद्धव चकित होकर यहां-वहां देखने लगे...घोर, गहन वनक्षेत्र था एक ओर, दूसरी ओर पहाड़ियां...पास ही किसी नदी के जलवेग की हुंकारें सुनाई पड़ रही थीं। मुचुकुन्द के सेवकों ने पहाड़ी गुफा में उन सबके ठहरने की व्यवस्था की फिर श्रीकृष्ण ने कहा, "महाराज प्रतीक्षारत होंगे यादवेन्द्र।..."

"अवश्य।..." श्रीकृष्ण ने तुरंत उत्तर दिया और उसके साथ हो लिए। बलभद्र ने तनिक चिंतित स्वर में पूछा था"मैं चलूं कन्हैया?"

"आप विश्राम करें भइया।...मैं महाराज के दर्शन करके अभी आया।" वे गुफा से बाहर निकल गए।

श्रीकृष्ण ने जैसे ही मुख्य गुफा में प्रवेश किया, वैसे ही आसन से उठकर तेजस्वी मुचुकुन्द स्वागत में आगे बढ़ आए, उनकी दृष्टि श्यामवर्ण गोपाल पर ऐसे लगी हुई थी जैसे आकुल मन देर से प्रतीक्षा करते रहे हों...

"श्रीकृष्ण।..." उनके होंठों से रसमाधुरी झर उठी थी। आंखें टक-टकी बांधे देखती रह गईं...महाशक्तिशाली, दुर्दम्य कंस का का वधिक वैसा कोमल, सरल और मोहक होगाकल्पना ही न कर सकते थे। सुन अवश्य रखा था कृष्ण के बारे में। पर जितना सुना था, उससे कहीं अधिक प्रभावी पाया...लगा कि श्रीकृष्ण को देखकर मन सुख-शांति की निर्मल जलधारा से नहा गया है...पवित्र और शीतल जलधारा। ऐसा आनंद और सुख तो पास ही बह रही चर्मण्वती में स्नान करके भी कभी नहीं मिला।

श्रीकृष्ण ने श्रद्धापुर्वक वुद्ध राजा और योगी को अभिवादन किया, कहा,''आपके दर्शन करके परमानंद हुआ, महाराज।...यादवपुत्र श्रीकृष्ण आपको प्रमाण करता है।''

मुचुकुन्द ने युवक श्रीकृष्ण का हाथ पकड़ा और उन्हें ससम्मान आसन पर बिठाया। कहा, ''मुझे कणिका से सारी सूचना मिल चुकी है देवकी पुत्र।...कहो, मैं तुम्हारा क्या शुभ करूं?''

''मगधपति जरासन्ध मथुरा पर किस तरह कुपित हुए हैं, वह आपसे अजाना नहीं होगा राजर्षि!...'' श्रीकृष्ण ने बात आरंभ की, ''छोटे-से गणसंघ की समूची प्रजा-व्यवस्था नष्ट करके हमारे अपने ही पूज्य कंस ने, अपनों से ही दुर्व्यवहार किया, उन्हें दमित किया और अपने साथ-साथ सम्पूर्ण ब्रज-क्षेत्र को अधिनायकवाद का दास बना दिया। ऐसे अधिनायकवाद से यदि मथुरा ने मुक्ति पाई तो यादवों ने कोई अपराध नहीं किया। किंतु परिस्थितिचक्र ने इस वातावरण में महाशक्तिशाली जरासन्ध को मथुरा का बैरी बना डाला।..जबकि सत्य यह है राजन्, हम लोग किसी के प्रति कोई शत्रु भाव नहीं रखते।...नहीं रखेंगे, किंतु यादवों के नाश हेतु जरासन्ध ने जिस तरह कालयवन का आश्रय लिया है...वह उचित नहीं हुआ।...''

महाराज मुचुकुन्द[1] शांत भाव से सब कुछ सुने गए। श्रीकृष्ण ने शब्द-प्रभाव उनके चेहरे पर पढ़ा, और बात जारी रखी''मगध की महाशक्ति ने हम यादवों को बाध्य किया है कि अपने ही ग्राम-नगर, धन-धान्य, गृह

---

1. श्रीमद्भगवतपुराण (दशम स्कंद) में कहा गया है कि देवताओं की रक्षा करने पर देवताओं ने प्रसन्न होकर मुचुकुन्द से वर मांगने को कहा। इस पर मुचुकुन्द ने इच्छा व्यक्त की कि वह सोता ही रहना चाहता है और चाहता है कि यदि कोई उसकी निद्रा भंग करे तो वह तुरंत भस्म हो जावे। स्पष्टतः यह रूपक प्रमाणित करता है कि मुचुकुन्द शांतिप्रिय, किंतु शक्तिसम्पन्न व्यक्ति था। वह यथासंभव युद्ध को अप्रिय समझता था, इसी कारण वह एक गुफा में जाकर शांति से 'सो रहा'। (या कि शान्तिपूर्वक अपना प्रभाव क्षेत्र बनाए रहा) किंतु जब कालयवन ने और उसकी यवनसेना ने मुचुकुन्द के क्षेत्र में गड़बड़ी फैलाई तब मुचुकुन्द ने कृष्ण की योजना और अपनी अपार शक्ति से उसे नष्ट कर डाला। (जैसे कि तेज से भस्म कर दियाश्रीमद्भागवतपुराण)

मुचुकुन्द द्वारा कालयवन के नाश का सम्पूर्ण राजनीतिक योजना-व्यूह श्रीकृष्ण ने बड़ी चतुरतापूर्वक रचा था।

आदि छोड़कर आर्यावर्त के किसी अन्य क्षेत्र में आश्रय लें...ले भी रहे हैं, पर इस स्थिति ने मुझे अधिक चिंतित किया है कि जरासन्ध मित्रता के नाम पर विदेशी कालयवन को आर्यावर्त में बुला बैठे हैं...यह केवल मथुरा या यादवों के अस्तित्व का ही प्रश्न नहीं है महाराज।...यह प्रश्न है सम्पूर्ण भरतखण्ड का।...आज मैत्रीभाव से बुलाया गया यवनराज कल समूची आर्य शक्तियों के लिए चुनौती बन जाएगा...हो सकता है कि एक दिन यह जरासन्ध का काल भी प्रमाणित हो।...शक्ति-मद में चूर मगधराज इस जटिल परिस्थिति को समझ नहीं रहे हैं..."

"मैं समझ रहा हूं, वासुदेव।..." मुचुकुन्द के तेजस्वी चेहरे पर अधिक क्रोध पैदा हो गई। यह क्रोध श्रीकृष्ण के कहे शब्दों के कारण थी या श्रीकृष्ण की दूरदर्शिता के कारणकहना कठिन था।

श्रीकृष्ण बोले थे"मगधपति के निरंतर आक्रमणों ने यादवों को प्राणरक्षा के लिए मथुरा छोड़ने को बाध्य कर दिया। है। इस कृशकाय और जर्जर सैन्य शक्ति की स्थिति में यादव किसी तरह क़ालयवन की सुसज्जित, शक्तिसम्पन्न सेना का सामना नहीं कर सकते। साथ ही यह निश्चित है कि कालयवन का दक्षिण के समुद्र तटों से आगे, उत्तर भरतखण्ड की ओर बढ़ना यदि इस समय नहीं तो किसी अन्य समयसम्पूर्ण आर्यावर्त के लिए अशुभकर सिद्ध होगा..."

"तूम्हारी दूरदर्शिता और विचार सुनकर प्रसन्न हूं कृष्ण!" मुचुकुन्द ने उत्तर दिया था, "...पर यह भी कम विचारणीय नहीं कि कालयवन आर्यों की सहायता से ही इस ओर आ रहा है...इसमें दोषी स्वयं भरतखण्डवासी हैं...विदर्भराज भीष्मक, चेदिराज दमघोष, करुषपति...और स्वयं जरासन्धसभी दोषी हैं। वैसी स्थिति में महाशक्तिशाली कालयवन को जय करना कठिन होगा..." मान्धातापुत्र मुचुकुन्द के चेहरे पर चिंता की लकीरें उभर आई थीं...

"उसके लिए आप आश्वस्त हों, देव।..." श्रीकृष्ण ने शांत, किंतु चपल स्वर से उत्तर दिया"कालयवन की सैन्य-शक्ति बहुत बड़ी है, पर वह स्वयं आत्मबल से क्षीण भीमकाय पुरुष है।...और जो पुरुष आत्मबल से क्षीण हो, शरीर उनके लिए शक्तिपूर्ण होते हुए भी शक्ति नहीं होता।...यों भी

राजर्षि, यवनसेना कालयवन की अनुपस्थिति अथवा मृतस्थिति में बिखर सकती है। यदि हम लोग ऐसा कर सकें तो संभव है कि यवनशक्ति ही आर्यावर्त से समाप्त हो जाए।...''

चौंक गए थे मुचुकुन्द, ''तुम कैसे जानते हो कृष्ण?...कालयवन की आत्मशक्ति और सैन्य शक्ति का इतना गूढ़ रहस्य?''

महाराज जरासन्ध जिस समय मथुरा पर आक्रमण कर रहे थे और निरंतर संघर्ष में पराजय झेल रहे थे, मैं उसी समय अनुमान कर चुका था महाराज, कि जरासन्ध अपनी किन मित्र-शक्तियों से सहायता ले सकते हैं. ..उन मित्र शक्तियों की सम्पूर्ण सूचनाएं मैंने एकत्र की थीं...उसी में कालयवन को लेकर सूचनाएं मिलीं...''

मुचुकुन्द एक क्षण के लिए हतप्रभ होगए। गहरी, लगती हुई निगाहों से उन्होंने श्रीकृष्ण को देखा। श्रीकृष्ण मुस्कुरा रहे थे। मुचुकुन्द को अनुभव हुआ वह एक अंतर्यामी शक्ति के दर्शन कर रहे हैं...युवा यादव श्रीकृष्ण को लेकर जितना सुना-जाता था, वह सब दर्शन और वार्तालाप करके बहुत साधारण लगा...एक क्षण के लिए वृद्धायु योगी विश्वास नहीं कर सका कि युवक गोप कहा जाने वाला राजनीति का इतना मर्मज्ञ होगा।...

मुचुकुन्द ने अनजाने ही अपने-आप को श्रीकृष्ण के प्रति स्नेह से कहीं आगे बढ़कर श्रद्धाभिभूत पाया। बोले''इस समय तुम विश्राम करो यादवपुत्र।. ..मैं सम्पूर्ण परिस्थिति पर विचार के लिए तनिक समय चाहता हूं।''

''अवश्य महामान्य।...'' श्रीकृष्ण उठ खड़े हुए। जाते-जाते कहा था उन्होंने, ''अगले आठ प्रहरों में कालयवन अपनी विशाल सेना सहित इस क्षेत्र से निकलेगा। मेरा विचार है, उसके बहुत पूर्व ही आप निर्णय ले लेंगे कि क्या करना उचित होगा।...''

मुचुकुन्द को एक झटका और लगा। श्रीकृष्ण यह भी जानते हैं कि कितने प्रहरों के भीतर शत्रु आ पहुंचेगा। चकित होकर पूछ लिया, ''सुनो, सुनो यादव।...''

''राजन!?''

"क्या कालयवन की सेना में भी तुम्हारे गुप्तचर उपस्थित हैं?"

श्रीकृष्ण मुस्कुरा दिए। यह न स्वीकार था, न अस्वीकार। केवल उत्तर दिया था, "समय को लेकर मेरे पास सूचनाएं हैं योगिराज।...इसी कारण आपको सूचित करना उचित समझा।...अब आप विचार करें।" फिर वह राजा की आज्ञा के बिना ही तीव्रगति से गुफा के बाहर निकल आए।

मुचुकुन्द स्तब्ध खड़े रह गए।...कितने ही पलों तक। यह नीतिचक्र और इतनी-सी आयु?...स्तब्ध न हो जाते तो क्या करते? ज्ञात है कि राजा नहीं हैं देवकी पुत्र श्रीकृष्ण। पर समस्त राजनीति चपल दृष्टि की कोरों पर टिकी हई है। स्वर माधुर्य भी देखा था उन्होंने, होंठों की निश्चिंत मुसकान भी...महाशक्ति की अगवाई सुनकर भी कितनी निश्चिंतता थी श्रीकृष्ण के व्यवहार में! स्वर सहज था, आरोह-अवरोह से मुक्त, विचार स्पष्ट और आशंकाओं-संभावनाओं के प्रति आश्चर्यजनक सतर्कता।...उस सबसे कहीं अधिक वर्तमान के प्रति सावधानी।

कुछ समय के लिए श्रीकृष्ण के व्यक्तित्व को लेकर ही विचारते रह गए थे मान्धाता-पुत्र मुचुकुन्द। अनायास ही सोचा थाक्या यह संभव नहीं कि मुचुकुन्द को लेकर भी श्रीकृष्ण के पास सम्पूर्ण सूचनाएं हों?

निश्चय ही होंगी।...न होती, तब श्रीकृष्ण मुचुकुन्द से भेंट न करते। उससे कहीं अधिक यह सूचना भी उनके पास होगी कि मुचुकुन्द ही उन विशिष्ट शक्तियों से पूर्ण हैं, जो कालयवन के नाश में सबसे बड़ी सहायक हो सकती हैं। यह भी ज्ञात होगा कि मान्धाता-पुत्र आर्य शुभ के लिए कुछ भी कर सकते हैं।...

वही विश्वास लेकर आ पहुंचे हैं कृष्ण।...मन निश्चय और विश्वास से भर उठा था। उससे कहीं अधिक इस विचार से आनंद दिया था कि यादवपुत्र उनके पास आए। यह भी कि श्रीकृष्ण की वाणी, दृष्टि, संवाद सभी ने उन्हें प्रभावित किया।

किंतु कालयवन का नाश?...

वह तनिक चकराने-चिंतित करने वाली बात थी।...विचारने लगे कि किस तरह संभव होगा। एक सेवक बुला भेजा था तुरंतसेवक से अधिक सेनापति था वह। राजा मुचुकुन्द की तरह राजलोभ-शक्तिलोभ से परे होकर शांतिपूर्ण योगाभ्यास में लगा हुआ था...नामसात्व।

सात्व आया तो पूछा था, ''सेना, शक्ति, साधनों आदि की कितनी सामर्थ्य होगी हमारे पास?''

सात्व ने विवरण दिया, फिर कहा था, ''सम्पूर्ण चर्मण्वती के तटक्षेत्रों से लेकर ब्रज और सुदूर मरुभूमि तक हमारे सैनिक मौजूद हैं महाराज।...जिन क्षेत्रों में नहीं हैं, उनमें समर्थक प्रमुख या राजा हैं। इस समय में उन्हें सूचनाएं प्रेषित की गई तो किसी भी आगत आक्रमण या आपत्ति के लिए तत्पर हो सकेंगे।''

''हम प्रसन्न हुए, सात्व।...'' राजा ने कहा, फिर बात समाप्त कर दी। स्पष्ट था कि सात्व जा सकता है।

उसके जाते ही पुनः विचार करने लगे वहआगे, क्या किस तरह होगा?...लगा था कि कुछ निश्चित नहीं कर पा रहे हैं। थोड़ी ही देर बाद सेवक को बुलाकर आदेश दिया था, ''श्रीकृष्ण से कहो, हम स्मरण करते हैं।''

सेवक चला गया। तुरंत ही कृष्ण आ पहुंचे। उन्हें ससम्मान आसन देकर मुचुकुन्द ने मन की बाती रख दी थी, ''हम तो निश्चय नहीं कर पा रहे हैं देवकीपुत्र। तुम ही कुछ विचार करो।''

''आभार महामति!...आपने मुझे इस योग्य समझा।...'' कहकर श्रीकृष्ण ने सम्पूर्ण योजना रख दी। ऐसे, जैसे सब कुछ बहुत पहले, मुचुकुन्द से भेंट पूर्व ही निश्चित कर चुके हों।...

सुनकर प्रसन्न हुए थे मान्धातासुत। कहा, ''अब तुम आश्वस्त रहो, श्रीकृष्ण! जैसा तुमने कहा है, वैसा ही होगा। दुष्ट कालयवन मेरी क्रोधाग्नि नहीं सह सकेगा।...आर्यवर्त के शुभार्थ इक्ष्वाकुवंशी यह मान्धाता पुत्र समर्पित है।...''

श्रीकृष्ण ने श्रद्धा से प्रणाम किया। उठ पड़े।

उनके जाते ही मुचुकुन्द ने सात्व को पुनः बुलवा दिया था, ''सभी समर्थक ग्राम प्रमुखों, सैनिकों, आदि को सूचित करो, दुष्ट कालयवन की सेनाएं शीघ्र ही इस क्षेत्र से बिखरकर यहां-वहां भागेंगी...उनका नाश कर दें।''

सात्व ने सुना। एक पल के चकित हुआ था। यह क्या कह रहे हैं तपस्वी राजा?...कालयवन की महाशक्ति छिन्न-विच्छिन्न होकर भागेगी?...पर कैसे?...

लगा था कि महाराजा मुचुकुन्द आत्मघात करने जा रहे हैं...एक क्षण के लिए यादव पुत्र श्रीकृष्ण और उनके साथ आई छोटी-सी सैनिक टुकड़ी पर क्रोध भी आया थाव्यर्थ ही तपस्वी, शांत स्वभाव मुचुकुन्द को उकसा दिया है, किंतु राजाज्ञा का उल्लंघन अधर्म था।...और राजा के आदेश पर प्रश्न करना अनुशासनहीनता। बिना कुछ कहे, चुपचाप चल पड़ा था वह।

मुचुकुन्द फिर-फिर विचार करने लगे थे। जैसे जैसे-विचार करते लगता कि पल-भर पहले श्रीकृष्ण से खाली हुआ आसन पुनः भर गया है...सामने ही बैठे हैंआत्मविश्वास, शक्ति, तेज, चातुर्य, नीति...सभी गुण जेसे किसी पुंज की तरह प्रकाशित हो रहे हैं।...

कितनी दुस्साहसपूर्ण, किंतु कितनी नीतिपूर्ण योजना बनाई थी श्रीकृष्ण ने?...विचारशक्ति कहां तक जा पहुंची थी?...मुचुकुन्द के लिए विचारना भी कठिन।

किंतु जो कठिन है, या जिसे असंभव कहते हैंवही संभव कर देना श्रीकृष्ण का नाम है।...

उद्धव देख रहे थेकुछ ही समय के बीच दो भेंटों के बाद महाराज मुचुकुन्द के पर्वतीय क्षेत्र में एक भूकम्प-सा आ गया था...क्या किया होगा श्रीकृष्ण ने? तपस्वी राजा को श्रीकृष्ण ने किसी मोहमंत्र में बांध लिया या कि चपलतापूर्ण चक्र में उलझा दिया?...

और स्वयं श्रीकृष्ण बैठे हैं शांत। गुफाद्वार से बाहर यादवसेना की एक टुकड़ी ठहरी हुई है। पल-भर पहले आकर एक सैनिक ने पूछा था, "महाराज कुचुकुन्द के सेवकों में बड़ी खलबली मची हुई है, देव।...हम लोग क्या करें?"

"कैसी खलबली?" बलभद्र ने प्रश्न किया।

"ज्ञात नहीं, किंतु वे सब विविध शस्त्रास्त्र निकाल रहे हैं...सैनिक यहां-वहां वेशभूषाएं धारण कर रहे हैं...चपलतापूर्वक अनेक रथों को इधर-उधर ले जाया जा रहा है..."

बलराम ने श्रीकृष्ण की ओर देखा। वह चुप थे। एक तिनका हाथ में लिए आसन पर लेटे-लेटे उससे बालकवत् खेलते हुए...उद्धव बहुत पहले से देख-समझ रहे थे। बलराम ने प्रश्न किया था, "यह सब क्या हो रहा है कान्हा?"

"कुछ नहीं भइया।...महाराज मुचुकुन्द के सेवक सैनिक हैं...वही जानें क्या कह रहे हैं..." सहसा वह सैनिक की ओर मुड़ गए थे"तुम विश्राम करो, हम अतिथि हैं, अतः अतिथियों को उस घर के बारे में विचार करना शोभा नहीं देता, जिस घर वे भोजन-विश्राम करने आए हों।"

सैनिक सकपकाकर चला गया। पर बलभद्र को उस क्षण तक शांति नहीं, जिस क्षण तक ज्ञात न हो जाए कि कन्हैया ने अब क्या चक्रव्यूह रचा है। पास जा पहुंचे, पूछा, "देख कान्हा, ...मैं तुझे चेतावनी देता हूं.."

श्रीकृष्ण तुरंत उठे, विनम्रतापूर्वक कहा, "मेरा कोई दोष नहीं है पूज्य। महान् इक्ष्वाकुवंशी महाराज मुचुकुन्द भला यह कैसे सह सकते हैं कि आर्यक्षेत्र से दुष्ट यवनराज कालयवन निकले?..."

"तो...तो तुम उन्हें उकसा आए हो कि वह कालयवन से युद्ध करेंक्यों?" बलराम ने उत्तेजित स्वर में कहा, "जानते हो ना कि कालयवन की शक्ति और योगी राजा मुचुकुनद की सैनिक शक्ति में कोई तुलना नहीं है?"

"जानता हूं...इसी कारण तो मुहाराज मुचुकुन्द नीतिपूर्वक युद्ध करने वाले हैं।..."श्रीकृष्ण ने उत्तर दिया।

"ओह।..." झुंझला गए सीधे-सरल बलराम। उद्धव को हंसी आने लगी। कन्हैया का यह मोहजाल केवल ब्रजवासियों पर ही क्यों, जिस पर जी चाहे पड़ जाता है राजर्षि मुचुकुन्द, जो शांतिपूर्वक तपस्या में लीन थे, श्रीकृष्ण से भेंटते ही राजोक्त शक्ति प्रदर्शन के लिए तत्पर हो गए हैं।. ..जी हुआ था, कह देंकान्हा, कहां से पाई यह चमत्कारपूर्ण मोहिनी शक्ति?. ..हमें बतला दो।" पर इस क्षण कुछ कहना या हंसी की एक किलक भी होंठों से बाहर निकलना सरल बलभद्र के लिए असह्य हो जाएगा। श्रीकृष्ण पर तो टूट ही रहे हैं, उद्धव की भी कुशल न होगी।...सो चुप रहे।

चुपचाप श्रीकृष्ण-बलराम की बातें सुनते रहे। बलभद्र कह रहे थे"कन्हैया! राजयोग में निमग्न क्षत्रिय ऋषि को इस युद्ध चक्र में उलझाकर तू बहुत पाप कर रहा है रे।...यह उचित नहीं है।"

"नहीं-नहीं भईया।...यह सत्य नहीं है।"

"तब क्या है सत्य?...यह कि वह स्वयं ही कालयवन से जूझने को उद्यत हुए हैं?...तुने नहीं उकसाया उन्हें?"

"न।" श्रीकृष्ण उठ पड़े। इस बार उनका स्वर गंभीर था, "मैंने उन्हें केवल आर्यावर्त के शुभार्थ विचार करने को कहा था... यह नहीं कहा था कि वह युद्ध करें।...

"तब यह सब क्या हो रहा है? किसलिए मुचुकुन्द के सेवक, सैनिक, शस्त्रास्त्र तैयार किए जा रहे हैं?..."

"यह महाराज का अपना निर्णय है।"

"तब मैं उनसे बात करता हूं।" बलराम आवेश में बाहर जाने को हुए "उन्हें बतला देता हूं कि युद्ध-परिणाम क्या होगा।...यवनों की दुर्दांत शक्ति हमारे साथ-साथ राजर्षि को भी लपेट लेगी।..."

"अवश्य कहें।..." श्रीकृष्ण ने मुस्कुराते हुए उत्तर दिया, "पर यह जान लें कि एक बार उत्तेजित हो चुके क्षत्रिय के लिए सावधानी का उपदेश व्यर्थ होता है बलभद्र भइया।...होना तो यह चाहिए कि इस अवसर पर हम उनकी सहायता करें।"

"कैसी विक्षिप्तों जैसी बात करता है कृष्ण?..." बलराम क्रोध कर-करके थकने लगे थे"हमारी शक्ति है ही क्या, जो हम महाराज मुचुकुन्द का साथ दे सकेंगे? यह छोटी-सी सैन्य टुकड़ी कितने क्षण ठहर सकेगी कालयवन के सामने?..."

"यह सैन्य टुकड़ी यवनसेना के सामने होगी, तब न?"

"क्या मतलब?"

"यही कि न तो हम सब कालयवन के सामने सीधे आएंगे, न ही महाराज मुचुकुन्द की सेना सामने आएगी..."

बलभद्र एक क्षण के लिए शांत होकर श्रीकृष्ण को देखने लगे हैं, जैसे समझने का प्रयत्न कर रहे हों, क्या कहा उन्होंने?...या जो कहा है, क्या

वैसा संभव है?...इसके पूर्व कि वह सब कुछ समझें, श्रीकृष्ण बोले थे"कालयवन की महाशक्ति से न मैं अपरिचित हूं कर संकर्षण!...न ही मान्धातासुत मुचुकुन्द अपरिचित हैं...किंतु व्यूहरचना ऐसी होगी कि वह पराजित होगा।"

"कालयवन पराजित होगा!..." बलराम पल-भर के लिए हतप्रभ हो उठे थे।

"हां, भइया। आप निश्चिंत हों। इस यवनशक्ति का अवश्य ही नाश होगा।" श्रीकृष्ण उनके पास आ खड़े हुए थेसहसा स्नेह-भरे स्वर में विनती की थी उन्होंने"एक बार अपने कान्हा को अवसर तो दें...पूज्य। कालयवन का नाश केवल यादवों का ही शुभ नहीं करेगा, अपितु सम्पूर्ण भरतखण्ड को उससे रक्षित करेगा। महाराज जरासन्ध की शक्ति भी क्षीण होगी। ..."

बलराम शांत हो गए...सुनने लगे...उद्धव मोहित। श्रीकृष्ण का यही स्वरमाधुर्य तो है जो आश्चर्यजनक शक्ति के साथ बड़े-से-बड़े दावानल को शीतल जल के स्रोत में परिवर्तित कर सकता है। वही चमत्कार देख रहे थे वह...

"जरासन्ध की शक्तिक्षीणता उन सम्पूर्ण राजाओं, दमनचक्र में पिसती जनता के लिए जीवनामृत की पहली बून्द होगी, बलभद्र भइया...जिसके लिए वे सदियों से तरस रहे हैं..."

"पर वह सब कैसे किस तरह आयोजित किया है तुमनेजानूं तो?" बलराम ने आसन ग्रहण किया।

श्रीकृष्ण ने कहा था"अब समय ही कहां शेष है देव।...शीघ्र ही सब कुछ सामने आ जाएगा।"

और फिर से कुछ समय के लिए शांति बिखर गई थी। केवल मुचुकुन्द के सैनिकों की आवाजें, दौड़-भाग, रथों की गड़गड़ाहटें उभर रही थीं...

कितनी जगह शिवर लगे, कितने मार्गों के राजाओं ने आगवानी की, कितने राज्यों में बहुमूल्य भेंटों के साथ-साथ स्वर्णमुद्राएं, वस्तु और आभूषण लिए...कालयवन को स्मरण नहीं।...केवल इतना स्मरण है कि जरासन्ध के सभी मित्र राजाओं ने कालयवन के हर बढ़ते चरण के साथ आत्ममीयता के रूप में दासता भाव उडेल दिया हैं...

किंतु एक बात चकित रहती है यवनराज को।...महावैभवशाली सम्राट जरासन्ध अल्प यादवशक्ति के विरुद्ध साहाय्य याचना के लिए क्यों कर बाध्य हुए? ऐसा क्या यादवों के मथुरा गणसंघ में?...

गण संघ को लेकर सूचनाएं यवनराज के पास हैं। उन सूचनाओं को सुनकर तो यवनराज हंस पड़ा था, "भला यह भी कोई राज्य हुआ?. ..शक्ति हुई...इस 'शक्ति' के लिए कालयवन को आमंत्रित किया है मगधपति ने?.." सुन-जानकर लगा था कि यवनपति पर्यटन के लिए यवनेश्वर को पर्यटन-आमंत्रण दिया है।...यादवों को नष्ट करना तो केवल एक बहाना-भर है।...यही कुछ अपने विश्वस्त मंत्रियों में व्यक्त कर दिया था।

किंतु मंत्री असहमत हुए।...यवनराज क्रोधी, उग्र और शक्तिमद में चूर रहते है...तिस पर मदिरापान ने उन्हें उग्र और विवेकहीन भी बना दिया था। सहसा किसी मंत्री का सम्मति देने का साहस न होता था.. .केवल सेनापति दुर्दम्य भर था, जो कभी-कभार राजा से सच कह देता. ..इस बार भी वही बोला था"क्षमा यवनपति! इसे पर्यटन या यात्रा न समझें।...महाराज जरासन्ध सचमुच ही मथुरा के यादवों से ताड़ित हुए हैं. ..विशेषकर उन गोप बालकों से, जिन्होंने उनके शक्तिशाली जामात्रो का साधारण पक्षियों की तरह वध कर दिया।..."

कालयवन ने मदिरापात्र एक ओर रखा था, फिर बोले थे "आश्चर्य।...ऐसे कैसे होंगे वे गोप बालक?...और उस क्षुद्र यादवराज्य में इतनी शक्ति कहां से आ गई कि वे जरासन्ध से शत्रुता लेने का दुस्साहस कर सके?..."

"इसी विचार से जरासन्ध भी कम चकित नहीं है, यवनराज।..." दुर्दम्य ने उत्तर दिया, "...और मेरे विचार में यह सब हमारे लिए भी कम विचारणीय और चिंतनीय नहीं होना चाहिए।"

कालयवन पल-भर के लिए चिंतित हुए, फिर चिंताभाव बिसरा दिया था अत्याधुनिक शस्त्रास्त्र उनके पास थे, उससे कहीं अधिक यवन सैनिकों की वह इच्छाशक्ति थी, जो धीमे-धीमें सम्पूर्ण आर्यावर्त पर राज्य करने की इच्छा रखती थी और उससे भी कहीं अधिक वह नियमित युद्धाभ्यास था जो यवनपति ने सेना ही नहीं, अपने राज्य क्षेत्र के नागरिकों के लिए भी अनिवार्य कर रखा था।

इस तरह यात्रारंभ हुई...यह यात्रा दूर-दूरंत दक्षिण के समुद्रतटीय प्रदेश से उत्तरी आर्यावर्त की ओर यवनराज की पहली युद्धयात्रा थी...जरासन्ध के भेजे विशेष दूत 'वासुदेव'[1] (पौंड्रपति) के अतिरिक्त अन्य आर्य सभासद् भी थे। साथ थे। इन्हीं के माध्यम से, मार्ग के राजाओं या राज-सीमाओं से निकलते हुए यवनपति कालयवन पूजा करवाता आया था...वह जरासन्ध का मित्र-सहायक बनकर जा रहे थे, अतः सहज ही उन सबके लिए पूजनीय थे जो राजा जरासन्ध के 'बन्दी' थे...

जरासन्ध के विशाल प्रभावक्षेत्र ने यवनराज को बहुत प्रभावित किया। चतुरबुद्धि यवनपति आर्यावर्त के उन अपरिचित भूखंडों से निकल रहा था, जिन क्षेत्रों में कभी किसी यवन, दानव या दैत्य राजा ने प्रवेश नहीं किया था...इक्के-दुक्के यवन, दानव या दैत्य इन क्षेत्रों में आए भी थे तो केवल सद्व्यवहार और आतिथ्य पाकर लौट गए थे...अथवा बसकर आर्य संस्कृति के रंग में ही रंग गए थे। किंतु यवनराज की यह यात्रा इस दृष्टि बहुत महत्वपूर्ण

---

1. पौंड्रकपुंड्र देश का। यह अपने को वासुदेव कहता था।

थी। मार्ग में आए करवीपुर[1], शूर्पारक तीर्थ[2] को पार करते हुए कालयवन की विशाल सेना क्रमशः वेणु[3] नदी से निकलती हुई विदर्भ यात्रा करते हुए आगे बढती गई।

करवीरपुर के राजा शृगाल, विदर्भपति भीष्मक[4], और चेदिराज दमघोष[5] से आदर-सत्कार पाकर यवनपति प्रसन्न हुए...अब थोड़ी-सी यात्रा के बाद वे उस क्षेत्र में पहुंचने वाले थे, जिसे ब्रजभूमि कहा जाता था...और जिसकी यादवशक्ति ने यवनराज के मित्र जरासन्ध को पीड़ित किया था।...जैसे-जैसे मथुरा के पास पहुंचे, वैसे-वैसे पौंड्रक की चिंता बढ़ने लगी। कालयवन निश्चिंत थे, किंतु पौंड्रक और यवन सेनापति दुर्दम्य चिंतित...यवनराज अपने वैभवशाली स्वभाव के कारण भव्य शिविर में विश्रामपूर्ण दिव्य भोजन और सुरापान में व्यस्त थे...

मथुरा का यादव-क्षेत्र कुछ ही योजन दूर रह गया था...

विशाल सेना दूर-सुदूर वनों और पहाड़ी क्षेत्रों में विश्राम के लिए ठहरा दी गई...थके-हारे सैनिक कुछ पल आमोद-प्रमोद करते रहे, फिर गहरी निद्रा में खो गए।

यवनराज के शिविर में पौंड्रक, दुर्दम्य और स्वयं यवनपति थे। बात प्रारंभ की थी कालयवन ने, "कल हम अपने मित्र मगधपति जरासन्ध के मूर्ख शत्रुओं का सम्पूर्ण नाश कर देंगे।...

पौंड्रक और दुर्दम्य ने तनिक चिंताकुल होकर एक-दूसरे को देखा, फिर

---

1. करवीरपुरः वर्तमान महाराष्ट्र का कोल्हापुर। यहां का राजा शृगाल था। इस शृगाल को श्री कन्हैयालाल माणिकलाल मुंशी ने शृंगलव माना है, जबकि चतुरसेन शास्त्री इसे शृगाल कहते हैं। शृगाल जरासन्ध का मित्र राजा था।
2. शूर्पारक-तीर्थ : कुछ लोगों के अनुसार वर्तमान महाराष्ट्र में बम्बई के थाना स्थित सोपारक नामक स्थान। कभी परशुराम का आश्रम यहां रहा है।
3. वेणु नदी : कुछ ग्रन्थों के अनुसार वेणा। वर्तमान में महाराष्ट्र के चन्द्रपूर और नांदेड़ क्षेत्रों के बीच से बहती हुई वेनगंगा। अनेक लोग इसे बानगंगा भी कहते हैं।
4. चेदिराज दमघोप : शिशुपाल के पिता और मध्यप्रदेश स्थित चन्देरी के राजा। चन्देरी के अर्न्तगत विशाल राज्य क्षेत्र आ जाता था, जो सुदूर विदर्भ को भी छूता था।
5. विदर्भपति भीष्मक : महाराष्ट्र का वर्तमान विदर्भ ही तत्कालीन विदर्भ राज्य था। राजा थेभीष्मक, जिनकी बेटी रुक्मिणी थीं।

सुरा में रंगे विशालकाय यवनराज को। जिस निष्कंटक भाव से यहा तक का मार्ग पार होता आया था, वह मार्ग आगे सरल नहीं थाचेतावनी देना चाहते थे, किंतु लगा कि यवनपति इस क्षण हर सुझाव की अवहेलना कर देंगे।

अवहेलना कर दी, तब क्या होगा?...यह शिविर में आने के पूर्व ही चर्चा कर आए थे दोनों। पौंड्रक ने कहा था"अब अवहेलना कर दी तो समझना शत्रु की जय का मार्ग हम स्वयं ही खोल रहे है।..." दुर्दम्य को उसने श्रीकृष्ण की चपलता,रणनीति और दूरदर्शी राजनीति से पहले ही सावधान कर दिया था। कहा था"महाराज जरासन्ध भी यवनराज की ही तरह विचार करते थे, किंतु स्थिति उतनी सहज नहीं है दुर्दम्यजितनी यवनराज समझ रहे हैं।"

"मैं अनुमान कर सकता हूं, पौंड्रपति।" दुर्दम्य भी चिंतित था। मथुरा जैसे-जैसे पास आती जा रही थी, वैसे-वैसे जाने क्यों वह केवल भयाक्रांत नहीं, शंकित होने लगा था...इस शंकित मनःस्थिति में क्या होना उचित है क्या अनुचितयह निश्चित करने में भी सामर्थ्यहीन होता जा रहा था...तिस पर कालयवन के उपेक्षापूर्ण रुख ने उसे अधिक घबरा दिया था।

पौंड्रक बोला था"यवनराज को इसी क्षण सतर्क करना होगा।... वही नहीं जान रहे है कि वे एक कुटिलबुद्धि और छली नीतिज्ञ का सामना करने जा रहे हैं।

"सुना है उस कृष्ण नाम के गोप युवक के पास अद्‌भुत शक्तियां हैं।" शंकित-चिंतित स्वर में दुर्दम्य ने पूछा।

पौंड्रक चिढ़ता था श्रीकृष्ण से। किसलिएस्वयं को ही ज्ञात न था, पर एक अदृश्य शत्रुभाव पैदा हो गया था...श्रीकृष्ण!...श्रीकृष्ण इतना सुनता आया था कि उसे लगता था उसका अपना व्यक्तित्व, शक्ति, सार्मथ्य सभी कुछ नगण्य होते जा रहे हैं। यह एक उसी की मनःस्थिति नहीं थी, जरासन्ध और उसके समर्थक सभी राजाओं की मनःस्थिति थी। मन से श्रीकृष्ण के लिए एक उपेक्षापूर्ण अपशब्द निकला पड़ताछली। धूर्त..."

इस बार भी वही अपशब्द निकले थे पौंड्रक के मुंह से"हां, वह

छली और धूर्त हे।...यों कहो कि कपटी भी है...जितना सुना है उसे लेकर, जानता हूं कि वह केवल माया हैइसके अतिरिक्त कुछ नहीं। किंतु..."

"किंतु उसकी उपेक्षा नहीं की जा सकती, सेनापति।..." सहसा पौंड्रक पुनःचिंतित हो गए थे।

"तब?"

"तब यवनराज को सावधान करना होगा। उपेक्षा उचित नहीं। हम शत्रु-क्षेत्र के पास ही हैं..."

और दोनों यवनपति के सामने जा पहुंचे थे।

पर यवनपति ने वार्ता प्रारंभ की थीमार्ग के सुन्दर वनक्षेत्रों, निवासियों, समृद्धि और आर्य राजाओं के वैभव की...सुरापात्र भारती दासी ने जब पात्र आधा ही भरा तो कालयवन ने कहा था, "सुन्दरी!...जिस तरह सौन्दर्य अपनी सम्पूर्णता में सुहाता है, उसी तरह सुरा भी पात्र की सम्पूर्णता के साथ अच्छी लगती है..." बात पूरी करके वह दुर्दम्य और पौंड्रक की ओर मुड़ गए थे"..कैसी हास्यास्पद स्थिति है, पौंड्रराज।...सम्पूर्ण पश्चिमी भरतखंड जिस महान् राजा की शक्ति से सहमता है, जिसका संदेश मात्र बड़े-बड़े नितिज्ञों और योद्धाओं को भयग्रस्त कर देता हैउन्ही महान् जरासन्ध को दो गोप बालकों और चावल के दाने जैसी मथुरा ने अट्ठारह बार अविजित रहने दिया।..हम उस समय बहुत चकित हुए थे, जिस समय आपने हमें श्रीकृष्ण-बलराम और मथुरा के यादवों को लेकर यह रोचक कथा सुनाई।..."

दासी पात्र भर गई थी। यवनपति ने एक ही सांस में उसे गले के भीतर उडेल लिया। उनका शरीर दीर्घ था, बाहु विशाल और कन्धे चौड़े...तिस पर फूलों से तैयार की गई सुरा ने उनके स्वर ही नहीं समूचे शरीर को मदमत्त गज की तरह मदमत्त कर रखा था...

एक पल के लिए पौंड्रक और दुर्दम्य दोनों ने ही सहानुभूति से यवनराज को देखा, फिर जैसे अधिक व्यग्र और चिंताग्रस्त उठे। पौंड्रक ने संकेत कियाजैसे कहा हो"कुछ कहो, सेनापति।...सब कुछ उतना सहज-सरल नहीं है, जितना राजा समझ रहे हैं।"

दुर्दम्य ने संकेत पाकर साहस जुटाया। गले का थूक निगला और बोल पड़े"महाराज।...प्रश्न सम्राट जरासन्ध की शक्ति और प्रभाव का नहीं है,

प्रश्न हैयदुपति श्रीकृष्ण के छल-प्रपंच का।...युद्ध हो या नीति, धर्म हो ज्ञान, वह अपनी ही परिभाषाएं देकर षड्यंत्र करता है, नीति रचता है, धर्म-व्याख्या करता है...उस नीच और दुष्ट गोप युवक को तंत्र-मंत्र का भी ज्ञान है। वह सामान्यतः अपने सामने वाले को केवल प्रभावित भर नहीं करता, जय कर लेता है...ऐसे व्यक्ति की युद्ध-रचना क्या होगी, या वह युद्ध करेगा अथवा नहींसंदेह।...अतः हमें सावधान रहना आवश्यक होगा..."

सुरासंसार ने कालयवन को पूरी तरह निगल लिया था...तिस पर शक्तिमद में भी चूर था वह। विशाल भरतखंड ने समूचे पूर्वी तटक्षेत्रों को आंधी-तूफान की तरह पार करके दूर-दूरंत भी भारत पर आधिपत्य जमाया था उसने। गोमान्तक से लेकर क्रौंचपुर तक उसकी समुद्री नौकाएं और पोतों पर आमोघ अस्त्रों से सुसज्जित सेना सदा ही किसी आशंकित स्थिति का सामना करने को तैयार रहती थीं...थल सेना भी कम न थी। उसी कालयवन के सेनापति दुर्दम्य के मुंह से निकले शब्दों ने उसे मर्माहत ही नहीं, अपमानित भी किया। कुछ तीखे, किंतु कटु स्वर में कहा था उसने"दुर्दम्य!...देखता हूं कि तुम यवनोचित वीरता और स्वभाव से कमजोर होते जा रहे हो।...मुझे आश्चर्य हो रहा है सेनापति!...तुममें यह भीरुभाव किसने जाग्रत् किया? विशेष कर उस स्थिति में जबकि तुम स्वयं देख चुके हो, हमारे हर बढ़ते चरण का स्वागत आर्य राजाओं ने पूजा-अर्चना के साथ किया है।...तुम हमें उन मूर्ख गोप बालकों से भयभीत करना चाहते हो? धिक्कार है तुम पर। कालयवन का सारा मदानंद दुर्दम्य ने तोड़ दिया। वह अपने भव्य आसन पर इस तरह बैठा, जैसे किसी ने उसे धक्का मारकर गिरा दिया हो। क्रोध, पीड़ा बेचैनी के कारण उसका मुख तमतमा आया। उसने चीख़कर दासी को आदेश दिया था, "एक पात्र और।..."

और अगले ही क्षण एक ओर तत्परता से सेवारत खड़ी सुन्दर दासी सुरापात्र की सुराही लिए लपक पड़ीयवनपति ने अपना स्वर्णपात्र उठाया और दासी की ओर अनदेखा करते हुए बढ़ा दिया"दासी उसमें सुरा उड़ेलने लगी।

पौंड्रक और दुर्दम्य ने परस्पर देखकर समझ लिया कि अब कालयवन से वार्ता करना व्यर्थ होगा। वह उठ पड़े थे। सिर झुकाकर दुर्दम्य ने प्रार्थना की थी"क्षमा, महाराज! संभवतः दास से ही अपराध हुआ।...मैं विस्मरण

कर बैठा था कि महान् यवनराज श्रेष्ठ वीरों के वंशजों में से हैं।...जिनकी कीर्ति पृथ्वी पर ही नहीं, पाताल में भी फैली हुई है।"

किंतु यवनपति सहज नहीं था...चेहरे की कठोरता और भोंहों का तनाव जतला रहे थे कि राजा को अपने ही सेनापति के शब्दों ने बहुत ठेस पहुंचाई है। वह सुरापात्र पर हौले-हौले हाथ फिराता रहा...कुछ पलों के लिए क्रोधावेश में वह अपने से ही स्तब्ध होकर रह गया था...जड़वत्।

पौंड्रक ने दासभाव से उसकी ओर देखा। एक पल के लिए स्वयं पर ग्लानि अनुभव हुई थी उसे। भला आर्य-संतति होते हुए, राजपद पाकर कितना अखरता है?...पर लगा कि यह नीतिगत बेबसी है...इस क्षण यही उचित। महामति जरासन्ध का आदेश था, मित्र कालयवन को किसी तरह का असंतोष न होने पाए।

दुर्दम्य कह रहा था, "अब हमें आज्ञा दे प्रभु।...आपके विश्राम का भी समय हो रहा है..."

"उचित है।..." कहकर कालयवन ने मुंह फेर लिया था उनकी ओर से। ठीक तभी द्वारपाल उपस्थित हुआ, "यनपति की जय।...गुप्तचर उपस्थित होने की आज्ञा चाहता है।"

यवनराज ने पलके उठाई। सुरापान के कारण नेत्र लाल हो गए थे. ..तिस पर क्रोध ने भी बहुत कुछ जलन दे दी थीं उन्हें...भारी आवाज में पूछा, "कौन गुप्तचर?"

द्वारपाल की सूचना के पूर्व ही थमे रह गए दुर्दम्य ने कहा था"निश्चय ही वह विघ्नासुर होगा महाराज।...मथुरा क्षेत्र की सम्पूर्ण गुप्तचर व्यवस्था के लिए उसी को भेजा गया था।"

"ओह। "राजा को कुछ स्मरण आया पर आज्ञापूर्व उसने पुनः प्रश्न कर दिया, "क्या कोई बहुत आवश्यक सूचना है?"

पौंड्रक और दुर्दम्य पुनः एक-दूसरे को देखने लगे। उनकी आंखें राजा के प्रति चिढ़ से भरीहुई थीं। कैसा विचित्र और मदांध है यवनपति!... शत्रु क्षेत्र में आकर भी सतर्कता से काम लेना नहीं चाहता। शक्तिमद ने भुला ही रखा है कि वह बिलकुल अजाने-अनपहचाने पर्वतों-वनों को पार कर रहा है...पर यह सब कहा नहीं जा सकता था। क्रोधांध कालयवन किस

क्षण क्या कर बैठेनिश्चित न था। विनम्र स्वर में बोला था पौंड्रक''महाराज! निश्चय ही हमें वासुदेव और बलभद्र-संबंधी आवश्यक सूचना मिलेगी।...''

''ठीक है।...उसे उपस्थित करो।'' कहकर कालयवन एक आलस्यभरी मुद्रा में अनचाहें ही आसन पर बैठा रहा...

पौंड्रक ने संकेत कियाद्वारपाल गुप्तचर को बुलाने चला गया।

गुपतचर उपस्थित हुआविघ्नासुर।...

राजा ने एक बार पलकें उठाईं, किंतु अधिक सुरापान के कारण निरंतर नहीं टिका सका।

विघ्नासुर ने हाथ यवनपति की ओर सीधे बढ़ाया, फिर सिर झुकाया और एक घुटने के बल बैठ गया।

''कहा, क्या सूचना है?'' दुर्दम्य ने पूछा।

'शुभ सूचना है महाराज।...''दुर्दम्य की ओर अनेदखा करके गुप्तचर ने बात प्रारंभ की थी''यह सूचना आप सभी को प्रसन्न करेगी।...''फिर वह उठ खड़ा हुआ। बोला''...महाशक्तिशाली यवनराज जिस समय मथुरा पहुंचेंगे, वहां कुछ नहीं मिलेगा। महाराज जरासन्ध और यवनपति की दिगदिगन्त तक जय फैलाने वाली सेनाओं के आगमन की सूचना पाकर मथुरा के सभी यादव सामंत, राजा और गोपों के साथ श्रीकृष्ण-बलराम दोनों भाग खड़े हुए हैं।...यहीं नहीं मथुरावासी भी अपने गृह खाली करके यहां-वहां निकल भागे है।...अब वहां युद्ध करना तो दूर, क्षमायाचना करने के लिए भी कोई शेष नहीं रहा है...अनेक ग्रामवासी पशु-धन, स्त्री और बालकों को लेकर भयावह वनों में चले गए हैं।...''

दुर्दम्य और पौंड्रक एक पल के लिए हक्के-बक्के खड़े रह गए। एकदम अनपेक्षित और विचित्र-सी लग रही थी यह सूचना...पर कालयवन ठठाकर हंस पड़ा, ''देखा? देखा दुर्दम्य।...कैसी है यवनशक्ति?...क्या प्रभाव है हमारी शक्ति-प्रभुता का?...अभी-अभी तुम हमें सावधानी और सतर्कता का उपदेश दे रहे थे...हमें खेद है सेनापति।...तुमने अपनी ही जाति, राजमर्यादा और शक्ति को लेकर इतने शंकालु विचार मन में रखे।...'' सहसा वह आसन से उठ पड़े। शरीर को सम्पूर्ण शक्ति से सहेजे हुए, वह पौंड्रराज मिथ्या

वासुदेव (पौंड्रक) तक चले आए। उनके कंधे पर हौले से हाथ रखते हुए अपने शब्द पूरे किए"राजन्!...अब आप हमारे मित्र मगधपति को सूचना पहुंचाएं कि यादव शक्ति समाप्त हुई।...उनके जामाता का वध करने वालों और उन्हें मानसिक क्लेश पहुंचाने वालों से मगध को सदा-सदा के लिए मुक्ति मिल गई।..."

पौंड्रक ने कुछ कहा नहीं। जो कहना चाहता थावह कहते नहीं बना। विघ्नासुर की सूचना ने उसे चकरा दिया था। वह पूछना चाहता था कि श्रीकृष्ण-बलराम का क्या हुआ?...किंतु लगा, इस समय पूछना उचित नहीं होगा। कालयवन अपनी शक्तिमद की सुरा में सिर से पैर तक डूबा हुआ है...समझेगा कि पौंड्रक अपमान कर रहा है...केवल इतना ही कहा था"ईश्वर जानता है कि यह सब क्या और क्यों हो रहा है?"

कालयवन ने सुना, फिर ठहाका मारकर हंस पड़ा, "आप भी विचित्र व्यक्ति हैं पौंड्रराज।...सब कुछ सुन-जानकर भी ईश्वर-स्मरण कर रहे हैं?. ..क्या और कैसे हुआ का उत्तर तो स्पष्ट दीखता है।...उन गोप बालकों को आप तीव्रबुद्धि कहते हैं ना?..."

"निस्संदेह आसिरिस[1]।...पौंड्रक ने कहा, "यही नहीं, मेरे विचार में वे छली और षड्यंत्रकारी हैं..."

1. प्राचीन भारत से पर्शियन, बेबिलोनियन, इजिप्शियन, रोमन सभ्यताओं के विभिन्न संबंधों का वर्णन, विभिन्न विदेशी लेखकों, तत्कालीन पर्यटन-लेखकों, इतिहासकारों ने किया है। यथा भारतीय ग्रन्थों में प्रचलित दानवों को लेकर ईसा में 480 वर्ष पूर्व ग्रीस में जनमा इतिहासकार हेरोडोटस लिखता है"आसिरिस का नाम असुर सभ्यता का एक महत्वपूर्ण नाम है।" बाद में इसी आसिरिस को अनेक ग्रंथकारों ने डायनोसियस भी कहा है और रहन-सहन, खान-पान, नीति-व्यवहार में भारतीय ग्रन्थों के 'यवनों' से जुड़ा हुआ जतलाया है। संभवतः हेरोडोटस का आसिरिस ओर हेलेनिक भाषा का डायनोसियस एक ही व्यक्ति है। जो-जो व्यक्ति यवनराज हुआ, उसे डायनोसियस या आसिरिस भी कहा जाता रहा।

डायनोसियसयह यवन नाम संस्कृत के दानवासुर अथवा दानवेश के बहुत करीब लगता है। श्री भगवद्दत्त अपनी पुस्तक 'भारतवर्ष का इतिहास' में। डायनोसियस को रीडर्स डायजेस्ट के प्रकाशन 'क्वेस्ट फार द पास्ट' और अन्य अंग्रेजी-अमरीकन लेखकों ने बेक्कस (Bacchus) भी कहा है। जबकि हेरोडोटस के अनुसार (Egyptains maintain that cares and Bacchus presides the realms Below) बेक्कस पाताल के अध्यक्ष थे। उल्लेखनीय है कि भारतीय प्राचीन ग्रन्थों के अनुसार दानव पाताल में ही रहते थे। श्रीकृष्ण कथा से संबद्ध ग्रन्थों में दानवों-असुरों का वर्णन अनेक जगह आया है।

“ पर आप एक बात और विस्मृत कर रहे हैं पुंड्रपति।...” कालयवन ने अपना भव्य आसन ग्रहण कर लिया“आर्यों की वीरता, नीति और शक्ति अपनी जगह हैं, किंतु यवनशक्ति, वीरता और उनका यश सम्पूर्ण विश्व का जाना-पहचाना है। निश्चय ही हमारे आगमन की सूचना ने उन सभी को युद्ध के विचार से परे केवल जीवन-रक्षा का विचार दिया होगा।”...और परिणाम सामने है।...भाग गए कायर यादव।...उनकी प्रजा। ओर वे मूर्ख प्रंपची गोप बालक।...यवनों के प्रताप और तेज को सहन करना हर किसी की शक्ति-सामर्थ्य में नहीं है...” वह पुनः हंसने लगा।

पौंड्रक के चेहरे पर उलझन थी...गुप्तचर की सूचना पाकर भी वह विश्वस्त नहीं था।...

उसने कालयवन से विदा ली। दुर्दम्य को मार्ग में छोड़ा और स्वयं शिविर में चिंताग्रस्त लेट रहा...वे सब मथुरा से पलायन कर गए?... पर कहां?...किस ओर? सबके महत्त्वपूर्ण चिंता थीश्रीकृष्ण-बलराम कहां हैं?. ..सम्पूर्ण मथुरावासी तो वनों-पर्वतों में छिप नहीं सकते?...फिर स्त्रियां और बालक? वृद्ध और अपार पशुधन?...

विघ्नासुर की इस सूचना में संशय नहीं था कि मथुरा खाली हो चुकी होगी, पर मथुरा यूं ही के अर्थ में खाली हुई होगीयह विश्वास करने के लिए पौंड्रक का मन कदापि तैयार न था।...

प्रश्नों के समूचे शिविर को विचित्र-से मायाजाल से भर दिया...खाली मथुरा है।...सूने गृह, राजपथ ओर जनपथ...।

तब मथुरा के सहस्रों लोग कहां गए? गए तो किस ओर? किस दिशा में? अक्रूर, सात्यकि, सत्यक, देवमीढ़क, शूर, वसुदेव, उग्रसेन...कहां हैं वे सब? भोज, अंधक और वृष्णिवंशी राजा?...

और श्रीकृष्ण, बलराम और उनका विशेष सेवक उद्धव?...

इतने लोग छिप नहीं सकते।

और अगर छिपे नहीं है तो भरतखण्ड की किस दिशा और किस ओर यात्रा कर रहे हैं? किस योजना के अंतर्गत?...

क्या कोई नया षड्यंत्र है? विचारमात्र से पौंड्रक भयभीत हो उठे हैं। और उनके साथ है यह मूर्ख यवनपति।...शक्तिमद में चूर, बुद्धिहीन विदेशी

राजा।...पौंड्रक को जरासन्ध पर मन-ही-मन क्रोध होने लगा थाकिन-किन लोगों से मित्रता कर रखी है मगधराजा ने?...क्या युद्ध के लिए केवल विशाल सेना, साधन आयुध और आंधी-तूफान जैसा हिंस्र भाव ही काफी होता है?...नीति विचारणीय नहीं होती?...

पर लगता था कि 'नीति विचार' न तो जरासन्ध कर रहे हैं, न ही उनके मित्र-राजागण।...पौंड्रक पीड़ा और बेबसी से मन मसोसे जागते रहे।

मथुरा की निर्जनता का अनुमान उसी समय हो गया था, जिस समय मगधपति की विशाल सेना यमुना पार करके नगर की ओर आगे बढ़ी ...राजपथ-जनपथ शांत पड़े थे। ऐसे जैसे अदृश्य शक्तियों ने जीवन-हीनता का भयावह प्रेत-आतंक फैला रखा हो।...मगधसेना की छोटी-छोटी टुकड़ियां गलियों, बाजारों, फिर घरों और विशाल क्रीड़ा के केंद्रों के अतिरिक्त विश्रामालयों में भी बिखर गई थीं।...कोई नहीं था।...सिर्फ एक सन्नाटा।

पिछले युद्ध-अनुभवों और यादव-सेना की षड्यंत्रनीतियों से सहमे हुए जरासन्ध ने सेना की एक बड़ी टुकड़ी को सम्पूर्ण मथुरा नगर का घेरा डाल लेने के आदेश दिए थे। उस घेरे के बाहर भी एक घेरा था...

यमुना का तटक्षेत्र सहायक मित्रराजा शिशुपाल की चतुरंगिणी सेना ने सम्हाल रखा था...पर कहीं कुछ नहीं। तेज हवाओं के झोंके यमुना के शीतल जल से नहाकर उठते और दूर-दूरंत निर्जन नगर पर बरस पड़ते।..पर जीवन का कोई संकेत नहीं।...सांय-सांय करते हुए ये वायु के झोंके मागधी सेना के मुंह पर थप्पड़े जड़ते हुए-से निकल जाते...

कहां गए सब?...दो पहरों तक खोज होती रही। असंख्य मागधी सैनिकों, चेदिराज के सैनिकों और अंगराज कर्ण के सैनिकों ने मथुरा का कोना-कोना खखोल मारा...यमुना के दूरंत तटों तक क्षेत्रावलोकन किया, किंतु व्यर्थ।...आवारा पशुओं और पक्षियों के चीत्कारों के अतिरिक्त कहीं कुछ नहीं मिला।

मगधपति ने सेना प्रमुखों और मित्र-राजाओं की बैठक बुलाई। प्रश्न किया, "कहां गए सब?"

"वे सब निस्संदेह भाग खड़े हुए।..." सबने एक ही सम्मति दी। एक ही विचारफिर प्रसन्नता भी प्रकट की थी, "कायर कहीं के!...मगधराज

के महाप्रताप को सहन नहीं कर सके।...क्षुद्र यादव!."

किंतु मगधपति के चेहरे पर हंसी नहीं आई। इसके विपरीत अधिक चिढ़ और क्रोध झलकने लगा। शिशुपाल ने चकित होकर पूछा था, "क्या हुआ राजन्।...देखता हूं कि कायर यादवों के मथुरा से पलायन पर आप प्रसन्न नहीं हैं?"

"हां, चेदिराज।...मैं प्रसन्न नहीं हूं।"

अंगपति कर्ण ने विस्मय से देखा। सूर्य की तरह दमदमाता तेज था। उनके मुख पर। वैसा ही तपा हुआ रंग और तीखी, तेजस्वी आंखें। निःशब्द रहकर ही भावों से पूछ लिया था उन्होंने"वैसा क्यों मगधराज?"

"इसलिए कि मैं अपने जामाताओं के वधिकों को नहीं पा सका।..." जरासन्ध के स्वर में पीड़ा थी। एक सीमा तक गला भी भर्राया हुआ था उनका। कर्ण और शिशुपाल सहसा निरुत्तर हो गए। सच ही तो जरासन्ध वृद्ध थे। चारों बेटियों[1] या यादवेन्द्र श्रीकृष्ण और बलराम ने वैधव्य दिया था। सहज ही था कि वह अपने से ही अपमानित और प्रताड़ित अनुभव करें

"मुझे उन दुष्ट गोप बालकों की आवश्यकता है अंगराज।...मैं उन्हें अपनी ही आंखों के सामने मृत देखना चाहता हूं...अपनी ही असि से उनके शीश उतार लेना चाहता हूं।...मुझे जय-विजय से तनिक भी प्रसन्नता नहीं होगी। मुझे चाहिए वे गोप।...श्रीकृष्ण और करसंकर्षण।..."

अभी बात समाप्त नहीं हुई थी कि एक सैनिक उपस्थित हुआ। उसके साथ एक कृशकाय वृद्ध था...पैर कांप रहे थे उसके, आंखों में मृत्युभय समाया हुआ था, सभी ने उसे देखा। मगधपति ने प्रश्न किया, "यह कौन है सैनिक?...और इसे यहां किस लिए लाए हो तुम?"

"महाराज, यह एक निर्जन पथ पर बैठा हुआ...मथुरावासी है।" सेनापति का आदेश हुआ कि आपकी सेवा में उपस्थित किया जाए। इसे अवश्य ही उन लोगों की प्रस्थान दिशा ज्ञात होगी।..."

---

1. श्रीकृष्ण-बलराम के हाथों कंस से विवाही गई अस्ति और प्राप्ति के अतिरिक्त हंस और डिम्भक को विवाही, जरासन्ध की दो बेटियां और विधवा हुईं। जरासन्ध की कुल चार बेटियां थीं और श्रीकृष्ण चारों बेटियों के वैधव्य का कारण बने। हंस और डिम्भक, जरासन्ध के दो शक्तिशाली हो और योग्य सेनापति थे।

"निश्चित।..." शिशुपाल उत्साहित स्वर में बोल पड़े। युवा थे, अतः स्वाभाविक ही उनके हर व्यवहार में असंयत अतिरेक अपस्थित था। मगधराज ने उस मथुरावासी को गौर से देखा। झुर्रियां पड़ी हुई थीं समूचे शरीर पर। उसकी भौंहें भी श्वेत हो चुकी थीं...पर आंखों में सरलता थी। जरासन्ध उठे, उसके पास पहुंचे। पल भर पहले उनके चेहरे पर आया क्रोध अब कहीं नहीं था...स्वर में मिठास भरकर प्रश्न किया था, "तुम कौन हो, वृद्ध?...और ऐसे मेंजबकि सभी मथुरावासी नगर से पलायन कर चुके हैंतुम यहां क्यों हो?"

"मुझे देखकर अनुमान नहीं कर पा रहे हैं राजन्, कि मैं यहां क्यों हूं?" वृद्ध ने लगभग थरथराती, किंतु दृढ़ आवाज में उत्तर दिया था"यह कृश शरीर, प्रति क्षण मृत्यु के लिए प्रतीक्षारत मन और तिरोहित हो चुका आत्मबल...भला ऐसी स्थिति में मैं कहां जाता?...फिर उस अनंत यात्रा में ...जिसका आदि जानता हूंअन्त क्या होगा, मुझे ज्ञात नहीं!...मैंने यही उचित समझा महाराज, कि इसी पवित्र मथुरा नगरी में अपने प्राण त्यागूं।..."

एक गहरा सांस लिया जरासन्ध ने। एक क्षण के लिए कुछ बोले नहीं। शिशुपाल और कर्ण एक-दूसरे को देख रहे थे। जरासन्ध उन दोनों से ही आयु में बड़े थे, श्रेष्ठ थे, सफल थे...अतः उनकी बातचीत के बीच कुछ कहना उचित नहीं लगा। थोड़ी देर बाद मगधराज ने अपने आसन पर बैठ कर वृद्ध से प्रश्न किया, "हमें तुमसे सहानुभूति है वृद्धवर!...क्या तुम जानते हो कि वे लोग किस दिशा में गए हैं?"

"हां, राजन!...जानता हूं।" वृद्ध ने उत्तर दिया। स्वर में निशंकता थी, "वे सब महाराज उग्रसेन के नेतृत्व में पवित्र सरस्वती नदी की ओर गए हैं।..."

"सरस्वती नदी की ओर?" चकित जरासन्ध ने शिशुपाल और कर्ण को देखा।

वे भी उतने ही चकित थे।

"किंतु सरस्वती की ओर क्या करेंगे वे?...क्या श्रीकृष्ण और बलभद्र उन्हें उस ओर ले गए हैं?" जरासन्ध ने बड़ी चतुरता से प्रश्न किया।

वृद्ध के थके चेहरे पर सहसा एक प्रकाश जनम आया। आत्मविश्वास

का प्रकाश। वह मगधराज की चपल वार्ता और कूटनीति समझ गया था। कहा, "यह मैं नहीं जानता मगधपति।...बस, इतना जानता हूं कि वे सब उसी ओर गए हैं...वासुदेव उन्हें ले गए हैं या वे वासुदेव के साथ गए हैंयह सब जानना मैंने उचित नहीं समझा, और ना ही मुझे इस सबको जानने में रुचि थी।"

जरासन्ध ने ही नहीं, शिशुपाल और कर्ण ने भी समझ लिया था कि इससे आगे वृद्ध के पास जानकारी के लिए कुछ भी नहीं है। वृद्ध को छोड़ देने की आज्ञा देकर जरासन्ध ने प्रश्न किया था, "अब क्या किया जाए अंगपति?"

"करने को क्या है?...यही कि तीव्रगति से सेना सहित आगे बढ़कर उन कायरों को पकड़ लिया जाए।..." कर्ण कुछ कह सकें, उसके पूर्व ही मगध, सेना को आदेश दिए गए"सरस्वती की ओर बढ़ो।..."

विशाल सेना वायुगति से उस ओर बढ़ चली।

बलराम रह-रहकर व्यग्र हो उठते हैं...क्या हो रहा हैं? क्या होने वाला है? और किस तरह क्या कुछ होगा?...सब कुछ रहस्यमय है।

स्मरण आता है, एक बार क्रोधित होकर बालपन में ही पूछा था, कृष्ण से"क्यों रे, कन्हैया?...तू सब कुछ सच-सच क्यों नहीं बतलाता?"

और कान्हा हंस पड़ा था"क्या बतलाऊं दाऊ?...तुम पल-भर में क्रोधित हो जाआगे...या फिर मैया से जा कहोगे?"

"क्या कह दूंगा..." बलभद्र ने नेह से पूछा था, "ऐसा क्या कह देता हूं कि तू मुझसे छिपाव रखता है..."

"छिपाव रखता हू, बलभद्र भैया, पर दुराव नहीं रखतायह तो मानते हो तुम।" श्रीकृष्ण ने चपलता से प्रश्न पर प्रश्न किया।

"यह सब मैं जानता हूं। व्यर्थ की बात मत बदल, सच-सच बतातू क्या करने वाला है, यह क्यों नहीं कहता?"

"ऐसा कुछ करता भी तो नहीं हूं, जो किसी कुछ कहूं?"

"क्यों?...इस पल भी तू जानबूझकर कालिन्दी तट पर आया है।..."

करसंकर्षण सहसा चिढ़ उठे थे"नंद बाबा और ग्राम के सभी बृद्धवर बतला चुके हैं कि दृष्ट नाग का आतंक है इस क्षेत्र मेंफिर भी तू अपने मूर्ख गोपों की टोली लेकर यहां आया हैमृत्युमुख में।...तू इतना भोला-भला तो है नहीं कि मृत्यु न जानता हो?"

"जानता हूं ना, मृत्यु को खूब जानता हूं..." कृष्ण ने मुस्कुराकर उत्तर दिया था"मृत्यु को जानता हूं, इसी कारण निर्भय रहता हूं। और इसी कारण मुझे उस दुष्ट नाग से भी भय नहीं लगा।..."

कृष्ण उठकर जाने लगा था...बलराम ने करकर बांह पकड़ ली थी उसकी। इतनी जोर से कि हड़बड़ाकर थम गया था वह। बलराम ने पूछा था, "फिर बात टाल गया न तू?...अभी जाकर मैया से कहता हूंतू इस नाग-क्षेत्र में आया है।" फिर वह बांह झटके से छोड़कर चल पड़े थे गोकुल की ओर...और श्रीकृष्ण की खिलखिलाहट उभर आई थी। कोमल मनोहारी खिलखिलाहट...लगा था कि कई बांसुरियां एक साथ बजने लगी हैं।...

बलराम को ज्यादा ही गुस्सा आ गया। फिर लौट आए, "हंसता क्यों है? मार पड़ेगीतुझे भय नहीं लगता।..."

"हंस तो इसलिए रहा हूं भइया, कि इसी कारण तुमसे डरकर कुछ नहीं कहतातुमने इस तरह अपने प्रश्न का उत्तर स्वयं ही दे दिया है।..."

"स्वयं दे दिया है उत्तर?..." चकित, कुछ पल के लिए अनसमझ स्थिति में खड़े रह गए थे बलभद्र। और कृष्ण बालसखाओं में घुलमिल गया...गेंद उछलने लगी।

तब से अनेक बार सोचा है श्रीकृष्ण के उन शब्दों पर। किंतु सरल मन बलराम को न तो दांवपेच-भरी बातें आती हैं, न ही छल-प्रप्रंच का युद्ध, और न ही उनमें कृष्णवत् चपलता या उनकी तरह सत्यासत्य का विवेचन विचार है।

सारी रात्रि ठीक तरह निद्रा नहीं ले सके। आलस अब भी शरीर के हर कोने में भरा-बिखरा है...बहुत बार मन करता है कि कृष्ण से असहमत हो जाएं। उस पर क्रोध करें, पर किसी भी बार वैसा कर नहीं पाते। ऐसा विनम्र, भोला बन जाता है कृष्ण कि बलराम को लगता हैहृदय से लगा ले।...और फिर सदा की तरह नेह-चिढ़ का वह अजाना किंतु समर्पित संबंध चल पड़ता है।...

इस समय भी चल रहा है। करता है कृष्ण और बलराम केवल भोगते हैं। इतना अवश्य है कि कृष्ण के किसी किए में असफलता नहीं है...केवल सफलता और निरंतर सफलता है...असाध्य को साध्य में सिद्ध किया है उसने। अनीति को नीति में। विग्रह को अनुग्रह में। स्नेह को समर्पण में। विश्वास को श्रद्धा में।...ऐसा अद्भुत है कन्हैया।

पर इस पर नेहपूर्ण गुस्सा करने से अपने-आप को चाहकर भी बलराम कभी रोक नहीं पाए हैं। आज भी नहीं रोक पा रहे हैं...

बलराम सारी रात्रि पलकें नहीं झपक सकेउद्धव का भी यही हाल है।...स्वयं श्रीकृष्ण भी...वह तो कितनी ही बार गुफा में दीखा भी नहीं एक बार उद्धव से पूछा था, "कहा है कृष्ण?"

उद्धव ने अचकचाकर कहा था, "यहीं कहीं होंगे...कुछ समय पूर्व तो यहीं थे।"

बलराम का मन नहीं माना। इस कारण और नहीं कि श्रीकृष्ण को अब भी बालकृष्ण के रूप में देखते हैं वह। चौंतीस वर्ष का हो रहा है वह...पर अब भी श्रीकृष्ण के लिए बलभद्र का मन चिंतित हो उठता है. ..अकेला है वह। कहां, क्या उत्पात किया होगाज्ञात नहीं। रात को दो बार अकुलाकर बाहर निकल आए थे गुफा से। कहां हैं कृष्ण। एक यादव सैनिक को बुलाया, पूछ भी लिया। पता चला था कि कुछ समय पूर्व महाराज मुचुकुन्द के साथ उनकी गुफा में विचार-विमर्श कर रहे थे। दूसरी बार ज्ञात हुआ मुचुकुन्द के ही साथ उनकी सेना से मिल-जुल रहे थे।

झल्लाहट उभर आई थी मन मेंपता नहीं क्या कर रहा है। झुंझलाकर अपनी जगह आ लेटे।

पर नींद नहीं आई।

क्यों नहीं आती नींद?...इस चिंता ने व्यग्र किया है कि कृष्ण कुछ न कुछ करने जा रहे हैं। पर क्या? सो ठीक तरह बताता नहीं बातता भी है तो आधा-अधूरा-सा।

बताता तो है...अनेक बार बतलाया है। मन कह उस। पर साथ ही बलराम के मस्तिष्क से उत्तर भी उभरा"हां, बतलाता है, पर तब जब सब कुछ सामने होता है।..."

वही बालपन का उत्तर"...इस तरह तुमने अपने प्रश्न का उत्तर स्वयं ही दे दिया है..."

क्या समझें इससे? बलराम सोचने लगे हैं। सदा ही सोचते आए हैं। मल्लयुद्ध में उसे पारंगत करते हुए भी सोचा है। गदायुद्ध की शिक्षा देते हुए भी सोचा है। और अब भी सोच रहे हैंउत्तर नहीं खोज पाए।

असल में उत्तर किस बात का होगा? उत्तर है ही नहीं। उत्तर तो प्रश्न का होता है ना? उन्होंने अधिक झुंझलाकर सोचा। शांत हो लिए।

पर इस शांति ने भी चैन नहीं दिया। मन को चैन मिल गया, पर कन्हैया के रात-भर बाहर रहने के कारण नींद नहीं आई...

भोर हो गई थी।

सूर्योदय के पूर्व ही श्रीकृष्ण आ पहुंचे थे। बलभद्र, उद्धव और यादव टुकड़ी के सैन्य-प्रमुख एकत्र हुए। श्रीकृष्ण ने प्रसन्नतापूर्वक उनसे वार्तालाप किया...फिर कहा, "संध्या समय संभवतः कालयवन यहां तक आ पहुंचेगा..."

बलराम ने पूछा, "और हम कहां होंगे?"

"उसके मार्ग में।..." श्रीकृष्ण ने त्वरितता से उत्तर दिया।

बलराम ने पुनः पूछा, "क्या मतलब?"

"सीधी-सी बात है दाऊ, वह हमें सामने पाकर हम पर आक्रमण करेगा..." श्रीकृष्ण आगे कुछ कह सकें, इसके पूर्व ही चकित, किंतु चिंतित बलरामने पूछा,।

"आक्रमण करेगा?...हमारी छोटी-सी यादव टुकड़ी पर..." सहसा उनका स्वर बौखलाहट से भर उठा था, "कन्हैया तुझे, तो मृत्यु-भय है नहीं। मुझे भी नहीं है...किंतु इस यादव-टुकड़ी के बारे में तो सोच, जो उस शस्त्रसम्पन्न यवनसेना के सामने पल-भर में नष्ट हो जाएगी। इनके वध का पाप किसके माथे पड़ेगा, सोचा तूने?"

श्रीकृष्ण हंसे"उसके साथ सेना के नाम टुकड़ी ही होगी भइया। और हम लोग बड़ी सेना का नहीं, टुकड़ियों का सामना तो कर ही सकते हैंक्यों यादव नायक?"

"हां, देव।...यवन ही युद्ध करना नहीं जानते, हम भी जानते हैं और फिर यह हमारा क्षेत्र है...इसकी रक्षा करना हमारा धर्म है।" यादव नायक जिद में श्रीकृष्ण से बढ़ा-चढ़ा ही लगा। सुनकर बलराम ज्यादा ही क्रुद्ध हो उठे"सुनकर आनंद हुआ!...वाह-वाह!"

नायक सहमकर चुप हो गया। लगा कि महावीर बलभद्र के समक्ष अशिष्टता कर बैठा है। इस विचार ने थोड़ा घबरा दिया कि बलभद्र कहीं क्रोधित न हो जाएं...क्रोध जाना-पहचाना है उनका। और उस क्रोध के परिणाम को भी कोई अजाना नहीं कर सकता।

श्रीकृष्ण बोले"महाराज मुचुकुन्द की आर्य सेना अभी, इसी क्षण से या कुछ समय पश्चात् उसे मार्ग में ही घेर चुकी होगी या घेर लेगी...इस क्षेत्र से नितांत अपरिचित यवन इस अचानक हुए आक्रमण से घबराकर बिखर जाएंगे...कालयवन ओर उसके विश्वस्त व्यक्ति भी सहम उठेंगे...और उसी समय वह हम सबको अपने सामने पाएंगे...इस सब में मेरा विचार है दिन के दो पहर बीत चुकेंगे और संध्या समय कालयवन हमारे सामने होगा।"

बलराम होंठ खोलते-खोलते चुप हो गए..."मुचुकुन्द की सेना इस क्षण या कुछ समय पश्चात् कालयवन से भिड़ चुकी होगी?" आश्चर्य। यह कैसा चक्र चलाया मोहन ने।...एक बार फिर नेह-भरे क्रोध से भर उठे।

यादव नायक को आदेश दिया था कृष्ण ने, "तुम अपने यादव सैनिकों को तैयार करो।..."

नायक बाहर चला गया।

बलराम ने एक नई शंका रखी, "तुम्हारी योजना तो उचित ही जान पड़ती है कृष्ण, पर एक और दृष्टि से भी विचार कर लो इस पर।..."

"सो क्या भइया?"

"यदि कालयवन की टुकड़ी बड़ी हुई तो?"

"हम सदा अपने से अधिक का ही सामना करते आए हैं, पूज्य। श्रीकृष्ण बोले"इस आशंका का सामना तो करना ही होगा।

आगे बलराम ने कुछ नहीं पूछा। सब भोजनादि से निवृत्त हुए, उस समय तक एक नई सूचना आ पहुंची थी। महाराज मुचुकुन्द का एक सेवक

समाचार लाया था कि कालयवन किसी वन क्षेत्र की ओर से इसी ओर भागा चला आ रहा है...

कालयवन भागा चला आ रहा है।...हतप्रभ हो गए थे सुनकर। केवल मुचुकुन्द नहीं, बलराम, उद्धव ओर यादवनायक भी।...आश्चर्य।...इतना शक्तिशाली राजा भागा आ रहा है।...

विश्वास नहीं हुआ बलभद्र को। पूछा, "भागा चला आ रहा है या आक्रमण की इच्छा से बढ़ रहा है?"

"नहीं, स्वामी।...वह भागा ही चला आ रहा है...दिशा-ज्ञान से भ्रमित होकर।...एकदम दिग्भ्रांत।...उसके साथ आए पुंड्रराज महाराज पौंड्रक अपनी सेना के साथ प्रातः ही भाग खड़े हुए।"

"कालयवन की सेना का क्या हुआ?" चकित, किंतु स्वर में विस्मय प्रकट न करते हुए महाराज मुचुकुन्द ने सूचना मांगी"वह अनेक हिस्सों में बिखर गई। वन-क्षेत्रों में भटककर जंगली पशुओं की या तो भोज्यपदार्थ बनेगी, अथवा यहां-वहां बिखरे हुए हमारे सैनिक उसे नष्ट कर डालेंगे... शेष अनेक लोग हैं जो या तो वेगवती चर्मण्वती की लहरों पर बलि चढ़ गए हैं, जो बचे हैंवे संध्या तक चढ़ जाएंगे, तब कालयवन एक बड़ी टुकड़ी के साथ ही शेष रह जाएगा..."

श्रीकृष्ण मुस्कुरा रहे थे...मुचुकुन्द ने इस मुस्कान में ऐसी ज्योति का दर्शन किया, जो अक्सर ध्यानावस्था में ही देखने को मिलती थी।...अपने ही भीतर शब्द गूंज उठे थे"कृष्ण!...वासुदेव! अनंत!...अबूझ!..." लगता ही नहीं था कि जो कुछ हुआ है, केवल रणनीति के कारण हुआ है...

यदि रणनीति के कारण नहीं हुआ तब कैसे हुआ? सोचने लगे थे वह। और अकेले ही वे क्यों, उद्धव, बलराम, और अन्य सभी...कालयवन की भयावह शक्ति इस तरह मिट्टी के ढेर-सी बिखर जाएगी। कल्पनातीत था।...किंतु घट यही रहा था...इसी तरह घटा था...

सहसा मुचुकुन्द बोले थे"अब क्या इच्छा है वासुदेव?"

सहसा कृष्ण विनम्र हो उठे"राजर्षि!...वाह, क्या कह रहे हैं? आपकी ही इच्छा तो है।...कृपा और आशीष भी आपका। आर्यावर्त एक आक्रांता से मुक्त हो जाएगा।"

"एक आक्रांता?..."चकित स्वर में मुचुकुन्द ने प्रश्न किया। पूछा, "तो क्या अन्य भी हैं?..."

"पश्चिमी समुद्र तट पर अनेक हैं महाराज।" श्रीकृष्ण ने उत्तर दिया, "किंतु उनमें सबसे विकराल था कालयवन।..." सहसा वह चुप हो गएगंभीर। सोच-ग्रस्त। ऐसे जैसे किसी योगी ने ध्यान-मुद्रा ले ली हो। जाग्रत् ध्यान-मुद्रा।...मुचुकुन्द ने पलकें झपकीं। वृद्ध मान्धाता पुत्र और तपस्वी राजा को अनुभव हुआ जैसे पुनः उन्होंने ईश्वर-ज्योजि के दर्शन किए हैं।...चेहरा श्रीकृष्ण का था, किंतु...?

"मूर्ख।...शक्तिमद में दंभी। पर मूर्ख।..." पौंड्रक बड़बड़ाता, उत्तेजित, किंतु भयभीत रथ दौड़ाए जा रहा था...कुछ यवन सैनिक साथ थे, कुछ उसके अपने राज्य के आर्य सेवक। पर सब बौखलाए हुए, अनेक मृतवत् और डरे हुए मृगछौनों जैसे...

दोपहर ढल रही थी, किंतु पौंड्रक को अमावस की रात्रि-सा भय अनुभव हो रहा था। सूर्य किरणों ने आगे-पीछे सब कुछ प्रकाशित कर रखा था. ..मार्ग, वन-क्षेत्र और क्षेत्रके पर्वत...सभी कुछ। पर लगता था कि आंखों के आगे अंधकार बिखरा हुआ है। ऐसे जैसे अंधा हो गया हो पौंड्रक। पसीना शरीर-भर से निकलता हुआ, किंतु सबसे अधिक पसीना बह रहा था माथे और गर्दन से।...जी हुआ कि रत्नजटित स्वर्ण मुकुट उतार फेंकें, किंतु वैसा कर नहीं सकते थे। राजगौरव, शक्ति और राजा का प्रतीक चिह्न वही तो था।

किंतु इस प्रतीकवाद से राजा बने रहकर क्या करेंगे पौंड्रक? भाग तो रहे हैं कायर लोमड़ी तरह। वह पौंड्रक, जिनके स्वर-शब्दों का आतंक दूर-सुदूर अनेक राज्यों, राजाओं में आतंक बिखरा दिया करता था; जिनके मुकुट के पीछे एक विशाल आकृति दीखती थामहाराज जरासन्ध के पराक्रम की आकृति; लगता था कि एक सूर्य प्रकाश को साथ बटोरे चलते हैंभले ही मगध के दासत्व से मिला हो यह सूर्य प्रकाश किंतु पौंड्रक के पास था...है भी...

इसके बावजूद पौंड्रक भाग रहे हैं...भागो।...पुंड्रराज। भागो।...जितनी शीघ्र हो सके, भागो।...इतनी दूर भागों कि यादवसुत श्रीकृष्ण का विचार भी मन में न आ सके। भागो।...भागों।...

और भाग रहे हैं...कितना समय हो गया भागते-भागते, समरण नहीं, बस इतना स्मरण है कि जिस समय भागने का निर्णय लियाउस समय साक्षात् मृत्यु ने चारों ओर से घेर लिया था।...

कैसी विशाल सैन्य शक्ति साथ थी? अनेक शस्त्रास्त्र, आर्यों से इतर यवनास्त्र।...क्रूर, हिंस्र यवनसेना के सहस्रों सैनिक...और उनके बीच दुर्दम्य, कालयवन...स्वयं पौंड्रक।...

किंतु सम्पूर्ण योजना और व्यूह का रचनाधार श्रीकृष्ण तक पहले पहुंच चुका था...किसने पहुंचाया होगा? क्या कालयवन या उनकी अपनी सेना में ही कृष्ण के गुप्तचर उपस्थित रहे होंगे?...या फिर...कोई अदृश्य तांत्रिक-मांत्रिक शक्ति है उस गोपपुत्र के पास? पौंड्रक विचारने लगे।

पहला विचार व्यर्थ प्रमाणित हुआ। व्यूह रचना के समय अन्य कोई था ही नहीं वह स्वयं थे, कालयवन और दुर्दम्य था...बस। भला उनमें से कोई गुप्तचर कैसे हो सकता है?...

तब?

तब निस्संदेह ही किसी अद्‌भुत, आलौकिक शक्ति से ज्ञात किया होगा कृष्ण ने। कौन-सी शक्ति? और कहां से मिली होगी?...

किसी से सुना था कि श्रीकृष्ण महातांत्रिक गुरु घोर अंगिरस के शिष्य त्व में भी रहे हैं।...

बलभद्र तंत्रविद्या में पारंगत हैं या नहींज्ञात नहीं। किंतु श्रीकृष्ण अवश्य घोर अंगिरस के यहां रहे हैं। और घोर अंगिरस तंत्र-विद्या के सर्वश्रेष्ठ गुरु हैं। हर किसी को तंत्रज्ञान नहीं देते। कभी पौंड्रक स्वयं भी गए थे उनके पास। मन में भय था, तंत्रर्षि को लेकर और उनके क्रोध से बारे में भी सुन रख था...बहुत सहमते, डरते, लगभग कांपते हुए पहुंचे थे पौंड्रक

घोर आंगिरस के पास जाएंगे। यह सुनते ही अनेक लोगों ने बतलाया था कि महाक्रोधी तांत्रिक गुरु को प्राप्त करना सहज नहीं होगा। पहले सामना करना होगा उन ज्वालामुखी आंखों से जो वृद्ध तांत्रिक के शरीर पर अंगारों की तरह स्थित हैं...फिर गर्जनामय स्वर में प्रश्न होंगे।...विचित्र और भयावह परीक्षाएं होंगी। साहस और आत्मशक्ति को लेकर असामान्य और कष्टकर परीक्षा भी ले सकते हैं अंगिरस। वैसे में तनिक-सा साहस डोलते ही उनके

महाक्रोध का सामना करना होगा। कहीं ऐसा न हो कि शिष्यत्व मिलना तो दूर, जीवन ही यात्रापथ पर चल पड़ेअनंतयात्रा की ओर।

बहुतों के साथ ऐसा ही हुआ है।...

पर जिन गिने-चुनों ने शिष्यत्व प्राप्त कर लिया है, वह आश्चर्यजनक शक्तियों के स्वामी हुए हैं।...असामान्य क्षमताएं पाई हैं उन्होंने। मनुष्य होते हुए भी मनुष्य से इतर महाशक्ति बन गए हैं वह।...

और पौंड्रक ने अनेक दिनों बाद आत्मबल जुटाया। पूरी शक्ति-साहस से अपने-आप को संजोए हुए जा पहुंचे थे तंत्र-गुरुज्ञानी के पास।...किंतु जैसे ही आश्रम में अपनी अगवाई और महातांत्रिक के दर्शनों की कामना पहुंचाई, वैसे ही शक्ति, साहस, सम्बल सब कुछ रेत की तरह ढहने लगे थे...होते-होते यह स्थिति आ गई थी कि शरीर कांपने लगा, होंठों पर थरथराहट उभर आई, हृदय इस तरह धड़कने लगा जैसे उसकी गति कहीं दूर...जगल में ही छोड़कर आ पहुंचे होंखाली।...

यह खालीपन लेकर भला महातांत्रिक का सामना क्या करेंगे?...बैठे हुए थे। पर खड़े होने की इच्छामात्र से थर्राने लगे। भय लगा कि कहीं खड़े होने के प्रयत्न से गिर न जाएं।...

और तभी एक तांत्रिक विद्या के शिष्य ने सूचना दी थी, "गुरुवर के शीघ्र ही दर्शनलाभ होंगे आपको।...बस, कुछ ही समय पश्चात् वह आ पहुंचेंगे।..."

सुनापर लगा कि अनसुना हो गया है। ज्ञात नहीं कि कौन है उनके पास अथवा नहीं है?

आश्रम का वातावरण विचित्र था।...सहज...या कि असह्य।

हां, असह्य ही कहना उचित होगा।...नितांत असह्य।...उस वातावरण ने पौंड्रक को अकुलाया-भर नहीं थाभयातुर करना प्रारंभ कर दिया था...यहां-वहां विक्षिप्तों की तरह देखे जा रहे थे वह...

विचारते-विचारते रथ को अधिक तेज कर दिया।...और तेज...इतना तेज कि वह थम न सके।...कैसे, किस अजानी शक्ति या बेसुधी की स्थिति

में वैसा हुआइज्ञात नहीं। केवल इतना जानते हैं कि उन्हें घोर अंगिरस के आश्रम का वह वातावरण याद हो आया था...

नरमुंडों से शृंगार किया गया था आश्रम का। या कि वे सभी नरमुंड विभिन्न शक्तियों की प्राप्ति का माध्यम बने थे? सभी पर. सिन्दूर, तिलक या राख मली हुई थी। पास ही कहीं श्मशान था। जलते मांस की घृणास्पद दुर्गंध दूर-दूर तक बिखरी हुई थी। वैसे में खिले थे फूल।...कैसा विचित्र विरोधाभास था समूची स्थिति में!...अंगिरस के शिष्य बदन पर विभूति मले हुए थे। यह विभूति निश्चय ही श्मशाम के मृत शरीरों की रही होगी?...या कि किसी अन्य चीज की है?

बड़े भयानक लगते थे वे सब। लगता था कि सभी की आंखों में अंगार धधकते हैं...वार्तालाप-भर से एक कंपन बिखर जाता था, शरीर में। और फिर पौंड्रक का सामना तो होना हैसाक्षात् घोर अंगिरस से मनतांत्रिक!...वह कैसे होंगे?

कैसे होंगे? इसकी कल्पना शिष्यों का यह समुदाय ही दे रहा है। इसे देखकर ही जब पौंड्रक के शरीर से जलस्रोत की भांति पसीना बहने लगा है, तब महातांत्रिक का दर्शन कैसा होगा?

थूक के कितने घूंट निगले, कितनी बारयह भी याद नहीं रहा। बस, सहसा नींद खुल गई थी उनकी। या कि बेसुधी टूटीएक गर्जना अपने पास सुनी थी उन्होंने "कौन हो तुम?..."

"ह-ह...हि-हि..." शब्द खो गएस्वर ही खोने लगा। जैसे नदी में डूबने लगे होंसांस रुंधती हुई पौंड्रक की आंखें यंत्रवत् स्वर की दिशा में घूमीं, किंतु ठीक तरह देख नहीं सके। केवल इतना देखा था...या दिखा कि एक अंधकार के विशाल साम्राज्यक्षेत्र में खड़े हैं और अपने सामने देख रहे हैंज्वाला।...केवल दीख नहीं रही उसकी गरमी-भर से स्वाहा हुए जा रहे हैं।...

"सुना नहींकौन हो तुम?..." स्वर इस बार केवल गूंजा नहीं थाबरस पड़ा। उल्कापात की तरह।

पौंड्रक उठे। या प्रयत्न भर कर सके।...भीतर के वस्त्रों से बहता पसीना अब ऊपर के वस्त्रों तक आ पहुंचा था...गीले हो रहे हैं पूरी तरह।...

"गुरुवर।...यहयह पुंड्रपति...महाराज पौंड्रक हैं।"

संभवतः किसी शिष्य ने बताया था गुरु अंगिरस को।

तो उनके सामने गुरु-शिष्यदो व्यक्ति हैं, पर पौंड्रक को दीखते क्यों नहीं? क्या पौंड्रक अंधे हो रहे हैं? कांपकर उन्होंने विचार किया...

"किसलिए आए हो यहां पुंड्रपति?" स्वर धीमा हो गया था। शीतल। पौंड्रक के भीतर पहली बार स्पन्दन हुआ। श्वास गई नहींअभी है। उठे, पर कंपन पूर्ववत् चल रहा था...महातांत्रिक की उपस्थिति से भयातुर मन-शरीर का कंपन।

"प्र...प्रणाम करता हूं, गुरु...देव।..." किस तरह, कैसे, कहां से शब्द खोजकर बोल सके थे, ज्ञात नहीं।

"ठीक है, राजा।..." और घोर अंगिरस का स्वर उभरा, "कैसे आना हुआ? तंत्रज्ञ के आश्रम में तुम्हारा क्या काम?..."

"गुरुवर, मैंमैं शिष्यत्व ग्रहण करने की इच्छा से आया हूं।" राजा ने घुटनों के बल धरती पर बैठकर सिर नवा दिया था, "चाहता हूं कि तंत्रविद्या प्राप्त करूं?...आपके गुरुत्व में यह महाज्ञान..."

"वह संभव नहीं, पौंड्रक।" आंगिरस का स्वर पुनः विद्युत की तरह कौंधकर समूचे वातावरण को अधिक उग्रता, उष्णता और भय से भर गया, "वह कभी संभव नहीं।"

"किंतु...?"

"शांत हो, पुंड्रराज।..." स्वर पुनः गूंजा था, "विद्यादान सुपात्र को दिया जाता है। और तुम उसके योग्य नहीं हो।..."

एक क्षण के लिए क्रोध आने लगा था पौंड्रक को...यह तो अपमान था उनका, एक राजा का अपमान। स्पष्टतः अंगिरस यह कह रहे थे कि पौंड्रक कुपात्र हैं।

"हम क्रोध, दंभ और आवेश का विचार भी नहीं करते राजन्।..." घोर अंगिरस ने बात समाप्त कर दी थी"तंत्रविद्या प्राप्त करना दुष्ट प्रवृत्तियों के योग्य नहीं है...यह भी कि तुममें राजत्व नहीं, दासभाव है। और तंत्र दासभावी व्यक्तियों के लिए नहीं।...तंत्र ही क्यों, कोई भी विद्या उसके अनुकूल शिष्य के लिए होती हैभले वह राजा हो या रंक...। दाता हो

या याचक।...ज्ञानी हो या अज्ञानी।...और तुममें पात्रता नहीं। न राजा की, न याचक की, न ज्ञानी की और न ही तुम अज्ञानी हो।...एक अस्तित्व हीन व्यक्ति को हमने आश्रम प्रवेश करने दियायही बहुत है।"

घोर अंगिरस वहां नहीं थे। केवल उनकी खड़ाउओं का स्वर सुना था राजा पौंड्रक ने...और फिर शिष्य सामने थाविभूति से रंगा हुआ अंगारवत् दृष्टि से देखता हुआ...

सहमे, थके, हारे और एक तरह से मृतवत् पौंड्रक उठ पड़े थे। निराश। इस तरह आश्रम सीमा से बाहर आए, जैसे अपने ही मृत शरीर को खींच-कर लाए हों। भय हर बढ़ते कदम के साथ गहरा होता जा रहा था फिर प्रभाव क्षेत्र से बाहर आते ही मन-शरीर से स्वस्थ हुए।

ओह।...कैसा भयावह अनुभव हुआ था उन्हें।...लगा था कि यमपुरी के कारागृह से निकले हैं।...जीवित निकल आएयही क्या कम है?

और ऐसे ही वातावरण में बहुत समय रहकर श्रीकृष्ण ने तंत्रविद्या का अर्जन किया। घोर अंगिरस मंत्रों के भी महाज्ञानी हैं। निश्चय ही मंत्रज्ञान भी मिला होगा कृष्ण को। और जिसने ऐसी शक्तियां प्राप्त कर रखी होंउसके लिए अदृश्य को जानना, देखना, आगत और भविष्य को देखना भी आश्चर्यजनक नहीं।...अच्छा होता कि कालयवन को यह बतला देते। मदमत्तता और शक्ति का वह अंधत्व उसे न घेरे रहता, जिसने चुल्लू-भर अग्नि तेज से समुद्र को सूखते देखा है।...निस्संदेह यही हुआ। बिलकुल इसी तरह। कालयवन की विशाल सेना...और श्रीकृष्ण-मुचुकुन्द का अंजुलि-भर सैन्य संसार।

बिलकुल वैसे ही जैसे आग के दो अंगारों को समुद्र में फेंका जाए और समुद्र पल-भर में सूख जाए।

बस, अंगारों जैसी कुछ टुकड़िया दाएं-बाएं...से आ पहुंची थीं। दुर्दम्य, पौंड्रक या कालयवन सम्हल सकेंइसके पहले ही वृक्षों, कन्दराओं, चर्मण्वती के जलघाटों से दस-दस, बीस-बीस के झुंड सहसा प्रकट हुए और टूट पड़े विशाल सेना पर। छोटे-छोटे आग्नेयास्त्रों वाले बाण सम्हालते कालयवन के

असंख्य सैनिकों को उनके सिरों पर बिजली की तरह गिर सैनिकों के दस्तों ने बाण थामने का अवसर ही नहीं दिया। अधिकतर मारे गए।...बस, सब कुछ ऐसे हुआ जैसे चींटियों पर किसी हाथी का पांव आ पड़ा हो।...

कैसे-कैसे शस्त्रास्त्र थे यवन सेना के पास?...अनेक अस्त्र तो अपने साथ ही लाए थे वे। अनेक का निर्माण आर्यावर्त में किया था उन्होंने। आर्यास्त्रों से श्रेष्ठ अस्त्र लगते थे। पर सिद्ध हुए मिट्टी के ढेर।...चर्मण्वती के कूल-कगारों और वनपथ पर इस तरह बिखर गए, जैसे नदी ने उफान लिया हो...

पर विचित्र बात हुई।...नदी उफनी विभिन्न कोणों से।...ऐसे जैसे छोटी-छोटी जलधाराएं बह निकली हों। टुकड़ियां।...पर हर टुकड़ीअचानक आ गिरे उल्का की तरह।

सब जलाती हुई।...सब बहाती हुई।...भयाक्रान्त सेना की सारी व्यूह रचना पल-भर में बिगड़ गई थी। मृत्यु भय से आक्रांत सैनिक जहां-तहां भागने लगे।...चीखें, पुकारें, करुण रुलाई के अतिरिक्त मर्मांतक स्वर बिखर गए सब ओर। कहीं धुआं हो रहा था, कहीं आग बरस पड़ी थी। वृक्ष गिर रहे थे...जिस ओर पत्थर की चट्टानें थींऊंचे से लुढ़कने लगी थीं। पौंड्रक की आंखों के सामने अंधकार-सा बिखरने लगा था...

अब स्मरण-मात्र से बिखर रहा हैऐसा विचित्र युद्ध न कभी देखा, न सुना, न ऐसी व्यूह रचना ही देखी।...

कितनी ही जगह तो सैनिक सामने आए ही नहीं। प्रकृति ने ही नाश आरंभ कर दिया।...आदिमानव जैसे साधन प्रयुक्त हुए इस युद्ध में।...

और अनेक स्थानों पर विपक्षी सेना ने अद्भुत अस्त्र प्रयुक्त किए।...सर्वाधिक अद्भुत थी उनकी युद्ध-रचना...

पौंड्रक रथ में भाग अवश्य रहे हैं, किंतु उन्हें लगता है पैरों में कुछ स्थिरताहीनता आ गई है...या जड़ता?

जड़ता कहना ही उचित होगा। याद हैवह इस सहसा हुए आक्रमण से चीख पड़े थे"सावधान यवनपति।...यह निश्चय ही यादवों की कोई चाल है।...वे इस क्षेत्र से गए नहीं हैं।..."

कालयवन ने सुना या नहींज्ञात नहीं। केवल इतना ज्ञात है कि दुर्दम्य

रुआंसा हो गया था। बड़बड़ाया, "यह क्या हुआ पुंड्रराज? मैंने बहुत सावधान किया था कालयवन को...किंतु..."

'किंतु' का उत्तर देने के लिए उस क्षण तक दुर्दम्य शेष ही नहीं रहा था। भयातुर पौंड्रक ने देखा कि दुर्दम्य तीव्रगति से आगे बढ़ते कदम के साथ ही सहसा एक भयानक स्वर से घिरा फिर वेदनापूर्ण चीख उसके होंठों से बाहर आई।...और पौंड्रक के सामने विशालकाय यवन सेनापति का मृत शरीर था...वृक्ष से बंधी एक डोर में झूलता हुआ...यह डोर धरती पर कदम बढ़ाते पौंड्रक को थर्रा गई। कांपकर कदम पीछे खींच लिया...

पौंड्रक के सामनेवृक्ष से झूलते वानर की तरह यवन-सेनापति की मृत देह झूल रही थी। पैर एक रस्से में जकड़े हुए थे और माथे में नुकीली पीतल[1] की कीलों का एक पंक्तिबद्ध गुच्छा उस क्षण घुसा, जिस क्षण धरती पर दुर्दम्य का पैर आगे बढ़ा...वृक्ष से बंधी डोर अपने-आप खिंची और हतप्रभ, भयभीत दुर्दम्य उसमें झूलता हुआ साथ के पेड़ से जा टकराया...टकराने के साथ ही उसके माथे पर विस्फोट की तरह कीलों का यह गुच्छा चिपक गया!

विचित्र युद्ध था। सैनिक सामने नहींपर मृत्यु से साक्षात्कार, कंपकंपा देने वाला भंयकर साक्षात्कार!...

---

1. पीतल : तत्कालीन युद्ध में ही नहीं, उसके पूर्व भी आर्यावर्त में विभिन्न धातुओं का उपयोग होने लगा था। प्रमाणरूप में महाभारत युद्ध को लेकर ए. एल बाशम ने लिखा है "...So the brothers prepared for war, they had many friends among the kings of India, and wearable to gather a great army togather, meanwhile the kouravas (Duryodhana and his brothers) marshalled their own forces. The kings of all India and even the Greek's, Bactrians and chinese, took sides with one or other factions, and two enormous armies assembled on the plain Kurukshetra" ('The Wonder that was India', By A.L. Basham, page 408)

एक ओर वाशम ने महाभारत युद्ध में विभिन्न राज्यों और देशों के भाग लेने की स्वीकारोक्ति की है, वहीं वह यह भी स्वीकार करते हैं कि तत्कालीन युग में भारत में (आर्यों के पास वेद व अन्य संस्कृत ग्रन्थों में) सोना, पीतल, ताम्बा, चान्दी लोहा, जस्ता आदि के होने का भी प्रमाण है। वह लिखते हैं :

"Where the 'Rig-Veda' Speaks of gold and copper or bronze the later Vedic texts also mention tin, lead and silver and probably iron

शोर इतना हो रहा था कि पौंड्रक को अपनी ही आवाज सुनाई नहीं दे पा रही थी...वह चीखा था"यवनराज!...यवनराज!...कहां हैं आप?"

पर यवनराज का पता नहीं थान जाने किधर, किस टुकड़ी के साथ निकल गए या कि पौंड्रक की ही तरह...

रथ चलाते-चलाते...पुंड्रपति को लगा कि इस समय भी कांप रहे हैं और यवन सेनापति की वह क्षत-विक्षत मस्तिष्क वाली देह उनके सामने झूल रही है...लटक आई पुतलियां, फट चुका कपाल और उससे गिरते लहू के साथ-साथ मांस के लोथड़े...

उफ्!...एक बार पुनः मदमत्त कालयवन को अपशब्द कहने का मन हो आया है। कैसा मदांध हुआ...निरंतर चेतावनियों पर भी उसने अपेक्षा ही बरती।...हंसकर पौंड्रक का अपमान किया।...छली कृष्ण को बालक समझ बैठा!

पसीना पोंछ लिया पौंड्रक ने।

कितनी बार पोंछ चुके होंगेस्मरण नहीं है। बस जैसे-जैसे कालयवन का शक्ति नाश का वह करुण दृश्य सामने उभर रहा है, वैसे-वैसे पसीना किसी सोते की तरह शरीर से बहने लगता है...बस, बहता ही जाता है...

यदि कालयवन का यह हाल हुआ है, तब पौंड्रक, शिशुपाल आदि की शक्ति तो क्षणमात्र में समाप्त हो लेगी। भय उतर आया है मन में।

पर लगागलत सोच रहे...व्यर्थ हैं।...

गोप कृष्ण कितना धूर्त, छली और पांखड़ी हैयह खूब जान-समझ लिया है पौंड्रक ने...अधिकतर राजा जान चुके हैंअतः उससे युद्ध करते समय या कोई नीतिचक्र चलाते समय तनिक-सी असावधानी मृत्यु या पराजय का कारण बन जाएगा।...

कालयवन ने यह नहीं समझा।...

और तभी विचार उठ आया था मन मेंकालयवन का क्या होगा?...क्या वह भी...?

लगता नहीं है।...यवनपति इतनी सहजता से मारा जाने वाला योद्धा नहीं है।...पर कालयवन और उसकी बिखरी सेना में आत्मबल ही कितना रह गया होगा?...मन पुनः छोड़े हुए युद्धक्षेत्र की ओर पहुंच गया.....

और कालयवन पहुंच गया था श्रीकृष्ण के सामने।...यादव टुकड़ी बहुत छोटी-सी थी और युवा श्रीकृष्ण उसके बीचोंबीच।...

कालयवन के पास बिखराव के बावजूद बहुत सेना थी, अनेक अस्त्र और आसपास विभिन्न रक्षक योद्धा।...

अनायास हुए आक्रमण से क्रोधित, व्यग्र ओर बहुत सीमा तक विक्षिप्त-सा हो चुका यवनराज चीखते हुए अनेक अपशब्द बड़बड़ाने लगा था...“क्षुद्र गोप!...तुझे इसी क्षण मृत्युमुख में पहुंचाऊंगा।...अब तू केवल जरासन्ध का शत्रु नहीं, मेरा भी शत्रु है।”

श्रीकृष्ण ने उद्धव को देखा। उद्धव कुछ चिंतित हुए। कालयवन की विशाल देह, शक्ति और स्वर सभी कुछ जतला रहे थे कि मुरली धर से वह कई गुना बलशाली, और साधन-सम्पन्न है। उसके मस्तक पर स्वर्ण-जटित मुकुट था, हाथ में चौड़े फलवाली खड्ग...और वह किसी गज की तरह झूमता हुआ आगे बढ़ रहा था...गज भी मदमत्त।...

उद्धव को अनायास ही कुवलयापीड़ गज याद हो आया...मथुरा के मुख्य द्वार पर श्रीकृष्ण के सामने आया था वह...विशालाकार मदमत्त गज...उसने आसपास के वृक्ष गिरा दिए थे, अनेक स्त्री-पुरुष कुचल डाले...सामने आए घरों को अपने वज्रवत् धक्कों से चकनाचूर कर दिया और फिर बालकृष्ण की ओर बढ़ा...पर बालकृष्ण चौकन्नी दृष्टि से देख रहे थे उसे...न उत्तेजना थी उनमें, न किसी प्रकार की व्यग्रता...और न ही आतंक।...

मदमत्त हाथी उनके एकदम सामने आ गया था....या यह कि चपलतापूर्वक श्रीकृष्ण ही कतराते उससे आगे-पीछे होते हुए फिर एकदम सामने आ गए थे।...

और तभी उद्धव ने यह भी देखा कि उसी कुवलयापीड़ हाथी के सामने आते हुए श्रीकृष्ण कतराते, दाएं-बाएं होते उसे और उत्तेजित करने लगे हैं...इस बार था गजवत् कालयवन!

और फिर टुकड़ी से जूझते यादव सैनिकों के बीच से कालयवन और श्रीकृष्ण न जाने किधर गुम गए...वनक्षेत्र में...केवल इतना ही देख सके उद्धववासुदेव चक्कर-सा खाते हुए इस वायुगति से एक ओर निकले कि कालयवन हड़बड़ाता हुआ-सा उनके पीछे हो लिया...

वह चीख रहा था, पर क्या कह रहा था...-उद्धव को सुन नहीं पड़ता।...

किंतु श्रीकृष्ण ने स्पष्ट सुना।...

''नीच!...छली!...दुष्ट!''

पर यह सब सुनने से इतर इस समय विद्युत गति से उसे इधर-उधर घुमाए जाना उन्हें अधिक उचित लगा। और उससे भी अधि अच्छा लगा कालयवन का अधिक और अधिक बौखलाते जाना...विशाल देह के बावजूद वर्षों के आनंदपूर्ण विलासी जीवन ने यवनपति की देह में वह चपलता शेष नहीं रहने दी थी, जिसमें वे श्रीकृष्ण तक पहुंच पाते। श्रीकृष्ण गुफाओं की ओर बढ़ रहे थे...निरंतर उसी गति और वेग के साथ, जिस गति-वेग के साथ वे वृक्षों के बीच से निकले थे, चर्मण्वती के तट से किनारे-किनारे होते हुए गुजरे थे...

कालयवन ने गति तीव्र की और तीव्र...और इतनी कि श्वास चढ़ने लगी।...जहां-तहां यवन सैनिक यादवों और मुचुकुन्द के सैनिकों से जूझने में व्यस्त थे...कुछ सैनिक थे जो कालयवन के पीछे-पीछे दौड़ रहे थे। यवनराज के रक्षक थे वे। पर उनमें कालयवन-सी गति भी नहीं।...

श्रीकृष्ण मुड़कर देखते, मुस्कुराते, फिर किसी और गुफा के मुंह पर चढ़ जाते। होते-होते वे उस स्थान की ओर आ पहुंचे थे, जिस ओर महाराज मुचुकुन्द का तपस्या क्षेत्र था।

इस तपस्या क्षेत्र में अनेक गुफाएं थीं। वृक्ष और झाड़ियां।...कालयवन

उसी तरह चिंघाड़ता हुआ पीछे। और उसके पीछे रक्षक यवन सैनिकों का एक समूह।...श्रीकृष्ण तीव्रगति से एक गुफाद्वार की ओर लपके।...

"कायर!..." कालयवन पूरी शक्ति से चिल्लाया। "रुक जा।...एक क्षण रुक जा छली!...मैं तुझे नष्ट कर दूंगा।..." फिर वह भी गुफाद्वार की ओर लपका।...

गुफाद्वार पर खड़े मुचुकुन्द के सेवक-सैनिकों की सतर्कता के पूर्व ही कालयवन का विशाल खड्ग विद्युत्गति से कौंधा और अगले ही क्षण गुफा के द्वार पर कई चीखें उठींमान्धातासुत के शांत सेवकों को कालयवन ने मृत्युदान कर दिया।...रक्तरंजित खड्ग लिए वह गुफा में समा गया।...

गुफाद्वार पर खड़े सैनिकों के शरीर से लहू के फव्वारे छूट पड़े...रक्षकों ने भीतर प्रवेश नहीं किया।...समझ चुके थे कि अब उनके शान्तिसम्पन्न राजा को रक्षा की आवश्यकता नहीं। निश्चय ही महाशक्तिशाली कालयवन, अब चपल कृष्ण का वध करके ही गुफा से बाहर आएगा।

गुफाद्वार में कुछ कदम चलते ही कालयवन की गति धीमी पड़ गई।... प्रकाश बहुत कम था...और गुफा के भीतर अनेक गुफाएं दीख रही थीं। श्रीकृष्ण कहीं नहीं। न आहट, न किसी अन्य प्रकार का स्वर।...

थम गए यवनपति। अचकचाए-से इधर-उधर देखने लगे। किस उपगुफा में समा गया होगा उनका शत्रु?...मुख्य गुफा खाली पड़ी थी।

समान के नाम पर कुछ दीखता था तो यहां-वहां लटकी मृगछालाएं, कुछेक पात्र...और हवन-कुंड।...

कालयवन ने क्रमशः सभी ओर देखा...पीताम्बरधारी गोप युवक? ...फिर उत्तेजना को थामकर सतर्कतापूर्वक चारों ओर पुनः दृष्टि घुमाई। कानों को चैतन्यता के साथ गुफा के भीतर से होने वाली किसी आहट को सुन पाने में सतर्क किया...

न कोई स्वर, न आहट, न वायु के किसी झोंके की सरसराहट...।

तब कहां गया?

किस उपगुफा में?...

कालयवन ध्यानपूर्वक धरती देखने लगा...हो सकता है कि किसी गुफा की ओर आने-जाने के चिह्न मिल जाएं...पदचिह्न।

थे। पदचिह्न थे।...किंतु प्रसन्नता अगले ही पल धुल गई। हर गुफा की ओर पदचिह्न जाते दीख रहे थे...झुंझुलाहट से भर उठा यवनपति।

असीमित छल!...पर लगा कि भूल है उसकी। इसमें श्रीकृष्ण का छल कुछ नहीं। संयोग मात्र है कि गुफा में लोगों के आने-जाने के निशान बने हुए हैं।...

पर अगले ही क्षण वह विस्मित हुआ। मन में भय और दुविधा की एक दरार फैल गई...सभी पदचिह्न एक-से हैं।

तब क्या श्रीकृष्ण एक गुफा से निकलकर दूसरी में और दूसरी से तीसरी में...और इस तरह सभी गुफाओं से पल-भर में आ-जाकर निकल गया?...

कालयवन के यहां तक आने में क्या इतना समय मिल गया होगा श्रीकृष्ण को?...

संभव था।...कालयवन की गति और श्रीकृष्ण की गति में बहुत अंतर था। यवनराज ने सोचा। लम्बा पीछा करते हुए अनुभव भी कर लिया था। विशालदेह पुरुष के लिए देह ही कितनी कष्टकर हो जाती हैपहली बार यवनाधिपति ने अनुभव किया।...

रक्षक भीतर आ पहुंचे थेअनेक यवन सैनिक। कालयवन को देखकर संतोष हुआ। उनका राजा जीवित है। मुख्य गुफा के द्वार में घुसकर कुछ क्षणों तक न लौट आने ने चिंतित किया था उन्हें। कहीं चपल श्रीकृष्ण के हाथों...मन ही मन नहीं माना, अतः भीतर चले आए। जहां तक यवनपति की शक्ति, सामर्थ्य और युद्धकला की बात थी, वे निश्चिंत थे।

"राजन्?" एक रक्षक ने साहस किया, पूछ लिया। "वह..."

"उसी को खोज रहा हूं।..."

रक्षक चुप हुआ। सभी अस्त्र हाथ में लिए थे। सभी सतर्क थे। किंतु सभी चिंतित और घबराए हुए। जिस तरह यवनसेना तितर-बितर हुई थी

और जिस प्रकार थोड़े-से लोगों ने विशाल यवनों को विलक्षण युद्धनीति से चकरा दिया थाउसके कारण मन विचित्र असुरक्षा के भाव से भर उठा था।

वे सभी पदचिह्न देख रहे थे। वे सभी चकित, सहमी दृष्टि से यवनपति को देख रहे थे। और वे सभी श्रीकृष्ण को खोज रहे थे...उससे कहीं अधिक अपने जीवन के प्रति शंकित थे।

यवनपति ने आदेश दिया था, "हर उपगुफा के भीतर देखो...और मैं उस गुफा में जाता हूं।..."

अगले ही क्षण रक्तरंजित खड्ग लिए कालयवन तेजी से गुफा की ओर बढ़ गया...सैनिक सहमे, घबराए और शंकित भाव से एक-एक उपगुफा में घुसे।

कालयवन शंकित तो था, किंतु सतर्क भी।...रह-रहकर उत्तेजना के झोंके उसे छूते...और इस पीड़ा से क्रोध चरमसीमा पर पहुंच जाता कि विशाल सेना का कीड़े-मकोड़ों की तरह संहार किया गया था...सब कुछ बिखर गया। सेनापति हत हुआ और वैभवशाली यवनराज की समूची शक्ति आंधी के एक थपेड़े-भर आकाश में धूलिकण बनकर बिखर गई।...

मन अपने-आप को जितना धिक्कार रहा है...उससे कहीं अधिक इस क्रोध और पीड़ा ने झुंझला दिया है कि यह सब हुआएक चपल गोप युवक के कारण।...ऐसे युवक के कारण, जो कालयवन की शक्ति, सेना, स्तर किसी भी दृष्टि से तुल्य नहीं है।...

आश्चर्य।...

नहीं पीड़ा।...

और उससे भी कहीं अधिक क्रोध।...युवक को ध्वंस कर डालने का अपने से ही अनियन्त्रित आवेश।

इसी नियंत्रित आवेश में संकरी, किंतु साफ-सुधरी गुफा में तीव्रगति से बढ़े जा रहे हैं यवनराज।...असम्मानित, अपमानित और लांछित जीवन जीकर क्या होगा? और इस असम्मान, अपमान और लांछन को धोने का एक ही मार्ग हैश्रीकृष्ण वध। वही करेंगे।...

खड्ग पर पकड़ मजबूत ही नहीं हुई, इतनी कस चुकी है कि अपनी

ही हथेलियों पर मूठ लगने लगे।...पर इस क्षण इस सबका तनिक भी विचार नहीं। इस क्षण चाहिए कृष्ण।...केवल श्रीकृष्ण।...

पर वह कहीं नहीं।...गुफा के दूसरे द्वार से निकलकर बाहर, आ पहुंचे थे कालयवन।...मन गहन पीड़ा और कुंठा से भर गया था। क्या निकल गया छली कृष्ण?...

बदहवास, फैली-फैली आंखों से दूर चर्मण्वती के चौड़े पाट को देखने लगे। वेगवती धाराएं अट्टहास कर रही थीं। अट्टहास कर रही थीं या कि कालयवन के चेहरे पर ग्लानि के थप्पड़ जड़ रही थीं!...

''कौन?...कौन है?'' सहमें, किंतु आश्चर्यजनक ढंग से सतर्कता बरतते हुए मुड़े। पीछे गुफाद्वार पर आहट हुई थी...तुरंत ही उत्तर आया, ''क्षमा महाराज! मैंमैं यवन सैनिक हूं।...''

''ओह!...'' प्रहार के लिए वायुगति से उठा खड्ग वाला हाथ नीचे कर लिया, पूछा''कुछ ज्ञात हुआ?''

''नहीं, यवनाधिपति।...यादव कृष्ण कहीं नहीं हैं।'' सैनिक ने निराश स्वर में उत्तर दिया।

''तब निश्चय ही वह भाग निकला है...कायर।...'' गालियां बकते हुए मुड़े थे यवनराज। ''चलो...कहीं अन्यत्र देखेंगे।''

किंतु आगे बढ़ें, इसके पूर्व ही सैनिक ने शब्दों से रोक दिया उन्हें''वह है तो यहीं कहीं, किंतु...किंतु ज्ञात नहीं...कहां है?''

क्या कहना चाहते हो तुम?...है? तो कहां है?'' उत्तेजित स्थिति में यवनपति ने पूछा।

''कुछ सैनिकों का कहना है कि उन्होंने कृष्ण को देखा है...''

''कहां?''

''इन्हीं गुफाओं के जाल में कहीं...''

''पहचाना कैसे कि वह कृष्ण है?''

थूक का घूंट निगलते हुए सैनिक ने विनम्र स्वर में कहा, ''महाराज,

सभी जानते हैं कि वह पीताम्बरधारी है।...मोहक है...मोरपंखी मुकुट धारण करता है।"

"हां, हां...ऐसा ही है, पर किधर?"

"गुफाओं में ही कहीं है।..."

"तब तुम इस गुफाद्वार पर रुको...हम देखते हैं।" कहकर कालयवन पुनः गुफा में समा गए।...

उन समय अंधेरा गहरा होने लगा था। सैनिकों ने हर गुफा में जल्दीं-जल्दी रोशनी की व्यवस्था की...पर भय ने मन को प्रतिपल ग्रस्त कर रखा था...जैसे-जैसे रात का अंधकार बढ़ रहा था, भय-मात्रा भी उतनी ही सघन होती जा रही थी।

गुफाजाल बहुत बड़ा था...मुख्य गुफा से अनेक गुफाएं निकल गई थीं ओर उन गुफाओं से भी अनेक गुफाएं इधर-उधर बिखरी हुई थीं। लगता था कि झाड़ियों का एक समूह है। इस समूह में कौन-सी डाली, किससे जा उलझी है, किससे प्रकट हुई है और कहां तक चली गई है

अज्ञात।...

सैनिक बहुत थे, किंतु सभी इस नई युद्धस्थिति के अपरिचित मोर्चे से घबराए हुए।...हर जगड़ बड़ी मात्रा में यवन सैनिक समा चुके थे, पर लगता था कि कोई न कोई गुफा अवश्य ही खाली हो गई होगी।...या रह जाएगी। और इन्हीं में कही श्रीकृष्ण है।

अनेक सैनिक घायल भी थे। अनेक भोजन न मिल पाने के कारण भूख से परेशान और अधिकतर प्यास के कारण उखड़े हुए।...किंतु राजा ने आदेश दिया, कि उस समय तक कोई अपने स्थान से न हिले, जिस समय तक वासुदेव का पता नहीं लग जाता।

कालयवन को न भूख अनुभव हो रही थी, न प्यास, न ही किसी तरह की बेचैनी। फिर भी घोर मानसिक क्लेश से भरे हुए थे। रह-रहकर वह क्षण उभरने लगते, फिर चित्रवत् दृष्टि के सामने अंकित भी हो जाते,

जब यादव सैनिकों के अतिरिक्त किसी अन्य राजा के सैनिकों ने भी उन पर उल्कापात की भांति आक्रमण किया था।...किस उत्साह, निश्चिंतता और गति से चली आ रही थी यवनसेना।...शस्त्रास्त्रों का पूरा भण्डार साथ था। यवन-आर्य अस्त्र...ऐसे भी अनेक अस्त्र, जो प्रयोग किए जाने पर महानाश कर सकते थे, किन्त सब व्यर्थ सिद्ध हो गया था। झाड़ियों विशाल पेड़ों और यहां-वहां बिखरे पगडंडियों के जाल से सहसा इक्का-दुक्का सैनिक इस तरह टूटे कि किसी को सम्हलने का अवसर ही नहीं मिला। अस्त्र-शस्त्रों के अनेक विशेषज्ञ मारे गए...अनेक यवन योद्धा हक-बकाए-से देखते ही रह गए और मृत्यु ने उन्हें निगल लिया। भण्डार नष्ट कर दिए गए।... शस्त्रास्त्रों पर टुकड़ियों के आक्रमण से भागती, कालवायु के झोके में फंस गए पंछियों की तरह छटपटाती यवनसेना पहाड़ियों-जंगलों से घिरे में कहां, किधर, किस दिशा में गुम गईकिसी को पता ही नहीं चला।

नायक निर्देशों के शब्द झोंकते हुए चीख रहे थे, स्वयं कालयवन बहुत चीखा-चिल्लाया था, सेनापति दुर्दम्य युद्ध करने के साथ-साथ भागते हुए यवन सैनिकों को सामना करने के लिए कह रहा था..पौंड्रक किधर गुम हो गयाज्ञात नहीं...पर सेना सूखी घास के तिनकों की तरह उड़ती हुई। ऐसे जैसे भूसे के ढेर को वायु-चक्र ने घेरे में लिया हो...और फिर धुएं की तरह सबको, सब ओर उड़ा ले गई हो।

'ओह! कैसा भयावह दृश्य।...

युद्ध हुआ, पर न हुआ-सा। सेना मृत हुई, पर अकारण, बिना युद्ध किए। पराजय मिल चुकी थी...किंतु जय का अवसर ही कहां मिला?...

किंतु अब भी बहुत कुछ हो सकता है। केवल श्रीकृष्ण मिल जाए।...वह छलयुद्ध करने वाला दुष्ट युवक मिल जाए।

तभी पुकार उठी"कृष्ण। कृष्ण ही है वह..."

कृष्ण।...आंधी की तरह उठे कालयवन।...खड्ग लिए आवाज की दिशा में दौड़ पड़े।...

एक सैनिक लपका जा रहा था गुफा में भीतर और भीतर की ओर।

"कहां है?" पूरी शक्ति और गति से दौड़कर उसके पास पहुंचते हुए यवन राजा ने प्रश्न किया था। उत्तर मिला"वहां...अभी, कुछ समय हुआ इस गुफा से निकलकर उसकी ओर गया है।..."

आगे नहीं पूछा। उसी ओर दौड़ गए...

जैसे-जैसे कदम आगे बढ़ा, वैसे-वैसे चकित भी हुए। इस गुफा की ओर तो आए ही नहीं थे। पहली बार देखकर लगा था कि बन्द है...किंतु अब अंधकार में बढ़ते-बढ़ते हल्के प्रकाश और वायु से परिचय हो रहा है ...बहुत आश्चर्यजनक स्थान। एक क्षण के लिए मन अकुलाया थाकहीं किसी तपस्वी की जगह तो नहीं?...सुन भी रखा था, देखा भी था। आर्य, ऋषि तपस्वी विचित्र यौगिक, मांत्रिक शक्तियों से युक्त है।...उनकी योग-साधना, तंत्र-मंत्र साधना में तनिक-सा व्यवधान आते ही वे क्रोधित हो सकते हैं। और उनका क्रोध मृत्युदायी भी हो सकता है।...

पर साहस बटोरकर यवनराज ने दुविधा दबा ली। भला श्रीकृष्ण जिस ओर गया हो, उस ओर ऐसी स्थिति क्यों होगी?...हुई भी तो पहले श्रीकृष्ण को ही सब कुछ भोगना होगा।

और श्रीकृष्ण की सुधि आते ही कालयवन का क्रोध पुनः असंयत हो उठा। इस असंयम में ही उस प्रकाशयुक्त गुफा में पहुंच गए।...

एक पल के लिए सहसा अंधकार छंट जाने के कारण आंखों के सामने विभिन्न रंगों के गोले उभर आए...धुंधलका भी बिखरा। चौंधियाहट भी हुई...पर तुरंत सम्हाला स्वयं को।

निस्संदेह किसी तपस्वी के स्थान पर आ पहुंचे हैं यवनपति। खड्ग लिए उत्तेजना से थरथराते हाथ को संभाला...संयत हुए...और धीमे-धीमे आगे बढ़े। कोई दीख ही नहीं रहा था।...

एक बार फिर गुफाओं का चक्र सामने था उनके।...ठीक वैसा ही जैसा मुख्य गुफा में पहुंचने पर देखा था...किंतु अंतर केवल यह कि हर गुफा प्रकाशित। हर गुफा से स्वच्छ वायु के झोंके आते हुए।...

कालयवन ने गहरा श्वास लिया। सतर्कता से एक गुफा के भीतर झांककर देखने लगे...और तभी श्रीकृष्ण दिख गए थे उन्हें।...

"नीच! कायर!...छली!...ठहर जा।" चीखते हुए यवनपति तीव्रगति से गुफा की ओर लपके। सामने ही एक भव्य आसन पर पीताम्बर ओढ़े हुए श्रीकृष्ण ऐसे लेटे हुए थे, जैसे सो रहे हों...

सो ही रहा होगा।...मूर्ख।...कालयवन उनके पास जा खड़े हुए विशाल फलवाला खड्ग हाथ में लिए हुए। लगा था कि मन हल्का हो गया है। यह विचार ही परमसुखदायक था कि श्रीकृष्ण वध के साथ ही यवनपति अपनी सम्पूर्ण पराजय को जय में परिवर्तित कर डालेंगे।...प्रसन्नता से स्वयं पर ही मुग्ध हो उठे वह। देर भले ही हुई हो, किंतु उत्तर भरतखंड के सर्वाधिक चपल और छली आर्य योद्धा को समाप्त करके जरासन्ध को भी जतला देंगे कि वह कालयवन की शक्ति को बराबर नहीं, कुछ अधिक ही समझे।...

खड्ग उठाया। विशाल, चौड़े फल पर गुफा के प्रकाश ने चकाचौंध पैदा की, और अगले ही क्षण एक हाथ से तेज झटके के साथ पीताम्बर[1] खींच कर एक ओर उछाल दिया।...

पर यह क्या?...पीताम्बर एक ओर फिंकते ही धीर-गंभीर तपस्वी की आकृति दीखी। पलकें खुल चुकी थीं उनकी...और कालयवन खड्ग उठाया हुआ हाथ नीचे ला सकें, इसके पूर्व ही ऋषि की धधकते अंगारों जैसी क्रोधाग्नि को कालयवन ने देखा...भय के कारण सम्पूर्ण शरीर कांपने लगा था उसका...

"दुष्ट!..." ऋषि का गर्जन करता हुआ स्वर सुना था कालयवन ने और प्रार्थना, क्षमा, दया आदि प्रकट कर पाने के पूर्व ही सहसा उसने अपने समूचे शरीर में विस्मयकारी ताप का अनुभव किया

यह...यह क्या हो रहा है?...सोचना चाहा था, किंतु विचार तरंगें माथें में ही गड्डमड्ड हो गईंअगले ही क्षण ऋषि-शाप सुनाई दिया उसे"जा नीच।...भस्म हो जा..."

'भस्म।...स्वर गूंजा और कालयवन ने एक ज्योति फेंकते हुए उस क्रोधित, कंपित, किंतु अग्निवत् हाथ को देखा जो उसकी ओर खाली उठा

---

1. प्राचीन ग्रन्थों में वर्णित कालयवन वध की कथा में कहा गया है कि तपस्वी मुचुकुन्द उस समय सोए हुए थे, जिस समय कालयवन को अपने पीछे दौड़ाते हुए श्रीकृष्ण गुफा में पहुंचे। उन्होंने अपना पीताम्बर मुचुकुन्द को उढ़ा दिया और स्वयं छिप गए।

था, किंतु उससे आग-सी झरने लगी थी...असंख्य किरणें...ज्वालाएं बनी हुई। विशाल यवनपति के शरीर में यह ज्वालाएं प्रवेश करने लगीं...उसके पूर्व उन्होंने अपनी लपटों में यवनपति के बहुमूल्य वस्त्र-कवच आदि लपेट लिए।...

भयानक आर्तनाद किया कालयवन ने।...और फिर खड्ग एक ओर उछालकर वह पागलों की तरह "बचाओ!...बचाओ!...कोई बचाओ!...कहता हुआ वापस उसी गुफा मार्ग की ओर दौड़ पड़ा...जिधर से आया था...

उसका भयावह क्रन्दन...लपटों के बढ़ते घिराव के साथ ही अधिक बढ़ता ओर तीव्र होता जा रहा था...बचाओ।...भगवान् मुझे जीवन दें!... हे चंद्रेश्वर।[1]...ओह!..."

यवन सैनिकों ने अपने राजा का कातर आर्तनाद सुना...जहां-तहां से उसी दिशा में दौड़ने लगे, जिस दिशा में कालयवन का स्वर आ रहा था...और फिर कालयवन उनके सामने आया...भय से चीख उठे थे अनेक सैनिक।...बहुतों की वाणी ही खो गई!..."

सभी पुकार उठे थे"चन्द्रेश्वर!..."

फिर कुछ भागने लगे। कालयवन अपने ही सैनिकों की ओर झपट रहा था, ताकि उनमें से कोई उसे बचाने की चेष्टा करे।...पर वे उससे भी अधिक भयभीत हो चुके थे। सारा आत्मबल, साहस, शक्ति टूट गए। जब उनके महाशक्तिसम्पन्न राजा की यह दशा हुई थी, तब उनका क्या होगा...?

"भागो!...भागो!...भागो!...अपनी-अपनी प्राण-रक्षा करो!..." हमारा देव चन्द्र हमसे विपरीत हुआ।...राजा मर रहा है।...जलकर मर रहा है।" वे तरह-तरह की आवाजें लगाते, चीखते, पुकारते, लगभग रोते-कांपते हुए अस्त्र-शस्त्र फेंककर गुफा में बिखरी गुफाओं में जहां-तहां मार्ग खोजते हुए भागने लगे...

और कालयवन ने मुख्य मार्ग ले लिया था...लगता था कि आग की

---

1. विभिन्न देशी-विदेशी ग्रन्थों के आधार पर कालयवन ग्रीक राजा है। ग्रीक राजा एवं अन्य राजाओं में चन्द्र-पूजा भी प्रचलित रही है।

लपटों से घिरा हुआ कोई पशु लड़खड़ाता, गिरता, भयानक चिंघाड़ें उछालता हुआ जा रहा है ओर वह उसी स्थिति में मुख्य गुफा से बाहर निकल आया था।...

अनेक यवन सैनिकों ने उसे देखा। पल-भर में आग की ही तरह समाचार फैल गया था यवन-सेना में''कालयवन भयानक मृत्यु को प्राप्त हुआ।...''

''कालयवन मृत हुआ।''

महाशक्तिशाली यवनराज ही अब इस तरह मारा गया, तब वे कैसे बच सकते हैं?

वे भागने लगेजहां, जिसे, जैसी जो राह मिलीवे भागते गए।.. .कितने थे जो पशुओं का भोज्य बने। कितने ही थे जो जंगलों में भटक-कर भूखे-प्यासे मर गए। असंख्य थे, जो हतावस्था में पड़े हुए समूचे वनक्षेत्र, तट और पहाड़ियों में अनेक हिंस्र पशुओं द्वारा नोच-नोचकर खा लिए गए। कितने ही थे, जो जंगलों मे भटककर भूख-प्यास की बाधा से त्रस्त होकर ऐसे विषैले फल और पत्तियां खा बैठे, जिन्होंने विषव्याधि से ग्रस्त कर दिया।. ..कितने ही थे जो यादव सेना की टुकड़ी और मुचुकुन्द के सेवकों से प्राणदान मांग रहे थे...कितने ही थे, जो कालयवन की उस राज्य पिपासा को कोसते-कोसते मर गए, जिसके कारण समुद्र पार इस अजाने देश में आना पड़ा था उन्हें।...कितने ही थे, जिनके या तो अंग-भंग हो चुके थे, या वे अपनी आंखें खो चुके थे।...

सब और आर्तनाद।...सब और पीड़ामय कराहें...सब ओर प्राणदान की याचना में उठे हाथ...और सब और श्रीकृष्ण एक भयानक आतंक की तरह व्याप्त।...

अनेक बच गए थे जो जहां-तहां, अपनी भाषा, रूप, व्यवहार को छिपाने में असमर्थ होकर भटक रहे थे...याचक बन गए थे।...और अधिकतर आर्य ग्रामों, नगरों-राज्यों में जा पहुंचे थेजहा उन्हें सेवा-कार्य मिल सके।...जहां उन्हें सुरक्षा का आवश्वासन मिल जाए। जहां उनकी जीवनरक्षा हो सके।

वे सब युद्ध से घृणा करने लगे थे। युद्ध-भय ने सदा के लिए उन्हें क्रूरता, कटुता और वैमनस्य से विलग कर दिया था...अनेक लोग चाहते थे कि किसी का आश्रय पाकर वापस वहीं लौट जाएं, जहा उनकी जड़ें थी...जहां उनका देवता चन्द्र था...जहां वे यहां कि तरह स्वर्ण, रत्न भले न पा सकें, किंतु जहां वे जीवन को जीवन की तरह पा लें।

कालयवन के मोहजाल में फंसकर आर्यावर्त आना दोष हुआ।...केवल दोष ही नहीं अपराध।...

निःस्संदेह अपराध।...अपराध न होता तो इस तरह दण्डित होते?...

●●●